2,00

D1865254

Weißkirchen
Juno 06

Elizabeth von Arnim

# Vera

Roman

Aus dem Englischen von

Angelika Beck

Insel Verlag

Originaltitel: *Vera* (1921)

Erste Auflage 1995

Satz: Fotosatz Otto Gutfreund GmbH, Darmstadt
Druck: Ebner Ulm
Printed in Germany

Vera

# I

Als der Arzt weg war und sich die beiden Frauen aus dem Dorf, auf die er gewartet, oben bei ihrem toten Vater eingeschlossen hatten, ging Lucy in den Garten hinaus, stützte sich aufs Tor und starrte aufs Meer.

Ihr Vater war morgens um neun Uhr gestorben, nun war es zwölf. Die Sonne brannte auf ihr bloßes Haupt hernieder; und das verdorrte Gras auf den Klippen, die staubige Straße, die am Tor vorbeilief, das glitzernde Meer und die wenigen weißen Wolken am Himmel, alles glühte und flirrte in der brütenden, sengenden Hitze und dem grellen Licht.

In diese Leere starrte Lucy, regungslos, als sei sie in Stein gemeißelt. Kein Segel zeigte sich auf dem Meer, kein Rauchfaden eines fernen Dampfschiffes war zu sehen, nicht einmal vorüberhuschende Vogelschwingen blitzten am Himmel auf. Jegliche Bewegung schien erstarrt, jeglicher Laut erstorben zu sein.

Lucy stand da und starrte aufs Meer, ihr Gesicht war so ausdruckslos wie die grelle, leere Welt ringsumher. Ihr Vater war seit drei Stunden tot, und sie empfand nichts.

Erst vor einer Woche waren sie beide hier in Cornwall angekommen, voller Hoffnung, voller Freude über das hübsche, möblierte Häuschen, das sie für August und September gemietet hatten, voller Zuversicht, daß ihm die reine Luft guttun würde. Aber Zuversicht hatte es immer gegeben; während all der Jahre seiner Gebrechlichkeit war ihnen die Zuversicht nie abhanden gekommen. Er war immer etwas kränklich gewesen, und sie hatte ihn umsorgt. Seit sie denken konnte, hatte sie ihn umsorgt, und er war kränklich gewesen. Und seit sie denken konnte, war er ihr ein und alles gewesen. Seitdem sie erwachsen war, hatte sich alles in ihrem Leben um ihren Vater gedreht. Da war kein Platz für irgendeinen anderen Gedanken, so sehr füllte er ihr Herz aus. Sie hatten alles gemeinsam gemacht, Freud und Leid miteinander geteilt, den Wintern ein Schnippchen geschlagen, indem sie sich in bezaubernden Badeorten ansiedelten; sie hatten dieselben schönen Dinge gesehen, dieselben Bücher gelesen, geredet, gelacht, Freunde gehabt – jede Menge Freunde; wo immer sie auch waren, ihr Vater gewann sofort neue Freunde zu den vielen, die er bereits hatte. Seit Jahren war sie keinen Tag von seiner Seite gewichen; sie hatte gar kein Bedürfnis danach gehabt. Wo und mit wem konnte sie schon so glücklich sein wie mit ihm? All die Jahre waren Jahre voll Sonnenschein gewesen. Es hatte keine Winter gegeben; nichts als Sommer, Sommer und süße Düfte und mildes Klima und verständnisvolle Geduld mit ihrer Begriffsstutzigkeit – denn er war ein Mensch von enormer geistiger Beweglichkeit – und Liebe. Er war ihr der unterhaltsamste Gefährte, der großzügigste Freund, der aufschlußreichste Ratgeber, der liebevollste Vater gewesen; und nun war er tot, und sie empfand nichts.

Ihr Vater. Tot. Für immer.

Sie sagte sich diese Worte vor. Sie waren Schall und Rauch.

Sie würde allein sein. Ohne ihn. Für immer.

Sie sagte sich diese Worte vor. Sie waren Schall und Rauch.

Droben in dem Zimmer mit den weitgeöffneten Fenstern, eingeschlossen mit den beiden Frauen aus dem Dorf, lag er da und war tot. Nie wieder würde er sie anlächeln, nie wieder mit ihr sprechen, nie wieder ihr einen jener neckischen Kosenamen geben, die er immer so gern für sie erfand. Erst vor wenigen Stunden hatten sie noch miteinander beim Frühstück gesessen und Pläne für diesen Tag gemacht. Erst gestern noch waren sie nach dem Tee gemeinsam dem Sonnenuntergang entgegengefahren, und er hatte mit seinem scharfen Blick, dem nichts entging, irgendwelche ungewöhnlichen Gräser am Straßenrand entdeckt und angehalten und sie gepflückt, ganz begeistert, solch seltene Exemplare gefunden zu haben. Er hatte sie mitgenommen, um sie zu untersuchen, und sie Lucy erklärt, so daß ihr diese Gräser, die, ehe er sie berührte, in ihren Augen ganz normales Gras gewesen waren, auf einmal hochinteressant und wichtig erschienen. So war es bei allem, was er tat –, er berührte es und hauchte ihm Leben und Interesse ein. Die Gräser lagen nun im Speisezimmer, warteten darauf, daß er an ihnen arbeite, dort, wo er sie auf einem Stück Löschblatt in der Fensternische ausgebreitet hatte. Sie hatte sie liegen sehen, als sie auf dem Weg in den Garten durch dieses Zimmer kam; und sie hatte auch gesehen, daß das Frühstück immer noch dastand, das Frühstück, das sie zusammen eingenommen hatten, noch genauso, wie sie es verlassen hatten, von den Dienern in ihrer Bestürzung über den Todesfall vergessen. Ihr Vater war zu Boden gesunken, als er vom Tisch aufstand. Tot. Auf der Stelle. Keine Zeit für irgend etwas, einen Schrei, einen Blick. Aus. Ende. Amen.

Was für ein schöner Tag, und so heiß! Er liebte die Hitze. Sie hatten Glück mit dem Wetter gehabt...

Ja, es gab doch noch Geräusche – plötzlich nahm sie sie wahr; Geräusche aus dem Zimmer oben, ein eiliges Umhergehen verhaltener Schritte, das Plätschern von Wasser, irdenes Geschirr, das vorsichtig auf den Boden gestellt wurde. Gleich würden die Frauen kommen und ihr mitteilen, daß alles erledigt sei und sie wieder zu ihm gehen könne. Die Frauen hatten versucht, sie zu trösten, als sie hier ankamen; auch die Diener hatten das versucht, und der Arzt. Sie trösten! Und sie empfand nichts.

Lucy starrte aufs Meer, während sie diesen Gedanken nachhing und sich die Situation durch den Kopf gehen ließ. Sie erschien ihr seltsam, aber irgendwie völlig losgelöst von sich selbst. Mit kühlem Forscherblick gewissermaßen faßte Lucy sie ins Auge. Ihr Kopf war ganz klar. Jede Einzelheit des Geschehens sah sie deutlich vor sich. Sie wußte alles und empfand nichts – wie Gott, dachte sie; ja, genau wie Gott.

Schritte kamen die Straße entlang, die durch die aus Bäumen und Büschen bestehende Gartenhecke etwa fünfzig Meter zu beiden Seiten des Tors verdeckt wurde, und gleich darauf kam ein Mann in Lucys Blickfeld. Sie bemerkte ihn gar nicht, denn sie war völlig in Gedanken versunken, und er ging direkt vor ihr vorbei und war verschwunden.

Er aber hatte sie gesehen und in dem kurzen Moment, den er zum Vorübergehen brauchte, einen bohrenden Blick auf sie geheftet. Ihr Gesicht und der Ausdruck desselben hatten ihn stutzig gemacht. Er war kein sehr guter

Beobachter und zu jenem Zeitpunkt noch weniger als sonst, denn er war vollkommen mit sich selbst beschäftigt; doch als er plötzlich die reglose Gestalt am Tor erblickte, die mit ihren weitaufgerissenen Augen einfach durch ihn hindurchsah, als er vorüberging, ohne offensichtlich überhaupt wahrzunehmen, daß jemand vorüberging, wurde er vor lauter Überraschung aus seinen Gedanken gerissen, und fast wäre er stehengeblieben, um das seltsame Wesen genauer zu betrachten. Seine gute Kinderstube hinderte ihn jedoch daran, und so setzte er seinen Weg fort, entlang der weiteren fünfzig Meter Büsche und Bäume, die die andere Hälfte des Gartens von der Straße abschirmten. Aber er ging immer langsamer, bis er zum Ende des Gartens kam, wo die Straße abbog und sich sehr einsam über das karge Gras auf der Kuppe der Klippen hinzog und dabei, so weit das Auge reichte, den Ein- und Ausbuchtungen der Küste folgte. Dort zögerte er, schaute zurück, lief ein paar Meter weiter, zögerte abermals, blieb stehen, nahm seinen von der Sonne heißen Hut ab, wischte sich die Stirn, blickte auf die kahle Landschaft und das lange, gewundene, in der Sonne glänzende Band der Straße vor sich, machte dann sehr langsam kehrt und ging hinter dem Gürtel von Strauchwerk wieder auf das Tor zu.

Als er so ging, sagte er zu sich: »Mein Gott, ich bin ja so einsam. Ich halte es nicht mehr aus. Ich muß mit einem Menschen sprechen. Ich werde noch verrückt –«

Denn dieser Mann – er hieß Wemyss – war durch den Druck der öffentlichen Meinung zu einem Leben in Abgeschiedenheit und Untätigkeit gezwungen worden, und das ausgerechnet zu einem Zeitpunkt, wo er gesellschaftlichen Umgang und Ablenkung so bitter nötig gehabt hätte. Er mußte allein wegfahren, er mußte für mindestens eine Woche sein gewöhnliches Leben aufgeben, sich von seinem Haus an der Themse fernhalten, wo er gerade seinen Sommerurlaub begonnen hatte, mußte sein Haus in London vorübergehend verlassen, wo es immerhin noch seine Klubs gegeben hätte, weil die öffentliche Meinung verfügt hatte, daß er eine Weile mit seinem Kummer allein sein solle. Allein mit seinem Kummer – das Schlimmste, was einem Menschen zustoßen konnte! Es war wirklich unerhört, einen Menschen hierzu zu verurteilen; es war die grausamste Form von Einzelhaft. Er war nach Cornwall gekommen, weil die Anreise viel Zeit in Anspruch nahm, einen ganzen Tag im Zug hin und einen ganzen Tag im Zug zurück, wodurch die Woche, das zeitliche Minimum, auf dem die öffentliche Meinung angesichts seines Trauerfalls bestand, etwas verkürzt wurde; aber es blieben immer noch fünf Tage gräßlicher Einsamkeit, fünf Tage, in denen er mutterseelenallein auf den Klippen umherirren und dabei versuchen mußte, an nichts zu denken, fünf Tage ohne einen Menschen, mit dem er hätte reden können, ohne irgendwelche Beschäftigung. Bridge spielen konnte er nicht, wegen der öffentlichen Meinung. Alle Welt wußte ja, was ihm widerfahren war. Es hatte in allen Zeitungen gestanden. Sobald er seinen Namen nannte, wußten die Leute Bescheid. Es war ja eben erst passiert. Erst letzte Woche ...

Nein, er konnte es nicht ertragen, er mußte mit jemandem reden. Das Mädchen dort – solche seltsamen Augen hatte kein Allerweltsgeschöpf. Sie würde bestimmt nichts dagegen haben, daß er ein bißchen mit ihr plauderte, vielleicht ein bißchen mit ihr im Garten saß. Sie würde ihn verstehen.

In seiner Verzweiflung benahm sich Wemyss wie ein Kind. Um ein Haar hätte er losgeheult, als er zum Tor kam und seinen Hut abnahm, und das Mädchen sah ihn ausdruckslos an, gerade so, als nehme es ihn immer noch nicht wahr und habe nicht gehört, wie er sagte: »Könnte ich vielleicht ein Glas Wasser haben? Ich – es ist so heiß –«

Beim Anblick ihrer Augen geriet er ins Stottern.

»Ich – ich bin entsetzlich durstig – die Hitze –«

Er zog sein Taschentuch heraus und wischte sich über die Stirn. Er sah in der Tat sehr erhitzt aus. Sein Gesicht war gerötet und bekümmert, und auf der Stirn standen ihm Schweißperlen. Er war ganz runzelig, wie ein unglückliches Baby. Und das Mädchen wirkte so kühl, so blutlos kühl. Ihre gefalteten Hände, die auf dem obersten Balken des Tors lagen, schienen nicht nur kühl, sondern eiskalt zu sein; wie Hände im Winter, die vor lauter Kälte ganz klein und zusammengeschrumpft sind. Es fiel ihm auf, daß sie das Haar kurzgeschnitten trug, so daß man nicht sagen konnte, wie alt sie war, braunes Haar, dem die Sonne einen goldenen Schimmer entlockte; und ihr Gesichtchen war völlig farblos, bis auf die weitgeöffneten Augen, die ihn unverwandt ansahen, und das Rot ihres ziemlich großen Mundes; aber selbst ihr Mund wirkte wie erfroren.

»Würde es große Umstände machen –«, fing Wemyss wieder an; und dann konnte er nicht mehr an sich halten.

»Sie ahnen ja nicht, welchen Gefallen Sie mir erweisen würden«, sagte er, wobei seine Stimme vor Kummer bebte, »wenn Sie mir gestatteten, für eine Minute in den Garten zu kommen und auszuruhen.«

Da seine Stimme so unendlich traurig klang, nahmen Lucys verblüffte Augen einen etwas menschlicheren Ausdruck an. Es kam ihr nun zum Bewußtsein, daß dieser bekümmerte, erhitzte Fremde sie um etwas bat.

»Ist Ihnen denn so heiß?« fragte sie und nahm ihn dabei zum ersten Mal richtig wahr.

»Ja, mir ist heiß«, sagte Wemyss. »Aber das ist es nicht. Ich hatte ein Mißgeschick – ein schreckliches Mißgeschick –«

Er hielt inne, überwältigt von der Erinnerung daran, von der Ungerechtigkeit, daß ihm etwas so Entsetzliches zugestoßen war.

»Oh, das tut mir leid«, sagte Lucy so dahin, immer noch meilenweit von ihm entfernt, im Grunde gleichgültig. »Haben Sie etwas verloren?«

»Großer Gott, nicht diese Art von Mißgeschick!« rief Wemyss aus. »Lassen Sie mich für einen Augenblick reinkommen – für einen Augenblick in den Garten –, bloß um einen Augenblick mit einem Menschen zusammenzusein. Sie täten ein gutes Werk. Weil Sie für mich eine Fremde sind, kann ich mit Ihnen darüber reden, wenn Sie es mir gestatten. Gerade weil wir einander fremd sind, könnte ich reden. Außer mit Dienstboten und Amtspersonen habe ich mit niemandem mehr gesprochen, seit – seitdem es geschah. Zwei Tage lang habe ich mit keiner Menschenseele gesprochen – ich werde noch verrückt –«

Wieder bebte seine Stimme vor Schmerz, vor Befremden über seinen Schmerz.

Lucy fand zwar nichts Schlimmes daran, zwei Tage mit niemandem sprechen zu können, aber die offensichtliche Niedergeschlagenheit dieses Fremden hatte etwas so Herzzerreißendes, daß sie aus ihrer Apathie gerissen wurde; nicht übermäßig – noch immer war sie völlig unbeteiligt, beobachtete sie ihr erhitztes und erregtes Gegenüber gewissermaßen wie aus einer anderen Welt, aber zumindest nahm sie den Mann nun wahr, betrachtete ihn tatsächlich mit einer Spur von Neugier. In seiner Direktheit wirkte er wie eine Naturgewalt. Er hatte die Eigenschaft eines unwiderstehlichen Naturphänomens. Aber sie wich keinen Zentimeter breit vom Tor, und ihre Augen starrten ihn noch immer mit jener Unverwandtheit an, die ihm so merkwürdig erschien.

»Wenn Sie gestern gekommen wären«, sagte sie, »hätte ich Sie gern hereingebeten, aber heute ist mein Vater gestorben.«

Wemyss sah sie erstaunt an. Sie hatte das mit einer so gleichmäßigen und gewöhnlichen Stimme gesagt, als hätte sie eine ziemlich beiläufige Bemerkung übers Wetter gemacht.

Da verstand er plötzlich. Sein eigenes Leid hatte ihn hellsichtig gemacht. Er, der niemals Schmerz kennengelernt hatte, der sich durch nichts hatte beunruhigen lassen, der niemals in seinem Leben von einem Zweifel angekränkelt worden war, hatte die letzte Woche in einer Atmosphäre von Sorgen und Schmerz verbracht, und wenn er seinen Gedanken nachgegeben, wenn er krankhafte Regungen in sich zugelassen hätte, wäre daraus ein höchst ungerechter, quälender Zweifel erwachsen. Er verstand – was ihm noch vor einer Woche unmöglich gewesen wäre –, wie ihre Haltung, ihre Starrheit zu deuten war. Er sah sie kurz an, und sie erwiderte seinen Blick, und dann legten sich seine großen warmen Hände auf ihre kalten Finger, die sie auf dem obersten Balken des Tors gefaltet hatte, und er hielt sie fest, obwohl sie keine Anstalten machte, sie ihm zu entziehen, und sagte: »Das ist es also. Deshalb. Ich verstehe.«

Und mit der Direktheit, die er aufgrund seiner eigenen Situation in alles legte, was er tat, fügte er sodann hinzu: »Das erklärt alles. Wir beide, die wir so vom Schicksal heimgesucht wurden, müssen miteinander reden.«

Und indem er ihre Hände noch immer mit seiner Rechten bedeckte, entriegelte er mit der Linken das Tor und trat in den Garten.

## II

Unter einem Maulbeerbaum auf dem kleinen Rasen gab es eine Bank, die mit dem Rücken zum Haus und den aufgerissenen Fenstern stand, und als Wemyss sie erblickte, führte er Lucy an der Hand dorthin, als ob sie ein Kind wäre.

Gleichgültig ging sie mit ihm. Was lag daran, ob sie unter dem Maulbeerbaum saß oder am Gartentor stand? Dieser Fremde mit den verzerrten Zügen – war er wirklich? War überhaupt irgend etwas wirklich? Nun denn, er mochte ihr erzählen, was er auf dem Herzen hatte, sie würde zuhören und ihm sein Glas Wasser bringen, und dann würde er seines Weges gehen, und währenddessen wären wohl auch die Frauen oben fertig, und sie könnte wieder bei ihrem Vater sein.

»Ich hole Ihnen jetzt ein Glas Wasser«, sagte sie, als sie bei der Bank angelangt waren.

»Nein. Setzen Sie sich«, sagte Wemyss.

Lucy setzte sich. Er setzte sich auch und ließ ihre Hand los. Sie fiel auf die Bank zwischen ihnen, den Handteller nach oben gekehrt.

»Es ist merkwürdig, daß wir uns auf diese Weise kennenlernen«, sagte er und schaute sie an, während sie teilnahmslos geradeaus blickte, wo der Schatten des Maulbeerbaumes in ein sonnenbeschienenes Rasenstück überging und etwas weiter weg mehrere riesige Fuchsiensträucher standen. »Ich bin durch die Hölle gegangen – und Sie bestimmt auch. Großer Gott, was für eine Hölle! Macht es Ihnen was aus, wenn ich Ihnen davon erzähle? Sie verstehen gewiß, weil ja auch Sie –«

Lucy machte es nichts aus. Nichts machte ihr etwas aus. Sie wunderte sich nur ein wenig über seine Annahme, sie sei durch die Hölle gegangen. Die Hölle und ihr geliebter Vater; wie merkwürdig das klang! Langsam hatte sie den Verdacht, gar nicht wach zu sein. All das hier geschah nicht wirklich. Ihr Vater war nicht tot. Gleich würde das Zimmermädchen mit dem heißen Wasser hereinkommen und sie wecken zu einem wie immer fröhlichen Tag. Der Mann, der da neben ihr saß – für eine Traumgestalt wirkte er zwar recht lebendig; zum Greifen nah mit seinem geröteten Gesicht und den Schweißperlen auf der Stirn, außerdem hatte sie noch eben seine große warme Hand gespürt und die kleinen Dampfwölkchen, die seiner Kleidung entströmten, wenn er sich bewegte. Aber es war so unwahrscheinlich . . . alles, was sich seit dem Frühstück ereignet hatte, war so *unwahr-*

*scheinlich.* Auch dieser Mann da würde sich schnell als eine Halluzination erweisen, eine Folge dessen, was sie gestern abend gegessen hatte, und sie würde ihrem Vater beim Frühstück von ihrem Traum erzählen, und sie würden darüber lachen.

Sie machte eine unruhige Bewegung. Es war kein Traum. Es war Wirklichkeit.

»Die Geschichte ist unglaublich grausig«, sagte Wemyss gerade im Tonfall hochgradiger Betrübnis und blickte auf ihr Köpfchen mit dem kurzgeschnittenen Haar und dem ernsten Profil. Wie alt mochte sie wohl sein? Achtzehn? Achtundzwanzig? Unmöglich, das genau zu sagen bei diesem Haarschnitt, aber auf jeden Fall jung im Vergleich zu ihm; sehr jung vielleicht im Vergleich zu ihm, der weit über Vierzig war und so verstört, so tief verstört durch das Schreckliche, das ihm zugestoßen war.

»Sie ist so entsetzlich, daß ich nicht davon sprechen würde, wenn es Ihnen etwas ausmachen sollte«, fuhr er fort, »aber es kann Ihnen nichts ausmachen, weil sie eine Fremde sind, und es hilft Ihnen womöglich in Ihrem eigenen Kummer, denn was immer Sie auch leiden mögen, ich leide viel ärger, und so werden Sie merken, daß Ihr Leid nicht so schlimm ist. Und außerdem muß ich mit irgend jemandem sprechen – ich würde sonst noch verrückt –«

Das ist bestimmt ein Traum, dachte Lucy. Solche Dinge passieren nicht, wenn man wach ist – groteske Dinge.

Sie wandte ihren Kopf und sah ihn an. Nein, es war kein Traum. So kompakt wie der Mann neben ihr konnte keine Traumgestalt sein. Was sagte er da?

Er sagte mit gequälter Stimme, daß er Wemyss sei.

»Sie sind Wemyss«, wiederholte sie ernst.

Es machte auf sie keinen Eindruck. Sie hatte nichts dagegen, daß er Wemyss war.

»Ich bin der Wemyss, über den letzte Woche alle Zeitungen voll waren«, erklärte er, da er merkte, daß sie der Name ungerührt ließ. »Mein Gott«, fuhr er fort und wischte sich wieder die Stirn, aber je schneller er wischte, desto mehr Schweißperlen traten darauf, »diese Artikel – wenn einem sein eigener Name überall aus den Zeitungen entgegenstarrt!«

»Warum stand denn Ihr Name in den Zeitungen?« sagte Lucy.

Sie wollte es im Grunde gar nicht wissen; sie fragte es ganz mechanisch, denn sie lauschte nur auf die Geräusche, die aus den offenen Fenstern des Zimmers dort oben zu hören waren.

»Lesen Sie denn hier keine Zeitungen?« lautete seine Antwort.

»Nein«, sagte sie und lauschte. »Wir haben uns eben erst hier eingemietet. Ich glaube nicht, daß wir schon daran gedacht haben, Zeitungen zu bestellen.«

Auf Wemyss' Gesicht trat der Ausdruck einer gewissen Erleichterung, als sei er von dem Druck befreit, unter dem er sich offensichtlich gewunden hatte. »Dann kann ich Ihnen die echte Version erzählen«, sagte er, »da man Sie noch nicht mit den monströsen Vermutungen infiltriert hat, die während der gerichtlichen Leichenschau aufgestellt wurden. Als wenn ich nicht so schon genug gelitten hätte! Als wenn es nicht so schon schrecklich genug gewesen wäre –«

»Die gerichtliche Leichenschau?« wiederholte Lucy.

Erneut wandte sie den Kopf und sah ihn an. »Hat Ihr Kummer irgend etwas zu tun mit – Tod?«

»Meinen Sie denn, daß mich irgend etwas anderes in den Zustand hätte bringen können, in dem ich mich jetzt befinde?«

»Oh, es tut mir leid«, sagte sie; und ihre Augen und ihre Stimme nahmen nun einen anderen Ausdruck an, irgendwie lebhaft, irgendwie sanft. »Ich hoffe, es war niemand, den Sie – sehr mochten?«

»Es war meine Frau«, sagte Wemyss.

Hastig erhob er sich, so nahe war er den Tränen, als er daran dachte, als er an all das dachte, was er durchgemacht hatte. Er wandte ihr den Rücken zu und begann die Blätter von den Zweigen über seinem Kopf zu reißen.

Lucy beobachtete ihn, indem sie sich auf beide Hände stützte und etwas vorbeugte. »Erzählen Sie mir davon«, sagte sie sodann, sehr sanft.

Er kam zurück und ließ sich schwerfällig wieder neben sie fallen, und mit vielen Unterbrechungen, in denen er sein Erstaunen äußerte, daß ihm ein so gräßliches Unglück zustoßen konnte, ausgerechnet ihm, der bis jetzt niemals –

»Ja«, sagte Lucy, verständnisvoll und ernst, »ja – ich weiß –«

– auch nur das geringste mit so etwas – nun ja, mit Unglücksfällen zu tun gehabt hatte, erzählte er ihr die ganze Geschichte.

Wie jedes Jahr am 25. Juli waren sie, er und seine Frau, für die Sommermonate in ihr Haus an der Themse gefahren, und er hatte sich, nach den Monaten in London, auf eine herrliche Zeit friedlichen Nichtstuns gefreut, im Boot liegen und lesen und rauchen und ausruhen zu können – London war ein entsetzlich anstrengendes Pflaster –, und sie waren noch keine vierundzwanzig Stunden dort, als seine Frau – als seine Frau –

Die Erinnerung daran übermannte ihn. Er konnte nicht weitersprechen.

»War sie denn – sehr krank?« fragte Lucy zartfühlend, um ihm Zeit zu geben, seine Fassung wiederzugewinnen. »Ich denke, das wäre fast besser. Man wäre ein bißchen – man wäre zumindest ein bißchen darauf vorbereitet –«

»Sie war überhaupt nicht krank«, murrte Wemyss. »Sie – starb einfach.«

»Oh – wie Vater!« stieß Lucy hervor, nunmehr hellwach. Jetzt war sie es, die ihre Hand auf die seine legte.

Wemyss faßte sie mit seinen beiden und erzählte schnell weiter.

Er habe gerade Briefe geschrieben, sagte er, in der Bibliothek an seinem Schreibtisch in der Fensternische, von wo aus er auf die Terrasse und den Garten und den Fluß sehen konnte; erst eine Stunde zuvor hatten sie zusammen Tee getrunken; an dieser Seite des Hauses, wo die Bibliothek liege und alle wichtigen Zimmer, ziehe sich eine geflieste Terrasse entlang; und wie ein Blitz aus heiterem Himmel schoß vor seinen Augen ein großer Schatten vorbei; alles geschah in Sekundenbruchteilen; er werde ihn nie vergessen, diesen dumpfen Aufprall; und dort, vor seinem Fenster auf den Fliesen –

»Hören Sie auf, hören Sie auf –«, keuchte Lucy.

»Es war meine Frau«, fuhr Wemyss rasch fort, da es nun kein Halten mehr für ihn gab. Dabei sah er Lucy mit einem Ausdruck erstaunten Entsetzens an. »Aus dem obersten Zimmer des Hauses gefallen – ihrem Zimmer wegen der Aussicht – sein Fenster bildet mit dem der Bibliothek eine senkrechte Linie – wie ein Stein fiel sie an meinem Fenster vorbei – sie war zerschmettert – zerschmettert – «

»O nein – oh – «

»Wundern Sie sich jetzt noch über meinen Zustand?« rief er aus. »Wundern Sie sich noch, daß ich fast den Verstand verloren hätte? Zudem noch zur Einsamkeit verurteilt – gezwungen, in völliger Zurückgezogenheit zu leben, bis das, was die Gesellschaft eine angemessene Trauerfrist nennt, herum ist, und dabei immer nur an jene gräßliche Leichenschau denken zu müssen!«

Er preßte ihre Hand so fest zusammen, daß es schmerzte.

»Wenn Sie mich nicht hereinkommen und mit Ihnen hätten sprechen lassen«, sagte er, »ich glaube, ich hätte mich noch heute nachmittag von den Klippen dort drüben hinabgestürzt und dem ganzen ein Ende gemacht.«

»Aber wie – aber warum – wie konnte sie nur fallen?« flüsterte Lucy, die sich nicht erinnern konnte, jemals etwas so Schreckliches gehört zu haben wie das Unglück des armen Wemyss.

Sie hing an seinen Lippen, die Augen auf sein Gesicht geheftet, den Mund leicht geöffnet, ihr ganzer Körper bebte vor Mitgefühl. Das Leben – wie schrecklich es doch war und wie unvorhersehbar. Man lebte so dahin, dachte nicht im Traum an den schrecklichen Tag, an dem die Hüllen fallen und man plötzlich erkennen muß, daß das Leben eigentlich der Tod ist, der Tod in verschiedenen Masken, der Tod, der wartete. Ihr Vater, der das Leben liebte und noch so viel vorgehabt hatte – fort, aus, hinweggefegt, als ob an ihm nicht mehr gelegen sei als an irgendeinem Insekt, das man achtlos auf dem Weg zertrat; und die Frau dieses Mannes da – von einem Augenblick auf den anderen tot, zu Tode gekommen auf eine unendlich grausamere, unendlich entsetzlichere Weise . . .

»Ich hatte ihr so oft eingeschärft, sie solle sich an diesem Fenster in acht nehmen«, antwortete Wemyss mit einer Stimme, aus der Zorn herauszuhören war; aber die ganze Zeit schon hatte in seinem Tonfall Zorn mitgeschwungen, Zorn über die mutwillige, empörende Grausamkeit des Schicksals. »Es ist ein sehr niedriges Fenster, und der Fußboden ist glatt. Eichenparkett. Alle Fußböden in meinem Haus bestehen aus spiegelglattem Parkett. Ich habe es selbst verlegen lassen. Sie muß sich hinausgelehnt haben, und da rutschte sie aus. Deshalb ist sie wohl kopfüber gestürzt –«

»Oh – oh –«, sagte Lucy zusammenzuckend. Was konnte sie tun, was konnte sie sagen, um ihm irgendwie zu helfen, um zumindest diese entsetzlichen Erinnerungen zu mildern?

»Und dann«, fuhr Wemyss sogleich fort, wobei er sich ebensowenig wie Lucy bewußt war, daß sie zitternd seine Hand streichelte, »bei der Leichenschau, als ob nicht alles schon fürchterlich genug für mich gewesen wäre, gerieten sich die Mitglieder der Untersuchungskommission auch noch über die Todesursache in die Haare.«

»Die Todesursache?« wiederholte Lucy wie ein Echo. »Aber – sie ist doch aus dem Fenster gefallen.«

»Ob es ein Unfall war oder mit Absicht geschah.«

»Mit Absicht –?«

»Selbstmord.«

»Oh –«

Sie hielt den Atem an.

»Aber – das war's doch nicht?«

»Wie sollte es? Sie war meine Frau, die sich um nichts auf der Welt kümmern mußte; alles wurde für sie gemacht, keine Sorgen, keine Probleme, kerngesund. Wir waren fünfzehn Jahre verheiratet, und ich vergötterte sie – vergötterte sie.«

Er schlug sich mit der freien Hand aufs Knie. Seine Stimme war voll von Tränen der Entrüstung.

»Warum hat denn die Untersuchungskommission –«

»Meine Frau hatte eine dumme Gans von einer Zofe – ich konnte diese Person noch nie ausstehen –, und die machte während der Leichenschau irgendeine Bemerkung, irgend etwas, was ihr meine Frau angeblich erzählt hatte. Aber das war frei erfunden. Sie wissen ja, wie Dienstboten sind. Das verwirrte einige von den Geschworenen. Sie wissen ja, Geschworenengerichte bestehen aus allen möglichen Leuten – Metzgern, Bäckern, Kerzenziehern –; die meisten von ihnen sind völlig ungebildet und lassen sich alles mögliche einreden. Und anstatt zu dem Ergebnis zu gelangen, daß der Tod die Folge eines Unglücksfalls war (die richtige Version), lautete das Urteil, die Todesursache sei ungeklärt.«

»Oh, wie schrecklich – wie schrecklich für Sie«, hauchte Lucy, die Augen auf die seinen gerichtet, ihr Mund vor Mitgefühl bebend.

»Sie hätten alles mitbekommen, wenn Sie die Zeitungen letzte Woche gelesen hätten«, sagte Wemyss, nunmehr ruhiger. Es hatte ihm gutgetan, sich alles von der Seele reden zu können.

Er sah auf das ihm zugewandte Gesicht hinab mit seinen vor Entsetzen geweiteten Augen und bebenden Lippen. »Nun müssen Sie mir aber von sich erzählen«, sagte er, von Gewissensbissen erfaßt; nichts, was ihr zugestoßen war, konnte so entsetzlich sein wie das, was ihm zugestoßen war, doch hatte auch sie erst vor kurzem einen Verlust erlitten, sie waren einander im Unglück begegnet, der Tod selbst hatte sie miteinander bekannt gemacht.

»Besteht denn das ganze Leben – nur aus Tod?« hauchte sie, ihre entsetzten Augen auf die seinen gerichtet.

Ehe er antworten konnte – und was war auf eine solche Frage schon zu antworten außer, daß es natürlich nicht nur aus Tod bestehe, und er und sie bloß Opfer einer ungeheuerlichen, besonders gemeinen Ungerechtigkeit seien – er ganz bestimmt; ihr Vater war wahrscheinlich gestorben, wie Väter eben sterben, ganz normal in seinem Bett –, ehe er darauf antworten konnte, kamen die beiden Frauen aus dem Haus und gingen mit kleinen, diskreten Schritten den Weg zum Tor hinunter. Helles Sonnenlicht ergoß sich auf diese mageren Gestalten in ihren schlichten schwarzen Kleidern, Kleider, wie man sie sich für solche Anlässe hält, als Zeichen respektvollen Mitgefühls.

Die eine von ihnen erblickte Lucy unter dem Maulbeerbaum, zögerte etwas und kam dann mit stockenden Schritten über den Rasen auf sie zu, wie jemand, der nicht stören möchte.

»Da kommt jemand, der mit Ihnen sprechen will«, sagte Wemyss, denn Lucy saß mit dem Rücken zum Weg.

Sie zuckte zusammen und drehte sich um.

Die Frau kam zögernd näher, den Kopf seitwärts geneigt, die Hände gefaltet, das Gesicht in ein kleines Lächeln verzogen, das Mut machen und Mitleid bezeigen sollte.

»Der Herr ist nun fertig, Miss«, sagte sie leise.

## III

Diesen Tag und den ganzen nächsten Tag war Wemyss Lucys Stütze und Fels in der Brandung. Er erledigte alles, was die geschäftliche Seite eines Todesfalls betraf – jene zusätzliche Bosheit des Schicksals, die auf den alleinstehenden Hinterbliebenen so unerbittlich hereinbricht, um ihm noch vollends den Rest zu geben. Der Arzt zeigte sich zwar freundlich und hilfsbereit, aber er war ein wildfremder Mensch; Lucy hatte ihn nie zuvor gesehen, bis er an jenem schrecklichen Morgen geholt wurde; und er mußte sich außer um ihre Angelegenheiten schließlich noch um andere Dinge kümmern – seine eigenen Patienten, die weit über den einsamen Landstrich verstreut lebten. Wemyss hatte sich um nichts zu kümmern. Er konnte sich voll und ganz auf Lucy konzentrieren. Und er war ihr Freund, durch den Tod so merkwürdig und nachdrücklich mit ihr verbunden. Sie hatte das Gefühl, als kennte sie ihn schon ihr ganzes Leben lang. Es war ihr, als bewegten er und sie sich seit undenklicher Zeit Hand in Hand auf diesen einen Ort, auf dieses eine Haus und diesen Garten, auf dieses eine Jahr, diesen August, diesen Augenblick ihres Daseins zu.

Ganz selbstverständlich nahm Wemyss den Platz ein, den ein naher männlicher Verwandter innegehabt hätte, wenn ein solcher zur Hand gewesen wäre; und seine Erleichterung, etwas zu tun zu haben, etwas Praktisches und Unaufschiebbares, war so ungeheuer, daß Begräbnisvorbereitungen nie mit größerem Eifer und Elan – ja, man hätte wirklich fast sagen können, niemals mit größerer Begeisterung – getroffen worden waren. Gerade eben dem Schrecken jener anderen Begräbnisvorbereitungen entkommen, die vom Schweigen der Freunde und den abgewandten Blicken der Nachbarn überschattet gewesen waren – all das war den idiotischen Geschworenen und ihrem Zaudern zu verdanken und der Rachsucht jener Person, offenbar weil er sich im Monat zuvor geweigert hatte, ihr Gehalt zu erhöhen –, war das, was er nun in die Wege leitete, so einfach und unkompliziert, daß es richtig Spaß machte. Da gab es keine Ängste, da gab es keinen Ärger, und da gab es ein dankbares junges Mädchen. Nach jedem erfolgreichen Gang zum Leichenbestatter – und in seinem Eifer ging er gleich mehrmals hin – kehrte er zu Lucy zurück, und sie war dankbar; und sie war nicht nur dankbar, sondern offensichtlich froh, daß sie ihn wiederhatte.

Er merkte, daß sie ihn ungern gehen ließ, wenn er sich am Rand der Klippen entlang zu seinen verschiedenen Geschäftsbesuchen begab, Zielstrebigkeit in jedem Schritt, ein anderes Wesen als die mit ihrem Schicksal hadernde Jammergestalt, die sich erst vor kurzem auf der nämlichen Klippe dahingeschleppt hatte, um die Zeit totzuschlagen; er merkte, daß sie ihn ungern gehen ließ. Sie wußte, daß er diese Gänge machen mußte, sie war dankbar und brachte diese Dankbarkeit auch überschwenglich zum Ausdruck – Wemyss erinnerte sich nicht, je einem Menschen begegnet zu sein, der seine Dankbarkeit so deutlich zeigen konnte –, daß er so emsig war, aber sie hatte es nicht gern, wenn er ging. Er sah es ihr an; er merkte, daß sie sich an ihn klammerte, und es gefiel ihm.

»Bleiben Sie nicht so lange weg«, murmelte sie jedesmal und sah ihn mit inständig bittenden Augen an; und wenn er zurückkam und vor ihr stand und sich wieder die Stirn wischte, nachdem er die Begräbnisvorbereitungen ein weiteres Stück vorangebracht hatte, überzog sich ihr Gesicht mit einer sanften Röte, und sie hatte die erleichterten Augen eines Kindes, das im Dunkeln allein gelassen worden war und seine Mutter mit einer Kerze hereinkommen sieht. Vera hatte nie so geschaut. Vera hatte alles, was er für sie tat, als pure Selbstverständlichkeit hingenommen.

Natürlich wollte er das arme kleine Mädchen nicht allein in dem Haus mit der Leiche schlafen lassen, und die fremden Diener, die zusammen mit dem Haus gemietet worden waren und weder ihren Vater noch sie näher kannten, würden vermutlich bei Einbruch der Dunkelheit unruhig werden und sich wahrscheinlich eilends ins Dorf davonmachen; so holte er denn gegen sieben Uhr seine Sachen aus dem einfachen Hotel drunten in der Bucht und tat seine Absicht kund, auf dem Sofa im Wohnzimmer zu schlafen. Er hatte mit Lucy zu Mittag gegessen, hatte Tee mit ihr getrunken und wollte nun mit ihr zu Abend essen. Was sie ohne ihn getan hätte, konnte sich Wemyss nicht vorstellen.

Er hatte, wie er fand, Zartgefühl und Takt bewiesen, was die Sache mit dem Wohnzimmersofa betraf. Er hätte durchaus das Gästezimmerbett beanspruchen können; aber er wollte die Lage des armen Mädchens nicht ausnützen, nicht im geringsten. Die Dienstboten, die ihn vom ersten Augenblick an für einen Verwandten hielten, groß und in mittleren Jahren, wie er da unter dem Maulbeerbaum die Hand der jungen Dame hielt, waren überrascht, daß sie im Wohnzimmer ein Bett bereiten sollten, wo es doch im ersten Stock zwei Gästezimmer mit bereits hergerichteten Betten gab, aber sie taten es gehorsam, in der vagen Vorstellung, daß es etwas mit Wachsamkeit und französischen Fenstern zu tun habe; und Lucy war, als er ihr gesagt hatte, er werde die Nacht über dableiben, so froh, so unendlich dankbar, daß sich ihre vom vielen Weinen geröteten Augen – denn beim Anblick ihres toten Vaters, der ihr so fern, so unnahbar erschien, hatte sie sich aus ihrer Erstarrung gelöst und war von einem Heulkrampf erfaßt worden – erneut mit Tränen füllten.

»Ach«, murmelte sie, »wie *gut* Sie sind –«

Es war Wemyss gewesen, der ihr alles Denken abgenommen hatte, und in den Pausen zwischen seinen Besuchen beim Leichenbestatter wegen der Begräbnisvorbereitungen, beim Arzt wegen der Sterbeurkunde und beim Pfarrer wegen der Ansprache ihrer einzigen noch verbliebenen Verwandten, einer Tante, telegraphiert, eine Traueranzeige an die *Times* geschickt und sie sogar darauf hingewiesen hatte, daß sie ein blaues Kleid anhabe, und sie gefragt hatte, ob sie nicht vielleicht lieber ein schwarzes anziehen wolle; und dieser letzte Beweis seiner Fürsorglichkeit überwältigte sie nun vollends.

Sie hatte sich vor der Nacht gefürchtet, kaum gewagt, daran zu denken, solche Angst hatte sie davor; und jedesmal, wenn er zu seinen Erledigungen weggegangen war, kroch ihr der Gedanke durchs Herz, wie es wohl sein werde, wenn die Dämmerung einsetze und er zum letzten Mal wegginge und sie allein wäre, ganz allein in dem stillen Haus, und oben jenes fremdartige, erstaunliche, in sich ruhende Wesen, das einst ihr Vater gewesen war und das jetzt, was immer ihr auch zustoßen, welch gräßliches Entsetzen sie in der Nacht auch befallen, welche Gefahr sie auch bedrohen mochte, nichts hören, nichts davon merken, sondern einfach nur daliegen würde, zufrieden, losgelöst . . .

»Wie *güt*ig Sie sind!« sagte sie zu Wemyss, und ihre geröteten Augen füllten sich mit Tränen. »Was hätte ich ohne Sie getan?«

»Aber was hätte denn ich ohne *Sie* getan?« antwortete er; und sie sahen einander an, erstaunt über das enge Band, das sie beide umgab, über die Art, wie es auf fast wundersame Weise geknüpft worden zu sein schien, damit sie sich in ihrer tiefsten Verzweiflung begegnen und sich gegenseitig retten sollten.

Längst waren die Sterne ans Firmament getreten, da saßen sie immer noch zusammen am Rande der Klippe. Wemyss rauchte, während er mit gedämpfter, der späten Stunde, der Stille und dem Anlaß angemessener Stimme von seinem Leben erzählte und wie ruhig und natürlich und geordnet es bis vor einer Woche verlaufen sei. Warum diese Ruhe gestört wurde, und das auf so grausame Weise, könne er sich nicht vorstellen. Er habe es nicht verdient. Er wisse zwar nicht, ob sich ein Mann je rechtfertigen könne, indem er behauptete, Gutes getan zu haben, aber er, Wemyss, könne zumindest mit Fug und Recht behaupten, daß er keinem Menschen jemals Böses zugefügt habe.

»Oh, Sie haben sicher nur Gutes getan«, sagte Lucy. Auch ihre Stimme war in Anbetracht der späten Stunde, der Stille und des Anlasses noch leiser als sonst und bebte zudem vor Rührung, Ernst und Überzeugung. »Ich weiß, daß Sie immer nur Gutes getan haben«, sagte sie, »gütig waren. Ich kann Sie mir nicht anders vorstellen denn als eine Hilfe und ein Trost für andere Menschen.«

Und Wemyss sagte, nun ja, er habe sein möglichstes getan und es versucht, und kein Mensch könne mehr von sich behaupten, aber nach den Reaktionen der Menschen zu urteilen, sei dem manchmal kein großer Erfolg beschieden gewesen, und wie oft sei er verletzt worden, tief verletzt worden, weil man ihn mißverstanden habe!

Und Lucy sagte, wie könne man ihn wohl mißverstehen, einen Menschen mißverstehen, dessen gütiges Wesen so offen zutage liege, der so liebenswürdig sei?

Und Wemyss sagte, ja, das sollte man meinen, sei er doch ein sehr unkomplizierter, geradliniger Mensch, der sein ganzes Leben lang nur nach Frieden und Ruhe getrachtet habe. Das sei doch wohl nicht zuviel verlangt. Vera –

»Wer ist Vera?« fragte Lucy.

»Meine Frau.«

»Bitte nicht«, bat Lucy und nahm seine Hand sehr sanft in die ihre. »Sprechen Sie heute abend nicht davon – bitte denken Sie jetzt nicht daran. Wenn ich nur, nur Worte fände, Sie zu trösten –«

Und Wemyss sagte, daß sie keiner Worte bedürfe, daß es ihm vollauf genüge, wenn sie bei ihm sei, er ihr helfen dürfe, zumal sie nichts mit seinem früheren Leben zu tun habe.

»Sind wir nicht wie zwei Kinder«, sagte er mit vor Erregung tiefer Stimme, »zwei verängstigte, unglückliche Kinder, die sich im Dunkeln aneinanderklammern?«

So plauderten sie fort, fast flüsternd, wie Menschen an geweihten Stätten. Sie saßen nebeneinander, blickten aufs Meer hinaus, über dem die Sterne funkelten. Es wurde dunkler um sie her und zunehmend kühler, und das Gras duftete süß nach dem heißen Tag, und die kleinen Wellen, so tief dort unten, schwappten träge gegen den Kiesstrand, bis Wemyss sagte, es sei bestimmt schon längst Zeit zum Schlafengehen, und sie, das arme Mädchen, habe nun Ruhe gewiß bitter nötig.

»Wie alt sind Sie?« fragte er unvermittelt, wandte sich zu ihr und musterte ihr Gesicht, das sich in zarten Konturen schwach gegen den Nachthimmel abzeichnete.

»Zweiundzwanzig«, sagte Lucy.

»Sie könnten genausogut zwölf sein«, sagte er, »wenn man einmal davon absieht, was Sie von sich geben.«

»Das liegt an meinem Haar«, sagte Lucy. »Mein Vater mochte – er mochte –«

»Nicht doch«, sagte Wemyss, und jetzt nahm er ihre Hand. »Weinen Sie nicht wieder. Weinen Sie heute abend nicht mehr. Kommen Sie – wir wollen ins Haus gehen. Es ist höchste Zeit, daß Sie ins Bett kommen.«

Und er half ihr auf, und als sie in die erleuchtete Diele

traten, sah er, daß sie diesmal die Tränen erfolgreich unterdrückt hatte.

»Gute Nacht«, sagte sie, als er ihr eine Kerze angezündet hatte, »und – Gott segne Sie.«

»Gott segne *Sie*«, sagte Wemyss feierlich und umschloß ihre Hand mit festem, warmem Griff.

»Das hat er«, sagte Lucy. »Ja, das hat er schon, als er Sie mir gesandt hat.« Und sie lächelte zu ihm empor.

Zum ersten Mal, seit er sie kannte – und auch ihm war, als kennte er sie schon seit undenklicher Zeit –, sah er sie lächeln, und die Veränderung, die das in ihrem verhärmten, tränenfeuchten Gesicht bewirkte, überraschte ihn.

»Machen Sie das noch einmal«, sagte Wemyss, wobei er sie ansah und ihre Hand hielt.

»Was machen?« fragte Lucy.

»Lächeln«, sagte Wemyss.

Da lachte sie; aber es klang schrecklich in der Totenstille des Hauses.

»Oh«, keuchte sie, hielt inne und senkte den Kopf, entsetzt über diesen Laut.

»Vergessen Sie nicht, Sie müssen nun schlafen und sollen an nichts denken«, befahl Wemyss, als sie langsam die Treppe hochging.

Und sie schlief tatsächlich sofort ein, erschöpft, aber behütet, wie ein allein gelassenes Baby, das sich die Seele aus dem Leib geschrien und nun seine Mutter wiedergefunden hat.

## IV

All das jedoch fand am nächsten Tag ein jähes Ende, als gegen Abend Miss Entwhistle, Lucys Tante, eintraf.

Wemyss zog sich erneut in sein Hotel zurück und tauchte erst am Morgen darauf wieder auf, da er Lucy Zeit lassen wollte, ihrer Tante seine Anwesenheit zu erklären; aber entweder war die Tante unaufmerksam, was unter den Umständen, in die sie sich so plötzlich und auf so bedauerliche Weise gestellt sah, verständlich schien, oder Lucys Erklärungen waren ungenau, denn Miss Entwhistle hielt Wemyss für einen Freund ihres lieben Jim, für einen der vielen Freunde ihres lieben, lieben Bruders und nahm seine Dienste somit als ganz natürlich hin und ihn selbst gerührt, herzlich und in Erinnerungen schwelgend mit offenen Armen auf.

Unversehens war er ihr Fels nicht minder als Lucys, und auch sie klammerte sich an ihn. Wo sich zuerst nur eine an ihn geklammert hatte, klammerten sich nun gleich zwei an ihn, was seinen Zwiegesprächen mit Lucy ein Ende setzte. Vor dem Begräbnis sah er Lucy kein einziges Mal mehr allein, aber da Miss Entwhistle nicht ohne ihn auskam, brauchte er zumindest keine einsamen Stunden mehr zu verbringen. Mit Ausnahme des Frühstücks nahm er alle Mahlzeiten droben in dem kleinen Haus auf der Klippe ein, und abends rauchte er seine Pfeife unter dem Maulbeerbaum, während Miss Entwhistle im Dunkeln verhalten und feierlich in Erinnerungen schwelgte und Lucy schweigend neben ihm saß, so nah sie konnte, bis es Zeit wurde, schlafen zu gehen, und er sich verabschiedete.

Auf Anraten des Arztes beeilte man sich mit der Beerdigung, aber James Entwhistles Freunde ließen sich selbst durch die kurzfristige Benachrichtigung und die weite Entfernung von einer Teilnahme nicht abschrecken. Die kleine Kirche drunten in der Bucht war brechend voll; in dem kleinen Hotel drängten sich unzählige betrübte Leute mit ernsten Gesichtern. Wemyss, der alles getan und erledigt und gewissermaßen im Mittelpunkt des Interesses der beiden Damen gestanden hatte, ging in dieser Menschenmenge völlig unter. Niemand nahm von ihm Notiz. Keiner von James Entwhistles Freunden war zufällig auch seiner – glücklicherweise, wie er fand, da doch die Zeitungen der letzten Wochen noch frisch im öffentlichen Bewußtsein waren. Vierundzwanzig Stunden lang hatte ihn diese Flut von Trauergästen von Lucy regelrecht weggespült, und während des Gottesdienstes in der Kirche konnte er von seinem Platz neben der Tür nur von weitem einen flüchtigen Blick auf ihren gebeugten Kopf in der ersten Bankreihe erhaschen.

Er fühlte sich wieder sehr einsam. Keine Minute lang wäre er in der Kirche geblieben, denn er empfand einen gesunden Widerwillen gegen Trauerfeierlichkeiten, wenn er sich nicht sozusagen als Zeremonienmeister der gegenwärtigen betrachtet hätte und es nicht in einem gewissen Sinn seine Beerdigung gewesen wäre. Er war stolz darauf. Bedachte man die Kürze der Zeit, war es wirklich eine beachtliche Leistung, so, wie er alles in die Wege geleitet hatte, so reibungslos, wie das ganze ablief. Aber morgen – was würde morgen geschehen, wenn alle diese Leute wieder abgereist waren? Würden sie Lucy und die Tante mitnehmen? Würde das Haus dort oben geschlossen werden und er, Wemyss, wieder mit seinen bitteren, jammervollen Erinnerungen allein sein? Er würde natürlich nicht länger hier bleiben, falls Lucy abreisen sollte, aber wo immer er auch hinginge, er würde dort eine Leere vorfinden ohne sie, ohne ihre Dankbarkeit, Sanftmut und Anhänglichkeit. Trösten und getröstet werden – das hatten sie vier Tage lang gegenseitig getan, und er war felsenfest davon überzeugt, daß sie ohne ihn dieselbe Leere empfinden werde, die er ohne sie mit Sicherheit empfinden würde.

Im Dunkeln unter dem Maulbeerbaum, während ihre Tante leise und traurig von der Vergangenheit sprach, hatte Wemyss manchmal seine Hand auf Lucys gelegt, und sie hatte die ihre nie weggezogen. Zufrieden und froh, sich bei der Hand halten zu können, hatten sie dagesessen. Er spürte, daß sie ihm das blinde Vertrauen eines Kindes entgegenbrachte; die Zuversicht und das Wissen, daß sie bei ihm geborgen war. Dies zu wissen, erfüllte ihn mit Stolz und Rührung, und es wurde ihm warm ums Herz, als er sah, wie sich ihr Gesicht jedesmal aufhellte, wenn er erschien. Veras Gesicht hatte sich nie aufgehellt. Vera hatte ihn nie verstanden in all den fünfzehn Jahren, die sie dafür Zeit gehabt hatte, und diesem Mädchen war es in einem halben Tag gelungen. Und die Art, wie Vera zu Tode gekommen war – es hatte ja keinen Zweck, sich selbst etwas vorzumachen: sie starb so, wie sie gelebt hatte: rücksichtslos gegenüber anderen, gleichgültig gegenüber allem, was man ihr zu ihrem eigenen Besten riet, entschlossen, das zu tun, was ihr gerade paßte, sich aus gefährlichen Fenstern zu lehnen, wenn sie Lust dazu hatte, zum Beispiel, sich nicht die geringste

Mühe zu geben, den geringsten Gedanken zu machen ... Man denke sich nur, ihm so etwas Entsetzliches anzutun, etwas so unvergeßlich Entsetzliches, und ihm zudem Scherereien und Unglück ohne Ende zu bereiten, weil sie seine Warnungen, ja, seine Befehle bezüglich des Fensters vorsätzlich in den Wind schlug. Wemyss war in der Tat der Meinung, daß man bei nüchterner Betrachtung der Sache wohl nur mit Mühe eine noch größere Gleichgültigkeit gegenüber den Wünschen und Gefühlen anderer finden werde.

Wie er so während des Trauergottesdienstes in der Kirche saß, die Arme über der Brust verschränkt, den Mund bei diesen Gedanken grimmig verzogen, fiel sein Blick plötzlich auf Lucys Gesicht. Eben kam der Pfarrer das Längsschiff herabgeschritten, gefolgt von Lucy und ihrer Tante, die den Sarg zum Grab geleiteten.

*Der Mensch, der von einer Frau geboren ist, hat nur eine kurze Zeit zu leben und ist voller Elend. Er geht auf und wird abgeschnitten wie eine Blume; er schwindet dahin wie ein Schatten, und auf Erden ist seines Bleibens nicht ...*

Mit trauriger, abgeklärter Stimme sprach der Geistliche die schönen Worte, während er dahinschritt. Die Nachmittagssonne, die durchs westliche Fenster und das offenstehende Westportal fiel, tauchte sein Gesicht und die Gesichter des Trauerzuges in helles Licht, und alles wirkte schwarzweiß – schwarze Kleider, weiße Gesichter.

Das weißeste Gesicht war das von Lucy, und als Wemyss den Ausdruck auf diesem Gesicht sah, löste sich die Anspannung um seinen Mund, und es wurde ihm weich ums Herz. Aus einem plötzlichen Impuls heraus trat er aus dem Schatten und gesellte sich zu ihr, schritt unverzagt an ihrer anderen Seite am Kopf des Trauerzugs einher und blieb neben ihr am Grab stehen; und als der schreckliche Augenblick kam und die erste Schaufel Erde auf den Sarg geworfen wurde, zog er vor aller Augen ihre Hand durch seinen Arm und hielt sie dort fest.

Niemand war überrascht, daß er dort neben ihr stand. Es wurde als ganz selbstverständlich betrachtet. Er war offensichtlich ein Verwandter des armen Jim. Und es wunderte sich auch niemand, als Wemyss sie nicht wieder losließ und den steilen Weg hoch nach Hause führte, ihren Arm in dem seinen, gerade so, als sei er der Hauptleidtragende, wohingegen die Tante mit einem anderen Herrn folgte.

Er sprach Lucy nicht an, noch störte er sie, indem er irgendwelche Ansprüche auf ihre Aufmerksamkeit geltend machte, teils weil der Weg sehr steil und er nicht an Klippen gewöhnt war, aber auch weil er fand, daß er und sie, abgesondert von den anderen durch ihren gemeinsamen Schmerz, einander auch ohne Worte verstanden. Und als sie beim Haus anlangten – sie waren die ersten, die von der Kirche dort ankamen, gerade so, er konnte sich des Gedankens nicht erwehren, als kehrten sie von ihrer Trauung zurück –, befahl er ihr sehr entschieden, sie solle sogleich in ihr Zimmer hinaufgehen und sich hinlegen, und sie gehorchte mit dem reizenden Gehorsam blinden Vertrauens.

»Wer ist das?« fragte der Mann, der Miss Entwhistle die Klippe hochhalf.

»Oh, ein *sehr* alter Freund des lieben Jim«, schluchzte sie – seit den ersten Worten des Trauergottesdienstes schluchzte sie ununterbrochen und konnte einfach nicht aufhören damit. »Mr. – Mr. – We – We – Wemyss – «

»Wemyss? Ich kann mich nicht erinnern, ihm bei Jim begegnet zu sein.«

»Oh, einer von seinen – seinen *ältesten* – F – Fr – Freunden«, schluchzte Miss Entwhistle völlig hemmungslos.

Wemyss, der seine Rolle als Hauptleidtragender weiterspielte, war der einzige Mensch, der gebeten wurde, den Abend oben im Trauerhaus zu verbringen.

»Ich wundere mich nicht«, sagte Miss Entwhistle zu ihm beim Abendessen, immer noch mit tränenerstickter Stimme, »daß mein Bruder Ihnen so zugetan war. Sie sind uns die größte Hilfe, der größte Trost – «

Und weder Wemyss noch Lucy war es nach einer Erklärung zumute.

Was lag schon daran? Lucy, müde von all den Gemütsbewegungen, zermürbt von den gewaltigen Anforderungen, die in den letzten vier Tagen an sie gestellt worden waren, saß mit hängendem Kopf am Tisch und dachte lediglich, daß ihr Vater Wemyss bestimmt sehr zugetan gewesen wäre, wenn er ihn kennengelernt hätte. Er hatte ihn nicht kennengelernt; er hatte ihn verpaßt – ja, gerade um drei Stunden; und diese wunderbare Freundschaft war die allererste positive Erfahrung, die sie mit ihrem Vater nicht teilte. Und Wemyss vertrat die Ansicht, daß man Leute ruhig in ihrem Glauben lassen sollte, wenn sie übereilte Schlüsse zogen. Er konnte jedenfalls nicht mitten beim Essen zu einer Erklärung ansetzen, während ein Hausmädchen Schüsseln herumreichte und zuhörte.

Aber eine peinliche Situation entstand für einen winzigen Augenblick, als sich Miss Entwhistle unter Tränen fragte – sie aß gerade Mandelsüßspeise, das letzte einer Reihe kalter, blasser Gerichte, mittels derer die phantasiebegabte Köchin, eine Frau keltischen Ursprungs, den traurigen Anlaß auf respektvolle Weise zu würdigen versuchte –, ob sich beim Verlesen des Testaments wohl herausstelle, daß Jim Mr. Wemyss zum Vormund der armen Lucy bestimmt habe.

»Ich bin – oje, wie schwer fällt es einem doch zu sagen: ich war – die einzige Verwandte meines lieben Bruders. Wir gehören – gehörten – einer kleinen Familie an, und ich bin natürlich auch nicht mehr die Jüngste. Jim und ich sind nur – waren nur – ein Jahr auseinander, und auch ich kann jeden Augenblick –«

Hier fing Miss Entwhistle wieder zu schluchzen an und mußte ihren Löffel beiseite legen.

»– hinweggerafft werden«, beendete sie den Satz sogleich darauf, während die beiden schweigend dasaßen.

»Wenn dieser Fall eintritt«, fuhr sie dann ein wenig gefaßter fort, »wird die arme Lucy ganz allein dastehen, es sei denn, Jim hat dies bedacht und einen Vormund bestimmt. Sie, Mr. Wemyss, hoffe ich und nehme ich an.«

Weder Lucy noch Wemyss sagten ein Wort. Das Hausmädchen hielt sich noch immer bereit, und man konnte sich jetzt unmöglich auf irgendwelche Erklärungen einlassen, die man schon Tage vorher hätte abgeben müssen.

Ein leichenblasser Käse wurde herumgereicht, etwas aus der Gegend wahrscheinlich, denn Wemyss kannte diese Käsesorte nicht, und die Mahlzeit endete mit einigen Tassen rabenschwarzen kalten Kaffees. Und alle diese sorgfältig ausgedachten Mitgefühlsbekundungen der Köchin hinterließen bei den dreien, denen nichts auffiel, keinen Eindruck; jedenfalls merkten sie nicht, wie es von der Köchin gemeint war. Wemyss ärgerte sich insgeheim ein wenig, daß der Kaffee kalt war. Alle anderen feuchtkalten Dinge hatte er geduldig gegessen, aber den Kaffee nach seinem Abendessen möchte ein Mann heiß haben, und er hatte es noch nicht erlebt, ihn kalt serviert zu bekommen. Ihm fiel das auf, und er wunderte sich, daß es anscheinend keiner seiner beiden Tischgenossinnen aufgefallen war. Aber andererseits – Frauen hatten bekanntlich keinen Sinn für gutes Essen; in dieser Hinsicht waren selbst die besten unter ihnen dumm und die schlimmsten einfach unmöglich. Vera war fürchterlich gewesen; er hatte schließlich alle Anordnungen bezüglich der Mahlzeiten selbst treffen und auch die Köchinnen einstellen müssen.

Er stand vom Tisch auf, um den Damen die Tür zu öffnen, und es fröstelte ihn. Er hatte das Gefühl, als befände er sich in einem Leichenschauhaus; und allein zurückbleibend mit einem Gericht aus schwarzen Pflaumen und einem düsteren Wein in einer Karaffe, den er mied, denn jedesmal, wenn er nach der Karaffe griff, klirrte Eis, zog er so unaufdringlich wie möglich die Klingel und fragte das Hausmädchen mit gesenkter Stimme, da die Terrassentür offenstand und Lucy und ihre Tante im Garten waren, ob es im Haus so etwas wie Whisky und Soda gebe.

Das Hausmädchen, das eine hübsche Person war und, wie sie selbst bereitwillig zugab, mit Herren besser zurechtkam als mit Damen, brachte ihm welchen und wollte wissen, wie ihm der Leichenschmaus geschmeckt habe.

»Überhaupt nicht«, sagte Wemyss, dessen Urteil in diesem Punkt feststand.

»Natürlich, Sir«, sagte das Hausmädchen, mitfühlend nickend, »natürlich, Sir.«

Hierauf erklärte sie diskret flüsternd und mit einem Auge zur offenstehenden Terrassentür schielend, daß das Dinner kein gewöhnliches Dinner gewesen sei und man auch nicht erwartet habe, daß es schmecke, es sei vielmehr der Beitrag der Köchin zum Begräbnis ihres verstorbenen Herrn – eines Herrn, den sie bedauerlicherweise zwar nur eine Woche kannten, den sie aber beide sehr liebgewonnen hätten, da er sehr liebenswürdig war und nicht der Mensch, der Scherereien zu machen drohte.

Wemyss hörte zu, schlürfte den wohltuenden Drink und rauchte eine Zigarre.

Ganz anders, sagte das Hausmädchen, das froh zu sein schien, sich unterhalten zu können, wäre das Dinner ausgefallen, wenn die Köchin den armen Herrn nicht gemocht hätte. Nun ja, in einer Stellung, wo sie und die Köchin zusammen gewesen waren und die Dame dahingerafft wurde genau zu dem Zeitpunkt, wo die Köchin gekündigt hätte, wenn die Herrin nicht abgekratzt wäre, weil sie eine so hinterhältige und unpünktliche Dame war, die zudem nicht wußte, was sich gehört – keine richtige Dame im Grunde und nie eine gewesen –, als sie dahingerafft wurde, nicht plötzlich wie der arme Gentleman, sondern allmählich, tischte die Köchin am Tag ihrer Beerdigung ein ganz unglaubliches Essen auf – so war sie eben, sie sprühte vor Einfällen. Zum Glück verstand die Familie nicht, die Anzüglichkeiten zu deuten, denn es begann mit getoasteten Seelchen –

Das Hausmädchen hielt inne, den Blick ängstlich auf die Terrassentür gerichtet. Wemyss saß da und starrte sie ungläubig an.

»Sagten Sie getoastete Seelchen?« fragte er und starrte sie an.

»Ja, Sir. Getoastete Seelchen. Zunächst fiel mir daran nichts auf. Es kommt darauf an, was man dabei denkt, sagte die Köchin. Und der nächste Gang« – ihre Stimme wurde nun so leise, daß man fast überhaupt nichts mehr verstand – »waren gefüllte Knochen.«

Seit fast zwei Wochen hatte Wemyss nicht mehr gelächelt, und zu seinem Entsetzen, denn wie mochte es sich wohl für die beiden Trauernden auf dem Rasen draußen anhören, brach er unvermittelt in ein fürchterliches Gelächter aus. Er merkte selbst, daß es schrecklich klang.

Der Lärm, den er machte, entsetzte das Hausmädchen genausosehr wie ihn. Sie stürzte zur Tür und schloß sie. In seinem Bemühen, die entsetzlichen Laute zu unterdrükken, würgte und hustete er, die Serviette ans Gesicht gedrückt, und bog sich vor Lachen. Sein Gesicht war puterrot, und das Hausmädchen betrachtete ihn völlig verängstigt. Zuerst hatte es ja den Anschein gehabt, als lache er, obwohl sie, der es selbst kalt über den Rücken gelaufen war, als sie erstmals von der Geschichte hörte, nicht begreifen konnte, was Onkel Wemyss (als solcher figurierte er in den Küchengesprächen) an der Rache der Köchin so komisch fand; aber gleich darauf machte sich in ihr die Befürchtung breit, er lache gar nicht, sondern sei ernsthaft krank. Todesfälle fielen ihr ein, und sie wurde von der Angst erfaßt, daß hier in dem Stuhl, sich in Krämpfen hinter einer Serviette windend, vielleicht noch ein angehender Leichnam sitze. Nachdem sie erst zur Terrassentür gestürzt war, um sie zu schließen, stürzte sie nun hin, um sie zu öffnen, und rannte von Todesangst gepackt in den Garten hinaus, um die Damen zu holen.

Dies kurierte Wemyss. Er stand hastig auf, ließ seine halbgerauchte Zigarre liegen und sein halbausgetrunkenes Whiskyglas stehen und folgte ihr nach draußen, gerade rechtzeitig, um Lucy und ihrer Tante entgegenzugehen, die quer über den Rasen auf die Terrassentür zugerannt kamen.

»Ich habe mich verschluckt«, sagte er und wischte sich die Augen, in denen wirklich Tränen standen.

»Verschluckt?« wiederholte Miss Entwhistle besorgt. »Wir hörten ein äußerst merkwürdiges Geräusch –«

»Das war ich, als ich mich verschluckte«, sagte Wemyss. »Es ist alles in Ordnung – völlig in Ordnung«, fügte er an Lucy gewandt hinzu, die ihn mit einem Ausdruck höchster Besorgnis ansah.

Aber er merkte nun, daß er von Tod und Begräbnisatmosphäre die Nase gestrichen voll hatte. Eine Reaktion setzte ein, und seine Reaktionen waren heftig. Er wollte loskommen von all dem Leid, wieder mit normalen, fröhlichen Leuten zusammensein, einen Zustand beenden, in dem nichts so unanständig klang wie ein Lachen. Hier fühlte er sich mit dem Kopf in einen schwarzen Sumpf gedrückt – zuerst die gräßliche Sache mit Vera und nun diese vergrämte Familie.

Plötzlich und heftig war Wemyss' Reaktion, ausgelöst durch die Geschichte des Hausmädchens. Miss Entwhistles geschwollene Augen gingen ihm auf die Nerven. Selbst Lucys trauriges Gesicht erregte in ihm Unwillen. All das war gegen die Natur. Es konnte einfach nicht so weitergehen, man durfte es nicht auch noch fördern. Der Himmel allein wußte, wie sehr er gelitten hatte, wie viel mehr er gelitten hatte als die Entwhistles mit ihrem ganz normalen Schmerz, und wenn es selbst ihm schon höchste Zeit schien, an etwas anderes zu denken, konnten das die Entwhistles erst recht. Er war die Begräbnisse leid. Er hatte dieses eine von Anfang bis zum Schluß wirklich brillant durchgeführt, aber nun war es vorüber und vorbei, und er wollte wieder zur Normalität zurückkehren. Der Tod erschien ihm höchst anormal. Allein schon die Tatsache, daß er jedem Menschen nur einmal zustößt, zeigt doch, welch ein Ausnahmefall er ist, dachte Wemyss und hatte das alles satt. Warum konnten nicht er und die Entwhistles morgen abreisen und irgendwo hinfahren, weit weg von hier, ein Weilchen ins Ausland, an irgendeinen heiteren Ort, wo niemand sie kannte und niemand von ihnen erwarten würde, den ganzen Tag mit Leichenbittermiene herumzulaufen? Ostende zum Beispiel. Seine mitfühlende und sanftmütige Stimmung war im Augenblick ganz dahin. Es empörte ihn, daß es Umstände geben sollte, in denen sich ein Mensch über ein Lachen genauso schuldig fühlte wie über ein Verbrechen. Eine normaler Mensch wie er hatte eine gesunde Sicht der Dinge. Es war gesund und nicht mehr als recht und billig, daß man schreckliche Dinge vergaß, sie aus seinem Kopf verbannte. Falls die

Konvention, jene Tochter von Grausamkeit und Heuchelei, darauf bestand, daß einem die eigenen Mißgeschicke immer unter die Nase gerieben werden, damit man auch recht nachhaltig darunter leide, und derjenige ein besonderes Ansehen genießt, der möglichst heftig unter seinen Schicksalsschlägen zusammenzuckt – wenn die Konvention darauf bestand, und sie bestand tatsächlich darauf, wie Wemyss selbst seit Veras Unfall erfahren hatte, nun, dann mußte man ihr eben die Stirn bieten. Er hatte feststellen müssen, daß er als einzelner Mensch ihr nicht die Stirn bieten konnte. Einsam und elend hatte er sich davongeschlichen und damit die Erwartungen erfüllt, die man an ihn stellte, aber jetzt fühlte er sich wie ausgewechselt, nun, da er in Lucy und ihrer Tante vertrauensvolle Freunde gefunden hatte, die zu ihm aufschauten, die keine Zweifel ihm gegenüber hegten und keine Kritik an ihm übten. Sein inneres Gleichgewicht hatte sich wieder eingestellt – die ihm angeborene Gesundheit, die ihn bis zu dieser haarsträubenden Geschichte mit Vera noch nie in seinem Leben im Stich gelassen hatte.

»Ich möchte mal vernünftig mit Ihnen reden«, sagte er und schaute auf die beiden kleinen schwarzen Gestalten und feierlichen, müden Gesichter hinunter, die im Dämmerlicht des Gartens immer blasser und schemenhafter wurden.

»Mit mir oder mit Lucy?« fragte Miss Entwhistle.

Mittlerweile lasen ihm beide jeden nur denkbaren Wunsch von den Augen ab und betrachteten ihn mit der devoten Aufmerksamkeit eines Hundepaares.

»Mit Ihnen und mit Lucy«, sagte Wemyss und lächelte

in die zu ihm hochgewandten Gesichter. Er war sich seiner männlichen Autorität durchaus bewußt.

Zum ersten Mal nannte er sie Lucy. Miss Entwhistle erschien das als eine Selbstverständlichkeit, aber Lucy selbst errötete vor Freude und hatte wieder das Gefühl, behütet und geborgen zu sein. So traurig sie war am Ende dieses traurigen Tages, bemerkte sie doch sehr wohl, wie hübsch ihr recht alltäglicher Name in der Stimme dieses liebenswürdigen Mannes klang. Sie fragte sich, wie er wohl heiße, und hoffte, er trage einen Namen, der seiner würdig wäre – nicht Albert zum Beispiel.

»Wollen wir ins Wohnzimmer gehen?« fragte Miss Entwhistle.

»Warum nicht zum Maulbeerbaum?« sagte Wemyss, der natürlich, wenn möglich, Lucys kleine Hand halten wollte und das nur im Dunkeln tun konnte.

So hatten sie an anderen Abenden dagesessen, Wemyss in der Mitte, und er hatte Lucys Hand, sobald es dunkel genug war, fest und tröstend in der seinen gehalten.

»Dieses kleine Mädchen«, fing er an, »muß wieder rote Wangen kriegen.«

»Ja, da haben Sie recht«, pflichtete ihm Miss Entwhistle bei, aber ihre Stimme stockte bei der bloßen Erinnerung daran, daß Lucys Wangen nicht rot seien, und infolgedessen an das, was das Rot von ihnen vertrieben hatte.

»Wie soll das denn Ihrer Meinung nach geschehen?« fragte Wemyss.

»Zeit«, sagte Miss Entwhistle und unterdrückte ein Schluchzen.

»Zeit?«

»Und Geduld. Wir müssen abwarten – wir müssen beide abwarten, ge – geduldig, bis die Zeit die Wunden –«

Hastig zog sie ihr Taschentuch heraus.

»Nein, nein«, sagte Wemyss, »dieser Meinung bin ich ganz und gar nicht. Es ist nicht normal, es ist nicht vernünftig, den Kummer in die Länge zu ziehen. Sie verzeihen mir gewiß, wenn ich ganz offen bin, Miss Entwhistle, aber ich kann nicht anders, und ich behaupte, es ist nicht richtig, sich im Schmerz zu suhlen, ja, zu suhlen. Von wegen Geduld, man sollte in diesem Fall überhaupt nicht geduldig sein. Man sollte nicht schicksalsergeben darauf warten, daß einem die Zeit hilft, man sollte sich aufraffen und die Gelegenheit beim Schopf fassen. In Fällen wie diesem, und glauben Sie mir, ich weiß, wovon ich spreche« – hier war es, daß sich seine Hand, diejenige auf der Miss Entwhistle abgewandten Seite, sanft auf Lucys legte, und Lucy rückte ein bißchen näher zu ihm heran –, »man ist es sich selbst schuldig, sich nicht unterkriegen zu lassen. Mut, Energie, darauf muß man abzielen – und mit gutem Beispiel vorangehen.«

Ach, wie wundervoll er ist, dachte Lucy; so tapfer, so tüchtig, so geradeheraus, und dabei ist er doch selbst erst vor kurzem das Opfer der entsetzlichsten Katastrophe geworden, die man sich nur vorstellen kann. Allein schon wie er sich ausdrückte, strahlte Stärke aus. Ihr geliebter Vater und seine Freunde hatten sich ganz anders ausgedrückt. Ihr Gespräch schien immer wie flüssiges Feuer im Zimmer umherzuspringen, ein Aufblitzen nach dem andern; oft war es ihr einfach zu hoch, bis ihr Vater es ihr hinterher, wenn sie ihn fragte, erklärte, es für sie in einfachere Worte faßte, da er stets bestrebt war, daß sie an den Gesprächen teilnehmen und alles verstehen konnte. Bei Wemyss verstand sie jedes Wort. Wenn er sprach, mußte sie sich nicht anstrengen, nicht unter Aufbietung aller Kräfte zuhören; sie brauchte fast gar nicht zu denken. In ihrem gegenwärtigen Zustand fand sie das ungeheuer erholsam.

»Ja«, murmelte Miss Entwhistle in ihr Taschentuch, »ja – Sie haben ganz recht, Mr. Wemyss – man sollte – es wäre – es wäre heroischer. Aber andererseits, wenn man – wenn man jemanden sehr geliebt hat – wie ich meinen lieben Bruder – und Lucy ihren unschätzbaren Vater –«

Sie brach ab und wischte sich die Augen.

»Vielleicht«, beendete sie ihren Satz, »haben Sie nie einen Menschen sehr – so sehr geliebt und ihn dann verloren.«

»Oh«, hauchte da Lucy und rückte noch näher zu ihm.

Wemyss war tief gekränkt. Wie kam Miss Entwhistle zu der Annahme, daß er nie sehr geliebt habe? Im Rückblick schien es ihm, als habe er ganz gehörig geliebt. Gewiß hatte er Vera mit äußerster Hingabe geliebt, bis sie selbst diese Liebe zum Erlöschen brachte. Empört fragte er sich, was denn diese alte Jungfer von Liebe verstehe.

Aber da war Lucys Hand, die sich voller Mitgefühl fest in die seine schmiegte. Das besänftigte ihn.

Es entstand eine Pause. Dann sagte er, sehr ernst: »Meine Frau starb vor vierzehn Tagen.«

Miss Entwhistle war am Boden zerstört. »Oh«, rief sie, »Sie müssen mir verzeihen –«

## V

Trotz alledem konnte er Miss Entwhistle nicht überreden, ihn mit Lucy auf eine Auslandsreise zu begleiten. Sie war unermüdlich darauf bedacht, ihm in allem, was sie tat und sagte, ihr tiefes Mitgefühl zu bezeigen – er hatte ihr nichts erzählt, was über das bloße Faktum seines Verlusts hinausgegangen wäre, und sie gehörte nicht zu denjenigen, die Berichte über gerichtliche Leichenschauen lesen –; und ebenso eifrig gab sie ihm zu verstehen, wie sehr sie sich ihm verpflichtet fühle, weil er ihnen in ihrem Schmerz so aufopferungsvoll und selbstlos beigestanden hatte, wo er doch noch mit seinem eigenen zu kämpfen hatte; aber ins Ausland wollte sie nicht. Sie werde, sagte sie, mit Lucy in ihr Häuschen nach London fahren.

»Was, im August?« rief Wemyss aus.

Ja, sie würden dort Ruhe finden, und da sie beide so ausgelaugt seien, sehnten sie sich nur nach Ruhe.

»Aber warum bleiben Sie dann nicht hier?« fragte Wemyss, der nun Lucys Tante für egoistisch hielt. »Hier ist es weiß Gott einsam genug.«

Nein, sie könnten den Gedanken nicht ertragen, in diesem Haus zu bleiben. Lucy müsse in eine Umgebung kommen, wo sie sich so wenig wie möglich an ihren Vater erinnere. Ja, ja, das sei das beste. Sie wisse ja, daß es Mr. Wemyss nur gut meine mit seinem Vorschlag, auf den Kontinent zu fahren, und sie wisse die Selbstlosigkeit seiner Motive zu schätzen, aber sie und Lucy befänden sich in einem Zustand, in dem ihnen der Gedanke an Hotels und Kellner und Musikkapellen schlechterdings unerträglich sei, und es sei ihr einziger Wunsch, sich in ihr stilles, ungestörtes Nest zu verkriechen – »wie verletzte Vögel«, sagte die arme Miss Entwhistle und schaute dabei mit dem mitleiderregenden Ausdruck eines Hundes zu ihm empor, der seine verletzte Pfote hebt.

»Es ist gar nicht gut, wenn man Lucy in der Vorstellung bestärkt, sie sei ein verletzter Vogel«, entgegnete Wemyss und versuchte, seiner Enttäuschung Herr zu werden, so gut es ging.

»Sie müssen uns in London besuchen und uns helfen, tapfer zu sein«, sagte Miss Entwhistle mit einem tränenfeuchten Lächeln.

»Aber das kann ich hier viel besser und bequemer«, beharrte Wemyss.

Trotz ihrer Tränen ließ Miss Entwhistle sich jedoch nicht beirren. Sie weigerte sich zu bleiben, wo sie so bequem zu erreichen war, und nun fand Wemyss Lucys Tante nicht nur egoistisch, sondern auch stur. Außerdem hielt er sie für sehr undankbar. Sie hatte ihn benutzt und wollte ihm nun, offenbar völlig rücksichtslos, den Laufpaß geben.

Ziemlich oft sollte er während der ersten beiden Tage nach der Beerdigung in den Genuß von Miss Entwhistles Gesellschaft kommen, weil Lucy, die alle Hände voll zu tun hatte, die Habseligkeiten ihres Vaters zusammenzusuchen und zu verpacken, praktisch nicht zu sehen war. Wemyss trieb sich im Garten herum, da er nicht wußte, wann sie damit fertig sein würde, und Lucy nicht verpassen wollte, wenn sie denn aus dem Haus käme, und Miss Entwhistle, die Lucy nicht dabei helfen konnte – niemand konnte ihr bei dieser herzzerreißenden Tätigkeit helfen –, gesellte sich natürlich zu ihm.

Diese beiden Tage wurden ihm sehr lang. Miss Entwhistle fühlte sich mit ihm tief verbunden, und er sich mit ihr überhaupt nicht. Wenn sie das aussprach, kostete es ihn einige Überwindung, ihr nicht zu widersprechen. Diese Verbundenheit, fand Miss Entwhistle und sagte es auch, ging nicht nur vom lieben Jim aus, den beide, sie und Mr. Wemyss, so sehr geliebt hatten, es bestand ja auch diese Gemeinschaft im Leid: innerhalb von zwei Wochen hatte er seine Frau, sie ihren Bruder verloren.

Nach solchen Äußerungen bekam Wemyss den Mund nicht auf und sagte nichts.

Da er Miss Entwhistle so leid tat, da sie ihm gegenüber eine so große Dankbarkeit empfand, erschien es ihr ganz selbstverständlich, hinunterzugehen und sich neben ihn zu setzen, wenn sie ihn an diesen beiden Tagen von ihrem Fenster aus allein unter dem Maulbeerbaum sitzen sah; und wenn er aufstand, weil ihn vermutlich seine Erinnerungen nicht zur Ruhe kommen ließen, und auf dem Rasen auf und ab ging, wie selbstverständlich erschien es ihr da, ebenfalls aufzustehen und voller Mitgefühl neben ihm auf und ab zu gehen! Sie konnte diesen liebenswerten, weichherzigen Mann – das war er bestimmt, sonst hätte ihn Jim nicht so gemocht, zudem hatte sie es ja selbst erfahren an der Art, wie er ihr und Lucy zur Hand ging –, sie konnte ihn nicht seinen traurigen Gedanken überlassen. Und er mußte eine doppelte Last trauriger Gedanken, einen doppelten Verlust tragen, denn er hatte neben ihrem lieben Bruder auch noch seine arme Frau verloren.

Alle Entwhistles waren mitfühlend, und als sie und Wemyss zusammen dasaßen oder zusammen im Garten umhergingen, ließ sie eine nicht enden wollende Flut von mitfühlenden Worten auf ihn herabströmen. Wemyss rauchte mehr oder weniger schweigend seine Pfeife. Das tat er immer, wenn er an sich halten mußte. Miss Entwhistle wußte natürlich nicht, daß er an sich halten mußte, und da sie hinter seinem Schweigen die Unaussprechbarkeit tiefen Leids vermutete, war sie so gerührt, daß sie alles für ihn getan hätte, alles, was diesem armen, liebenswürdigen, leidenden Mitmenschen Trost spenden mochte – außer nach Ostende zu fahren. Vor diesem schrecklichen Ansinnen schauderte sie weiterhin zurück; und sie ließ sich auch nicht zum Bleiben überreden, obwohl er erneut den Versuch dazu machte, selbst nachdem alle Vorbereitungen für die Abreise aus Cornwall getroffen waren.

Daher sah sich Wemyss zu dem Schluß genötigt, daß sie ebenso stur wie egoistisch sei; und wenn da nicht die kurzen Augenblicke bei den Mahlzeiten gewesen wären, wenn Lucy erschien, ihn bei all ihrem Kummer – ihre momentane Beschäftigung deprimierte sie offensichtlich sehr – schwach anlächelte und sich immer so nah wie möglich zu ihm setzte, hätte er die beiden Tage unerträglich gefunden.

Wie entsetzlich, dachte er, während er schweigend rauchte und sich nur mit Mühe beherrschte, daß ihm Lucy von einer unverheirateten Dame entführt werden sollte, einer Tante, einer ledigen Tante – der wohl denkbar schwächsten und überflüssigsten aller Verwandten. Wie entsetzlich, daß eine solche Person das Recht hatte, zwischen ihn und Lucy zu treten, zu sagen, sie wolle dies nicht und das nicht und jenes nicht, was Wemyss vorschlug, und die somit die Macht besaß, ihn unglücklich zu machen. Dabei war Miss Entwhistle so winzig, daß er sie mit dem bloßen Handrücken beiseite hätte schieben können; doch hier schritt wieder der gewaltige Moloch »öffentliche Meinung« ein und zwang ihn, sich in alles zu fügen, was immer sie auch mit Lucy vorzuhaben geruhte, egal, in welch eine verzweifelte Lage es ihn selbst brachte – und das nur, weil sie zu ihr im blutleeren Verwandtschaftsverhältnis einer Tante stand.

Während dieser beiden endlosen Tage, in denen er sich wartend im Garten herumtrieb, so schrecklich belagert von Miss Entwhistle, drangen allerlei Geräusche aus den Fenstern: Koffer wurden hin und her geschoben, Schubladen auf- und zugemacht, aber außer bei den Mahlzeiten war keine Lucy zu sehen. Er hätte es einigermaßen ertragen können, wenn er nicht gewußt hätte, daß dies seine allerletzten Tage mit ihr sein würden, aber unter den gegebenen Umständen schien es grausam, daß man ihn solcherart seinem Elend überließ. Warum überließ man ihn seinem Elend, nur wegen eines Haufens Kleider und Papiere? fragte er sich; und er merkte, wie er Jims gründlich überdrüssig wurde.

»Sind Sie denn immer noch nicht fertig?« fragte er am zweiten Nachmittag beim Tee, als Lucy aufstand, um wieder hineinzugehen und ihn mit Miss Entwhistle allein zu lassen, noch ehe er seine zweite Tasse ausgetrunken hatte.

»Sie haben ja keine Ahnung, wie viel es ist«, sagte sie, und ihre Stimme klang mitgenommen; und sie verweilte noch kurz, die Hand auf die Lehne des Sessels gelegt, in dem ihre Tante saß. »Vater nahm alle seine Aufzeichnungen mit hierher und unzählige Briefe von Leuten, die er zu Rate zog, und ich versuche, sie zu ordnen – in seinem Sinne zu ordnen –«

Miss Entwhistle hob die Hand und streichelte Lucys Arm.

»Wenn Sie nicht so überstürzt abreisen würden, hätten Sie mehr Zeit und könnten es in aller Ruhe hinter sich bringen«, sagte Wemyss.

»Aber ich will gar nicht mehr Zeit dafür haben«, sagte Lucy schnell.

»Lucy meint, sie könnte es nicht ertragen, wenn es sich noch länger hinzöge«, sagte Miss Entwhistle und lehnte ihr spitzes Kinn gegen Lucys Ärmel. »Diese Dinge – sie zerreißen einem das Herz. Und niemand kann ihr dabei helfen. Sie muß da alleine durch.« Und sie zog Lucys Gesicht zu ihrem eigenen herab und hielt es einen Augenblick dort fest, streichelte es sanft, und beider Augen füllten sich wieder mit Tränen.

Immerzu Tränen, dachte Wemyss. Ja, und es würde immerzu Tränen geben, solange diese Tante Lucy in ihrer Gewalt hatte. Eine Heulsuse, wie sie im Buche steht, sagte er sich im stillen und stopfte schweigend seine Pfeife, nachdem Lucy hineingegangen war.

Er erhob sich, ging durchs Gartentor und überquerte die Straße, blieb stehen und schaute auf das Meer, das im Abendlicht lag. Sollte er Schritte hinter sich hören und ihm Miss Entwhistle tatsächlich bis hierher verfolgen, würde er, ohne sich umzublicken, die Straße zur Bucht hinunter und ins Gasthaus gehen, wo sie ihn wohl oder übel in Ruhe lassen mußte. Er hatte nun wirklich genug. Daß Miss Entwhistle ihm erklären zu müssen glaubte, was

Lucy meinte, brachte für ihn das Faß zum Überlaufen. Sich einzumischen, sagte er sich empört, sich einzumischen, wenn niemand sie um ihre Meinung oder Erklärung oder sonst etwas gebeten hatte! Und sie hatte Lucys Gesicht gestreichelt, als ob Lucy mit Haut und Haar ihr gehörte, bloß weil sie zufällig ihre Tante war. Man stelle sich das einmal vor: sie erklärte ihm, was Lucy wirklich meine, maßte sich die Rolle eines Dolmetschers, eines Mittlers an, wo doch er und Lucy eineinhalb Tage lang, ehe sie auf dem Schauplatz erschien – und daß sie überhaupt erschien, war schließlich nur seinem Telegramm zu verdanken –, im engsten Einvernehmen, in innigster Gemeinschaft gelebt hatten. Nun, so konnte es nicht weitergehen. Er war nicht der Mann, der sich von einer Verwandten kujonieren ließ. Wenn er in jenen vernünftigen alten Zeiten gelebt hätte, als die Menschen noch nicht verzärtelt und verbildet waren und ihrer Natur freien Lauf ließen, hätte er sich Lucy einfach über die Schulter geworfen und sie nach Ostende oder Paris entführt und über diese Insekten von Tanten gelacht. Leider konnte er das nicht, obwohl er wirklich nicht einzusehen vermochte, was schlimm daran wäre, wenn zwei Leidtragende wie er und Lucy sich zusammentäten, um Trost zu suchen. Warum sollten sie dazu verurteilt sein, getrennt voneinander Trost zu suchen? Der Kummer würde sie freilich wie eine Anstandsdame begleiten, besonders sein Kummer. Niemand würde etwas dagegen haben, wenn Lucy ihn pflegte, sollte er ernsthaft erkranken; warum konnten die bösen Zungen nicht schweigen, wenn Lucy die bitteren Wunden seiner Seele pflegte?

Da hörte er Schritte, die sich dem Gartentor näherten. So, dachte er, da war sie also wieder, die Tante, und hielt nach ihm Ausschau. Er rührte sich nicht von der Stelle, kehrte dem Garten den Rücken zu, rauchte seine Pfeife und starrte aufs Meer. Sollte er das Tor aufgehen hören und sie es wagen, herauszukommen, würde er sofort das Weite suchen. Im Garten mußte er sich ihre Aufdringlichkeit gefallen lassen, weil er sich dort in der Rolle des Gastes befand; aber sie sollte es nur wagen, sich auf der öffentlichen Landstraße zu ihm zu gesellen!

Niemand jedoch öffnete das Gartentor, und da er auch nicht hörte, daß sich Schritte entfernten, überkam ihn sogleich das Verlangen, sich umzudrehen und nachzuschauen. Er kämpfte gegen diesen Wunsch an, weil Miss Entwhistle bestimmt zu ihm kommen würde, wenn sie merkte, daß sie seine Aufmerksamkeit auf sich lenkte. Aber Wemyss zog gegenüber über seinen Wünschen zumeist den kürzeren – er gab ihnen gewöhnlich nach; hier nun drehte er sich nach einem kurzen Kampf tatsächlich um. Und welch ein Glück, daß er es tat, denn es war Lucy!

Da stand sie und lehnte sich ans Tor, genauso wie an jenem ersten Vormittag, aber diesmal starrten ihre Augen nicht weitaufgerissen ins Leere, sondern sahen ihn mit tiefem, rührendem Interesse an.

Mit einem einzigen Schritt hatte er die Straße überquert. »Lucy!« rief er aus. »Sie? Warum haben Sie mich nicht gerufen? Wir haben eine halbe Stunde vertan –«

»Etwa zwei Minuten«, sagte sie und lächelte zu ihm empor, als er, auf der anderen Seite des Tores stehend, ihre beiden Hände in die seinen nahm, genauso wie damals; und wie erleichtert war Wemyss, als er sie endlich wieder für sich hatte, als er dieses Lächeln sah, aus dem so viel Vertrauen sprach und – ja, wirklich – Genugtuung, wieder bei ihm zu sein!

Dann wurde ihr Gesicht erneut ernst. »Ich bin nun mit Vaters Sachen fertig«, sagte sie, »und so habe ich Sie gesucht.«

»Lucy, wie können Sie mich verlassen«, lautete Wemyss' Antwort, und seine Stimme bebte, »wie können Sie morgen abreisen und mich wieder den Folterqualen überlassen, ja, Folterqualen, denen ich ausgeliefert war, ehe sie kamen?«

»Aber ich muß doch«, sagte sie bekümmert. »Und Sie dürfen das nicht sagen. Sie dürfen sich nicht wieder in diesen Zustand zurückfallen lassen. Das werden Sie auch nicht tun – Sie sind so tapfer und stark.«

»Nicht ohne Sie. Ohne Sie bin ich nichts«, sagte Wemyss; und seine Augen, als er die ihren suchte, füllten sich mit Tränen.

Da errötete Lucy, und dann, als sie ihn genauer ansah, verlor ihr Gesicht langsam an Farbe. Diese Worte, die Art, wie er sie vorbrachte, erinnerten sie – o nein, es konnte nicht sein; er und sie standen in einer Beziehung zueinander, wie sie sie bestimmt noch nie erlebt hatte. Es war eine Vertrautheit, die ganz plötzlich eingesetzt hatte, gleichsam übergangslos. Es war etwas Heiliges, das auf gemeinsamem Leid beruhte, vor allem Gewöhnlichen abgeschirmt durch die großen Schwingen des Todes. Wemyss war ihr wunderbarer Freund, groß in seiner Schlichtheit, ganz Fürsorge und Güte für sie, ein wahrer Fels der Zuflucht und des Schutzes in dem Nichts, in das sie gestürzt war, als er sie gefunden hatte. Und daß er, der er gewissermaßen selbst noch blutete aus den Wunden, die er empfangen hatte, als er gewaltsam von seiner Frau gerissen wurde, der er, wie er ihr erzählt hatte, in Liebe ergeben gewesen war, daß er – o nein, es konnte nicht sein; und sie senkte den Kopf, entsetzt über ihre Gedanken. Denn seine Worte und die Art, wie er sie vorgebracht hatte, erinnerten sie – nein, sie konnte kaum den Gedanken daran ertragen, aber sie *erinnerten* sie an den letzten Heiratsantrag, den man ihr gemacht hatte. Der Mann – es war ein junger Mann, sie hatte noch nie von einem Mann einen Heiratsantrag erhalten, der auch nur annähernd so alt wie Wemyss gewesen wäre – hatte fast genau dieselben Worte gebraucht: Ohne Sie bin ich nichts. Und genau mit derselben tiefen, bebenden Stimme.

Wie fürchterlich Gedanken sein können, dachte Lucy, ganz verstört, daß ein solcher ausgerechnet jetzt sich ihr aufdrängen mußte. Abscheulich von ihr, abscheulich ...

Beschämt senkte sie den Kopf; und Wemyss sah auf das Köpfchen mit dem hellen, dichten Haar hinab, das sich, wie im Gebet versunken, über die gefalteten Hände neigte. Wemyss, der seine Pfeife nicht im Mund hatte, mit der er sich leichter hätte beherrschen können – denn als er Lucy in seiner Erleichterung am Tor stehen sah, hatte er die Pfeife hastig in seine Jackentasche gesteckt, in die sie jetzt Löcher brannte –, Wemyss kämpfte einen kurzen Kampf gegen seine Wünsche, in dem er wie gewöhnlich unterlag, beugte sich nieder und begann Lucys Haar zu küssen. Und nachdem er einmal angefangen hatte, gab es kein Halten mehr.

Sie war entsetzt. Zuerst zuckte sie zusammen, als habe man sie geschlagen, dann klammerte sie sich ans Tor, stand reglos da, ohne denken oder den Kopf heben zu können, immer noch über ihre Hände gebeugt, die er fest in seinem Griff hatte – während das Unglaubliche mit ihrem Haar geschah. Und ringsumher der Tod; der Tod, der sie beide heimgesucht hatte, der Tod, der in seiner schwärzesten Gestalt über ihm schwebte – und hier nun Küsse. Ihr Gemüt befand sich im Aufruhr, wenn man das von etwas so Sanftem überhaupt behaupten konnte. Sie hatte Wemyss das unbedingte, arglose Vertrauen entgegengebracht, das ein Kind zu einem einfühlsamen, gleichgesinnten Freund hat – einem Freund, keinem Vater, obwohl er vom Alter her durchaus ihr Vater hätte sein können –, weil bei einem Vater hinter allem letztendlich Autorität stand, mochte sie auch noch so verdeckt sein durch wohltuende Kameradschaft, wie bei ihrem Vater. Und es war sogar mehr als das Vertrauen eines Kindes zu seinem Freund: es war das Vertrauen eines Kindes zu einem anderen Kind, das dieselbe Strafe ereilt hatte – eine Gemeinschaft von gleich zu gleich, ein gegenseitiges Verstehen, das keiner Worte bedurfte.

Sie hielt sich am Tor fest, während sich ihre Gedanken überstürzten. Diese Küsse – und seine Frau eben erst tot – und auf so schreckliche Weise zu Tode gekommen –, wie lange würde sie wohl so stehenbleiben müssen – sie konnte den Kopf nicht heben, denn sie spürte, daß es dann nur noch schlimmer würde – sie konnte sich nicht umdrehen und ins Haus laufen, weil er ihre Hände festhielt. Er hätte es nicht – oh, er hätte sie nicht – es war nicht in Ordnung . . .

Dann – was sagte er da? Sie hörte ihn mit völlig gebrochener Stimme sagen, seinen Kopf auf den ihren gelegt: »Wir zwei armen Geschöpfe – wir zwei armen Geschöpfe« – und dann verstummte er und blieb reglos stehen, den Kopf noch immer auf den ihren gelegt, und obwohl ihr Haar so dicht war, fühlte sie gleich darauf etwas Feuchtes auf ihrer Kopfhaut.

Da beruhigten sich ihre Gedanken und verweigerten ihr den Dienst. Ihr Herz wurde weich wie Wachs, zerschmolz wieder in Mitleid, in einen Strom mitfühlenden Verstehens. In seinem Schmerz allein gelassen zu werden... Gab es überhaupt etwas Schrecklicheres, als in seinem Schmerz allein gelassen zu werden? Dieser arme, völlig gebrochene Mitmensch – und sie selbst, die sich so unendlich verlassen fühlte, sie waren zwei Schiffbrüchige, die sich, kurz vor dem Ertrinken, im Schiffswrack aneinanderklammerten –, wie konnte sie ihn sich selbst überlassen – wie konnte *sie* es ertragen, sich selbst überlassen zu werden...?

»Lucy«, sagte er, »schau mich an –«

Sie hob den Kopf. Er ließ ihre Hände los und umarmte sie.

»Schau mich an«, sagte er; denn sie hatte zwar den Kopf, nicht aber den Blick gehoben.

Sie sah ihn an. Tränen netzten sein Gesicht. Als sie sie sah, begann ihr Mund zu beben und zu zucken. Das konnte sie nicht ertragen.

»Lucy –«, begann er von neuem.

Sie schloß die Augen. »Ja«, hauchte sie, »ja.« Und ihre Hand tastete sich an seiner Jacke hinauf, bis sie zu seinem Gesicht kam, von dem sie zitternd die Tränen wegzuwischen versuchte.

## VI

Danach war es, zunächst zumindest, um Lucy geschehen. Sie war überwältigt. Wemyss küßte ihre geschlossenen Augen, er küßte ihre halbgeöffneten Lippen, er küßte ihren reizenden Bubikopf. Seine Tränen versiegten, oder besser gesagt: sie hatte sie mit ihrem tastenden, zitternden Händchen einfach weggewischt. In diesem Moment war für Wemyss »der Tod wirklich im Sieg verschlungen«. Urplötzlich hatte sich seine Stimmung grundlegend gewandelt, und als Lucy schließlich auf seine Befehle hin die Augen öffnete und ihn anschaute, erkannte sie das Gesicht, das sich da über sie beugte, kaum wieder, denn sie hatte ihn noch nie glücklich gesehen. Glücklich! Wie konnte er glücklich sein, so glücklich von einem Augenblick auf den anderen? Sie starrte ihn entsetzt an, und bei allem Befremden war sie aufrichtig erstaunt.

Dann beschlich sie der Gedanke, daß sie es war, die das bewirkt hatte, sie es war, die diese Veränderung in ihm ausgelöst hatte, und das Entsetzen in ihrem Blick wurde zu einem fast ehrfürchtigen Staunen und glich dem Ausdruck einer jungen Mutter, die zum erstenmal ihr Neugeborenes zu sehen bekommt. »So also sieht es aus«, flüstert die junge Mutter in einer Art heiligem Schauder, »und ich habe es hervorgebracht, und es gehört mir«; und so sagte Lucy mit derselben Empfindung ehrfürchtigen Staunens über ihr eigenes Werk zu sich: »So also sieht er aus«, als sie diesen neuen, strahlenden Wemyss anstarrte.

Tatsächlich strahlte Wemyss übers ganze Gesicht. In diesem Moment hatte er vollkommen vergessen, daß er je unglücklich gewesen war. Es schien ihm, als halte er die Liebe selbst in seinen Armen; denn noch nie hatte jemand seine Vorstellung von Liebe bruchloser verkörpert als Lucy, wie sie so zu ihm hochblickte, so zärtlich, so hilflos. Aber nach dem Abendessen sollte es im dunkel werdenden Garten noch wunderbarere Augenblicke geben, während Miss Enwhistle oben packte, um für den ersten Zug am nächsten Morgen startbereit zu sein, und es stand kein Tor mehr zwischen ihnen, und Lucy legte von sich aus ihre Wange gegen seine Jacke und schmiegte ihren Kopf hinein, als ob sie sich dort wirklich sicher fühlte.

»Mein Schatz – mein Schatz«, murmelte Wemyss in einem Taumel leidenschaftlicher Fürsorglichkeit, nun seinerseits von mütterlichen Gefühlen durchströmt. »Du sollst nie wieder weinen – niemals, niemals.«

Es verdroß ihn, daß ihre Verlobung – Lucy äußerte anfangs Bedenken gegen das Wort Verlobung, aber Wemyss, der sie fest in den Armen hielt, sagte, er würde schrecklich gern wissen, mit welchem Wort sie ihr Verhältnis zu ihm in diesem Stadium denn bezeichne –, es verdroß ihn, daß sie geheim bleiben mußte. Am liebsten hätte er hier und jetzt seine Glückseligkeit und seinen Stolz in alle Welt hinausgeschrien. Aber selbst Wemyss sah ein, daß dies unter den tragischen Umständen ihres Trauerns unmöglich war. Im allgemeinen wischte er das Wort »unmöglich« beiseite, wenn es sich zwischen ihn und irgendeinen seiner Wünsche zu drängen versuchte, aber jene gerichtliche Leichenschau und die Gesichter seiner sogenannten Freunde standen ihm denn doch noch zu lebhaft vor Augen. Was seine sogenannten Freunde erst für Gesichter machen würden, wenn er ihnen, noch keine zwei Wochen nach Veras Tod, mit der Neuigkeit von seiner Verlobung käme, konnte sich sogar ein nicht besonders phantasiebegabter Mensch wie Wemyss ausmalen. Und Lucy, völlig überwältigt, zuerst von seinen Tränen und dann von seiner Freude, vermochte gar nichts mehr zu beurteilen. Sie wußte nicht mehr, ob es sehr schrecklich sei, sich im Schatten des Todes zu lieben, oder ob es, wie Wemyss behauptete, der natürliche Ausdruck der wunderbaren Selbstbehauptungskraft des Lebens sei. Sie wußte überhaupt nichts mehr, außer daß er und sie, zwei Schiffbrüchige sozusagen, einander gegenseitig gerettet hatten und daß vorerst nichts von ihr verlangt wurde, keine Anstrengung, überhaupt nichts, als einfach nur ruhig dazusitzen, den Kopf auf seiner Brust, während er sie sein Baby nannte und sie sanft, unendlich sanft, auf die Augenlider küßte. Sie kam gar nicht zum Denken; sie brauchte nicht zu denken; oh, sie war müde – und dies hier bedeutete Ruhe, ausruhen zu können.

Aber nachdem er an diesem Abend gegangen war, erfaßten sie Zweifel, die sie auch während des ganzen nächsten Tages im Zug ohne ihn und der ersten paar Tage in London nicht loswurde.

Daß jemand sich in sie innerhalb einer Woche nach dem Tod ihres Vaters verliebte, ja, verloben wollte, wie Wemyss beharrlich beteuerte, konnte in ihren Augen im schlimmsten und äußersten Fall eine Belanglosigkeit genannt werden. Das teure Andenken an ihren Vater wurde dadurch keineswegs verletzt, ihre Verehrung für ihn in keiner Weise geschmälert. Er wäre der erste gewesen, der sich gefreut hätte, daß sie Trost gefunden hatte. Aber was sie beunruhigte, war, daß Everard – Wemyss hieß mit Vornamen Everard – an etwas wie Liebe und erneute Heirat denken konnte, wo doch seine Frau eben auf so entsetzliche Weise zu Tode gekommen war, und er vor Ort und der erste gewesen war, der herausrannte und sah...

Kaum hatte er sich verabschiedet, da merkte sie, daß sie nicht darüber hinwegkam. Es ging ihr andauernd im Kopf herum als etwas, das sie, ohne fremde Hilfe, nicht zu verstehen vermochte. Solange sie bei ihm war, stand sie derart in seinem Bann, daß sie in eine Art Apathie verfiel, die Augen schloß, ihre Gedanken abstellte, sich nach den Schocks und Qualen der Woche einfach in einen seligen Dämmerzustand des Besänftigt- und Liebkostwerdens fallen ließ; und erst als seine ersten Briefe eintrudelten, diese einfachen, schwärmerischen Briefe, die die Situation so nahmen, wie sie war, gerade so, wie sie sich ihnen zwischen Leben und Tod dargeboten hatte, von keinen Fragen behelligt, von keinen Zweifeln verdüstert, ohne rückwärts zu schauen, aber mit einem rührenden, dankbaren Glauben an die Gegenwart, erst da stellte sich allmählich jene heitere Gelassenheit bei ihr ein, die ihre Tante in Erleichterung und zugleich in Erstaunen versetzte. Und seine Briefe waren so leicht zu verstehen. Sie waren so wohltuend frei von den schwierigen Gedanken und subtilen, nicht ausgesprochenen Dingen, die ihr Vater und alle seine Freunde zu schreiben pflegten. Allein schon seine Handschrift war die runde, gemächliche Handschrift eines Knaben. Lucy hatte ihn schon vorher liebgehabt; aber nun verliebte sie sich in ihn, und zwar wegen seiner Briefe.

## VII

Miss Entwhistle wohnte in einem schmalen Häuschen in Eaton Terrace. Es war eines jener kleinen Londoner Häuser, wo man reinkommt und gleich im Eßzimmer steht, hochgeht und im Wohnzimmer steht, weiter hochgeht und im Schlaf- nebst Ankleidezimmer steht, noch einmal hochsteigt und in der Kammer des Dienstmädchens und im Bad steht, und das war's dann auch schon. Für eine Person war das Haus gerade groß genug; für zwei wurde es schon schwierig. Es wurde so schwierig, daß Miss Entwhistle vorher nie jemanden bei sich beherbergt hatte, und ehe Lucy eintreten konnte, mußte das Ankleidezimmer von all den Kleidern und Hüten befreit werden, die nirgendwo hingehörten und gegen die man nachts stieß, wenn sie über Treppengeländern hingen oder in merkwürdig verwegener Stellung auf den Enden der Badewanne thronten.

Aber einer Entwhistle hatte Derartiges noch nie etwas ausgemacht. Für einen Freund erschien einem Mitglied der Familie Entwhistle keine Mühe zu groß; und wenn es sich gar um die eigene geliebte Nichte handelte, so wäre diese Tante – so großzügig dachte man in dieser Familie – rundherum zufrieden gewesen, hätte jene sich nur bereit gefunden, das richtige Schlafzimmer zu nehmen und statt dessen ihre Tante, die sich im Ankleidezimmer auskannte, in diesem schlafen lassen.

Lucy lächelte natürlich nur über diesen Vorschlag und richtete sich fein säuberlich im Ankleidezimmer ein, und die ersten Wochen der Trauer, vor denen sich Miss Entwhistle am meisten gefürchtet hatte, verliefen in einer

Ruhe, einer Gelassenheit, die sich am besten mit dem Wörtchen »heiter« beschreiben ließ.

In diesem kleinen Haus würde das tägliche Leben zu einer Strapaze werden, es sei denn die Bewohner kamen sich entgegen und paßten sich einander an. Miss Entwhistle wußte wohl, daß Lucy keine Schwierigkeiten bereiten würde, wenn sie es irgendwie vermeiden konnte, aber da sie nun beide in derartigen Schwierigkeiten steckten, würden, so hatte Miss Entwhistle befürchtet, bei so beengten Räumlichkeiten ihre seelischen Wunden nicht verheilen können, einfach weil sie dauernd aneinandergerieten.

Zu ihrer Überraschung und großen Erleichterung geschah nichts dergleichen. Es schien keine offenen Wunden zu geben. Lucy quälte sich nicht nur nicht – die Blässe und die trüben Augen, die sie in Cornwall gehabt hatte, waren verschwunden –, nein, sie zeigte sich fast von Anfang an gelassen. Nur als sie Cornwall verließen und ein paar Tage danach war sie etwas *bouleversée*, verhielt sich ihrer Tante gegenüber merkwürdig scheu und schlich im Haus eher herum, als daß sie lief, aber das legte sich nach und nach; und wenn Miss Entwhistle sie nicht gekannt, nichts von ihrem schrecklichen Verlust gewußt hätte, wäre sie versucht gewesen zu sagen, daß hier jemand auf stille Weise glücklich sei. Gedämpft zwar, aber unverkennbar, als trage sie eine geheime Quelle von Vertrauen und Wärme in sich. Hatte sie durch irgendeinen Zufall zum Glauben gefunden? fragte sich ihre Tante, die selbst nie dazu gefunden hatte, und auch Jim nicht, und ihres Wissens nach keiner der Entwhistles. Sie verwarf diesen Gedanken. Es war zu unwahrscheinlich für jemanden ihres Schlages. Aber selbst die häufigen unumgänglichen Besuche im Haus in Bloomsbury, in dem Lucy und ihr Vater so lange gelebt hatten, konnten den sonderbaren Eindruck einer gewissen inneren Sicherheit nicht ganz verwischen, den Lucy erweckte. Bald darauf, als diese traurigen Erledigungen abgeschlossen und die Bücher und die Möbel eingelagert waren, das Haus dem Vermieter übergeben worden war und sie nicht mehr hingehen und sich den mit ihm verbundenen Erinnerungen aussetzen mußte, wurde ihr Gesicht wieder so, wie es immer gewesen war – zart rosa, sanft gerundet, bereit, bei einem Wort, bei einem Blick zu erstrahlen.

Miss Entwhistle war verblüfft. Diese Gemütsruhe derjenigen, die schließlich die Hauptleidtragende war, brachte sie auf den Gedanken, daß es lächerlich wäre, wenn sie Lucy im Trübsalblasen überträfe. Wenn sich Lucy so fabelhaft zusammenreißen konnte – und sie ging davon aus, daß es sich so verhielt: es lag bestimmt daran, daß sie sich so tapfer zusammenriß –, wollte sie für ihr Teil nicht zurückstehen. Das Andenken ihres geliebten Jim sollte demnach folgendermaßen in Ehren gehalten werden: sie würde Gott für ihn danken, Gott danken, daß sie ihn gehabt hatte, und in tiefer Dankbarkeit fröhlich ihren Weg fortsetzen.

Solche und ähnliche Überlegungen und Schlußfolgerungen gingen Miss Entwhistle durch den Kopf, als sie über Lucy nachdachte. Die schien sich keine Gedanken über die Zukunft zu machen – abermals zur Überraschung und Erleichterung ihrer Tante, die befürchtet hatte, daß sie sehr bald anfangen würde, sich besorgt zu fragen, was sie nun tun solle. Lucy redete nie darüber; offenbar dachte sie nie daran. Sie schien – ja, das war das Wort, entschied Miss Entwhistle, als sie sie beobachtete – zu vertrauen. Aber worauf? Abermals verwarf Miss Entwhistle den Gedanken an Religion. Unmöglich, dachte sie, daß Jims Mädchen – dennoch, es sah ganz nach Religion aus.

Wie es schien, hatte Jim genug Geld zusammengekratzt, daß es für Lucy im Falle seines Todes etwa zweihundert Pfund jährlich abwarf. Das war nicht viel; aber Lucy verschwendete offenbar keinen Gedanken darauf. Wahrscheinlich machte sie sich gar nicht klar, was es bedeutete, dachte ihre Tante, da das Leben mit ihrem Vater immer so unbeschwert gewesen war, umgeben von all jenen Dingen, die für einen Kranken notwendig, für gewöhnliche Leute jedoch der reine Luxus waren. Niemand war zu ihrem Vormund bestimmt worden. Im Testament stand kein Wort von Mr. Wemyss. Es war ein sehr kurzes Testament, in dem alles Lucy vermacht wurde. Dies war ja soweit recht schön und gut, aber leider gab es kaum etwas zu vermachen. Außer Büchern, Tausenden von Büchern, und den alten, von einem besonderen Charme beseelten Möbeln aus dem Haus in Bloomsbury. Nun, Lucy sollte so lange bei ihr wohnen, wie sie es im Ankleidezimmer aushielt, und vielleicht könnten sie ja zusammen ein etwas weniger winziges Haus mieten, obzwar Miss Entwhistle in dem gegenwärtigen schon so lange lebte, daß ihr der Auszug nicht sehr leicht fallen würde.

Währenddessen vergingen die ersten Trauerwochen in wachsender Gelassenheit. London war wie ausgestorben und niemand da, um das zu stören, was bald deutlich als

Glück zu erkennen war. Sie und Lucy verstanden sich fabelhaft. Und sie waren ja auch nicht immer ganz allein, denn Mr. Wemyss kam regelmäßig zweimal die Woche, kam an denselben Tagen und erschien so pünktlich Schlag fünf, daß sie schließlich ihre Uhren nach ihm zu stellen begann.

Auch er, der Ärmste, schien sich zusammenzureißen. Nichts an ihm wies darauf hin, daß er erst kürzlich einen Trauerfall erlitten hatte, weder in seinen Gesichtszügen noch in seiner Kleidung. Nicht, daß er bunte Krawatten oder irgend etwas Derartiges getragen hätte, aber er wirkte alles andere als düster. Seine Hosen waren, wie sie vermerkte, grau; und nicht einmal besonders dunkelgrau. Nun ja, vielleicht war es nicht mehr Mode, dachte Miss Entwhistle, die diese Hosen etwas mißtrauisch beäugte, sehr unglücklich zu sein. Aber sie konnte sich nicht helfen, sie fand, daß er an seinem linken Arm ein Band hätte tragen sollen, um dem heiteren Eindruck, den seine Hosenbeine machten, entgegenzuwirken; einen Trauerflor, wie schmal auch immer, oder ein Band aus irgend etwas Schwarzem, nicht notwendigerweise Trauerflor, so wie man es eben gewöhnlich unter solchen Umständen trug.

Was immer sie jedoch von seinen Beinen hielt, sie hieß ihn mit größter Herzlichkeit willkommen, eingedenk der Tatsache, daß er sich drunten in Cornwall so gefällig gezeigt und sie sich an ihn wie an einen Fels in der Brandung geklammert hatte; und schnell fiel ihr wieder ein, wie er seinen Tee mochte, und sie ließ den größten Lehnstuhl bequem für ihn zurechtstellen – die Stühle in ihrem kärglichen, kleinen Wohnzimmer waren weder sehr groß noch zahlreich –, und sie bemühte sich nach Kräften um Gastfreundschaft und angenehme Konversation. Aber je öfter sie ihn sah und je öfter sie ihn reden hörte, desto mehr wunderte sie sich über Jim.

Mr. Wemyss war überaus nett und ganz sicher, wie sie aus Erfahrung wußte, überaus zuvorkommend und rücksichtsvoll; aber das, was er sagte, unterschied sich so grundlegend von dem, was Jim gesagt hatte, und seine Sicht der Dinge war so ganz anders als die von Jim. Nicht, daß es auf der Welt nicht für jedermann Platz gäbe, rief sich Miss Entwhistle ins Gedächtnis, als sie an ihrem Teetisch saß und Wemyss beobachtete, der in ihrem kleinen Zimmer noch größer und imposanter wirkte als sonst, und natürlich unterschied sich ein Stern vom andern an Herrlichkeit; dennoch, sie mußte sich über Jim wundern. Und wenn schon Mr. Wemyss den Verlust seiner Frau so gut verkraftete, daß er graue Hosen trug, warum konnte er es dann nicht ertragen, daß man Jims Namen auch nur erwähnte? Wann immer die Rede auf Jim kam – in einem Kreis, der sich aus seiner Tochter, seiner Schwester und seinem Freund zusammensetzte, konnte man ihn schließlich nicht ausklammern –, stellte sie fest, daß Mr. Wemyss in Schweigen verfiel. Sie hätte das wohl für übermäßige Empfindsamkeit und ein Zeichen von tiefempfundener, aufrichtiger Verehrung gehalten, wenn da nicht diese Hosen gewesen wären. Angesichts derselben verblüffte sie das.

Während nun Miss Entwhistle derartige Überlegungen anstellte und Wemyss beobachtete, der ihr überhaupt keinen Blick schenkte, nachdem er sich erst einmal von der kurzen Überraschung erholte hatte, daß sie sich in

Aussehen und Gebaren so sehr von der verheulten Dame im Cottage in Cornwall unterschied, daß sie so aufrecht dasaß und so munter umherlief, schwebten er und Lucy, obzwar körperlich anwesend, im siebten Himmel. Um sie hatte sich jener magische Zirkel gezogen, durch den nichts und niemand zu dringen vermag, und in ihm saßen sie Hand in Hand und sicher. Lucys Herz gehörte ihm mit allen Fasern. Er brauchte nur ins Zimmer zu treten, und schon war sie zufrieden. Seine Sicht der Dinge hatte etwas so Natürliches, Gewichtiges, daß jedes verworrene, quälende Gefühl in seiner Gegenwart sogleich beschämt zurückwich. Sie liebte ihn, war ihm so dankbar, wünschte sich inständig, daß er hinfort glücklich sein und seinen schrecklichen Schicksalsschlag vergessen möge, aber ganz abgesehen von all dem fühlte sie sich bei ihm einfach wohl. Noch nie war sie einem Menschen begegnet, auf den sich seelisch stützen zu können so wohltat. Auch körperlich, bei den wenigen Gelegenheiten, wo ihre Tante das Zimmer verließ, wirkte er wohltuend; er erinnerte sie an ein ungeheuer bequemes Sofa – ein teures, ganz aus Kissen bestehendes Sofa. Aber in geistiger Beziehung fühlte man sich bei ihm nicht nur wohl, man konnte richtig schwelgen. Welch eine himmlische Ruhe überkam einen, wenn man ihm zuhörte! Man brauchte nicht zu denken. Ihm zufolge war eine Sache entweder so oder so. Bei ihrem Vater war etwas niemals so oder so gewesen; und man hatte die Stirn runzeln und sich konzentrieren und anstrengen müssen, damit man seine Unterscheidungen nachvollziehen und verstehen konnte, seine endlosen, feinen, schwierigen Unterscheidungen. Everards klare Einteilung von allem in nur zwei Kategorien, schneeweiß und pechschwarz, war so bequem wie die katholische Kirche. Lucy mußte sich nicht abmühen und sich den Kopf zerbrechen, sie mußte sich nur hingeben. Und welcher Liebe, welcher Geborgenheit! Abends konnte sie nicht ins Bett gehen, weil sie dauernd daran denken mußte, wie glücklich sie war. Sie saß dann immer ganz regungslos in dem kleinen Ankleidezimmer, die Hände im Schoß, und ein Sprichwort, das sie mal irgendwo gehört hatte, ging ihr durch den Kopf:

WENN GOTT DIE TÜR SCHLIESST,
ÖFFNET ER DAS FENSTER.

Kaum einen Augenblick war sie mit ihrem Schmerz allein gelassen worden. Fast sofort war Everard in ihr Leben getreten und hatte sie gerettet. Wie ihre Tante zweimal gemutmaßt hatte, hatte Lucy tatsächlich zum Glauben gefunden, aber ihr Glaube hieß Wemyss. Ach, wie sie ihn liebte! Und jede Nacht schlief sie mit seinem neuesten Brief unter ihrem Kissen, dort, wo ihr Herz schlug.

Konnte schon Lucy nicht fassen, daß sie Wemyss gekriegt hatte, so konnte er erst recht nicht fassen, daß er Lucy gekriegt hatte. Noch niemals in seinem Leben hatte er ein Glück wie dieses erfahren, eines von solcher Zartheit und Güte. Was er für Vera empfunden hatte, war – daran gab es für ihn keinen Zweifel – zu keiner Zeit, selbst am Anfang nicht, so gewesen. Während in den letzten paar Jahren – oje. Wenn er merkte, daß er an Vera dachte, hörte Wemyss sofort damit auf. Er weigerte sich, jetzt an sie zu denken. Vor kurzem hatte sie seine Gedanken genug in Anspruch genommen, und auf welch entsetzliche Weise. Lucy, sein kleiner Engel, hatte diese Wunde geheilt, und es war unsinnig, an eine alte Wunde zu rühren; kein gesunder Mensch tat das jemals. Er hatte Lucy erklärt, die anfangs ein bißchen überempfindlich gewesen war, wie falsch es sei, ja geradezu gottlos, und zudem ungeheuer dumm, nicht über bestimmte Dinge hinwegzukommen. Das Leben, hatte er gesagt, gehört den Lebenden; sollen sich doch die Toten mit dem Tod befassen. Die Gegenwart ist der einzig wirkliche Besitz, den ein Mensch hat, was immer auch gescheite Leute behaupten mögen; und der kluge Mensch, der zugleich auch der natürliche Mensch mit schlichten, gesunden Empfindungen ist und zu Recht und natürlicherweise vor Tod und Krankheit zurückschreckt, läßt sich die Gegenwart nicht von der Vergangenheit, die schließlich ja irgendwie erledigt ist, vermiesen oder gar verderben. Das sei es, erklärte er, was die Vergangenheit stets tun werde, wenn sie die Möglichkeit dazu habe. Die einzig sichere Methode, mit ihr umzugehen, sei es, sie zu vergessen.

»Aber ich will die meine gar nicht vergessen«, hatte Lucy erwidert und dabei die Augen aufgeschlagen, die sie wie gewöhnlich geschlossen hatte, weil ihr Wemyss, wenn er auf sie einredete und sie beide zufällig allein waren, bei jedem Komma einen beruhigenden, einschläfernden Kuß auf die geschlossenen Augenlider drückte. »Vater – «

»Oh, an die deine kannst du dich ruhig erinnern«, hatte er geantwortet und lächelnd auf den an seiner Brust liegenden Kopf hinabgeblickt. »Sie ist ja noch so kurz. Aber wenn du älter bist, wirst du sehen, daß dein Everard recht hatte.«

In seinem neuen Glück erschien es Wemyss, als habe Vera zu einem ganz anderen Leben gehört, einem ältlichen, schalen Leben, aus dem er sich, dem Gesunden zugeneigt, wie er nun einmal war, hatte lösen und neugeboren und frisch und tauglich für die Gegenwart wieder auftauchen können. Sie war vierzig, als sie starb. Sie hatte fünf Jahre nach ihm das Licht der Welt erblickt, ihn aber schnell ein- und überholt und war am Ende, fand er, beträchtlich älter als er. Und hier war Lucy, ohnehin erst zweiundzwanzig und wie zwölf aussehend. Der Altersunterschied versetzte ihn immer wieder in Entzükken, erfüllte ihn mit Stolz. Und wie hübsch sie aussah, nun, da sie nicht mehr weinte. Er war ganz hingerissen von ihrem Bubikopf, der ihr das Aussehen eines Kindes oder eines ganz jungen Knaben verlieh, und ebenso von den kleinen zarten Linien ihrer Nase und Nasenlöcher und ihrem ziemlich großen, freundlichen Mund, der so leicht zum Lächeln zu bringen war, und ihren süßen Augen von dem tiefen Blau der Passionsblume. Nicht daß er viel auf Schönheit gegeben hätte; alles, was er von einer Frau verlangte, war Hingabe. Aber die Tatsache, daß sie hübsch war, würde alles nur noch aufregender machen, wenn der Zeitpunkt käme, sie seinen Freunden zu präsentieren, sein kleines Mädchen jenen Freunden zu präsentieren, die es gewagt hatten, sich nach Veras Tod einfach davonzustehlen, und er würde ihnen zurufen: »Schaut her – schaut euch dieses makellose kleine Ding an –, *sie* glaubt trotzdem an mich!«

## VIII

Da London wie ausgestorben war, konnte Wemyss in allem seinen Willen durchsetzen. Niemand war da, der ihn hätte ausstechen können, wie er es nannte. Lucy bekam viele Briefe, in denen ihr Freunde ihres Vaters jede erdenkliche Hilfe anboten, aber natürlich brauchte sie keine Hilfe und hatte in ihrem gegenwärtigen Zustand geheimer Zufriedenheit kein Verlangen, jemanden zu sehen, und sie bedankte sich und drückte die vage Hoffnung aus, daß man sich ja später mal treffen könne. Ein junger Mann – es war derjenige, der ihr mehrere Heiratsanträge gemacht hatte – ließ sich auf diese Weise nicht abwimmeln und legte die ganze Strecke von Schottland nach London zurück, so sehr verehrte er sie. Durch den Verwalter des Hauses in Bloomsbury brachte er in Erfahrung, daß sie bei ihrer Tante wohnte, und stattete einen kurzen Besuch in Eaton Terrace ab. Aber an diesem Nachmittag ließen sich Lucy und Miss Entwhistle in einem Automobil, das Wemyss gemietet hatte, den Wind um die Ohren blasen, und genau zu dem Zeitpunkt, als man den jungen Mann an der Tür in Eaton Terrace abwies, wurde Lucy bei Hampton Court auf dem Fluß herumgerudert – sehr langsam, weil Wemyss so leicht ins Schwitzen geriet –, und ihre Tante, auf die steinerne Brüstung am Ende der Schloßgärten gestützt, beobachtete sie. Es war gut, daß nicht auch der junge Mann sie beobachtete, denn es hätte ihn wohl nicht gerade glücklich gemacht.

»Was ist Mr. Wemyss eigentlich?« fragte Miss Entwhistle unversehens an diesem Abend, gerade als sie sich zum Zubettgehen anschickten.

Lucy verlor die Fassung. Ihre Tante hatte noch nie eine Frage bezüglich Wemyss gestellt oder sich irgendwie zu ihm geäußert, außer ganz allgemein, daß er so gefällig und nett sei.

»Was Mr. Wemyss ist?« wiederholte sie einfältig, denn sie war nicht nur verdutzt, sie hatte auch keine Ahnung, wie sie nun merkte. Es war ihr nie in den Sinn gekommen, sich über seine Profession Gedanken zu machen, und erst recht nicht, ihn danach zu fragen. Sie hatte gewissermaßen die ganze Zeit über in vollkommener Zufriedenheit an seiner Brust geschlummert.

»Ja. Was er außer Witwer noch ist?« sagte Miss Entwhistle. »Daß er das ist, wissen wir, aber das ist wohl kaum ein Beruf.«

»Ich – ich weiß nicht genau«, sagte Lucy, wobei sie recht einfältig dreinschaute und sich auch so fühlte.

»Na schön, vielleicht ist er ja überhaupt nichts«, sagte ihre Tante und gab ihr einen Gute-Nacht-Kuß. »Außer pünktlich«, fügte sie lächelnd hinzu und verweilte einen Moment an der Tür zu ihrem Schlafzimmer.

Und zwei oder drei Tage später, als Wemyss wieder einen Wagen gemietet hatte, um sie zu einem Ausflug nach Windsor zu bringen, und sie und Lucy sich in der Damentoilette des Hotels für den Tee zurechtmachten, wandte sich Miss Entwhistle beim Feststecken einiger durch die Fahrt im Auto gelöster Haarsträhnen vom Spiegel ab und fragte, obwohl sie eine Haarnadel zwischen den Zähnen hielt, wieder wie aus heiterem Himmel: »Woran ist denn Mrs. Wemyss gestorben?«

Lucy fühlte sich entnervt. Wenn sie bei der anderen Frage ihre Tante einfältig angestarrt hatte, so starrte sie

sie nun bei dieser entgeistert an: »Woran sie gestorben ist?« wiederholte sie, errötend.

»Ja. Was hatte sie denn für eine Krankheit?« fragte ihre Tante und hantierte weiter mit den Haarnadeln.

»Es – war keine Krankheit«, sagte Lucy hilflos.

»Keine Krankheit?«

»Ich – glaube, es war ein Unfall.«

»Ein Unfall?« sagte Miss Entwhistle, die nun die Haarnadel aus dem Mund nahm und ihrerseits ein entgeistertes Gesicht machte. »Was denn für ein Unfall?«

»Ich glaube, ein ziemlich schwerer«, sagte Lucy, nunmehr völlig entnervt.

Wie konnte sie es ertragen, diese fürchterliche Geschichte zu erzählen, deren Kenntnis sie und Everard mit einem geheiligten, schrecklichen Band aneinanderkettete?

Hieraufbemerkte ihre Tante, daß ein tödlich ausgehender Unfall meistens als schwer bezeichnet werde, und fragte, welcher Art er gewesen sei, außer schwer zu sein; und Lucy, die sich in die Ecke gedrängt fühlte und instinktiv spürte, daß ihre Tante, die schon ein paarmal ihrer, wie sie es nannte, erstaunten Bewunderung für Wemyss' heldenmütige Art, seinen schmerzlichen Verlust zu tragen, Ausdruck verliehen hatte, vielleicht ihr bewunderndes Erstaunen allzu weit treiben könnte, wenn sie erführe, wie viel er unseligerweise tatsächlich zu tragen hatte, und anfangen würde, nach den Gründen für seinen Heldenmut zu fragen, und sie nahm ihre Zuflucht in der Behauptung, sie wisse es nicht, was sie, wie sie jetzt einsah, schon gleich hätte tun sollen, auch wenn es nicht der Wahrheit entsprach.

»Ah«, sagte ihre Tante. »Nun – der arme Mann. Es ist

bewundernswert, wie er das alles trägt.« Und wieder sah sie im Geiste und mit verstärktem Mißtrauen die hellgrauen Hosen vor sich.

In seiner schlichten Ungezwungenheit, die Lucy so wohltuend fand, der ihm eigenen, fast verwegenen Art, ganz offen über Dinge zu reden, die weltmännischere Leute nie erwähnt hätten, erzählte er ihnen an diesem Tag beim Tee von seinem letzten Besuch in Windsor.

Es war im vorigen Sommer, sagte er, und er und seine Frau – hier wurde Miss Entwhistle hellhörig – waren an einem Sonntag hergefahren, um in genau demselbem Saal das Mittagessen einzunehmen, und er sei so überfüllt gewesen und der Andrang sei so fürchterlich schlecht in den Griff bekommen worden, daß sie doch tatsächlich wieder hätten abziehen müssen, ohne etwas zum Essen bekommen zu haben.

»Wirklich ohne das geringste bekommen zu haben«, wiederholte Wemyss, und er sah die beiden mit einer Miene an, die sich bei der bloßen Erinnerung mit einem Ausdruck erstaunten Gekränktseins überzog.

»Ach«, sagte Miss Entwhistle, sich über den Tisch zu ihm beugend, »wir wollen die traurigen Erinnerungen nicht wieder aufrühren.«

Wemyss starrte sie verblüfft an. Großer Gott, dachte er, meinte sie etwa, er spreche von Vera? Jedem Menschen mit einem Funken Verstand mußte doch klar sein, daß er nur von dem Mittagessen sprach, das er nicht bekommen hatte.

Unwillig wandte er sich Lucy zu und richtete seine nächste Bemerkung an sie. Aber sogleich meldete sich schon wieder ihre Tante zu Wort.

»Mr. Wemyss«, sagte sie, »ich würde Sie schrecklich gern fragen –«

Wieder mußte er notgedrungen zuhören. Die frische Luft und die schnelle Bewegung beim Autofahren, die seinen kleinen Liebling beleben und stärken sollten, belebten und stärkten anscheinend auch die Tante seines kleinen Lieblings, denn neuerdings war an ihr ein gewisses Geltungsbedürfnis nicht zu übersehen. Während seiner ersten acht Besuche in Eaton Terrace – das ergab vier Wochen seit seiner Rückkehr nach London und sechs seit der Beerdigung in Cornwall – hatte er kaum gemerkt, daß sie im Zimmer war; abgesehen davon natürlich, daß sie im Zimmer *war* und ihm das Poussieren mit Lucy vollkommen unmöglich machte. Während jener acht Besuche hatte sich nichts an seinem ersten Eindruck von ihr geändert: sie war die Heulsuse, die sich in Cornwall andauernd in Tränen aufgelöst an seine Fersen geheftet hatte. Dort unten hatte sie sich genau so benommen, wie sich törichte Frauen gemeinhin im Angesicht des Todes benehmen – ohne eine Spur von gesundem Menschenverstand, von Mumm –, die in Tränen ausbrechen, wenn man sie nur ansieht, und unablässig und trostlos die Tugenden des Verblichenen aufzählen. Außerdem war sie stur gewesen; und sie hatte, nebenbei bemerkt, deutliche Anzeichen von Egoismus zu erkennen gegeben. Als er seinen ersten Besuch in Eaton Terrace abstattete, fiel ihm wohl auf, daß sie beträchtlich weniger Tränen vergoß, ja eigentlich gar keine mehr, und sich somit in dieser Hinsicht gebessert hatte, aber dennoch blieb sie für ihn bloß Lucys Tante – jemand, der den Tee eingoß und leider kaum jemals das Zimmer verließ; ein notwendiges, wenn auch glücklicherweise vorübergehendes Übel. Aber nun wurde ihm allmählich klar, daß es sie tatsächlich gab, als eigenständige, unabhängige Person. Sie machte sich bemerkbar. Selbst wenn sie nichts sagte – und oftmals sagte sie während eines ganzen Ausflugs kaum ein Wort –, machte sie sich irgendwie bemerkbar.

Und hier nun also machte sie sich ganz entschieden bemerkbar und fragte ihn doch tatsächlich quer über den Teetisch hinweg, der im Augenblick zweifellos seiner war, fragte ihn ganz unverblümt, welchem Gewerbe, Beruf oder welcher Beschäftigung er denn nachgehe, sofern er überhaupt berufstätig sei.

Sie war sein Gast, und bei einem Gast hielt er es erst recht für ungehörig, den Gastgeber zu fragen, was er beruflich mache. Nicht, daß er es ihr nicht mit Freuden erzählt hätte, wenn es aus eigenem Antrieb gekommen wäre. Und ein Mann hat zweifellos ein Recht auf seinen eigenen Antrieb, dachte er. Immer schon haßte es Wemyss, Fragen gestellt zu bekommen. Selbst die harmloseste, gewöhnlichste Frage empfand er als eine Verletzung seines ihm doch gewiß zustehenden Rechts, in Ruhe gelassen zu werden.

Während sie am Tee – seinem Tee – nippte, behauptete Lucys Tante, freundlich zwar und das, was nur müßige Neugier sein konnte, in keineswegs unfreundliche Worte kleidend, daß sie schrecklich gern wissen würde, was er von Beruf sei. Sie sehe ja selbst, sagte sie und lächelte auf das ihr am nächsten stehende Bein hinab, daß er kein Bischof sei, und bestimmt auch kein Maler, Musiker oder Schriftsteller, aber es würde sie nicht im mindesten überraschen, sollte er ihr verkünden, daß er Admiral sei.

Wemyss fand das klug von der Tante. Er hatte nichts dagegen, für einen Admiral gehalten zu werden; das war ein ehrenwerter Beruf und noch dazu schick.

Etwas versöhnt teilte er ihr mit, daß er an der Börse sei.

»Ah«, nickte Miss Entwhistle und schaute wissend drein, weil sie davon überhaupt keine Ahnung hatte, war doch die Börse eine Institution, deren Wesen und Transaktionen dem vertrauten Erfahrungsbereich der Entwhistles denkbar fernlagen. »Ach ja. Ganz recht. Stiere und Bären. Jetzt merke ich erst, daß Sie das Börsianerauge haben.«

»Dumme Kuh«, dachte Wemyss, der es aus irgendeinem Grund nicht mochte, wenn man ihm in Gegenwart Lucys das Börsianerauge attestierte; und unwillig verbannte er sie aus seinen Gedanken und konzentrierte sich auf sein Schätzchen, wobei er sich fragte, wie er diese unangenehme Zeit, in der er sie nicht offen umwerben, nirgendwo mit ihr hingehen konnte, ohne daß nicht auch ihre lästige Tante mitkam, unter Wahrung des Anstandes abkürzen könne.

Fast zwei Monate waren mittlerweile seit jenen beiden Todesfällen verstrichen; gewiß durfte man Lucys Tante jetzt bald von der Verlobung erzählen. Nach diesem Ausflug nun begann er in seinen Briefen und in den wenigen Augenblicken, in denen er mit Lucy allein war, sie zu drängen, ihre Tante davon in Kenntnis zu setzen. Sonst brauche es ja niemand zu wissen, schrieb er; man könne es weiterhin vor der Öffentlichkeit geheimhalten, aber die Vorteile, die sich daraus ergäben, wenn ihre Tante eingeweiht wäre, lägen doch so auf der Hand – man bedenke nur, wie sie sich dann fernhielte, wie sie ihn und

Lucy allein ließe, jedenfalls innerhalb des Hauses, jedenfalls im Haus in Eaton Terrace.

Lucy jedoch zögerte. Sie äußerte Bedenken. Sie bat ihn in ihren Briefen, Geduld zu üben. Sie sagte, daß ihre Verlobung mit jeder weiteren Woche, die verginge, weniger Überraschung hervorrufen würde. Sie sagte, daß derzeit noch zu viele Erklärungen nötig wären und sie sich selbst nach solchen Erklärungen nicht sicher sei, ob ihre Tante verstehen würde.

In seinem Antwortschreiben wischte Wemyss diese Einwände vom Tisch. Er sagte, ihre Tante werde einfach verstehen müssen, und falls sie nicht verstehe, was mache das schon, wenn sie davon wußte? Entscheidend sei, daß sie davon wußte. Dann, sagte er, werde sie sie in Ruhe lassen, anstatt andauernd an ihnen zu kleben; und sein kleiner Liebling müsse doch einsehen, wie herrlich es für ihn wäre, glückliche Stunden ganz mit ihr allein verbringen zu können. Was sei denn im Grunde eine Tante? fragte er. Was konnte sie schon sein im Vergleich zu Lucys geliebtem Everard? Außerdem hasse er Geheimniskrämerei, sagte er. Kein ehrenwerter Mann konnte eine Atmosphäre von Heimlichkeit ausstehen. Sein kleines Mädchen müsse sich dazu durchringen, es der Tante zu erzählen, und voll und ganz ihrem Everard vertrauen; oder, wenn ihr das lieber sei, werde er selbst es ihrer Tante erzählen.

Nein, es war Lucy nicht lieber; und sie bekam es allmählich mit der Angst zu tun, weil Wemyss von Tag zu Tag fordernder wurde, je mehr ihm die sich in Miss Entwhistle vollziehende Entwicklung zu selbständigem, forschendem Denken auf die Nerven ging. Lucy war es zutiefst unangenehm, ihm irgend etwas abschlagen oder die Erfüllung eines seiner Wünsche auch nur aufschieben zu müssen, als ihre Tante eines Morgens beim Frühstück, während sie, wie es schien, in bester Laune völlig mit ihrem Schinkenspeck beschäftigt war, plötzlich den Blick hob, sie über die Kaffeekanne hinweg anschaute und sagte: »Wie lange kannte dein Vater denn Mr. Wemyss schon?«

Damit war die Entscheidung gefallen. Lucy fühlte sich außerstande, noch einen solchen Schock zu ertragen. Es blieb ihr nichts anderes übrig, als sich alles von der Seele zu reden.

»Tante Dot«, stotterte sie – Miss Entwhistles Vorname war Dorothy –, »ich würde gern – ich habe – ich möchte dir sagen – «

»Nach dem Frühstück«, sagte Miss Entwhistle leichthin. »Wir werden viel Zeit brauchen und müssen ungestört sein. Wie gehen ins Wohnzimmer rauf.«

Und sofort brachte sie die Rede auf andere Dinge.

War es möglich, dachte Lucy, die Augen sorgfältig auf den gebutterten Toast geheftet, daß Tante Dot etwas ahnte?

## IX

Es war nicht nur möglich, es war tatsächlich so. Tante Dot hatte es geahnt, nur hatte sie nicht geahnt, daß ihr etwas Derartiges binnen so kurzer Zeit mitgeteilt würde, und es fiel ihr sehr schwer, die Neuigkeit zu verarbeiten. Und zwei Stunden später redete Lucy, in der Mitte des Wohnzimmers stehend, immer noch leidenschaftlich auf sie ein und wiederholte wohl zum zehnten Mal: »Aber siehst du es denn nicht ein? Gerade *weil* das, was ihm zustieß, so schrecklich war. Die Natur verlangt halt ihr Recht. Wenn er jetzt nicht verlobt sein könnte, wenn er aus dieser schwarzen Grube nicht herausfände und nicht wieder mit dem Leben Kontakt aufnähme und mit jemandem, der mit ihm fühlt und – ihn liebt, würde er sterben, sterben oder den Verstand verlieren; und ach, was hat die Welt schließlich davon, wenn einem guten und edlen Menschen nichts anderes übrigbleibt als zu sterben oder den Verstand zu verlieren? Tante Dot, was hat sie davon?«

Und ihrer Tante, die in ihrem angestammten Sessel am Kamin saß, fiel es immer noch schwer, das alles zu verarbeiten. Außerdem hatte sich ihr Gesicht in Kummerfalten gelegt. Sie war ernstlich durcheinander.

Lucy sah sie an und empfand so etwas wie Verzweiflung, daß sie ihre Tante, die sie liebte, nicht dazu bewegen konnte, das zu sehen, was sie sah, zu verstehen, was sie verstand, daß sie ihr nicht das Vertrauen und das Glücksgefühl einzuflößen vermochte, von dem sie selbst durchdrungen war. Nicht, daß sie selbst in diesem Augenblick glücklich gewesen wäre; auch sie war ernstlich durcheinander; ihr Gesicht glühte, ihre Augen glänzten in dem Bemühen, ihrer Tante den Wemyss, so wie sie ihn kennengelernt hatte, so, wie er einfach war, nahezubringen.

Sie hatte sich alles vom Herzen geredet, so rückhaltlos, daß sie ihr sogar bekannte, ja, sie wisse, wie sich Mrs. Wemyss Unfall zugetragen habe, und sie hatte ihn geschildert. Ihre Tante war entsetzt. Etwas so Schreckliches war ihr gar nicht in den Sinn gekommen. Ausgerechnet vor dem Fenster herunterzufallen, an dem ihr

Mann gerade saß ... es schien ihr fürchterlich, daß Lucy da mit hineingezogen werden sollte, und das auch noch so unmittelbar nach dem Tod ihres natürlichen Beschützers – ihrer beiden natürlichen Beschützer, denn hatte nicht auch Mrs. Wemyss, solange sie lebte, Lucy beschützt? Miss Entwhistle war bestürzt und konnte die heftigen Reaktionen nicht verstehen, die Lucy an Wemyss ganz natürlich zu finden schien. Sie wäre wohl zu dem Schluß gelangt, daß sie nicht verstehe, weil sie zu alt, weil sie nicht mehr so anpassungsfähig sei wie die jüngere Generation, aber Wemyss mußte ja fast genauso alt sein wie sie. Mit Sicherheit gehörte er ihrer Generation an; und doch, sieh da, keine vierzehn Tage nach dem entsetzlichen Tod seiner Frau konnte er sie schon vergessen, konnte er sich neu verlieben –

»Aber das ist es ja gerade – das ist es ja gerade«, jammerte Lucy, als Miss Entwhistle diesen Gedanken äußerte. »Er *mußte* einfach vergessen oder selbst zugrunde gehen. Es war mehr, als ein Mensch ertragen konnte, ohne selbst seine Gesundheit einzubüßen –«

»Ich freue mich ja, daß er gesund bleibt«, sagte Miss Entwhistle, auf deren Stirn sich immer mehr Falten bildeten, »aber ich kann mir nicht helfen, es wäre mir doch lieber gewesen, wenn nicht ausgerechnet du, Lucy, ihm dabei hättest helfen müssen.«

Und dann wiederholte sie, was sie in einer Art eigensinniger Hilflosigkeit schon mehrmals wiederholt hatte: an Mr. Wemyss habe sie auszusetzen, daß er sich so ungeheuer schnell wieder getröstet hatte.

»Diese grauen Hosen«, murmelte sie.

Nein; Miss Entwhistle konnte es einfach nicht verwinden. Sie verstand es nicht. Und Lucy, wie sie da mitten im Zimmer stand und Wemyss' Verhalten erläuterte und mit einem Feuer und Gefühlsüberschwang, der nur wahrer Liebe entspringen konnte, verteidigte, war für ihre Tante ein erstaunlicher Anblick. Dieses kleine Ding da verteidigte diesen Mordskerl von einem Mann. Jims Tochter, Jims gehätscheltes Töchterchen...

Während sie so in ihrem Sessel saß, mühte sich Miss Entwhistle unter anderem damit ab, gerecht zu sein, und rief sich in Erinnerung, daß Mr. Wemyss sich drunten in Cornwall als überaus gefällig und hilfsbereit erwiesen hatte – obwohl selbst darauf nun in ein neues, beunruhigendes Licht fiel – und daß sie jetzt, wo sie alles wußte und die Zweifel, die sie vielleicht etwas ungerecht gemacht hatten, ausgeräumt waren und sie ihn unvoreingenommen betrachten konnte, ihm wahrscheinlich sehr bald aufrichtig zugetan sein würde. Sie hoffte das von ganzem Herzen. Immer war sie Leuten zugetan. Es war ganz normal für sie, Menschen zu mögen und von ihnen gemocht zu werden. Und es mußte mehr an ihm dran sein als seine elegante Erscheinung, da Lucy so vernarrt in ihn war.

Sie gab sich einen Ruck. Sie sagte sich, daß sie die Sache falsch anpacke; daß sie, gerade weil es sich um eine ungewöhnliche Situation handelte, nicht so leicht mit einer Verurteilung bei der Hand sein sollte. War sie wirklich nur eine an der Konvention klebende alte Jungfer, die bei einer Berührung mit nackter Natürlichkeit entsetzt zurückschreckte? Hatte das, was dieses Kind dort mit dem kurzgeschnittenen Haar so leidenschaftlich über die Rechtmäßigkeit, die Vernunft, über die Gegenreaktion zum Entsetzen sagte, nicht viel für sich? Schützte sich nicht die Natur auf diese Weise vor zu viel Tod? Schließlich, wozu war es gut, das Entsetzen zu verdoppeln, sich von dem Entsetzlichen so kopfscheu machen zu lassen, daß man wie angewurzelt stehenblieb und sich nicht von der Stelle bewegen konnte und mit entgeisterten Augen und zu Berge stehendem Haar selbst zu einem Abbild des Entsetzens wurde?

Besser war es natürlich weiterzumachen, wie Lucy erklärte, mit seiner Aufgabe fortzufahren, die im Leben und nicht im Totsein besteht. Dennoch – es gab schließlich so etwas wie Anstand. Wie verzweifelt man auch immer in der Einsamkeit sein, wie sehr man auch immer leiden mochte, es gibt eine bestimmte Trauerfrist, fand Miss Entwhistle, während der sich der Hinterbliebene zurückzieht. Instinktiv. Der wahrhaft Trauernde würde sich zurückziehen *wollen* –

»Ach, aber siehst du es denn nicht ein«, versuchte ihr Lucy noch einmal verzweifelt klarzumachen, »das war nicht bloß ein schmerzlicher Verlust – es war einfach zu gräßlich. Natürlich hätte sich Everard ganz normal verhalten, wenn es ein normaler Tod gewesen wäre.«

»Das heißt also: je schrecklicher einer leidet, desto fröhlicher begibt er sich zum Tee«, sagte Miss Entwhistle, die einen Augenblick lang von der Erinnerung an die hellen Hosen an Wemyss' einem Ende und den unverkennbar zufriedenen Gesichtsausdruck am anderen übermannt wurde.

»Oh«, stöhnte Lucy hierauf und ließ in einem plötzlichen Anfall von Müdigkeit den Kopf hängen.

Miss Entwhistle stand hurtig auf und legte ihre Arme um sie. »Verzeih mir«, sagte sie. »Das war einfach dumm und grausam. Ich glaube, ich bin kleinlich. Ich bin wahrscheinlich in meinen alten Trott verfallen. Hilf mir da heraus, Lucy. Lehre mich, einen heroischen Standpunkt einzunehmen – «

Und zärtlich küßte sie Lucys erhitztes Gesicht und zog es an ihres heran.

»Aber wenn ich dich doch nur dazu bringen könnte, daß du *einsiehst*«, sagte Lucy mit tränenerstickter Stimme und klammerte sich an ihre Tante.

»Aber ich sehe ja ein, daß du ihn sehr liebst«, sagte Miss Entwhistle sanft und küßte sie erneut sehr zärtlich.

Als Wemyss an diesem Nachmittag um fünf Uhr – es war sein zweiter Besuchstag in der Woche – erschien, traf er Lucy allein an.

»Warum, wo –? Wie –?« fragte er und schaute sich im Wohnzimmer um, als müsse Miss Entwhistle hinter einem Stuhl lauern.

»Ich habe es ihr erzählt«, sagte Lucy, die müde aussah.

Hierauf schloß er sie in einer innigen Umarmung an sein Herz. »Everards Schätzchen«, sagte er, sie mit Küssen überhäufend, »Everards Schätzchen.«

»Ja, aber –«, begann Lucy schwach. Er hatte sie jedoch so fest an sich gedrückt und in seinen Armen eingeschlossen, daß ihre Stimme nicht durchdrang.

»Hatte ich etwa nicht recht?« fragte er triumphierend und hielt sie fest. »Ist es nicht so, wie es sein sollte? Nur du und ich, und keiner, der uns beobachtet oder stört?«

»Ja, aber –«, begann Lucy wieder.

»Was sagst du da? ›Ja, aber‹?« lachte Wemyss und beugte sein Ohr zu ihr. »Ja, ohne jedes aber, du kleines Mimöschen. Für uns gibt es kein aber – nur ja.«

In dieser Art ging das Zwiegespräch eine ganze Weile weiter, ehe ihm Lucy endlich erzählen konnte, daß ihre Tante sehr durcheinander gewesen sei.

Wemyss kümmerte das so wenig, daß er nicht einmal fragte, warum. Alles, was ihre Tante denken mochte, war ihm vollkommen gleichgültig. »Wen kümmert es?« sagte er und zog Lucy wieder an sein Herz. »Wen kümmert es? Wir haben einander. Was interessiert uns sonst? Wenn du fünfzig Tanten hättest, die alle durcheinander wären, was soll's? Was *kann* uns das schon ausmachen?«

Und auch Lucy, von ihrem Vormittag völlig erschöpft, fand, wie sie sich so an ihn kuschelte, daß nichts etwas ausmache, solange er da war. Aber das Problem bestand darin, daß er die meiste Zeit nicht da war, ihre Tante aber sehr wohl, und daß sie ihre Tante liebte und höchst ungern aus der Fassung brachte.

Dies versuchte sie Wemyss zu verstehen zu geben, aber er verstand nicht. Wenn die Sprache auf Miss Entwhistle kam, vermochte er Lucy ebensowenig zu verstehen, wie Miss Entwhistle Lucy zu verstehen vermochte, wenn die Sprache auf Wemyss kam. Nur machte es Wemyss nicht das geringste aus, daß er nicht verstand. Tanten. Was waren sie schon? Insekten. Er lachte und sagte, sein kleiner Liebling könne nicht beides haben; sie könne nicht zwei Herren, das heißt Everard und ihrer Tante, gleichzeitig dienen; und er küßte ihr Haar und fragte, wer ein kompliziertes kleines Mädchen sei, und wiegte sie in seinen Armen sanft hin und her, und Lucy fand das lustig und mußte jetzt auch lachen und vergaß ihre Tante und vergaß überhaupt alles, außer, wie sehr sie ihn liebte.

Währenddessen verbrachte Miss Entwhistle einen fleißigen Nachmittag im Zeitschriftenraum des Britischen Museums. Sie las die Berichte der *Times* über den Wemyss-Unfall und die gerichtliche Leichenschau; und wenn sie schon durch das, was Lucy ihr am Morgen erzählt hatte, ganz durcheinander gewesen war, so geriet sie durch das, was sie mit eigenen Augen am Nachmittag las, noch mehr aus dem Häuschen. Lucy hatte den Verdacht auf Selbstmord nicht erwähnt. Vielleicht hatte er es ihr nicht gesagt. Selbstmord. Freilich wurden keine Beweise dafür erbracht. Es gab einen Urteilsspruch, der die Frage der Todesursache offenließ. Es war eine Mutmaßung gewesen, die ein Dienstmädchen geäußert hatte, vielleicht ein mißgünstiges Dienstmädchen. Und selbst wenn diese Mutmaßung der Wahrheit entsprach, so hatte das arme Geschöpf wahrscheinlich irgendeine unheilbare Krankheit an sich entdeckt oder vielleicht irgendeinen Verlust erlitten, der einen momentanen Zusammenbruch ausgelöst hatte, und – oh, es gab viele Erklärungen; ehrbare, ganz normale Erklärungen.

Miss Entwhistle ging langsam nach Hause, blieb vor Schaufenstern stehen, starrte auf Hüte und Blusen, die sie gar nicht wahrnahm, dehnte ihren Spaziergang bis zum äußersten aus, versuchte nachzudenken. Selbstmord. Wie trostlos das Wort an diesem schönen Nachmittag klang! Sich so aufzugeben, sich so geschlagen zu geben! Warum hätte sie sich aufgeben sollen? Warum hätte sie sich geschlagen geben sollen? Aber es stimmte ja nicht. Der amtliche Leichenbeschauer hatte erklärt, es gebe keinen Beweis dafür, wie sie zu Tode kam.

Miss Entwhistle verlangsamte den Schritt. Je mehr sie sich Eaton Terrace näherte, desto widerwilliger ging sie weiter. Als sie zum Belgrave Square kam, machte sie dort zweimal die Runde, bummelte an den Gartenzäunen entlang und sah den Vögeln zu. Sie war den ganzen Nachmittag unterwegs gewesen, und wer die Strecke einmal zurückgelegt hat, weiß, wie weit es vom Britischen Museum nach Eaton Terrace ist. Außerdem war es ein heißer Tag, und die Füße taten ihr weh, und sie hätte schrecklich gern in ihrem Sessel in ihrem kühlen Wohnzimmer gesessen und Tee getrunken. Aber dort in diesem Wohnzimmer saß wahrscheinlich Mr. Wemyss, der nun für sie nicht mehr Mr. Wemyss sein sollte – würde sie ihn wirklich Everard nennen müssen? –, oder sie begegnete ihm vielleicht auf der Treppe – einer engen Treppe; oder in der Diele – ebenfalls eng, die er ganz ausfüllen würde; oder sie würde ihm auf ihrer Schwelle begegnen, und er würde die ganze Schwelle einnehmen; oder, wenn sie um die Ecke in ihre Straße einbog, würden dort vielleicht die frohlockenden Hosen auf sie zukommen.

Nein, sie konnte es einfach nicht ertragen, ihn heute zu sehen. So trödelte sie verloren herum und beobachtete die Spatzen innerhalb der Gartenzäune am Belgrave Square, wobei sie vor Schmerz von einem Fuß auf den anderen trat.

Das war erst der Anfang, dachte sie; dies war erst der erste vieler Tage, an denen sie heimatlos die Runde drehen mußte. Ihr Haus war zu klein, um sowohl sie selbst als auch ein Liebespaar zu beherbergen. Für das zaghafte Liebeswerben des jungen Mannes, der Lucy so hündisch ergeben war, wäre es wohl groß genug gewesen. Er hätte jungenhaft, schüchtern um sie geworben. Miss Entwhistle hätte ganz zufrieden im Eßzimmer sitzen können, während das so gut zueinander passende Paar über ihr köstlich geschäkert hätte. Aber der Gedanke, so dicht mit dem in Liebeswerben aufgehenden Mr. Wemyss – nein Everard; sie sollte sich wohl besser gleich daran gewöhnen – zusammengepfercht zu sein, war ihr unerträglich. Sein Werben war bestimmt nicht – sie suchte in ihrem gequälten Gehirn nach einem Wort und fand ›vegetarisch‹. Ja, das Wort drückte deutlich genug aus, was sie meinte: sein Werben war sicher nicht von der vegetarischen Art.

Miss Entwhistle entfernte sich von den Gartenzäunen am Belgrave Square, machte auf ihrem Weg nach Eaton Terrace kehrt und schlenderte in Richtung Sloane Street. Dort sah sie einen Omnibus halten, der ein paar Leute rausließ. Da sie sich schrecklich gern hinsetzen wollte, unternahm sie eine Anstrengung und kriegte ihn. Sie zwängte sich in den freigewordenen Sitz und ließ sich willenlos in der Gegend herumfahren.

Er brachte sie in die City; zuerst in die City und danach in seltsame Vororte. Sie ließ es geschehen. Ihre Kleidung wurde zunehmend modischer, je weiter der Omnibus fuhr. Am Ende fiel sie richtiggehend auf und wurde angestarrt. Aber sie war entschlossen, dem Liebeswerben so viel Spielraum wie möglich zu geben und den ganzen Tag unterwegs zu sein, und das tat sie denn auch.

Der Omnibus fuhr immer weiter, eineinhalb Stunden lang. Sie wußte gar nicht, daß das Omnibusse tun. Als er endlich anhielt, blieb sie ruhig sitzen, und der Schaffner, der allmählich die wachsende Verwunderung der neuhinzukommenden, zunehmend ärmeren Fahrgäste teilte, fragte sie, wohin sie denn wolle.

Sie sagte, sie wolle in die Sloane Street.

Er konnte es einfach nicht fassen und versuchte, mit ihr zu diskutieren, aber sie blieb reglos auf ihrem Platz sitzen und bestand darauf.

Um neun Uhr setzte er sie dort ab, wo er sie aufgenommen hatte. Sie verschwand in die Dunkelheit mit den Bewegungen eines Menschen, dem die Beine eingeschlafen sind, und er machte dem Fahrgast, der am nächsten stand, ein Zeichen und tippte sich an die Stirn.

Aber als sie müde und hungrig ihre Stufen hochstieg und sich mit ihrem Hausschlüssel Eingang verschaffte, fand sie, daß es sich gelohnt hatte; denn zumindest an diesem Tag war sie Mr. We – nein, Everard entkommen.

## X

Nachdem sie sich diesen einen Nachmittag so völlig ihren Gefühlen überlassen hatte, nahm sich Miss Entwhistle jedoch fest vor, ihr weiteres Verhalten von den Prinzipien leiten zu lassen, die die Klugheit im Angesicht einer unausbleiblichen Heirat gebietet, nämlich von Sympathie und Wohlwollen.

Allzuoft hatte sie erleben müssen, wie die erste Entrüstung enttäuschter Eltern über die Heirat ihrer Kinder sich zu Stolz, Verbissenheit und Prinzipienreiterei verhärtet hatte und schließlich zu einer durch nichts mehr zu verändernden Haltung geworden war, nachdem die Zeit sie längst lächerlich gemacht hatte. Falls die Ehen sich als glücklich erwiesen, wie absurd, an einer überholten Mißbilligung festzuhalten; falls sie sich als unglücklich erwiesen, wie wichtig war Liebe dann erst recht!

Solche Überlegungen stellte Miss Entwhistle in dieser ersten schlaflosen Nacht im Bett an, und auf diese Weise ging es während der nächsten paar Wochen weiter. Es waren anstrengende Wochen. Es kostete sie ihre ganze Willenskraft, an ihrem Entschluß festzuhalten. Lucy hatte mit ihrem instinktiven Bedürfnis, die Verlobung so lange wie möglich vor ihrer Tante geheimzuhalten, recht gehabt. Miss Entwhistle, die immer schon schmächtig gewesen war, wurde dünner und dünner in ihrem beständigen täglichen und stündlichen Bemühen, erfreut zu wirken, an Lucys Glück teilzuhaben, ihr die Dinge zu erleichtern, sie vor den Höflichkeitsbekundungen und Fragen ihrer Freunde abzuschirmen, hoffnungsvoll und, so gut es ging, mit Lucys Augen auf Everard und in die Zukunft zu blicken.

»Sie ist nicht unkompliziert genug«, sagte Wemyss jedesmal zu Lucy, wann immer sie eine Bemerkung über das zunehmend angespannte und überarbeitete Aussehen ihrer Tante fallenließ. »Sie sollte die Dinge natürlicher nehmen. Schau uns an.« Denn dieses in Abständen hochkommende Wissen, daß sich ihre Tante nicht recht wohl fühlte, war das einzige Haar in Lucys ansonsten vortrefflicher Suppe.

Und dann fragte er sie, seinen Kopf auf den ihren legend, wenn er so dastand und sie in den Armen hielt, wer denn seinem kleinen Mädchen beigebracht habe, unkompliziert zu sein; und dann lachten sie und küßten sich und redeten von anderen Dingen.

Unkompliziert im Sinne Wemyss' konnte Miss Entwhistle nicht sein. Sie versuchte es; denn jedesmal, wenn sie sein frisches, glattes Gesicht sah, auf dessen

Stirn sich keine einzige Falte abzeichnete, und im Spiegel ihr eigenes damit verglich, das nur drei Jahre älter war, dachte sie bei sich, daß wohl doch eine ganze Menge für Zielstrebigkeit spreche. Es war Lucy, die ihr gesagt hatte, daß Everard zielstrebig sei. Er nehme sich jeweils eine Sache vor, sagte sie, und konzentriere sich mit Seelenruhe darauf. Wenn er dann ganz damit fertig sei, aber erst dann, ginge er zur nächsten über. Er wisse eben, was er wolle. Finde nicht auch Tante Dot, daß es sehr wichtig sei, zu wissen, was man wolle? Anstatt hin und her zuschwanken, seine Gedanken und Energien auf Nebenschauplätzen zu vergeuden?

Das war Originalton Wemyss; und nachdem Miss Entwhistle ihm schon am Nachmittag zugehört hatte – denn jedesmal, wenn er kam, erschien sie kurz persönlich, einfach um die äußere Form zu wahren, und bei den Ausflügen am Samstag und Sonntag war sie nach wie vor mit von der Partie –, empfand sie es doch etwas anstrengend, wenn sie endlich den Tag hinter sich gebracht und den Hafen ihres leeren Wohnzimmers erreicht hatte und ihn nun auch noch den ganzen Abend anhören mußte, durch Lucys Mund gewissermaßen.

Aber sie pflichtete ihr immer bei und sagte, ja, er sei ein wahrer Engel; denn wenn an der baldigen Eheschließung der einzigen, innig geliebten Nichte kein Zweifel mehr besteht, kann eine kluge Tante ihren zukünftigen Neffen zumindest einen wahren Engel nennen. Sie wird mehr Herzlichkeit hineinlegen und sich um eine gewisse Abwechslung bemühen, wenn sie kann, aber das zumindest wird sie über die Lippen bringen. Miss Entwhistle versuchte, sich Variationen auszudenken, da sie fürchtete, Lucy könnte vielleicht eine gewisse Eintönigkeit auffallen, und einmal stotterte sie mühsam, daß er ein – ein richtiger Liebling zu sein scheine; aber es klang hohl, und sie wiederholte es kein zweites Mal. Im übrigen war Lucy mit der anderen Titulierung vollauf zufrieden.

Wenn sie an den Abenden – abends kam Wemyss nie, weil er dem Essen, das ihn dann wahrscheinlich erwartete, ein tiefes Mißtrauen entgegenbrachte – zu Füßen ihrer Tante saß, bewog sie diese dazu, es noch einmal zu sagen, indem sie mit leiser Besorgnis in der Stimme fragte: »Aber du findest doch auch, daß er ein wahrer Engel ist, nicht wahr, Tante Dot?« Woraufhin Miss Entwhistle, aus Angst, ihre letzte Bekundung dieser Ansicht könnte womöglich zerstreut gewirkt haben, dann immer hastig und mit beinahe übertriebenem Nachdruck ausrief: »Oh, ein *wahrer* Engel.«

Vielleicht war er ja ein Engel. Sie wußte es nicht. Was hatte sie eigentlich gegen ihn? Sie wußte es nicht. Er war zu alt, das war das eine; aber im nächsten Moment, nachdem sie gehört hatte, was er gesagt oder worüber er gelacht habe, fand sie, daß er nicht alt genug sei. Im Grunde störte sie freilich an ihm, daß er so schnell über den entsetzlichen Tod seiner Frau hinweggekommen war. Doch sie gab zu, daß an Lucys Erklärung, es sei eine instinktive Reaktion schieren Selbstschutzes, eine Menge dran war. Außerdem konnte sie dieses Verhalten nicht zum Anlaß nehmen, ihm für alle Zeiten gram zu sein; mit jedem Tag verlor es an Bedeutung. Und manchmal regten sich in Miss Entwhistle sogar Zweifel, ob es ihr überhaupt etwas ausmachte – ob es nicht vielmehr Kleinigkeiten waren, die sie an ihm auszusetzen hatte: einen

Mangel an Einfühlungsvermögen zum Beispiel, eine Achtlosigkeit gegenüber den kleinen Formen der Höflichkeit – mit einem Wort, sagte sie sich und mußte dabei lächeln, die Einwände einer alten Jungfer. Lucy schien sich an seinen groben Schnitzern in diesen Bereichen nicht im geringsten zu stoßen. Ihre Tante hatte den Eindruck, als sei sie regelrecht stolz auf ihn, als begeistere sie sich an allem, was er sagte oder tat, mit der abgöttischen Liebe einer jungen Mutter, die den Streichen ihres Erstgeborenen zusieht. Sie lachte fröhlich; sie ließ sich von ihm ganz ungeniert liebkosen. Auch sie, fand Miss Entwhistle, war nun das geworden, was sie zweifellos zielstrebig nennen würde. Nun, vielleicht offenbarte sich ja in alldem die Empfindungsweise einer Unverheirateten gegenüber einem Typ von Mann, wie sie bisher noch keinen kennengelernt hatte, und sie war – erneut machte sie sich Vorwürfe – in ihr altes Fahrwasser geraten. Jims Freunde – die waren eben anders gewesen, aber nicht notwendigerweise besser. Mr. Wemyss würde sie bestimmt als einen affektierten Haufen bezeichnen.

Als sich London im Oktober wieder zu füllen begann und Jims Freunde ihr und Lucy einen kurzen Besuch abstatteten und viele von ihnen eine Neigung zu erkennen gaben, dies auch weiterhin zu tun, kam zu ihren anderen inneren Kämpfen noch ein neuer hinzu, das verzweifelte Bemühen, eine Begegnung zwischen ihnen und Wemyss zu verhindern. Er würde bestimmt nicht verbergen können, daß er Lucy als sein Eigentum betrachtete, und Lucy würde diesen verliebten Ausdruck nicht aus ihren Augen kriegen, wenn sie auf ihm ruhten. Natürlich würden Fragen laut werden, was er denn sei, und der eine oder andere von Jims Freunden würde sich bestimmt an die Sache mit Mrs. Wemyss' Tod erinnern; an jenem Tag, als sie ins Britische Museum ging und den Bericht darüber las, war sie in der Tat verblüfft gewesen, daß sie den Unfall damals nicht mitbekommen hatte. Er nahm in der betreffenden Ausgabe der Zeitung derartig viel Platz ein, daß er ihr nicht entgehen hätte können, wenn sie die Zeitung überhaupt gesehen hätte. Da sie gerade damals Freunde besuchte, konnte sie nur mutmaßen, daß sie just an diesem Tag zufällig angekommen oder abgereist war und daß sie, falls sie während der Fahrt eine Zeitung gekauft hatte, nicht in die Zeitung, sondern aus dem Fenster geguckt hatte, wie sie es bisweilen bei Zugreisen zu tun pflegte.

Sie fühlte sich einfach nicht stark genug, solche Fragen zu ertragen und sich ihrerseits auf eine Erklärung und Verteidigung von Wemyss' Verhaltensweise einzulassen. Zu vieles war ihrer Meinung nach an ihm erklärungsbedürftig. Man sollte ihn in einzelne Teile zerlegen und stückweise genießen – aber das weitaus beste wäre es, ihn überhaupt nicht vorzustellen, ihn von einer Begegnung mit ihren Freunden fernzuhalten. Sie bestimmte deshalb einen Tag in der Woche, wo sie zu Hause sein würde, und riet jedem von dem Versuch ab, sie an anderen Tagen aufzusuchen, weil er damit nur seine Zeit vertue. Dann wurde aus dem einen Nachmittag pro Woche bald ein Abend, an dem jeder, der mochte, nach dem Dinner vorbeischauen und reden und Kaffee trinken konnte, weil der Abend sicherer war; sicher, da Wemyss überzeugt war – er hatte nie einen Hehl daraus gemacht –, daß die Abendessen unverheirateter Damen kärglich und schlecht seien.

Lucy hätte am liebsten überhaupt niemanden gesehen

außer Wemyss, der alles war, was sie wollte, alles, was sie vom Leben verlangte; aber sie sah das Argument ihrer Tante durchaus ein, daß man das Risiko, die Freunde in heiklen Augenblicken hereinplatzen zu sehen, nur dadurch vermeiden konnte, daß man sie auf einen bestimmten Tag und eine bestimmte Uhrzeit festnagelte. So drückte sich Miss Entwhistle ihr gegenüber aus und wunderte sich dabei, wie sie zunehmend ein Talent zur Verschlagenheit entwickelte.

Sie hatte eine alte Freundin, die in der Chesham Street wohnte, eine Witwe von jener weisen Abgeklärtheit, die sich bisweilen am Ende bei jenen Frauen einstellt, die ihre Ehemänner überlebt haben; und als diese Dame im Herbst nach London zurückkehrte, ging Miss Entwhistle gelegentlich zu ihr, um Trost zu suchen.

»Was in aller Welt kann eine solche Kluft aufreißen zwischen dem, was ein Mensch zuvor und danach empfunden und gedacht hat, wie eine junge Liebe?« fragte sie eines Tages, noch ganz verblüfft über einen Ausspruch von Lucy, der zeigte, wie sehr sie sich von ihrer Tante entfernt hatte. Lucy war jetzt eine ganz winzige Gestalt, so weit hatte sie sich von ihr entfernt; nicht einmal ihre Stimme drang zu ihr durch, wie viel weniger noch konnte sie sie mit den Händen greifen.

Und ihre Freundin, vor lauter Abgeklärtheit kurzangebunden, sagte: »Nichts.«

Über Wemyss' finanzielle Lage konnte Miss Entwhistle nur nach dem Augenschein urteilen, denn es wäre ihm nicht in den Sinn gekommen, daß sie sich möglicherweise dafür interessieren könnte, und sie wollte lieber bis später warten, wenn die Verlobung spruchreif wäre, um irgendeinen alten Freund von Jim zu bitten, entsprechende Erkundigungen einzuziehen; doch nach seinem Lebensstil zu urteilen, schien er wohlhabend zu sein. Er fuhr seelenruhig in Taxis durch die Gegend, mietete ziemlich häufig Autos, bewohnte eines der stattlichen Häuser am Lancaster Gate, und außerdem hatte er natürlich noch *The Willows*, das Haus an der Themse bei Strorley, wo seine Frau den Tod gefunden hatte. Was könnte schließlich besser sein als zwei Häuser, dachte Miss Entwhistle und beglückwünschte sich gewissermaßen in Lucys Namen, daß Wemyss zumindest in dieser Hinsicht nichts zu wünschen übrigließ. Zwei Häuser und keine Kinder; wieviel besser als umgekehrt! Und eines Tages ging sie mit einer gewissen Zuversicht bezüglich Lucys Zukunftsaussichten, deren Vorteile sie sich immer vor Augen halten wollte, wieder zu der Witwe in der Chesham Street und sagte plötzlich zu ihr, die an diese völlig belanglosen Fragen ihrer Freundin schon gewöhnt und nicht nur abgeklärt, sondern auch bar jeglicher Neugier war: »Was kann wohl besser sein als zwei Häuser?«

Worauf die Witwe, deren Weisheit abgeklärter als tröstlich war, enttäuschenderweise erwiderte: »Eines.«

Später, als sich die Hochzeit drohend vor ihr auftürmte, ging Miss Entwhistle, die nun mehr Zuspruch denn je brauchte, anstatt ausgesöhnter zu sein, wie sie es gehofft hatte, erneut und diesmal in einer Art Verzweiflung zu der Witwe und erstrebte irgendein Wort von ihr, die so klug war, das ihr ihre Ruhe zurückgebe, das ihr die lächerlichen hartnäckigen Zweifel austriebe. »Was kann schließlich«, sagte sie fast flehentlich, »besser sein als ein treu ergebener Ehemann?«

Und die Witwe, die drei gehabt hatte und wußte, wovon sie sprach, erwiderte mit der großen Ruhe jener, die mit diesem Teil des Lebens abgeschlossen haben und in Muße abzuwägen und einzuschätzen wissen: »Keiner.«

## XI

Die Wemyss-Entwhistle-Verlobung machte in ihrem weiteren Verlauf die üblichen Entwicklungsstadien aller Verlöbnisse durch: totale Geheimhaltung, eingeschränkte Geheimhaltung, inoffizielle Bekanntgabe und kurz darauf offizielle Bekanntgabe, mit der unausbleiblichen Folge, daß sich die Gemüter erregen. Diese Erregung, die, ob zustimmend oder ablehnend, den Hauptbeteiligten stets mehr oder weniger zu Ohren kommt, bestand in diesem Fall in einhelliger Ablehnung. Die Freunde von Lucys Vater protestierten wie ein Mann. Die Atmosphäre in Eaton Terrace war angespannt; und dies bewies Lucy, die sich wie immer vor allem, was sie aus dem Gleichgewicht zu bringen drohte, in Wemyss' Arme flüchtete, mehr denn je, daß allein dort Frieden zu finden war.

So mußte sich Miss Entwhistle den Protesten im Alleingang stellen. Es blieb ihr nichts anderes übrig, als sich ihnen zu stellen. Jim hatte so viele alte, treue Freunde gehabt, und jeder von ihnen fühlte sich anscheinend berufen, sich höchstpersönlich um dessen Tochter zu kümmern. Einige von den jüngeren, eigentlich eher Schüler als Freunde, waren selbst in sie verliebt, und diese äußerten ihre Empörung besonders lautstark. Miss Entwhistle sah sich nun vor die Aufgabe gestellt, der sie so verzweifelt aus dem Weg zu gehen versucht hatte, der Aufgabe, bei einem zutiefst skeptischen, feindlich gesinnten Publikum für Wemyss um Verständnis und Nachsicht zu werben. Es war, als stünde sie, gezwungen, für ihn zu kämpfen, mit dem Rücken zur Wand ihres Wohnzimmers.

Lucy konnte ihr nicht helfen, weil sie, bei aller Betrübnis, ihrer Tante mit ihren eigenen Angelegenheiten Sorgen zu bereiten, letztlich doch Everard recht geben mußte, wenn er behauptete, ihre ureigenen Angelegenheiten gingen außer ihnen beiden keinen Menschen auf der Welt etwas an. Auch sie war empört, aber ihre Empörung hatte ihren Grund darin, daß die Freunde ihres Vaters, die es, seit sie denken konnte, immer gut mit ihr meinten und noch dazu hochintelligente und verständige Leute waren, einmütig und ohne etwas von Everard zu wissen außer der Geschichte von dem Unfall, ihrer Heirat so ablehnend gegenüberstanden. Daß sie so leichtfertig und unfair bei der Hand waren, sogleich das Schlimmste anstatt das Beste anzunehmen, erstaunte und entsetzte sie. Und wie sie alle redeten! Ermüdende Argumente, Vernünfteleien, Haarspaltereien, so klug, so unwiderlegbar, und dennoch, davon war Lucy überzeugt, so falsch, wenn sie selbst nur auch über diese Redegewandtheit verfügt hätte, um den Gegenbeweis antreten zu können! Alle diese unzähligen Gesichtspunkte – dabei gab es doch jeweils nur einen Gesichtspunkt, sagte Everard, und das war der richtige. Ach, eine Frau brauchte das doch gar nicht; sie wollte dieses endlose Denken und Prüfen und Zerlegen und Abwägen gar nicht. Eine Frau – selbst ihre Gedanken waren nun in Wemyss' Worte gekleidet – brauchte nur ihren Mann. »Sie braucht nicht zu begründen, warum«, hatte Wemyss eines Tages zitiert, und beide hatten sie über seine Parodie gelacht, »sie braucht nur zu lieben und – nicht zu sterben, sondern zu leben.«

Das äußerste, was man zugunsten der Freunde ihres Vaters anführen konnte, war, daß sie es gut meinten; aber ach, welch heilloses Durcheinander konnte doch Gutgemeintes in einer ansonsten unkomplizierten Situation anrichten! Vor ihnen flüchtete sie sich – es war unvermeidlich – in Wemyss' Arme. Hier gab es keine Argumente; hier gab es keine Zweifel und kein lähmendes Zaudern. Hier fühlte sie sich ganz einfach geliebt und geborgen wie ein Kind in einem großen, bequemen, unkritischen Schoß – ein herrliches Gefühl für sie, die ihre Mutter in einem Alter verloren hatte, wo Kinder gemeinhin mit Zärtlichkeiten überhäuft werden, und die ihr bisheriges Leben ausschließlich in der trockenen und rauhen Gesellschaft ungewöhnlich wißbegieriger, gescheiter Männer verbracht hatte.

Die Kunde von dem Verlöbnis war weniger durchgesickert als ausgeströmt. Es wäre wohl noch eine ganze Weile geheim geblieben, denn außer den Beteiligten und Lucys Tante wußten nur die Hausmädchen davon – da sie selbst junge Frauen und mit den Symptomen dieses Zustands bestens vertraut waren, stand für sie die Sache längst schon fest, ehe Miss Entwhistle auch nur Verdacht zu schöpfen begann –, wenn Wemyss nicht plötzlich, entgegen allen Erwartungen, Gefallen daran gefunden hätte, bei den Donnerstagabend-Treffen hereinzuschneien. Lucys Schilderungen dieser Abende und der Leute, die da kamen und die so nett zu ihrer Tante und zu ihr waren und ihr unbedingt helfen wollten, da sie natürlich meinten, sie sei tatsächlich das verlassene Ding, das sie gewesen wäre, wenn sie nicht insgeheim Everard gehabt hätte, als Fluchtpunkt ihres Lebens gewissermaßen – an dieser Stelle umarmten sie sich –, diese Schilderungen amüsierten ihn zunächst, machten ihn dann neugierig und bewogen ihn schließlich dazu, sich die Sache einmal anzuschauen.

Er sagte Lucy nicht, daß er kommen werde, er kam einfach. Er hatte fünf Abende gebraucht, an denen er wie gewöhnlich in seinem Klub Bridge spielte, und zwar mit einer Hand, wie er ihr hinterher erzählte, und mit der anderen an sie dachte – »Du weißt, was ich meine«, sagte er, und sie lachten und fielen sich in die Arme –, ehe es ihm langsam dämmerte und in seinen Kopf drang, daß dort sein kleines Mädchen von Leuten umgeben war, die viel Aufhebens von ihr machten und sie liebevoll umwarben (weil, sagte Wemyss, natürlich jeder Mann sie hofieren wolle), und da war er, der einzige Mann, der ein Recht dazu hatte, irgendwo anders.

So spazierte er also herein; und als er hereinspazierte, merkten die Männer, die, mit dem Rücken zur Tür, um Lucy herumstanden, wie ihr Gesicht, das bisher freundliche Aufmerksamkeit gezeigt hatte, plötzlich erstrahlte; und als sich alle gleichzeitig umdrehten, um zu schauen, wohin sie so freudig überrascht blickte, gewahrten sie wieder den unbekannten Hauptleidtragenden vom Begräbnis in Cornwall.

Dort unten hatten sie es als erwiesen angesehen, daß er ein Verwandter von Jim war, die Art von Verwandter, der im Leben eines Mannes nur dreimal auftaucht, das letzte Mal bei dessen Begräbnis; hier in Eaton Terrace war ihnen sofort klar, daß er das jedenfalls nicht sein konnte, weil sich der Gesichtsausdruck eines Mädchens nicht wegen eines Verwandten, der nur besagte drei Male auftaucht, schlagartig von freundlicher Höflichkeit zu zitterndem, strahlendem Leben verändert. Alle starrten Wemyss verblüfft an. Er war so anders als die Leute, die sie bei Jim angetroffen hatten. Erstens einmal war er so gut gekleidet – in der Paarungszeit putzen sich selbst die Vögel hübsch heraus, dachte Miss Entwhistle –, und wie er da vor ihnen stand in seinem imposanten Abendanzug, dessen Hemdbrust so breit und blütenweiß war, wie sie sich eine solche gar nicht hätten vorstellen können, kamen sie sich wie ein schmuddeliger, schäbiger Haufen vor, was sie ja im gegenwärtigen Augenblick auch waren.

Wemyss war ein gutaussehender Mann. Er mochte zwar seine besten Jahre schon hinter sich haben, aber er sah noch gut genug aus, um so manchen jungen Mann auszustechen. Er war vielleicht etwas zu ausgeprägt das, was die Schneider eine stattliche Erscheinung nennen, aber dies wurde durch seine Größe ausgeglichen. Er hatte regelmäßige Züge, sein Gesicht wirkte sorglos und gesund, sein braunes Haar glänzte und wies keine einzige graue Strähne auf, er war glattrasiert, und er hatte einen Mund, wie er im Journalistenjargon zuweilen als ausdrucksvoll, zuweilen als entschlossen, aber stets als wohlgeformt firmiert. Man könnte sich ihn in einem Mantel mit Pelzbesatz vorstellen, dachte ein junger Mann, der neben Lucy stand und ihn betrachtete; und das konnte man sich von keinem der anderen vorstellen, die an diesem Abend im Zimmer waren, ihn selbst eingeschlossen.

Desgleichen konnte man sich vorstellen, dachte derselbe junge Mann, daß Lastträger im Bahnhof und Taxichauffeure und Kellner ihm mit großem Eifer zu Diensten sind; und daß diese von den anderen, ihn eingeschlossen, allenfalls gleichgültig und widerwillig Notiz nehmen würden, das konnte man sich nicht nur vorstellen, man wußte es aus leidvoller Erfahrung.

»Mein herrlicher Geliebter!« frohlockte es in Lucys Herz, als sich die Tür öffnete und er dastand. Sie hatte ihn noch nie abends gesehen, und der Kontrast zwischen ihm und den übrigen Anwesenden war wirklich auffallend.

Miss Entwhistle hatte recht gehabt: der Blick in Lucys Augen und Wemyss' Besitzergebaren waren nicht zu übersehen. Er hatte eigentlich sein kleines Mädchen nur kurz begrüßen, er hatte sich wie ein ganz normaler Gast benehmen wollen – ihr einfach die Hand drücken und sagen wollen: »Ziemlich verregnet heute, nicht wahr« – so etwa; aber sein Stolz und seine Liebe überwältigten ihn, er konnte sie nicht verbergen. Er meinte, es gelänge ihm, und war der festen Überzeugung, sich ausgezeichnet und mit lässigster Gleichgültigkeit zu benehmen, aber allein schon, wie er sie ansah und neben ihr stand, war genug. Und dann noch, wie sie ihn ansah! Die in diesem Zimmer versammelten Intelligenzen pflegten viel härtere Nüsse zu knacken als diese. Sie waren schockiert über diese Offensichtlichkeit. Wer war dieser erfolgreiche Außenseiter mittleren Alters, der sich Jims Tochter geangelt hatte? Was hatte ihre Tante damit zu tun gehabt? Wo kam er überhaupt her? Hatte Jim ihn gekannt?

Miss Entwhistle stellte ihn vor. »Mr. Wemyss«, sagte

sie mit einer unbestimmten Handbewegung in die Runde; und auf jeder ihrer beiden Wangenknochen erschien ein roter Fleck und ging nicht wieder weg.

Wemyss schwang eine Rede. Er stand auf dem Kaminvorleger und stopfte seine Pfeife – er war es gewohnt, in diesem Zimmer zu rauchen, wenn er mit Lucy zum Tee kam, und vergaß, Miss Entwhistle zu fragen, ob sie etwas dagegen habe – und setzte die Anwesenden über seine Ansichten ins Bild. Als er eintrat, sprachen sie gerade über Irland, und nachdem sich das durch sein Eintreffen entstandene Durcheinander gelegt hatte, bat er sie, sich nicht von ihm stören zu lassen und fortzufahren. Dann jedoch redete er und legte ihnen dar, was er über die Sache dachte; und das, was er dachte, war das, was die *Times* in ihrer Morgenausgabe gedacht hatte. Wemyss sprach mit der geübten Geläufigkeit eines Leitartikels. Er politisierte für sein Leben gern; auch in seinem Klub verbreitete er sich unentwegt über Politik, mit der Folge, daß sich die Sessel in seiner Nähe leerten. Aber Lucy, die ihn noch nie über Politik hatte reden hören und merkte, daß sie jedes Wort verstand, lauschte ihm mit halbgeöffneten Lippen. Ehe er das Zimmer betrat, hatten sich die anderen über Dinge unterhalten, die ihre Auffassungsgabe überforderten, so daß sie gar nicht so schnell folgen konnte. Verbissen war über Sinn Fein, Lloyd George, die unerhört hohen Lebenshaltungskosten – es war der Herbst des Jahres 1920 – diskutiert, alles von innen nach außen gewendet und auf den Kopf gestellt worden, geistreich, überraschend, ungeheuer heftig und ernsthaft. Es war wie eine Art Wetterleuchten gewesen, in dem sich die Blitze aneinander entzündeten – oder wie ein Fechtduell: Hieb und Stich und Funkensprühen, dann brach alles in Lachen aus, und weiter ging's zum nächsten Thema, gerade als sie mühsam in Fahrt geriet und zumindest einen Satz von sechsen begriff. Sie hatte ihren Vater vermißt, der sie in solchen Fällen immer bei der Hand nahm, wenn er merkte, daß sie nicht mitkam, und eine kurze Pause einlegte, um ihr das, was sie nicht verstand, zu erklären und die anderen so lange aufzuhalten, bis sie wieder Atem geschöpft hatte.

Aber nun kam Everard, und in der nächsten Minute war alles klar und verständlich. Er wirkte auf sie wie ein Fenster, das aufgerissen wird und frische Luft und Sonnenlicht hereinläßt. Er war so vernünftig, fand sie, verglichen mit diesen anderen hier, so normal und natürlich. Die Regierung, sagte er, müsse nur dies und jenes tun, und die Probleme mit Irland und den Lebenshaltungskosten wären sofort gelöst. Er erläuterte die Methode, nach der man vorgehen müsse. Es war eine sehr schlichte Methode. Man brauchte nur guten Willen und etwas gesunden Menschenverstand. Warum, dachte Lucy und nickte unbewußt in stolzer Zustimmung, haben die Leute denn keinen guten Willen und etwas gesunden Menschenverstand?

Zunächst bestand bei den anderen durchaus eine Bereitschaft, ihn zu unterbrechen, verfängliche Fragen zu stellen, aber sie wurde immer schwächer und wich bald eisigem Schweigen. Man hätte meinen können, die anderen Gäste seien gelähmt, fand Miss Entwhistle, so reglos saßen sie wenig später da. Und als sie weggingen, was sie, wie es schien, früher als sonst und geschlossen taten, stand Wemyss immer noch auf dem Kaminvorleger und erläuterte die Ansichten des normalen, vernünftigen Geschäftsmannes.

»Wohlgemerkt«, sagte er und deutete mit seiner Pfeife auf die anderen, »ich maße mir nicht an, ein großer Denker zu sein. Ich bin nur ein einfacher Geschäftsmann, und als einfacher Geschäftsmann weiß ich, daß es nur einen Weg gibt, eine Sache zu erledigen, und das ist: der richtige Weg. Finden Sie heraus, welcher Weg das ist, und schreiten Sie zur Tat! Es wird insgesamt viel zuviel diskutiert und nach der Meinung anderer Leute gefragt. Wir brauchen kein Gerede, wir wollen Taten sehen. Ich stimme mit Napoleon überein, der bezüglich der Französischen Revolution sagte: ›*Il aurait fallu mitrailler cette canaille.*‹ Wir machen uns viel zu viele Gedanken.«

Dies waren die letzten Worte, die die anderen hörten, als sie schweigend die Treppen hinuntereilten. Draußen unterhielten sie sich noch eine Weile in kleinen Grüppchen auf dem Bürgersteig, und dann ging jeder nach Hause, wo die meisten den restlichen Abend damit verbrachten, Miss Entwhistle einen Brief zu schreiben.

Da Miss Entwhistles Antwortbriefe unbestimmt und ausweichend gewesen waren, kamen Jims Freunde am darauffolgenden Donnerstag wieder, wobei jeder hoffte, Lucys Tante allein sprechen und sie mit der Begründung, Jims treuester Freund gewesen zu sein, unumwunden fragen zu können, wer und was Wemyss eigentlich sei. Insbesondere auch, warum ausgerechnet er es sein mußte. Wer und was er war, hatte im Grunde keinerlei Bedeutung, wenn er es nur irgendwo anders gewesen wäre; aber sie kamen an mit der festen Entschlossenheit, eine Antwort auf die dritte Frage zu erhalten: warum gerade

Wemyss? Und als sie in Eaton Terrace eintrafen, war er schon wieder da, diesmal vor ihnen gekommen, und stand auf dem Kaminvorleger, so, als habe er sich seit letzter Woche nicht von der Stelle bewegt und immerzu weitergeredet.

Dies war das Ende der Donnerstagabend-Treffen. Zum nächsten kam niemand mehr außer Wemyss; aber Miss Entwhistle hatte zugeben müssen, daß eine Verlobung bestehe, und von da an bis zur Hochzeit war ihr das Leben ein Fluch und ein einziges Durcheinander. Gerade weil Jim in seinem Testament keinen Vormund für Lucy bestimmt hatte, fühlte sich jeder seiner Freunde verpflichtet, diese Lücke zu füllen. Sie waren empört, als sie merkten, daß, kurz bevor sie zum ersten Mal diese Verpflichtung gefühlt hatten, Lucy entführt worden war, aber sie waren entsetzt, als sie herausfanden, wer sich hinter diesem Entführer verbarg. Die meisten von ihnen erinnerten sich noch recht gut an die Sache mit Mrs. Wemyss' Tod vor wenigen Wochen, und jene, die sich nicht mehr erinnerten, gingen, wie es Miss Entwhistle getan hatte, ins Britische Museum und lasen darüber nach. Obwohl sie fast allesamt weltfremde Leute waren, die eher Geld verloren als einnahmen, ließen sie außerdem von einem Privatdetektiv eingehendste Nachforschungen über Wemyss' wirtschaftliche Verhältnisse anstellen, in der Hoffnung, er könnte sich vielleicht als ein solcher Schuft oder Habenichts oder am besten gleich beides erweisen, daß keine Frau etwas mit ihm zu tun haben wollte. Aber Wemyss' Leumund als Geschäftsmann war, wie sie der Detektiv, den sie angeheuert hatten, informierte, durchaus ehrenwert. Alles war in bester Ordnung. Er war nicht das, was man in der Stadt einen wohlhabenden Mann genannt hätte, aber wenn man rausginge, sagen wir mal nach Ealing, meinte der Detektiv, würde er dort durchaus als wohlhabend bezeichnet. Er war finanziell abgesichert und ganz gewiß in der Lage, eine Frau und eine Familie zu unterhalten. Er hätte richtig reich sein können, wenn er sich nicht einen Grundsatz zu eigen gemacht und seit Jahren daran festgehalten hätte, nämlich zu einer Stunde die Arbeit einzustellen und sein Büro zu verlassen, in der das andere Männer nicht taten – die Freunde mußten wohl oder übel zugeben, das zumindest dies vernünftig schien. Es habe jedoch kürzlich einen sehr traurigen Vorfall in seinem Privatleben gegeben – »O danke«, fielen die Freunde dem Detektiv ins Wort, »wir haben davon gehört.«

Aber wie gut auch immer Wemyss' Ruf als Geschäftsmann sein mochte, ihr heftiger Widerwille, daß Jims Tochter ihn heirate, blieb davon unberührt. Sie wußten wohl, daß sie in diesem Punkte irrational reagierten, aber Jims Andenken lag ihnen allen zu sehr am Herzen, als daß sie gegenüber einem Mann eine vernünftige Einstellung hätten gewinnen können, den Jim ihrer festen Überzeugung nach nicht gemocht hätte. Einzeln und in Gruppen kamen sie zu »sicheren« Zeiten, wie zum Beispiel nach dem Frühstück, ins Haus von Eaton Terrace, um Lucy mit Vernunftgründen zu überzeugen, wobei sie vor lauter Besorgnis ganz vergaßen, daß man ein verliebtes Mädchen nicht mit Vernunftgründen überzeugen kann. Weniger klug als Miss Entwhistle, versuchten sie Lucy die Heirat mit diesem Mann auszureden, und je mehr sie es versuchten, desto fester klammerte sie sich an ihn. Mit diesem Verhalten erreichten die Freunde ihres Vaters, daß nun zu ihrer leidenschaftlichen Liebe noch das leidenschaftliche Bedürfnis hinzutrat, ihn vor ihnen zu beschützen, sich zwischen ihn und sie zu werfen. Und trotz ihres Erstaunens und ihrer Empörung über die Freunde ihres Vaters mußte Lucy die ganze Zeit über im tiefsten Inneren lächeln; denn es war wirklich sehr komisch, wenn man die oberflächlichen Urteile dieser klugen Leute mit dem verglich, was nur sie allein kannte – das zärtliche Wesen, die schlichte Güte ihres Herzallerliebsten.

In ihrer glücklichen Zuversicht mußte Lucy einfach lachen. Wie durch ein Wunder hatte sie nicht nur einen Liebhaber gefunden, den sie anbeten, und einen Führer, dem sie folgen, und einen Lehrer, zu dem sie aufschauen konnte, und einen Leidenden, der ohne sie nicht geheilt worden wäre, sondern auch eine Mutter, ein Kindermädchen und einen Spielgefährten. Obwohl er so viel älter und so außerordentlich klug war, war er doch ihr Altersgenosse – manchmal nicht einmal das, so kindisch gebärdete er sich. Lucy hatte nie einen Spielgefährten gehabt. Sie hatte ihr Leben gewissermaßen im Sitzen verbracht, sich geistig sozusagen kerzengerade gehalten, und ehe Wemyss auf den Plan getreten war, wußte sie gar nicht, wie herrlich es ist, sich gehenzulassen. Zwar hatte sich auch ihr Vater an Unsinn begeistern können, aber der Unsinn mußte von einer bestimmten Art sein; niemals von der Art, zu der das Adjektiv »barer« passen würde. Bei Wemyss konnte sie jeden Unsinn sagen, der ihr in den Kopf kam, baren oder sonst welchen. Er schüttete sich aus vor Lachen, wenn sie Unsinn redete. Sie brachte

brachte ihn gern zum Lachen. Sie lachten miteinander. Er verstand ihre Sprache. Er war ihr Spielgefährte. Die Leute draußen, alt oder jung, die keine Ahnung hatten, was Spielen bedeutet, und versuchten, sie von ihm abzubringen, mochten so lange an die Tür klopfen, wie sie wollten! Er und sie würden sich drinnen köstlich über den Lärm amüsieren.

»Wie sie alle versuchen, uns zu trennen«, sagte sie eines Tages zu ihm, wobei sie, wie gewöhnlich, in seinen Armen geborgen saß, den Kopf auf seiner Brust.

»Einheit läßt sich nicht trennen«, bemerkte Wemyss tröstlich.

Wenn die Freunde ihres Vaters wieder nach dem Frühstück ankämen, wollte sie ihnen diese Antwort geben, ja, ins Gesicht schleudern, um sie von weiteren nutzlosen Bemühungen abzuschrecken, aber die Erfahrung hatte sie gelehrt, daß man immer sofort merkte, wenn das, was sie sagte, nicht von ihr selbst, sondern von Wemyss stammte, und dann würden sie natürlich, voreingenommen, wie sie nun einmal waren, nicht zuhören.

»Aber Lucy, das ist ja Wemyss in Reinkultur«, hieß es dann immer. »Um Himmels willen, sag doch mal selbst etwas.«

Weihnachten geriet Wemyss mit Miss Entwhistle aneinander, die, seit sie von der Verlobung erfahren hatte, immer so ruhig und gutartig gewesen war, daß er sie richtig mochte. Sie hatte anscheinend eingesehen, daß sie nur eine Nebenrolle spielte, und dies wortlos akzeptiert. Sie stellte ihm keine Fragen mehr und machte keine Schwierigkeiten. Sie ließ ihn mit Lucy in Eaton Terrace allein. Zwar mußte sie ihn und Lucy nach wie vor auf den

Ausflügen begleiten, doch hielt sie sich dabei derart im Hintergrund, daß er ihre Anwesenheit ganz vergaß. Aber als er Mitte Dezember eines Nachmittags bemerkte, daß er Weihnachten immer in *The Willows* verbracht habe, und sie fragte, wann sie und Lucy denn kommen würden, an Heiligabend oder schon einen Tag vorher, guckte sie zu seiner Verblüffung erstaunt drein und meinte nach kurzem Schweigen, es sei ja sehr nett von ihm, aber sie wollten Weihnachten doch lieber zu Hause verbringen.

»Ich hatte gehofft, Sie würden uns Gesellschaft leisten«, sagte sie. »Müssen Sie wirklich weg?«

»Aber –«, begann Wemyss ungläubig, da er meinte, sich verhört zu haben.

Doch es war so: Miss Entwhistle wollte nicht nach *The Willows* kommen; und wenn sie nicht wollte, konnte natürlich auch Lucy nicht kommen. Nichts, was er ins Feld führte, vermochte sie in ihrem Entschluß wankend zu machen. Hier lag eine Wiederholung, nur eine viel schlimmere – man bedenke, Weihnachten verderben! –, ihres Verhaltens in Cornwall vor, als sie darauf bestand, das hübsche Häuschen, in dem sie sich doch alle so gemütlich eingerichtet hatten, zu verlassen und Lucy mit sich nach London zu nehmen. Er hatte vergessen, daß ihm schon dort unten ein eigensinniger Zug an ihr aufgefallen war, so nachgiebig hatte sie sich in den vergangenen Wochen gezeigt. Es war ein Schock für ihn, als er feststellen mußte, daß ihr Eigensinn, der eigensinnigste Eigensinn, der ihm jemals begegnet war, möglicherweise so weit ginge, daß seine Pläne durchkreuzt würden. Er konnte das einfach nicht glauben. Er konnte einfach nicht glauben, daß er nicht kriegen würde, was er wollte, und das nur, weil eine alte Jungfer »nein« sagte. Konnte die Geschichte von Balaam umgekehrt und der Engel vom Esel aufgehalten werden? Er verwarf eine solche Möglichkeit.

Wemyss, der zuerst seine Pläne machte und erst hinterher darüber sprach, hatte selbst Lucy gegenüber kein Wort über Weihnachten verloren.

Stets pflegte er festzulegen, was er machen wollte, alle Einzelheiten zu regeln, und dann, wenn alles fertig war, diejenigen, die daran teilnehmen sollten, darüber zu informieren. Es war ihm überhaupt nicht in den Sinn gekommen, daß es bei der Sache mit Weihnachten Probleme geben könnte. Es hatte für ihn festgestanden, daß er Weihnachten mit seinem kleinen Mädchen verbringen würde, und da er es stets in *The Willows* verbrachte, sie es natürlich auch dort verbringen würde. Alle Vorbereitungen waren getroffen, und die Hausangestellten, die überrascht dreinblickten, hatten Weisung erhalten, die Fremdenzimmer für zwei Damen herzurichten. Von der ersten Dezemberwoche an hatte er sich schon auf das Ereignis innerlich eingestellt und statt eines einzigen zwei große Puter bestellt, weil dies sein erstes richtiges Weihnachten in *The Willows* werden sollte – Vera hatte keinen Sinn für Weihnachten gehabt –, und er war der Meinung, daß man es gar nicht ausgiebig genug feiern konnte. Zwei, wo es in den früheren Jahren einen gegeben hatte – nämlich Puter; vier statt der früheren zwei – nämlich Plumpuddings. Er verdoppelte alles. Verdoppelung schien ihm der geeignete, ja, der symbolische Ausdruck seiner Gefühle, denn würde er sich nicht bald selbst verdoppeln? Und auf welch reizende Weise!

Dann, nachdem er seine Vorbereitungen beendet hatte und zu der Frage des Anreisetages übergegangen war, sah er sich plötzlich einer Opposition gegenüber. Miss Entwhistle wollte nicht nach *The Willows* kommen – unglaublich, unmöglich und unerträglich! –, während Lucy, anstatt sofort darauf zu bestehen und sich mit ihm zu einer zwingenden Majorität zusammenzufinden, stumm dasaß wie eine Maus.

»Aber Lucy –«, nachdem Wemyss ihre Tante sprachlos angestarrt hatte, wandte er sich an sie. »Aber natürlich müssen wir Weihnachten zusammen verbringen.«

»O ja«, sagte Lucy und beugte sich vor, »natürlich –«

»Aber natürlich mußt du kommen. Jede andere Regelung ist doch undenkbar. Mein Haus liegt auf dem Land, was der geeignete Ort für Weihnachten ist, und es ist das Haus deines Everard, und du hast es noch nicht gesehen – ich hätte dich ja schon längst mal hingebracht, aber ich habe es mir für diesen Anlaß aufgespart.«

»Wir hatten gehofft«, sagte Miss Entwhistle, »Sie würden zu uns kommen.«

»Hierher! Aber hier ist doch kaum Platz, um einen Puter am Spieß zu braten. Ich habe zwei bestellt, und jeder von ihnen ist doppelt so breit wie Ihre Haustür.«

»Oh, Everard – hast du tatsächlich Puter bestellt?« sagte Lucy.

Sie mußte fast lachen, aber gleichzeitig war ihr zum Heulen zumute. Seine Naivität war wirklich erstaunlich. In ihren Augen machte ihn diese Naivität über jede Kritik erhaben und unantastbar, wie der Nimbus eines Heiligen.

Daß er insgeheim fleißig Vorbereitungen getroffen, Puter gekauft, eine Überraschung geplant hatte, während sie immer dachte, er erwähne *The Willows* deshalb nie, weil er sowohl seinet- als auch ihretwegen vor diesem Haus seines Unglücks zurückschrecke! Nie war die Rede davon gewesen, daß er es ihr zeigen wolle, im Unterschied zu dem Haus am Lancaster Gate, und sie hatte gemeint, er würde sich nie mehr wieder in seine Nähe begeben und es wahrscheinlich stillschweigend loswerden. Natürlich würde er es loswerden wollen – das Haus mit den unerträglichen Erinnerungen. Er hatte darauf bestanden, sie und ihre Tante zu dem anderen, dem Haus am Lancaster Gate, zum Tee zu bringen, und trotz eines tiefen Widerwillens, den man ihrer Tante deutlich ansah und den auch sie selbst empfand, war es ihnen schließlich doch als ganz natürlich und irgendwie unvermeidlich erschienen, und sie waren hingegangen. Zumindest hatte jene arme Vera dort nur gelebt und nicht den Tod gefunden. Es war ein düsteres Haus, und Lucy hatte den Wunsch geäußert, daß er es aufgebe und mit ihr an einem von Erinnerungen unbelasteten Ort ein neues Leben anfange, aber er war über diese Vorstellung derart erstaunt gewesen – »Aber«, hatte er gejammert, »es war doch das Haus meines Vaters, und ich bin darin geboren!« –, daß sie sich angesichts seines Entsetzens ein Lachen nicht verkneifen konnte und sich schämte, den Gedanken gehegt zu haben, ihn gewissermaßen zu entwurzeln. Im übrigen hatte sie nicht gewußt, daß er dort geboren war.

Mit *The Willows* jedoch verhielt es sich anders. Von diesem Haus sprach er nie, und der bedauernswerte, der heikle Grund dafür war Lucy völlig klar gewesen. Nun hatte es den Anschein, als habe er es sich die ganze Zeit als eine Art Weihnachtsgeschenk aufgespart.

»Oh, Everard –!« seufzte sie. Mit *The Willows* hatte sie nicht gerechnet. Daß *The Willows* immer noch in Everards Leben herumgeisterte, und zwar durchaus rege, daß es nicht einfach nur da war, während die Häusermakler es loszuwerden versuchten, sondern besucht und offensichtlich geschätzt wurde, traf sie wie ein ungeheurer Schlag.

»Wir können doch hier eine fröhliche kleine Weihnachtsfeier für Sie arrangieren«, sagte ihre Tante und setzte das Lächeln auf, das sie immer dann aufsetzte, wenn es ihr schwerfiel zu lächeln. »Natürlich möchten Sie und Lucy zusammensein. Ich hätte Ihnen schon früher sagen sollen, daß wir fest mit Ihnen rechneten, aber irgendwie steht Weihnachten dann immer so plötzlich vor der Tür.«

»Vielleicht verraten Sie mir ja mal, warum Sie nicht nach *The Willows* kommen wollen«, sagte Wemyss und mußte an sich halten, wie er in Cornwall immer an sich gehalten hatte. »Sie sind sich selbstverständlich darüber im klaren, daß Sie sowohl Lucy als auch mir das Weihnachtsfest verderben, wenn Sie an Ihrer Weigerung festhalten.«

»Ach, so dürfen Sie es wirklich nicht auffassen«, sagte Miss Entwhistle freundlich, aber bestimmt. »Ich verspreche Ihnen, daß Sie und Lucy sich hier sehr wohl fühlen werden.«

»Sie haben meine Frage nicht beantwortet«, sagte Wemyss, wobei er gemächlich seine Pfeife stopfte.

»Ich habe auch nicht die Absicht«, sagte Miss Entwhistle, plötzlich aufbrausend. Seit ihrem zehnten

Lebensjahr war sie nicht mehr aufgebraust und schämte sich auch sofort, aber Mr. Wemyss hatte etwas an sich –

»Ich denke«, sagte sie mit sehr sanfter Stimme und stand auf, »Sie möchten jetzt mit Lucy allein sein.« Und hierauf ging sie zur Tür.

Dort blieb sie unschlüssig stehen, drehte sich um und sagte noch sanfter, fast reumütig: »Wenn Lucy nach *The Willows* fahren möchte, werde – werde ich Ihre liebenswürdige Einladung annehmen und sie hinbringen. Ich überlasse es ihr.«

Hierauf ging sie hinaus.

»Dann ist ja alles in Ordnung«, sagte Wemyss mit einem tiefen Seufzer der Erleichterung und lächelte Lucy breit an. »Komm her, Schätzchen – komm zu deinem Everard, und wir wollen Pläne schmieden. Heiland, was für eine Spielverderberin diese Frau ist!«

Und er streckte seine Arme nach Lucy aus und zog sie an sich.

## XII

Aber schließlich verbrachte man Weihnachten doch in Eaton Terrace, und vierzehn Tage lang lebten die Entwhistles von Wemyss' Putern und Plumpuddings.

Es war kein sehr gelungenes Weihnachtsfest, weil Wemyss so tief enttäuscht war; und Miss Entwhistle hatte den Entschuldigungstick derer, die wiedergutzumachen versuchen, daß etwas nach ihrem Willen ging; und Lucy, die vor *The Willows* weitaus mehr zurückgeschreckt war als ihre Tante, wünschte sich während der Feiertage etliche Male, sie wären schließlich doch hingefahren. Es wäre letztlich viel einfacher und viel weniger bedrückend gewesen, als einen enttäuschten Everard anschauen zu müssen; aber damals, als man sie so überrumpelte, meinte sie Festlichkeiten nicht ertragen und erst recht nicht mitansehen zu können, wie Everard Festlichkeiten in jenem Haus ertragen konnte.

»Das ist ja geradezu krankhaft«, sagte er, als sie ihm auf sein Fragen hin endlich antwortete, daß sie wegen des entsetzlichen Tods der armen Vera das Gefühl habe, dort nicht hinfahren zu können; und während er sie in den Armen hielt, erklärte er ihr, wie töricht es sei, so krankhafte Gedanken zu hegen, und daß sein kleines Mädchen, das bald einen gesunden, vernünftigen Mann heirate, der weiß Gott hart genug habe kämpfen müssen, sich in diesem Zustand zu erhalten – sie schmiegte sich enger an ihn –, und dem es doch gelungen sei, ebenfalls gesund und vernünftig sein müsse. Andernfalls fürchte er, sie werde sowohl sich selbst als auch ihn sehr unglücklich machen, wenn sie dies und das nicht tun könne, weil es sie an etwas Trauriges erinnere, und hierhin und dorthin nicht gehen könne, bloß weil jemand gestorben sei.

»Oh, Everard –«, sagte Lucy hierauf und klammerte sich ganz fest an ihn. Die Vorstellung, ihn unglücklich zu machen, ihn, ihren Geliebten, der bereits ein solch schreckliches Unglück hinter sich hatte, versetzte ihrem Herzen einen Stich.

Sein kleines Mädchen müsse wissen, fuhr er fort mit jener feierlichen Stimme, in der er immer sprach, wenn er ernst war, der Stimme des Mannes, den sie vergötterte, nicht die eines Spielgefährten, des Mannes, den sie liebte, dessen Händen sie ihre irdischen Angelegenheiten getrost überlassen konnte – sein kleines Mädchen müsse wissen, daß überall irgendwann mal jemand gestorben sei. Es gebe kein Fleckchen Erde, es gebe kein Haus, außer ganz neuen –

»O ja, ich weiß – aber –«, versuchte Lucy einzuwerfen.

Und *The Willows* sei sein Zuhause, das Zuhause, auf das er sich gefreut und für das er gearbeitet habe. Endlich habe er es sich leisten können, einen Mietvertrag mit langer Laufzeit abzuschließen, einer so langen, daß es nun praktisch sein eigen sei, und er habe die letzten zehn Jahre damit verbracht, es zu vergrößern und zu verschönern, und es gebe dort keinen Ziegelstein und keinen Baum, der ihm gleichgültig sei, ja, man könne fast sagen, der ihm nicht am Herzen liege, und in den ganzen letzten Monaten habe er immer nur an den Tag gedacht, da er es ihr zeigen würde, ihr, seiner zukünftigen Herrin.

»Oh, Everard – ja – du sollst – ich möchte ja –«, stotterte Lucy daher, ihre Wange gegen die seine gelehnt, »nur jetzt noch nicht – keine Festlichkeiten – bitte – ich will keine krankhaften Gedanken mehr hegen – ich verspreche dir, nicht so empfindlich zu sein – aber – bitte –«

Und gerade als Lucy wankend wurde, gerade als sie nachgeben wollte, nicht wegen seiner Argumente, denn ihr inneres Gefühl war stärker als seine Argumente, sondern weil sie seine Enttäuschung nicht ertragen konnte, da versteifte sich Miss Entwhistle, nunmehr fest überzeugt, daß es Lucy vor einem Weihnachtsfest in *The Willows* graute, plötzlich wieder auf ihre ursprüngliche Haltung und verkündete, daß sie die Feiertage in Eaton Terrace verbringen würden.

So mußte sich Wemyss notgedrungen fügen. Diese Erfahrung war so neu für ihn, daß er einfach nicht darüber hinwegkam. Als dann feststand, daß ihm sein Weihnachten, wie er behauptete, verpatzt worden war, verlor er kein Wort mehr darüber und verfiel ins andere Extrem und schwieg. Daß sein kleiner Liebling so sehr unter dem Einfluß der Tante stehe, stimme ihn traurig, sagte er zu Lucy. Sie versuchte ihn aufzuheitern, indem sie ihm zu verstehen gab, daß dies nur beweise, wie ergeben sie der Person sei, bei der sie zufällig lebe – »und bald wird sich meine Ergebenheit ganz auf dich konzentrieren«, sagte sie fröhlich.

Aber er wollte nicht fröhlich sein. Er schüttelte schweigend den Kopf und stopfte seine Pfeife. Er war zu sehr enttäuscht, um sich aufheitern zu lassen. Und die Wendung »bei der ich zufällig lebe« enthielt einen kleinen Mißton. In dem Satz schwang ein Hauch von Gleichgültigkeit mit. Man lebte nicht zufällig bei seinem Ehemann; doch genau dies war der tiefere Sinn gewesen.

Jedes Jahr im April hatte Wemyss Geburtstag, das heißt, anders als die meisten Leute seines Alters feierte er ihn regelmäßig. Weihnachten und sein Geburtstag waren für ihn die eigentlichen Festtage des Jahres und wurden stets in *The Willows* verbracht. Dem Kalender zum Trotz betrachtete er seinen Geburtstag, den 4. April, als Frühlingsanfang und war gewöhnt, an diesem Tag drunten am Fluß gewisse gelbe Blumen in Blüte zu finden, die seine Behauptung stützten. Blühten diese Blumen vor seinem Geburtstag auf, nahm er von ihnen keine Notiz, behandelte sie wie Luft und schenkte ihnen auch hinterher keine Beachtung, denn Blumen interessierten ihn im

Grunde überhaupt nicht; aber sein Gärtner hatte strikten Befehl, einen Strauß von besagten Blumen an diesem einen Morgen im Jahr auf den Tisch zu stellen, damit sie ihn mit ihren helleuchtenden Gesichtern willkommen hießen, wenn er zu seinem Geburtstagsfrühstück hinfuhr. Und wenn er dann ins Zimmer trat und sie erblickte, sagte er immer: »Mein Geburtstag und der Geburtstag des Frühlings«, woraufhin ihm seine Frau – bisher war es Vera gewesen, aber von jetzt an würde es Lucy sein – einen Kuß gab und ihm alles Gute zum Geburtstag wünschte. Das war das Ritual; und als es in einem Jahr von abnormer Kälte keine gelben Blumen beim Frühstück gab, weil sie der schier verzweifelnde Gärtner weder am Flußufer noch an den geschütztesten Moraststellen hatte finden können, geriet der ganze Geburtstag durcheinander. Wemyss konnte beim Betreten des Zimmers und ihrem Anblick nicht sagen: »Mein Geburtstag und der Geburtstag des Frühlings«, weil er keine Blumen sah; und seine Frau – in jenem Jahr Vera – konnte ihm keinen Kuß geben und nicht alles Gute zum Geburtstag wünschen, weil ihr das Stichwort fehlte. Sie war an das Stichwort so sehr gewöhnt, daß sie ihren Einsatz vergaß, als sie es nicht bekam, ja, daß sie doch tatsächlich seinen Geburtstag insgesamt vergaß; und infolgedessen fiel an diesem Tag die Stimmung auf den Nullpunkt, passend zum trüben Wetter draußen. Wemyss war fürchterlich verletzt gewesen. Er hoffte, nie mehr einen solchen Geburtstag erleben zu müssen. Und das mußte er auch nicht, denn Vera sollte in Zukunft ihren Einsatz nie mehr vergessen.

Da ihm Geburtstage so viel bedeuteten, überlegte er

natürlich, daß Miss Entwhistle, nachdem sie ihm sein Weihnachtsfest verpatzt hatte, ihm wohl auch seinen Geburtstag verpatzen würde, wenn er ihr freie Hand ließe. Nun, er würde ihr nicht freie Hand lassen. Kein zweites Mal würde er sich so hereinlegen lassen; kein zweites Mal würde er sich vor ihr eine Blöße geben und tatenlos zusehen, wie sie über ihn verfügte. Die Methode, um dies zu vermeiden, war sehr simpel: er würde einfach Lucy rechtzeitig vor seinem Geburtstag heiraten. Warum sollten sie noch länger warten? Warum an jener albernen Sitte, genannt Trauerjahr, festhalten? Kein vernünftiger Mann scherte sich um das, was die Leute dachten. Und wer waren denn schon diese Leute? Um die Meinungen jener schäbigen Schwächlinge, denen er an den beiden Donnerstagen bei Lucy begegnet war, brauchte man sich nun weiß Gott nicht zu scheren. Das wenige, was sie gesagt hatten, war derart abartig und verworren und dennoch gefährlich gewesen, daß es für England am besten wäre, wenn sie gleich morgen alle auf einmal auswanderten. Sie seien genau die Sorte von Leuten, die erfolgreich die Spaltung der Gesellschaft betreiben, hatte er nach seiner Begegnung mit ihnen zu Lucy gesagt, die ihm etwas erstaunt, welch neues Licht da auf die Freunde ihres Vaters fiel, zugehört hatte. Allein auf einer Insel, sagte er zu ihr, könnten sie sich dann daran ergötzen, einander gegenseitig das Rückgrat zu brechen, und das Rückgrat Englands, das aus lauter geradlinigen, unverdorbenen Patrioten bestehe, bliebe so verschont. Um deren Meinung brauchte man sich wirklich nicht zu kümmern; was nun hingegen seine eigenen Freunde anging, die sich nach Veras Tod schlecht gegenüber ihm benommen hatten, so scherte er sich keinen Pfifferling um ihre kritischen Bemerkungen; er konnte kaum den Augenblick erwarten, wenn er sie in Verwirrung stürzen würde, indem er dieses süßeste aller kleinen Mädchen, so jung, so treuergeben, Lucy, seine Frau, ihren prüfenden Blicken aussetzte.

Demgemäß machte er sich gleich daran, alle notwendigen Vorkehrungen zu treffen, um im März getraut werden, eine Hochzeitsreise nach Paris unternehmen und für die letzten paar Tage seiner Flitterwochen genau an seinem Geburtstag nach *The Willows* zurückkehren zu können. Was würde das für eine Geburtstagsfeier werden! Bei diesem Gedanken schloß Wemyss die Augen, um ihn ungestört auszukosten. Nie mehr würde er einen Geburtstag wie den nächsten erleben. Er durfte ihn mit Fug und Recht seinen ersten nennen, denn er würde sein Leben noch einmal ganz von vorne anfangen und einen Lebensabschnitt beginnen, den man in der Tat als einen wahrhaft zärtlichen bezeichnen durfte.

Er war so sehr daran gewöhnt, seine Pläne allein auszuhecken und sie erst zur Sprache zu bringen, wenn sie abgeschlossen waren, daß es ihm schwerfiel, Lucy von diesem einen zu erzählen, trotz der wichtigen Rolle, die sie darin spielen sollte. Aber, sagte er sich, eine gewisse Vorbereitung mochte schließlich sogar bei der heimlichen standesamtlichen Trauung nötig sein, für die er sich entschieden hatte. Sie würde einen Koffer packen müssen; sie würde ihre Sachen in einer gewissen Ordnung zurücklassen müssen. Außerdem mußte er ja vielleicht seine Überredungskünste einsetzen. Er kannte sein kleines Mädchen gut genug, um überzeugt zu sein, daß sie, wenn er sie darum bäte, auf Kirche und weißes Kleid verzichten würde, ohne zu murren, aber sie würde womöglich ihrer Tante von der bevorstehenden Hochzeit erzählen wollen, und dann würde die Tante mit nahezu tödlicher Gewißheit Obstruktion betreiben und sie entweder überreden zu warten, bis das Jahr um sei, oder, falls Lucy sich weigerte, ihr mit Zweifeln die Hölle heiß machen, ob sie recht daran getan habe, den Wünschen ihres Geliebten nachzukommen. Man stelle sich vor, einem Mädchen die Hölle heiß zu machen, nur weil es den Wünschen seines Geliebten nachkam! Was für eine Frau, dachte Wemyss und stopfte seine Pfeife. In seinen Augen hatte sich Miss Entwhistle seit ihrem Verhalten an Weihnachten zu einem regelrechten Monster ausgewachsen.

Als er seine Vorbereitungen abgeschlossen und den Tag seiner Hochzeit auf den ersten Samstag im März festgelegt hatte, fand es Wemyss an der Zeit, Lucy davon in Kenntnis zu setzen; und so sagte er es ihr, wenn auch am Ende nicht ohne eine gewisse Befürchtung, daß sie vielleicht doch noch Schwierigkeiten machen könnte.

»Mein kleiner Liebling wird doch nichts tun, was die Pläne ihres Everard durcheinanderbringt, nach all der Mühe, die er sich gemacht hat, oder?« sagte er, da er merkte, daß sie ihn mit leicht geöffnetem Mund und unverkennbarer Verblüffung ansah und kein Wort sagte.

Hierauf verschloß er die zu ihm hochstarrenden Augen und die vor Überraschung offenstehenden Lippen mit Küssen, denn er hatte festgestellt, daß sanfte, schmachtende Küsse Lucy zum Schweigen brachten, wenn sie »aber –« sagen wollte, und daß solche Küsse sie schneller als alles andere wieder in die Stimmung zärtlicher, schläfriger Nachgiebigkeit versetzten, in der er sie, wenn sie in seinen Armen lag, am liebsten mochte; dann war sie in der Tat sein Kindchen, der Gegenstand des leidenschaftlichen Beschützerinstinkts, der ihn gewissermaßen von Natur her erfüllte, zu dessen Ausübung ihm aber die Umstände bisher keine Gelegenheit gegeben hatten. Vera konnte man nicht beschützen. Sie war immer in einem anderen Zimmer.

Lucy jedoch sagte tatsächlich: »Aber –«, als sie sich von ihrer ersten Überraschung erholt hatte, und machte sogleich – das heißt, als er aufhörte, sie zu küssen, und sie wieder sprechen konnte – Schwierigkeiten. Ihre Tante; die Heimlichkeit; warum Heimlichkeit; unter den gegebenen Umständen müsse man doch warten.

Und dann erklärte er ihr die Sache mit seinem Geburtstag.

Hierauf sah sie ihn mit einem verwunderten Blick an, und dann lachte sie los. Sie schüttete sich aus vor Lachen. Ihr Arm lag immer noch um seinen Hals, aber ihre Augen waren feucht. »Oh, Everard«, sagte sie, ihre Wange gegen die seine gepreßt, »findest du denn, daß wir wirklich schon alt genug sind, um zu heiraten?«

Diesmal allerdings setzte er seinen Willen durch. Lucy brachte es einfach nicht übers Herz, seine Pläne ein zweites Mal zu durchkreuzen; das Spektakel seiner anhaltenden stummen Enttäuschung stand ihr immer noch allzu lebhaft vor Augen. Und sie fühlte sich auch außerstande, es ihrer Tante zu eröffnen. Sie hatte nicht den Mut, sich den Vorhaltungen ihrer Tante zu stellen, und am Ende gab sie schweren Herzens nach. Lucy hatte den Eindruck, als sei ihre Tante, die sich in Wemyss' Phantasie so riesenhaft auftürmte, auf die Hälfte ihrer früheren Größe zusammengeschrumpft. Sie schien zwischen verschiedenen Kampfparteien aufgerieben worden zu sein wie ein Knochen inmitten raufender Hunde. Wie würde sie wohl diesen schlimmsten aller Schläge verkraften? Der Gedanke daran quälte sie und verdarb ihr die letzten Tage vor ihrer Hochzeit, Tage, die sie sonst herrlich gefunden hätte, denn schnell wurde sie von der kindischen Begeisterung und Aufgeregtheit über ihr gemeinsames Geheimnis angesteckt, die Wemyss kaum noch ruhig im Sessel sitzen ließ. Er konnte tatsächlich nicht mehr stillsitzen. Einmal zumindest stand er auf und tat ein paar langsame Schritte durchs Zimmer und bewegte sich dabei mit einer unübersehbaren Feierlichkeit, weil er an solche Schritte nicht gewöhnt war, bei denen es sich, wie er sie sogleich aufklärte, um Tanzschritte handelte. Bis er ihr das sagte, brachte sie vor lauter Überraschung kein Wort heraus und sah ihm nur zu. So tanzten Pinguine auf Bildern. Was war bloß in ihn gefahren? Als er davon genug hatte und ihr etwas schwer atmend sagte, daß es Schritte eines Tanzes seien, der das Eheglück versinnbildliche, lachte sie unbändig und flog in seine Arme.

»Baby, o Baby!« sagte sie und rieb ihre Wange an seinem Mantel.

»Und wer ist das andere Baby?« fragte er, außer Atem, aber strahlend.

Das war ihre Art von Konversation.

Aber die arme Tante Dot ...

Lucy konnte den Gedanken an das arme, gütige Tantchen nicht ertragen. Sie war so wunderbar, so voller Nachsicht gewesen und würde zutiefst entsetzt sein, wenn sie miteinander durchbrannten. Niemals, niemals würde sie den Grund dafür verstehen. Sie verstand Everard nicht im geringsten, sie fing nicht einmal an, ihn zu verstehen, und daß sein Geburtstag der Grund sei, um mit dem zu brechen, was sie als gewöhnlichen Anstand betrachten würde, erschiene ihr zweifellos als viel zu kindisch, um auch nur ein Wort darüber zu verlieren. Lucy fürchtete, Tante Dot würde sehr verstimmt sein – die liebe, arme, kleine Tante Dot. Schuldbewußt, konnte sie gar nicht genug tun für Tante Dot, nun, da der geheime Termin festgesetzt war. Wenn sie mit ihr allein war, las sie ihr jeden erdenklichen Wunsch von den Augen ab, rannte, um etwas zu holen, stürzte sich auf zu Boden gefallene Taschentücher, gab ihr nicht nur vor dem Schlafengehen und morgens einen Kuß, sondern wann immer sich auch nur der geringste Vorwand dazu bot, und dann mit äußerster Zärtlichkeit; und jeder Kuß und jeder Blick schienen zu sagen: »Verzeih mir.«

»Wollen sie etwa miteinander durchbrennen?« fragte sich Miss Entwhistle alsbald.

Lucy wäre ungeheuer verblüfft gewesen und vielleicht, so pervers ist der Mensch, sogar verletzt, hätte sie den Hoffnungsstrahl sehen können, der bei diesem Gedanken Tante Dots zermartertes Gehirn durchzuckte; denn Miss Entwhistles Leben, das bis zu dem Tag, als Wemyss zum ersten Mal in Eaton Terrace aufkreuzte, ausnehmend geordnet und ruhig verlaufen war, stellte seither nur noch ein wirres Getöse dar. Jeder war mit ihr unzufrieden, und jeder aus genau entgegengesetzten Gründen. Sie hatte eine schlimme Zeit durchzumachen, und im Februar ging das nun schon so lange, daß sie sich völlig ausgelaugt fühlte. Wemyss, daran bestand für sie nicht der geringste Zweifel, konnte sie nicht ausstehen; ihr Bruder Jim war tot; und sie mußte mitansehen, wie Lucy, ihre einzige noch lebende, über alles geliebte Verwandte, von Tag zu Tag mehr zu einem Sprachrohr von Wemyss wurde, zu dem, was sie manchmal in ihrer Erschöpfung und Ungeduld Wemyss' Alter ego zu nennen sich hinreißen ließ; und ihr kleines Haus, das immer so friedlich gewesen war, hatte sich, wie sie verdrießlich feststellte, zum Hahnenkampfplatz von London entwickelt. Sie pflegte nun nach Hause zu schleichen mit Schritten, die immer schleppender wurden, je näher sie ihrer Haustür kam, nach ihren erzwungenen, ausgedehnten Ausflügen – erzwungen und ausgedehnt, weil das Haus, außer für winzigste Augenblicke, nicht sie und Wemyss gleichzeitig beherbergen konnte –, und sich wehmütig zu fragen, welche Briefe von Jims Freunden sie wohl vorfinden würde, in denen man ihr Vorwürfe machte, und welche neuen Pläne über ermüdende Ausflüge im Auto oder Einladungen zum Tee in jenem schrecklichen Haus am Lancaster Gate ihr jetzt wieder eröffnet würden. Nahmen denn alle Verlobungen einen solch turbulenten Verlauf? fragte sie sich – sie hatte es aufgegeben, das Orakel in der Chesham Street zu befragen, weil sie immer so bestürzende Antworten auf ihre Fragen erhielt. Wie froh sie war, niemals verlobt gewesen zu sein, wie froh sie war, die Anträge, die sie als junges Mädchen bekommen hatte, abgelehnt zu haben! Erst kürzlich hatte sie zufällig einen jener ehemaligen Bewerber in einem Omnibus getroffen, und als sie ihn sich genauer anschaute, wie froh war sie da, daß sie ihm damals einen Korb gegeben hatte! Die Leute halten sich nicht gut, grübelte Miss Entwhistle. Ach, wenn doch nur Lucy diesem Wemyss jetzt einen Korb geben wollte, wie froh wäre sie darüber, träfe sie ihn in zehn Jahren in einem Omnibus!

Aber das waren natürlich nur Hirngespinste einer übermüdeten alten Jungfer, und sie hatte noch genug Humor, um selbst darüber zu lachen. Was immer sie selbst von Wemyss halten mochte, Lucy vergötterte ihn schließlich, und wenn ein Mensch einen anderen derartig vergöttert, bleibt ihm nichts anderes übrig, als zu heiraten und es hinter sich zu bringen, fand Miss Entwhistle. Nein, das war zynisch. Sie wollte sagen, heiraten und es nicht hinter sich bringen. Ach, wenn das Kind nur diesen netten jungen Teddy Trevor heiraten wollte, der in ihrem Alter und so wahnsinnig in sie verliebt ist und dessen Haus in Chelsea überall Fenstersimse in vernünftiger Höhe hat . . .

Während dieser Zeit war Miss Entwhistle sehr unglücklich, ganz abgesehen davon, daß ihr auch noch dauernd die Füße weh taten. Obwohl sie die Hochzeit fürchtete, konnte sie sich doch des Gefühls nicht erwehren, daß es herrlich wäre, sich wieder hinsetzen zu können. Wie schön, ganz geruhsam und allein in ihrem eigenen Wohnzimmer zu sitzen und nicht mehr durch London laufen zu müssen. Wie schön, wenn sie sich nicht mehr einreden müßte, daß sie Battersea Park genieße und das Embankment liebe und Westminster Abbey so unterhaltsam finde. Wonach sie sich mit wachsendem Verlangen, das gegen Ende des Winters schließlich an Verzweiflung grenzte, sehnte, war ihr Lehnstuhl beim Kamin und gelegentlich eine gute Freundin mittleren Alters zum Tee.

Sie war nun in den Jahren, wo man sich gern hinsetzt. Außerdem hatte sie nun endgültig die Phase der Kaffeekränzchen erreicht. Die eigenen Altersgenossinnen – Frauen, die in ihrer Jugend die gleiche Art von Kleidern getragen hatten, die sich an die Ärmel des Bischofs erinnerten und mit einem über Tournüren lachen konnten – wie sehr sehnte man sich doch nach seinen Altersgenossinnen!

Als Lucy sich dann plötzlich so auffallend zuvorkommend und so überaus zärtlich gebärdete, als Miss Entwhistle ihre Nichte dabei ertappte, wie diese sie versonnen und liebevoll anschaute und errötete, wenn sie dabei ertappt wurde, als Lucy ihr vor dem Schlafengehen und nach dem Aufstehen statt eines Gute-Nacht- bzw. Guten-Morgen-Kusses gleich eine ganze Menge gab und weiterhin aufsprang und ihr Teelöffel brachte, die sie gar nicht verlangt hatte, und Zucker holte, den sie gar nicht wollte, da begann Miss Entwhistle wieder aufzuleben.

»Wollen sie womöglich durchbrennen?« fragte sie sich; und sie hoffte es beinahe, so fix und fertig war sie.

## XIII

Lucy hatte sich genau nach Wemyss' Anweisungen richten und ihre Hochzeit geheimhalten wollen, sich geräuschlos aus dem Haus schleichen, nach der standesamtlichen Trauung sofort mit ihm auf den Kontinent übersetzen und ihrer Tante dann von irgendeinem sicheren, fernen Ort *en route*, wie zum Beispiel Boulogne, aus ein Telegramm schicken oder einen Brief schreiben wollen; aber als sie einander am Abend vor der Trauung gute Nacht wünschten und sie ihrer Tante einen Kuß gab, schob diese sie plötzlich, zu ihrer großen Bestürzung, ein wenig von sich, sah sie kurz an, hielt sie dann an beiden Armen fest und sagte sehr bestimmt: »Morgen also.«

Lucy verschlug es die Sprache. Dümmlich starrte sie vor sich hin, mit offenem Mund und hochrotem Gesicht. Beide sahen sie dumm und verschreckt drein und fühlten sich auch so. Tante Dot war ihr unheimlich. Wenn sie es herausbekommen hatte, wie denn um alles in der Welt? Und was würde sie jetzt tun? Aber hatte sie es denn wirklich herausbekommen oder war ihr nur zufällig etwas eingefallen, irgendeine Verlobung, die Lucy natürlich vergessen hatte, oder vielleicht nur jemand, der zum Tee kommen wollte?

Lucy klammerte sich an diesen Strohhalm. »Was ist morgen?« stammelte sie, hochrot vor Entsetzen und Schuldbewußtsein.

Und ihre Tante räumte jeden Zweifel aus, indem sie erwiderte: »Deine Trauung.«

Da fiel ihr Lucy um den Hals und weinte und erzählte ihr alles, und anstatt verstimmt zu sein und ihr Scham und Schuldgefühle einzujagen, war ihre wunderbare, unberechenbare, unheimliche, allerliebste kleine Tante voll Mitgefühl und Verständnis. Sie schluchzten gemeinsam auf dem Sofa und hielten sich in den Armen, aber es war ein wohltuendes Schluchzen, denn beide spürten in diesem Moment, wie sehr sie aneinander liebten. Miss Entwhistle wünschte sich, nie auch nur einen einzigen kritischen, unwilligen Gedanken gegen den Mann gehegt zu haben, den dieses liebe Kindchen so innig liebte, und Lucy wünschte sich, nie auch nur ein einziges Geheimnis gehabt zu haben vor diesem lieben kleinen Tantchen, dem Everard einfach nicht zugetan sein konnte. Die liebe, liebe Tante Dot. Lucys Herz strömte über vor Dankbarkeit, Zärtlichkeit und Mitleid – Mitleid, weil sie selbst im siebten Himmel schwebte und von Liebe umgeben war und ihr Tante Dots Leben, verglichen mit ihrem eigenen, so leer, so einsam schien und wahrscheinlich bis zum Ende ihrer Tage so bleiben würde; und Miss Entwhistles Herz war erfüllt von Wehmut über Jims Lämmchen, das sich so furchtlos, so strahlend vor Liebesglück in die Hände eines fremden Mannes gab. Bald natürlich würde er kein Fremder mehr für sie sein, sondern der ihr vertraute Ehemann; aber würde er dadurch irgendwie besser, fragte sie sich. Sie seufzten und küßten sich, und seufzten abermals, wobei jede ein Gutteil ihrer Gedanken für sich behielt.

So kam es, daß Miss Entwhistle am nächsten Morgen mit Lucy zum Standesamt ging und eine der Trauzeugen war.

Wemyss machte eine Schrecksekunde durch, als er sie hereinkommen sah. Sein Herz pochte so heftig, wie es noch nie zuvor in seinem Leben gepocht hatte, denn er dachte, es käme nun zu einer Szene und seine Lucy könnte ihm im letzten Moment irgendwie doch noch entrissen werden. Dann sah er Lucy an und war beruhigt. Ihr Gesicht glich in seiner Heiterkeit dem Morgen eines herrlichen Frühlingstages, ihre dunkelvioletten Augen, wie sie so auf ihm ruhten, waren betaut von Zärtlichkeit, und ihr Mund kräuselte sich vor Glück in das reizendste, drolligste, etwas verschmitzte Lächeln. Wenn sie nur ihren Hut abnehmen würde, dachte Wemyss, fast platzend vor Stolz, damit der Standesbeamte merkte, wie jung sie mit ihrem Bubikopf aussah – vielleicht dachte der alte Knabe ja sogar, sie sei noch nicht im heiratsfähigen Alter, und finge an, eingehende Fragen zu stellen! Wie köstlich das wäre!

Er selbst wirkte auf Miss Entwhistle, als er so neben Lucy stand und getraut wurde, wie ein zu groß geratener Schuljunge, der gerade nach ungeheuren Anstrengungen einen Silberpokal für seinen Verein gewonnen hat. Genauso sah er aus, mit seinem von mühsam unterdrücktem Triumph und Stolz strahlenden Gesicht; er war rot vor Freude über seine Heldentat.

»Stecken Sie Ihrer Frau den Ring an den Finger«, befahl der Standesbeamte, als Wemyss, nachdem er den ersten Teil der Zeremonie hinter sich gebracht hatte, nur noch Lucy anstrahlte und ganz vergaß, daß es noch mehr zu tun gab. Und Lucy streckte ihm ihre Hand mit gespreizten, steifen Fingern hin, und auch ihr Gesicht strahlte bei den Worten »Ihre Frau« vor Glück.

»Hier gibt es nichts zu weinen«, sagte sich Miss Entwhistle, als sie zusah, wie die beiden in seliger Versunkenheit damit beschäftigt waren, den Ring erfolgreich über den Knöchel des richtigen Fingers zu schieben. »Wirklich, er *ist* ein – ein Engel. Ja. Natürlich. Aber wie das Leben so spielt! Ich frage mich, was er wohl heute vor einem Jahr gemacht hat, er und seine arme Frau von damals.«

Als die Trauung zu Ende war und sie draußen auf den Stufen standen, wo das Taxi, in dem Wemyss gekommen war, darauf wartete, sie zum Bahnhof zu bringen, wurde

Miss Entwhistle klar, daß es nun hier und in diesem Augenblick Abschied nehmen hieß und sie jetzt Lucy nicht nur auf ihrem Lebensweg allein lassen mußte, sondern daß sie von jetzt an nichts mehr für sie tun konnte. Außer sie liebzuhaben. Außer ihr zuzuhören. Ach, sie würde immer dasein und sie liebhaben und ihr zuhören; aber am allerbesten wäre es für das kleine Ding, wenn es keinen dieser beiden Dienste je in Anspruch nehmen müßte.

Im letzten Moment legte sie Wemyss aus einem plötzlichen Impuls heraus ihre Hand auf die Brust, schaute in sein triumphierendes, gerötetes Gesicht hoch und sagte: »Seien Sie gut zu ihr.«

»Oh, Tante Dot!« lachte Lucy und umarmte sie noch einmal.

»Oh, Tante Dot!« lachte Wemyss und schüttelte ihr kräftig die Hand.

Die beiden gingen die Stufen hinab und ließen Miss Entwhistle allein oben stehen. Sie sah dem davonfahrenden Taxi nach, hinter dessen Heckfenster zwei Köpfe auf- und abhüpften und vier Hände Lebewohl winkten. Das Taxifenster hatte bestimmt noch nie so viel strahlende Siegesfreude eingerahmt. Tja, dachte Tante Dot und stieg ebenfalls die Stufen hinab, als die beiden endgültig ihren Blicken entschwunden waren, und ging gemächlich heimwärts. Und nach weiterem Nachdenken fügte sie hinzu: »Er ist wirklich ein – ein Engel.«

## XIV

Die Ehe, fand Lucy, war anders, als sie gedacht hatte; Everard war anders; alles war anders. Erstens war sie immer müde. Zweitens war sie nie allein. Sie hatte sich nie klargemacht, daß sie nie ganz allein sein würde, oder, falls allein, keine Minute sicher, es auch noch in der nächsten zu sein. Stets hatte es in ihrem Leben Phasen gegeben, in denen sie nach irgendwelchen Anstrengungen wieder zu Kräften kommen konnte; nun gab es keine mehr. Stets hatte es Zufluchtsorte gegeben, wo sie sich völlig ungestört ausruhen konnte, nun gab es keine mehr. Der bloße Anblick ihres gemeinsamen Zimmers in den Hotels, in denen sie abstiegen, mit Wemyss' Koffern, die sich auf den Stühlen türmten, und dem Tisch, der mit seinen Bürsten und seinem Rasierzeug bedeckt war – denn er wollte kein Ankleidezimmer, da er zu natürlich und unverkrampft sei, wie er erklärte, um irgend etwas vor seiner Frau zu verbergen –, beim bloßen Anblick dieses Zimmers überkam sie Müdigkeit. Nach einem Tag voller Kirchen, Gemälden und Restaurants – er war ein überaus gewissenhafter Tourist und zudem auch ein leidenschaftlicher Esser – in dieses Zimmer zurückzukommen, bedeutete für sie keineswegs Ruhe, sondern weitere Anstrengung. Wemyss, der nie müde war und fabelhaft schlief – gerade weil er einen so gesunden Schlaf hatte, konnte sie kein Auge zutun, denn sie war an das Geräusch gesunden Schlafes so dicht neben sich nicht gewöhnt –, warf sich dann immer in den einzigen Lehnstuhl und zog sie auf sein Knie, und nachdem er sie ausgiebigst geküßt hatte, zerzauste er ihr das Haar, und wenn es dann völlig verrauft war wie bei einem eben dem Bade entstiegenen Jungen, sah er sie voll Besitzerstolz an und sagte: »Eine schöne Frau für einen ehrenwerten britischen Geschäftsmann! Mrs. Wemyss, schämen Sie sich denn gar nicht?« Und dann folgten weitere Küsse – vergnügte, gierige Küsse, die ihre Haut rauh und rissig machten.

»Baby«, sagte sie dann immer, schwach dagegen ankämpfend und etwas müde lächelnd.

Ja, er war ein Baby, ein liebes, aufgewecktes Baby, aber ein Baby, das ihr nun ständig am Rockzipfel hing. Man konnte es nicht einfach in ein Kinderbettchen legen und ihm eine Flasche geben und sagen, »Still jetzt!« und sich dann ruhig hinsetzen und ein wenig nähen; man hatte keine freien Sonntage mehr; man war nun Tag und Nacht eingespannt. Lucy konnte gar nicht mehr zählen, wie oft am Tag sie auf die Frage »Wer ist mein liebes Frauchen?« antworten mußte. Anfangs beantwortete sie sie mit lachendem Übermut und rannte in seine ausgestreckten Arme, aber sehr bald setzte jene fatale Schläfrigkeit ein, die sie während der gesamten Hochzeitsreise nicht mehr verließ, und sie fühlte sich wirklich manchmal zu müde, die Verzückung, die man, wie sie rasch merkte, von ihr erwartete, in ihre Stimme zu legen. Sie liebte ihn, ja, sie war in der Tat sein liebes Frauchen, aber andauernd auf diese und ähnliche Fragen antworten zu müssen, war sehr anstrengend. Doch wenn sie nicht auf der Stelle antwortete, wenn sich auch nur ein Hauch von Verzögerung einschlich, weil ihre Gedanken kurz mal abschweiften, war Wemyss sofort eingeschnappt, und sie brauchte eine ganze Weile, ehe sie ihn mit zärtlichstem Zureden und Schmusen wieder besänftigt hatte. Ihre Gedanken durften nicht abschweifen, hatte sie festgestellt; ihre Gedanken sollten ihm gehören wie alles andere an ihr. Wurde ein Mädchen je so sehr geliebt? fragte sie sich verblüfft und stolz; aber andererseits war sie entsetzlich müde.

Wollte sie nachdenken, so mußte das nachts geschehen, wenn sie wachlag, weil Wemyss so unüberhörbar fest schlief, und sie war noch keine Woche verheiratet, da sann sie schon darüber nach, wie schlecht es die Natur doch eingerichtet habe, daß der Verzückung anscheinend keine Dauer beschieden ist. Außerdem sollte sie nicht am höchsten Punkt einsetzen, ging es ihr durch den Kopf, und sich infolgedessen nur noch abwärts bewegen können. Wenn man nur langsam anfangen könnte in der Ehe, mit ganz kleinen Mengen, und sich stetig aufwärts arbeiten, sich Zeit nehmen könnte, da man wußte, daß immer mehr komme, wäre es viel besser, dachte sie. Zweifellos würde sie länger anhalten, wenn man besser schliefe und somit auch keine Kopfschmerzen hätte. Everards Verzückung hielt an. Vielleicht meinte sie mit Verzückung in Wirklichkeit ein Übermaß an guter Laune, und Everard war außer sich vor guter Laune.

Wemyss verkörperte in der Tat den Bräutigam der Psalmen, der frohlockend von seinem Schlafzimmer ausschwärmt. Lucy wünschte sich, ebenfalls frohlockend ausschwärmen zu können. Sie ärgerte sich über sich selbst, daß sie so blödsinnig müde war, daß sie sich an das Geräusch neben sich in der Nacht nicht gewöhnen und so natürlich einschlafen konnte wie weiland in Eaton Terrace trotz der Taxihupen. Sie fand es nicht fair gegenüber Everard, daß er am Morgen eine Frau vorfand, die seine gute Laune nicht teilen konnte. Vielleicht jedoch war dies ein für Hochzeitsreisen typischer Zustand und, wenn erst einmal die Flitterwochen vorüber wären, würde die Ehe geruhsamer verlaufen. Wenn sie wieder in England wären, würden sich die Dinge in ein anderes, weniger enges Zusammenleben fügen, wo sie, während er in seinem Büro sitzen würde, Zeit zum Ausruhen, Zeit zum Nachdenken fände, Zeit, sich wieder darüber klarzuwerden, wie sehr sie ihn liebte. Und bestimmt würde sie lernen, neben ihm zu schlafen; und wenn sie erst einmal anständig schlafen würde, könnte sie tagsüber seine zärtlichen Fragen mit mehr wirklichem *élan* beantworten.

Aber – dort in England wartete auf sie unweigerlich, nicht länger mehr aufzuschieben oder zu vermeiden: *The Willows*. Wann immer ihre Gedanken dieses Haus streiften, zuckten sie etwas zusammen und versuchten, sich davonzustehlen. Sie schämte sich dafür, es war lächerlich, und Everards Haltung war eindeutig die vernünftige, und wenn er eine solche Haltung einnehmen konnte, so sollte sie, die sie jenen schrecklichen Nachmittag im letzten Juli nicht miterlebt hatte, es weiß Gott auch können; doch der Gedanke, daß sie in *The Willows* sein würde, war ihr unmöglich, sie konnte es sich einfach nicht vorstellen. Wie sollte sie zum Beispiel auf jener Terrasse sitzen – »Bei schönem Wetter nehmen wir den Tee immer auf der Terrasse«, hatte Wemyss beiläufig bemerkt, anscheinend gänzlich unberührt von irgendwelchen Erinnerungen –, wie sollte sie Tee trinken, auf denselben Fliesen vielleicht, wo ... Sie versuchte, nicht daran zu denken, aber schon hatte ihr etwas eingeflüstert, daß sie erstarrte: *»Der Tee würde nach Blut schmecken.«*

Nun, das lag wohl an der Schlaflosigkeit. Niemals in ihrem Leben hatte sie derart absurde Gedanken gehegt. Es lag einfach daran, daß sie nicht schlief, und so war ihr Gehirn entspannt und ließ ihren Gedanken freien Lauf. Am Tag, an dem ihr Vater starb, hatten sich zwar absurde Gedanken bei ihr eingeschlichen, als es Abend wurde und sie sich vor der Nacht mit ihm in seiner geheimnisvollen Teilnahmslosigkeit fürchtete, aber Everard war gekommen und hatte sie davor bewahrt. Er hätte sie wohl auch vor diesen Gedanken jetzt bewahren können, wenn sie ihm davon hätte erzählen können; nur konnte sie ihm nicht davon erzählen. Wie konnte sie ihm seine Freude an seinem Haus verderben? Liebte er doch außer ihr nichts so sehr wie dieses Haus.

Als die Flitterwochen ihrem Ende zugingen und Wemyss' Verzückungen etwas abflauten, als er der vielen Züge – nach Paris absolvierten sie die Loire-Schlösser – und Hotels und Kellner und Taxis und Restaurants müde zu werden begann und als die französische Küche, die er anfangs sehr genossen hatte, mit jeder Mahlzeit sein Verlangen nach einem einfachen englischen Steak nebst Salzkartoffeln steigerte, sprach er immer öfter von *The Willows*. Mit beinahe demselben Eifer, der sie vor ihrer Hochzeit so mitgerissen und angetrieben hatte, wenn er vom Tag ihrer Trauung sprach, redete er nun von *The Willows* und dem Tag, an dem er es ihr zeigen würde. Er zählte nun die Tage bis zu diesem Datum. Der vierte April; sein Geburtstag; an diesem Glückstag würde er sein Frauchen in sein geliebtes Heim führen. Wie konnte sie, wenn er so redete, etwas anderes tun, als Begeisterung und Vorfreude heucheln? Er hatte offensichtlich völlig vergessen, wie sie ihm ihren Widerwillen, Weihnachten dorthin zu fahren, begründet hatte. Nachdem die erste Seligkeit, mit ihr verheiratet zu sein, etwas abgekühlt war, konnte er sich wieder seinem anderen Lieblingsthema, seinem Heim, zuwenden, und es befremdete sie, daß er dabei so wenig behutsam vorging, wo er doch wissen mußte, wie sie dazu stand. Es befremdete sie noch mehr, als ihr klar wurde, daß er völlig vergessen hatte, wie sie dazu stand. Sie konnte ihm doch unmöglich die Vorfreude, ihr sein Heim zu zeigen, dadurch verderben, daß sie ihn wieder an ihren inneren Widerwillen erinnerte. Zudem würde sie ja ohnehin in *The Willows* leben müssen, was also nutzte das Reden?

»Ich nehme an«, sagte sie dann eines Tages tatsächlich mit etwas stockender Stimme, als er ihr zum hundertsten Mal das Haus beschrieb, denn es war seine Art, dieselbe Sache mehrmals zu beschreiben, »du hast dein Zimmer verändert –?«

Sie saßen gerade auf einem Balkon des Schlosses von Amboise und ruhten sich vom Treppensteigen aus. Von dort aus bot sich eine herrliche Aussicht über die Loire, und Wemyss hatte sie, nachdem er wieder zu Atem gekommen war, soeben mit der Aussicht von seinem Schlafzimmerfenster in *The Willows* verglichen, zum Nachteil der ersteren. Das Wetter war nicht besonders schön, und beide froren und waren müde, obwohl es erst elf Uhr vormittags war.

»Mein Zimmer verändert? Welches Zimmer?« fragte er.

»Dein – das Zimmer, in dem du und – das Zimmer, in dem ihr geschlafen habt.«

»Mein Schlafzimmer? Nicht, daß ich wüßte. Es ist das beste Zimmer im Haus. Warum sollte ich es deiner Meinung nach verändert haben?« Und er sah sie verblüfft an.

»Oh, ich weiß nicht«, sagte Lucy und nahm ihre Zuflucht darin, daß sie seine Hand streichelte. »Ich dachte nur –«

Eine dunkle Ahnung dessen, was ihr da gerade durch den Kopf ging, drang in den seinen, und seine Stimme wurde ernst.

»Du sollst nicht denken«, sagte er. »Du sollst nicht so krankhaft empfindlich sein. Das dulde ich nicht, Lucy. Es wird alles verderben, wenn du dich deinen krankhaften Vorstellungen hingibst. Und dabei hast du mir doch vor unserer Hochzeit versprochen, daß du dich zusammenreißen würdest. Hast du das etwa vergessen?«

Er wandte sich ihr zu, nahm ihr Gesicht in seine beiden Hände und versuchte mit sehr feierlicher Miene, den Ausdruck ihrer Augen zu ergründen, während die Frau, die sie durch das Schloß führte, zu der niederen Brüstung ging, dort mit dem Rücken zu ihnen stehenblieb, die Aussicht betrachtete und gähnte.

»O Everard – natürlich habe ich es nicht vergessen. Ich habe nichts vergessen, was ich dir versprach, und vergesse es bestimmt nie. Aber – werde denn auch ich in diesem Schlafzimmer schlafen müssen?«

Er war wirklich erstaunt. »Ob auch du in diesem Schlafzimmer schlafen mußt?« wiederholte er, auf das von seinen zwei großen Händen umschlossene Gesicht starrend. Es sah ungemein hübsch so aus, wie eine kleine Blume, so zart und weiß, in seinen von Altersflecken übersäten Händen, und das Rot ihres Mundes schien seit der Hochzeit noch leuchtender geworden zu sein, und ihre Augen waren so jugendfrisch, daß die vom fehlenden Schlaf herrührende Mattigkeit ihrer Schönheit keinen Abbruch tat, im Gegenteil, sie noch schöner machte. »Nun, ich denke doch. Bist du denn nicht meine Frau?«

»Doch«, sagte Lucy. »Aber –«

»Also, Lucy, ich dulde kein ›Aber‹«, sagte er mit seiner ernstesten Miene und küßte sie auf die Wange – sie wußte inzwischen, daß Küsse dieser Art Tadel bedeuteten. »Deine Aber drängen sich zwischen –«

Er hielt inne, beeindruckt von seinen eigenen Worten.

»Ich finde, das war recht amüsant – oder?« fragte er und lächelte auf einmal.

»O ja – sehr«, sagte Lucy eifrig und lächelte ebenfalls, hocherfreut, daß er dieses feierliche Getue einstellte.

Er gab ihr noch einen Kuß – diesmal einen richtigen auf ihren drolligen, bezaubernden Mund.

»Du wirst doch wohl zugeben«, sagte er, lachte und drückte ihr Gesicht zu einem Quadrat zurecht, »daß du entweder meine Frau oder nicht meine Frau bist, und daß, wenn du meine Frau bist –«

»Oh, natürlich bin ich das«, lachte Lucy.

»Du dann auch mein Zimmer teilst. Keine dieser verfluchten, neumodischen Ideen bitte, junge Frau!«

»Ach, aber ich wollte doch damit nicht sagen –«

»Was? Schon wieder ›aber‹?« rief er aus, stürzte sich auf ihren Mund und verschloß ihn mit einem gewaltigen Kuß.

»*Monsieur et Madame se refroidiront*«, sagte die Frau,

drehte sich zu ihnen um und zog ihr Schultertuch fester um ihre Brust, als ein kalter Windstoß über den Balkon fegte.

Sie befanden sich auf der Hochzeitsreise, die Ärmsten, und deshalb hatte man Geduld; aber selbst Hochzeitsreisende sollten von dem Wunsch Abstand nehmen, sich bei kaltem Wind auf dem offenen Balkon eines Schlosses zu küssen, in dem sie von einer Frau herumgeführt wurden, die schnell nach Hause wollte, um ihr Sonntagsessen zuzubereiten. Für solche Zwecke gab es schließlich Hotels und den Schutz eines behaglichen, warmen Zimmers. Beim Einlaß hatte sie die beiden zunächst für *père et fille* gehalten, war aber schnell über ihre tatsächliche Beziehung im Bilde. *»Il doit être bien riche«*, hatte ihre Schlußfolgerung gelautet.

»Komm jetzt, schnell«, sagte Wemyss, hastig aufstehend, denn auch er spürte nun den kalten Windstoß. »Laß uns mit dem Château Schluß machen, sonst kommen wir zu spät zum Mittagessen. Ich wünschte, sie hätten nicht so viel von diesen Dingern aufbewahrt – eines hätte völlig ausgereicht, damit man einen Eindruck von der Sache kriegt.«

»Aber wir müssen uns ja nicht alle anschauen«, sagte Lucy.

»O doch, wir müssen. Wir haben es so geplant.«

»Aber Everard –«, begann Lucy, hinter ihm herhastend, wie er hinter der Führerin herhastete, die die Angewohnheit hatte, blitzschnell um Ecken zu biegen.

»Diese Frau ist wie eine Eidechse«, keuchte Wemyss, und kaum war er um eine Ecke gebogen, da sah er sie auch schon durch den nächsten Bogen verschwinden.

»Ach, wie glücklich werden wir sein, wenn wir wieder nach England zurückkehren dürfen und keine Sehenswürdigkeiten mehr besichtigen müssen.«

»Aber warum fahren wir denn nicht gleich zurück, wenn dir danach ist?« fragte Lucy, die hinter ihm hertrabte, wie er mit seinen langen Beinen der davoneilenden Führerin folgte. Mit ihrer Ungeduld, früher als vereinbart nach *The Willows* zu kommen, wollte sie ihm unbedingt beweisen, daß sie keine krankhaften Gedanken hegte.

»Aber du weißt doch, daß wir nicht vor dem dritten April abreisen können«, sagte Wemyss über seine Schulter hinweg. »Es ist alles abgemacht.«

»Aber kann man es denn nicht rückgängig machen?«

»Was, und alle Pläne durcheinanderbringen und vor meinem Geburtstag nach Hause kommen?« Er blieb stehen, drehte sich um und heftete einen entsetzten Blick auf sie. »Wirklich, meine Liebe –«, sagte er.

Sie wußte inzwischen, daß sich hinter »meine Liebe« ein Tadel verbarg.

»O ja – natürlich«, sagte sie eilends, »ich vergaß das mit deinem Geburtstag.«

Hierauf starrte Wemyss sie strenger denn je an, so als traute er seinen Ohren nicht. Das mit seinem Geburtstag vergessen? *Lucy* hatte es vergessen? Wenn es sich dabei um Vera gehandelt hätte, nun ja – aber Lucy? Er war tief getroffen. Er war so tief getroffen, daß er völlig reglos stehenblieb, und als die Führerin merkte, daß ihr keiner mehr folgte, mußte sie erneut auf die Hochzeitsreisenden warten, was sie auch tat, sich ihren Schal um den üppigen französischen Busen zog und fröstelte.

Was habe ich denn gesagt, fragte sich Lucy ganz verwirrt und ließ im Geiste noch schnell einmal ihre letzten Worte Revue passieren, denn sie wußte mittlerweile, wie er dreinschaute, wenn er beleidigt war. O ja – der Geburtstag. Wie dumm von ihr. Aber das lag nur daran, weil Geburtstage in ihrer Familie so unwichtig waren und niemand sich darum kümmerte, ob man an sie dachte oder nicht.

»Ich habe es doch nicht so gemeint«, sagte sie eindringlich und legte ihm ihre Hand auf die Brust. »Natürlich hatte ich etwas so Wichtiges nicht vergessen. Es war mir nur – nun ja, du weißt doch, was bisweilen die herrlichsten Dinge tun – es war mir entfallen.«

»Lucy! Entfallen? Der Tag, dem du deinen Mann verdankst?«

Wemyss sagte dies mit einem solch übertriebenen Pathos, einer solch ungeheuren Schwülstigkeit, daß sie meinte, er mache Spaß und schere sich in Wirklichkeit überhaupt nicht um seinen Geburtstag; und eifrig bestrebt, sich jeder seiner Launen anzupassen, lachte sie.

Vor lauter Erleichterung lachte sie zu allem Unglück auch noch recht fröhlich.

Nachdem er ihr noch einen weiteren entsetzten Blick zugeworfen hatte, kehrte er ihr zu ihrer Bestürzung den Rücken zu und lief weiter.

Da wurde ihr bewußt, was sie getan hatte, daß sie – o wie schrecklich! – an der falschen Stelle gelacht hatte, und sie rannte ihm nach, schob ihren Arm durch den seinen und versuchte, ihre Wange gegen seinen Ärmel zu drücken, was schwierig war, weil sie wegen ihrer kurzen Beine nicht mit ihm Schritt halten konnte und auch weil er keine Notiz von ihr nahm, und sie sagte: »Baby – Baby – ist Baby böse?« und versuchte, ihn zu beschwichtigen.

Aber er wollte sich nicht beschwichtigen lassen. Sie hatte ihn zu sehr verletzt – lachte, sagte er zu sich, über das, was ihm im Leben als das Heiligste galt, die Tatsache, daß er ihr Mann, daß sie seine Frau war.

»Oh, Everard«, murmelte sie schließlich, zog ihren Arm weg und gab es auf, »verdirb uns doch nicht diesen Tag.«

Diesen Tag verderben? Er? Das gab ihm den Rest.

Bis zum Abend sprach er kein Wort mehr mit ihr. Dann, im Bett, nachdem sie eine ganze Weile bitterlich geweint hatte, weil sie sich nicht erklären konnte, was eigentlich geschehen war, und sie ihn doch so sehr liebte und ihn nicht um alles auf der Welt kränken wollte und es ihr das Herz brach, weil sie das getan hatte, und irgendwie völlig fertig war, da wandte er sich ihr schließlich zu, nahm sie wieder in seine Arme und verzieh ihr.

»Ich kann nicht leben«, schluchzte Lucy, »ich kann nicht leben – wenn du mich nicht mehr liebst – wenn wir uns nicht mehr verstehen –«

»Mein Schätzchen«, sagte Wemyss, zu Tränen gerührt, wie ihr kleiner Körper da in seinen Armen bebte, und auch etwas beängstigt über das Übermaß ihrer Schmerzes. »Nicht doch, mein Schätzchen. Du brauchst keine Angst zu haben. Dein Everard liebt dich ja, und du mußt nicht so verzweifelt sein. Du wirst noch krank werden. Bedenke, wie unglücklich du ihn dann machen würdest.«

Und im Finstern küßte er ihr die Tränen weg und hielt sie an sich gedrückt, bis ihr Schluchzen aufhörte; und wenig später, noch immer an ihn gedrückt, ihre schmerzenden Augen von seinen Küssen bedeckt – als nun sie das Baby war, das getröstet und beruhigt wurde, und er die besänftigende Amme –, schlief sie ein und, zum ersten Mal seit ihrer Hochzeit, die ganze Nacht durch.

## XV

Sie waren noch nicht lange verlobt gewesen, da hatte Wemyss Lucy seine Theorie erläutert, daß zwischen Liebesleuten die schrankenloseste Offenheit herrschen sollte, wohingegen Mann und Frau überhaupt keine Heimlichkeiten voreinander haben dürften, weder geistig noch körperlich noch seelisch.

»Du kannst mit deinem Everard über alles sprechen«, versicherte er ihr. »Ihm deine geheimsten Gedanken erzählen, worin sie auch bestehen mögen. Sowenig wie du dich ihrer zu schämen brauchst, sowenig brauchst du dich zu schämen, sie ihm zu erzählen. Er *ist* du. Du und er sind nun geistig und seelisch eins, und wenn er dein Mann ist, werden du und er eine totale Einheit sein, weil ihr dann auch körperlich eins seid. Everard – Lucy. Lucy – Everard. Wir werden gar nicht mehr wissen, wo der eine aufhört und der andere anfängt. Das, Schätzchen, bedeutet wahre Ehe. Was hältst du davon?«

Lucy hielt so viel davon, daß sie für ihre Bewunderung keine Worte fand und ihn statt dessen zu küssen begann. Welch vollkommenes Glück, für immer von der Angst vor dem Alleinsein befreit zu sein durch das einfache Mittel der Verdoppelung; und wer konnte sich wohl so glücklich schätzen wie sie, genau die richtige Person für diese Verdoppelung gefunden zu haben, eine, mit der sie in allem übereinstimmte und deren Gedankengänge sie verstehen konnte? Sie bedauerte es regelrecht, daß sie nichts auf dem Herzen hatte, was ihm auf der Stelle zu erzählen sie sich geschämt hätte, aber es gab keinen Zweifel, nicht das kleinste Fitzelchen einer geringfügigen Unstimmigkeit, nicht einmal einen unwürdigen Verdacht. Ihr Herz war ein Kelch, gefüllt mit Liebe, und die Liebe war so hell und klar, daß sich selbst auf dem Grund, wenn sie darin umrührte, um nachzuschauen, keine Spur von Bodensatz zeigte.

Aber durch die Ehe – oder war es die Schläfrigkeit? – änderte sich das grundlegend, und in ihrem Kopf gab es wahre Massen von Gedanken, derer sie sich zutiefst schämte. Da ihr seine Worte wieder einfielen und sie aus vollem Herzen zustimmte, daß wahre Ehe bedeute, einander alles erzählen zu können und keine Geheimnisse voreinander zu haben, erinnerte sie ihn am Tag nach ihrer Hochzeit als erstes an das, was er gesagt hatte, und verkündete ihm sodann ganz unerschrocken, daß ihr ein Gedanke gekommen sei, dessen sie sich schäme.

Wemyss spitzte die Ohren, meinte er doch, es handele sich dabei um irgend etwas Interessantes im Zusammenhang mit Sex, und wartete mit amüsiertem, forschendem Lächeln. Aber in diesen Dingen erkannte sie ihn bereitwillig als Führer an, da sie sich ihres Mangels an Erfahrung und seines Übermaßes derselben bewußt war, und der Gedanke, der sie umtrieb, hatte nur mit einem Kellner zu tun. Man stelle sich vor: einem Kellner!

Wemyss' Lächeln erstarb. Er hatte sich veranlaßt gefühlt, diesen Kellner beim Lunch wegen grober Nachlässigkeit einen Verweis zu erteilen, und hier nun spielte Lucy darauf an, daß er es ohne ihr ersichtlichen Grund getan habe, und irgendwie grob. Würde er ihr wohl durch eine Erklärung seines Verhaltens das unbehagliche Gefühl nehmen, das sie bei dem Gedanken beschlich, ihr Herzallerliebster, der gütigste und liebenswürdigste Mensch auf Erden, sei nicht gütig und liebenswürdig, sondern ungerecht gewesen?

Nun, das war ganz am Anfang. Sie lernte bald, einen Zweifel in ihrem Herzen lieber dort zu belassen. Brachte sie ihn offen zur Sprache, damit er sich im Gespräch mit ihrem Mann zerstreue, führte das nur dazu, daß Wemyss gekränkt war, und wenn Wemyss gekränkt war, fühlte sie sich sofort ganz erbärmlich. Als sie dann merkte, daß dieser Fall schon bei Kleinigkeiten eintrat, wie undenkbar war es da erst, mit ihm über bedeutsame Dinge zu sprechen, vornehmlich über ihre entsetzliche Angst vor *The Willows*. Lange Zeit war sie überzeugt, daß er ihre Meinung hierzu nicht vergessen habe, da sich seit Weihnachten ja nichts daran geändert haben konnte; bestimmt würde sie bei ihrer Ankunft in dem Haus feststellen, daß er alles verändern und alle Spuren Veras hatte beseitigen lassen. Dann, als er über *The Willows* zu sprechen begann, merkte sie, daß ihm eine Idee wie Veränderung überhaupt nicht gekommen war. Sie sollte in dem Zimmer schlafen, das seines und Veras gewesen war, und noch dazu im selben Bett. Und wirklich entsprach die Behauptung, sie könne ihm jeden Gedanken erzählen und mit ihm über alles reden, so wenig der Wahrheit, daß Lucy, als ihr das klar wurde, gerade noch jene zögerliche

Bemerkung auf dem Schloßbalkon von Amboise herausbrachte, sie nehme doch an, er werde in seinem Schlafzimmer Veränderungen vornehmen lassen.

Dennoch ging ihr *The Willows* nicht mehr aus dem Kopf, und wie wohltuend es doch gewesen wäre, wenn sie sich alles von der Seele hätte reden können und er ihr mit seinem Lachen behilflich gewesen wäre, diese fixe Idee loszuwerden! Welch eine Erleichterung, hätte er ihr nachgegeben und in eine Veränderung jener Zimmer eingewilligt, selbst wenn er sie für zu dumm und krankhaft gehalten hätte! Aber man lernt eine Menge auf einer Hochzeitsreise, dachte Lucy, und gelernt hatte sie unter anderem, daß Wemyss' Entschlüsse immer schon feststanden. Es schien keinen Augenblick zu geben, wo sie sich im Stadium des Werdens befanden und sie vielleicht einen Vorschlag hätte einfließen lassen oder ihm einen Wunsch hätte vorlegen können; seine Pläne wurden ihr immer erst eröffnet, wenn sie ihre endgültige Gestalt angenommen hatten, und sie waren unabänderlich. Manchmal sagte er: »Möchtest du gern –?«, und wenn sie nicht mochte und wahrheitsgemäß antwortete, wie sie es anfangs tat, ehe sie es sich abgewöhnte, gab es Ärger. Stummen Ärger. Gekränkt zog sich Wemyss in sein Schneckenhaus zurück, denn seine Frage hatte nur dekorativen Charakter gehabt, und sein Schätzchen hätte von sich aus das mögen sollen, was er mochte, fand er; und nachdem sie mit zärtlichen und besorgten Fragen versucht hatte, an ihn heranzukommen, saß sie da vor seinem Schneckenhaus wie ein Bettler in geduldiger Trübsal und wartete darauf, daß er wieder zum Vorschein käme und lieb zu ihr sei.

Soweit es die kleineren Wünsche und Vorlieben des alltäglichen Lebens betraf, war natürlich alles ganz einfach, wenn sie erst einmal die richtige Antwort auf die Frage »Möchtest du gern?« gehaucht hatte. Sie mochte sofort. »O ja – *sehr* gern!« beeilte sie sich dann, ihm zu versichern; und sogleich strahlte sein Gesicht weiter vor Zufriedenheit und Glück, anstatt sich vor Betrübnis zu verdüstern. Aber bei den großen Dingen war es nicht leicht, weil sie Mühe hatte, das richtige Maß an Begeisterung in ihre Stimme zu kriegen, und wenn ihr das nicht gelang, legte er ihr immer seinen Zeigefinger unters Kinn und drehte sie zum Licht und wiederholte die Frage mit feierlicher Stimme – in der sich, wie sie inzwischen wußte, stets die Verdüsterung seines Gesichts ankündigte.

Wie schwer es manchmal war. Als er zu ihr sagte: »Die Aussicht von deinem Zimmer in *The Willows* wird dir gefallen«, wollte sie spontan aufschreien, daß sie ihr nicht gefallen werde, und ihn fragen, wie er überhaupt auf die Idee komme, es könnte ihr eine Aussicht gefallen, die für sie unauflöslich mit dem Tod verbunden sei. Warum sollte sie nicht spontan aufschreien können, wenn ihr danach war, ganz offen mit ihm reden, seine Hilfe bekommen, um sich von etwas so Lächerlichem einfach durch Lachen zu kurieren? Für sich allein konnte sie nicht lachen, obwohl sie es immer versuchte; mit ihm hätte sie es gekonnt und wäre auf diese Weise ganz vernünftig geworden. Denn er war so viel stärker als sie, hatte auf so bewundernswerte Weise krankhaftes Denken besiegt, und seine Gesundheit würde sich auch auf sie übertragen, eine reinigende, desinfizierende Kraft, wenn er sie nur reden ließe, wenn er ihr nur beim Lachen behilflich wäre. Statt dessen hörte sie sich mit einem ängstlichen Stimmchen hastig sagen: »O ja – *sehr*!«

»Bin ich womöglich charakterlos?« dachte sie.

Ja, sie war ein Ausbund an Charakterlosigkeit, ging es ihr durch den Kopf, wenn sie nachts wachlag und über ihr Verhalten während des vergangenen Tages nachdachte. Die Liebe hatte sie dazu gemacht. Die Liebe verdarb einem den Charakter, denn sie erfüllte einen mit Angst, den Geliebten zu verletzen. Die Behauptung der Bibel, daß vollkommene Liebe die Angst vertreibe, zeigte nur, wie wenig die Bibel wirklich wußte, wovon sie sprach, da doch ihre Liebe zu Everard gewiß vollkommen war.

Wenn sie denn schon nicht mit ihm über ihre Empfindungen reden konnte, warum konnte sie sich dann von solchen Empfindungen, die sie nicht äußern durfte, nicht einfach freimachen und einen vernünftigen Standpunkt einnehmen? Warum konnte sie nicht wenigstens, was den bevorstehenden Besuch in diesem Haus betraf, ebenso vernünftig sein wie Everard? Wenn jemand ein Recht hatte, vor *The Willows* zurückzuschrecken, dann Everard, nicht sie. Manchmal redete sich Lucy ein, daß Wemyss im Grunde seines Wesens einfach ein ungeheuer mutiger Mensch sei. Er verlor kein Wort über Veras Tod, natürlich wollte er nicht über diesen entsetzlichen Nachmittag sprechen, aber wie oft mußte er wohl daran denken! Selbst ihr verheimlichte er seine Gedanken und trug seinen Kummer ganz allein. Manchmal war sie davon überzeugt, und manchmal war sie vom genauen Gegenteil ebenso überzeugt. Aufgrund der Art, wie er schaute, wie er sprach, aufgrund jener winzigen Anzeichen, die man irgendwie bemerkt hat, ohne sich dessen bewußt zu sein, und die so viel aufschlußreicher und überzeugender sind als Worte, war sie manchmal überzeugt, daß er die ganze Sache wirklich vergessen hatte. Aber das war höchst unwahrscheinlich. Sie konnte es nicht glauben. Allenfalls, dachte sie, hatte er vielleicht aus einer Art Notwehr heraus, um sich seinen Seelenfrieden zu bewahren, beschlossen, niemals an Vera zu denken. Sie vollständig aus seinem Gedächtnis zu verbannen, war der einzige Ausweg für ihn. Doch das konnte auch wieder nicht stimmen, weil er während der Flitterwochen mehrmals die Rede auf sie gebracht, auf Dinge, die sie gesagt, auf Dinge, die sie gemocht hatte, und es war dann immer sie, Lucy, gewesen, die ihn unterbrach. Ungern hörte sie ihn über Vera sprechen. Besonders unangenehm war es ihr, wenn Vera beiläufig erwähnt wurde. Sie hätte sich durchaus zu einem Gespräch über sie aufgerafft, wenn es ein ernsthaftes gewesen wäre, weil sie ihm helfen und Trost spenden wollte, wann immer die Erinnerung an ihren Tod in ihm hochkam, um ihn zu quälen, aber sie konnte es nicht ertragen, wenn Vera so beiläufig erwähnt wurde. In gewisser Hinsicht bewunderte sie diese Beiläufigkeit, weil sie ein Beweis für die durch nichts zu erschütternde seelische Robustheit war, die Everard durch schiere mutige Entschlossenheit erlangt hatte, aber selbst dabei mußte sie an sich feststellen, daß ihr bei ihrem Geliebten ein klein bißchen weniger von dieser Art Robustheit lieber gewesen wäre. Sie selbst mochte ja zu empfindlich sein, aber konnte man denn nicht auch allzu robust sein? Jedenfalls schauderte sie davor zurück, daß Vera sich in ihre Flitterwochen drängte. Diese zumindest sollten von ihr verschont bleiben. Später dann in *The Willows* . . .

Lucy kämpfte unentwegt dagegen an, aber ganz tief in ihrem Innern sagte ihr eine Stimme, der sie zwar kein Gehör, keine Beachtung zu schenken versuchte, die aber nichtsdestoweniger da war, daß dort in *The Willows* – Vera auf sie wartete.

## XVI

Wer nach Strorley kommt und die Brücke überquert, braucht auf dem Flußufer nur ein kurzes Stück den Treidelpfad entlangzugehen, und schon steht er vor *The Willows*. Das Anwesen ist aber auch von der Landstraße her zu erreichen. Von dieser gelangt man durch ein weißes Tor auf einen von Weiden gesäumten Weg, die immer dichter stehen, je mehr man sich dem Fluß und dem Haus nähert. Dieser Weg kann jedoch durchaus von Fuhrwerken und sogar Automobilen befahren werden, es sei denn, es herrscht Hochwasser. Dann verschwindet er völlig, und wenn sich die Wasser wieder verlaufen haben, ist er noch lange Zeit danach schwarz und schlickig, und bei warmem Wetter tanzen Myriaden winziger Mücken darüber hin. Wer zu Fuß kommt, bleibt mit den Schuhen darin stecken, und wer einen Wagen lenkt, hat seine liebe Not. Aber alles ist geschafft, wenn man erst einmal ein zweites weißes Tor erreicht hat, von dem aus der Blick auf einen Kiesweg, allerhand hübsche Sträucher, sauber gepflegte Rasenflächen und *The Willows* fällt. Große Bäume gibt es im Garten von *The Willows* nicht, weil es inmitten von Wiesen errichtet wurde, wo keine standen, aber entlang des schmiedeeisernen Zauns, der den quadratischen

Garten – das Haus bildet den Mittelpunkt des Quadrats – umgibt, zieht sich, das Drahtgitter verdeckend, das die weidenden Kühe daran hindert, die Köpfe durchzustekken und die Büsche abzufressen, ein Kranz von Weiden. Von daher der Name des Hauses.

»Ein Haus«, sagte Wemyss, als er Lucy am Morgen ihrer Ankunft den Namen erklärte, »sollte immer nach dem benannt werden, was einem am meisten ins Auge fällt.«

»Hätte man es dann nicht lieber *The Cows* nennen sollen?« fragte Lucy; denn soweit das Auge reichte, waren die Wiesen ringsumher mit liegenden Kühen dicht übersät, und die stachen ihr viel mehr ins Auge als die hin- und herschwankenden kahlen Weidenäste.

»Nein«, sagte Wemyss, verärgert. »Man hätte es nicht *The Cows* nennen sollen.«

»Nein – natürlich, das habe ich ja nicht gemeint«, sagte sie hastig.

Lucy war nervös und sprach aus, was ihr gerade so in den Sinn kam, und hatte schon während der Fahrt hierher ähnliche Dinge gesagt. Sie wollte es eigentlich nicht, sie wußte, er mochte es nicht, aber sie konnte damit nicht aufhören.

Sie waren eben angekommen und standen auf den Stufen an der Vorderfront, während das Personal den Einspänner entlud, der sie vom Bahnhof hergebracht hatte, und von dieser erhöhten Stelle aus wies Wemyss sie auf verschiedene Dinge hin, die sie anschauen und bewundern sollte, ehe er sie ins Haus führte. Lucy war um jeden Vorwand froh, der das Hineingehen noch etwas hinauszögerte, der sie an der Westseite des Hauses festhielt, so weit weg wie möglich von der Terrasse und dem Fenster der Bibliothek. Drinnen würden die Zimmer sein, die unverändert gebliebenen Zimmer, die Bibliothek, an derem Fenster vorbei . . ., das Zimmer im Dachgeschoß, aus dessen Fenster . . ., das Schlafzimmer, wo sie im selben Bett schlafen sollte wie . . . Ach, daß sie einfach das Gefühl nicht loswurde, im Hause warte Vera auf sie, war derart erbärmlich, derart absurd, bezeugte eine derartige Geistesverwirrung, daß sie nur Scham und Selbtverachtung empfinden konnte.

Es war ein grauer, windiger Morgen mit tiefhängenden Wolken, die über die Wiesen trieben. Das Haus war ein gutes Stück über der Hochwassergrenze errichtet worden, und da Lucy auf der obersten Stufe stand, konnte sie sehen, wie weit sich die Wiesen jenseits der schwankenden Weidenhecke noch erstreckten. Grauer Himmel, graues Wasser, grüne Felder – alles war grau und grün bis auf das Haus, das aus rotem Backstein erbaut und mit hübschen Steinfassaden versehen war und in seiner exponierten, durch keine Bäume verdeckten Lage wie ein großer, tiefroter Fleck in der Landschaft wirkte.

»Wie Blut«, dachte Lucy; und sofort schämte sie sich.

»Oh, wie erfrischend!« rief sie, breitete die Arme aus und ließ es geschehen, daß ihr der Wind ihren Sergeumhang wie eine Fahne aufblähte. Er preßte ihr das Kleid an den Körper, wodurch dessen schlanke, anmutige Formen sichtbar wurden, und das Hausmädchen, das mit dem Gepäck rein- und rausging, betrachtete diese zierliche, jugendliche, neue Herrin mit neugierigem Blick. »Oh, ich liebe diesen Wind – führ mich noch nicht hinein –«

Wemyss freute sich, daß sie den Wind mochte, denn

gehörte der, sobald er zu seinem Haus kam, nicht auch zu seinem Besitz? Sein Gesicht, das sich wegen *The Cows* ein bißchen verdüstert hatte, hellte sich wieder auf.

In Wirklichkeit jedoch mochte sie den Wind überhaupt nicht, sie hatte noch nie etwas gemocht, was blies und kalt war, und wenn sie nicht so nervös gewesen wäre, hätte sie sich wohl als letztes hier hingestellt und auseinanderwehen lassen.

»Und die vielen Lorbeerbäume!« rief sie aus, wobei sie mit der einen Hand ihren Hut festhielt und mit der anderen auf eine Ecke deutete, in der diese Pflanzen dicht an dicht standen.

»Ja. Nach dem Mittagessen führe ich dich durch den Garten«, sagte Wemyss. »Wir wollen jetzt reingehen.«

»Und – und der Schneeballstrauch. Ich liebe Schneeballsträucher –«

»Ja. Den hat Vera gepflanzt. Er hat sich recht gut entwickelt. Komm jetzt rein –«

»Und – schau, wie heißen die kahlen Dinger dort, die noch keine Blätter haben?«

»Nach dem Lunch werde ich dir alles zeigen, Lucy. Komm jetzt rein –« Und er legte ihr seinen Arm um die Schultern und drängte sie durch die Tür, die das Mädchen wegen des Windes kaum offenhalten konnte.

Da stand sie nun also tatsächlich in *The Willows*. Die Tür wurde hinter ihr geschlossen. Verschüchtert schaute sie sich um.

Sie befanden sich in einer geräumigen Diele mit einer Treppe.

»Die Diele«, sagte Wemyss und blieb stehen, den Arm um sie gelegt.

»Ja«, sagte Lucy.

»Eiche«, sagte Wemyss.

»Ja«, sagte Lucy.

Mit einem Seufzer der Befriedigung, endlich wieder hier zu sein, sah er um sich.

»Alles Eiche«, sagte er. »In *meinem* Haus wirst du keinen Schund finden, mein Schätzchen. Wo sind diese Blumen?« fügte er hinzu, indem er sich abrupt an das Hausmädchen wandte. »Ich sehe nirgends meine gelben Blumen.«

»Sie sind im Speisezimmer, Sir«, sagte das Hausmädchen.

»Warum sind sie nicht dort, wo sie mir als erstes ins Auge fallen?«

»Ich dachte, die Anweisungen lauteten, daß sie immer auf dem Frühstückstisch stehen sollten, Sir.«

»Frühstückstisch! Wenn es aber kein Frühstück gibt?«

»Ich dachte –«

»Es interessiert mich nicht, was Sie dachten.«

Da Everards Stimme plötzlich sehr böse klang, rief Lucy nervös dazwischen: »Geweihe!« und deutete mit dem freien Arm auf die Wände.

»Ja«, sagte Wemyss, dessen Aufmerksamkeit nun von dem Hausmädchen abgelenkt worden war, und blickte voll Stolz zu seinen Wänden hoch.

»Eine solche Menge!« sagte Lucy.

»Nicht wahr? Ich habe immer gesagt, ich kriege mal eine Diele mit Geweihen, und ich habe sie bekommen.« Er drückte sie fest an sich. »Und dich habe ich auch gekriegt«, sagte er. »Ich kriege immer, was ich mir in den Kopf gesetzt habe.«

»Hast du sie alle selbst geschossen?« fragte Lucy, die geglaubt hatte, das Hausmädchen würde die Gelegenheit ergreifen, um sich aus dem Staub zu machen, und nun etwas überrascht war, daß es immer noch dastand.

»Was? Die Tiere, die dazu gehörten? Ich doch nicht! Wenn man Geweihe haben will, ist es das einfachste, man kauft sie sich. Dann bekommt man sie alle auf einmal und nicht tröpfchenweise. Ich habe sie mir bei Whiteley geholt. Gib mir einen Kuß.«

Dieser unvermittelte Schluß ließ Lucy zusammenzukken, und in ihrer Überraschung wiederholte sie – denn da stand ja immer noch das Hausmädchen – »Einen Kuß?«

»Ich habe meinen Geburtstagskuß noch nicht bekommen.«

»Aber als erstes, als du aufgewacht bist, hast du doch –«

»Nicht meinen richtigen Geburtstagskuß in meinen eigenen vier Wänden.«

Sie sah zu dem Hausmädchen hin, das sie ganz offen anschaute. Nun, wenn es dem Hausmädchen nichts ausmachte und es Everard nichts ausmachte, warum sollte es dann ihr etwas ausmachen?

Sie hob das Gesicht und küßte ihn; aber sie haßte es, ihn vor anderen Leuten zu küssen oder von ihm geküßt zu werden. Was sollte das auch? Sie küßte Everard wahnsinnig gern, mit einer Mischung aus allen möglichen herrlichen Empfindungen, und sie küßte ihn mit Vorliebe immer wieder anders – zärtlich, leidenschaftlich, innig, verträumt, verspielt, feierlich; mal so, mal so oder in verschiedenen Kombinationen. Aber zu diesen verschiedenen Kombinationen gehörte keine, bei der ein Hausmädchen vorgekommen wäre. Infolgedessen fiel ihr Kuß so aus, wie man es in einer solchen Situation erwartet: flüchtig und kurz, woraufhin Wemyss in seinem beleidigtem Tonfall sagte: »Lucy – «

Sie erschrak.

»O Everard – was ist denn?« fragte sie nervös.

Bei dieser besonderen Färbung seiner Stimme schrak sie mittlerweise immer zusammen, denn immer fühlte sie sich dabei überrumpelt. So behutsam sie sich auch ihren Weg durch das Labyrinth seiner Gefühle bahnen mochte, es gab anscheinend immer welche, an deren Vorhandensein sie nicht im Traum gedacht hatte und gegen die sie demgemäß stieß. Wie schrecklich, wenn sie ihn gleich nach der Ankunft in *The Willows* gekränkt hatte! Und noch dazu an seinem Geburtstag! Seit er an diesem Morgen die Augen aufgeschlagen hatte, während der gesamten Zugfahrt hierher, während der Fahrt vom Bahnhof im Einspänner – unentwegt war sie damit beschäftigt gewesen, jede Art von Kränkung zu vermeiden; ein Geschäft, das ihr zudem noch dadurch erschwert wurde, daß sie in ihrer Nervosität wegen des Hauses am Ende der Reise Dinge sagte, die sie nie und nimmer hatte sagen wollen. Respektlose Dinge, wie etwa die dumme Bemerkung über den Namen des Hauses. Viel besser war sie am Abend zuvor im Haus am Lancaster Gate zu Rande gekommen, wo sie übernachtet hatten, weil es trotz all seiner Düsternis doch immerhin nicht *The Willows* war. Außerdem wies, soweit sie sehen konnte, nichts in diesem Haus darauf hin, daß jemals eine Frau dort gelebt hatte. Es war das Haus eines Mannes; das Haus eines Mannes, der keine Zeit hat für Bilder oder interessante

Bücher und Möbel. Es war eine Art Zwischending zwischen Klub und Büro mit ausladenden Ledersesseln und massiven Tischen und Perserteppichen und Nachschlagewerken. Sie konnte sich Vera oder irgendeine eine andere Frau in diesem Haus einfach nicht vorstellen. Entweder hatte Vera die meiste Zeit in *The Willows* verbracht, oder jede Spur von ihr war sehr sorgfältig beseitigt worden. Da Lucy zudem noch todmüde war, denn sie war von Dieppe bis Newhaven andauernd seekrank gewesen – Wemyss hatte diese Route gewählt, weil er das Meer liebte –, konnte sie sich Vera wirklich nicht in dieser Umgebung vorstellen und war gleich nach ihrer Ankunft in den Schlaf gesunken und hatte die ganze Nacht geschlafen; und da sie schlief, hatte sie natürlich nichts gesagt, was sie nicht hätte sagen sollen, so daß ihr erster Auftritt in Lancaster Gate ein Erfolg war; und als sie am nächsten Morgen erwachte und Wemyss' Gesicht in solch ungetrübter Ruhe neben dem ihren sah, weil er immer noch schlief, lag sie da und schaute ihn an mit vor Liebe schier überfließendem Herzen und schwor sich, daß sein ganzer Geburtstag so ungetrübt sein solle wie sein geliebtes Gesicht in diesem Augenblick. Sie betete ihn an. Er war ihr ein und alles. Er sollte glücklich sein, mehr wünschte sie sich gar nicht. Sie würde sich bei jedem Wort in acht nehmen. An diesem Tag der Tage mußte sie wirklich dafür sorgen, daß ihr kein Wort herausrutschte, ehe es nicht mindestens dreimal in ihrem Kopf hin und her gewendet und mit äußerster Sorgfalt bedacht worden war. So lauteten ihre Entschlüsse am Morgen; und hier sagte sie nun nicht nur die falschen Dinge, sondern tat sie auch noch. Sie hatte doch nicht damit gerechnet, daß er ihr befehlen würde, ihn in der Gegenwart des Hausmädchens zu küssen. Stets wurde sie vom Unerwarteten zu Fall gebracht. Das hätte sie inzwischen eigentlich wissen müssen. Wie bedauerlich.

»O Everard – was ist denn los?« fragte sie nervös; aber sie wußte es, noch ehe er darauf antworten konnte, und sie schlug ihre Einwände gegen Zärtlichkeiten vor anderen Leuten in den Wind, denn alles war besser, als ihn in diesem Augenblick zu verletzten. So hob sie ihren freien Arm und zog seinen Kopf zu sich herab und küßte ihn erneut – innig diesmal, zärtlicher, voll flehentlicher Liebe. Wie muß man sich fühlen, dachte sie, während sie ihn küßte und ihr Herz Mitleid mit ihm empfand, wenn man so furchtbar empfindlich ist. Das machte ihr das Leben schwer, aber wie unendlich viel schwerer machte es ihm das Leben? Und auf welch erstaunliche Weise sich seine Empfindlichkeit seit der Hochzeit entwickelt hatte! Vorher hatte es dafür keine Anzeichen gegeben.

Ihr Kuß enthielt eine stillschweigende Bitte, nichts, was sie sagte oder tat, seinen Geburtstag verderben zu lassen, ihr zu verzeihen, Verständnis zu haben. Und in ihrem Hinterkopf, ganz unkontrolliert, ganz unbefugt, spukte zwischen diesen anderen Gedanken dieser herum: »Ich bin sicherlich ein verworfenes Subjekt.«

Vor lauter Erregung, wieder zu Hause zu sein, war Wemyss diesmal schnell besänftigt. »Niemand kann mich so verletzen wie du«, war alles, was er sagte.

»Oh, aber als ob ich das je, je gewollt hätte«, hauchte sie, den Arm um seinen Hals geschlungen.

Das Hausmädchen schaute unterdessen zu.

»Warum geht sie denn nicht?« flüsterte Lucy, nach

Kräften ausnützend, daß sie seine Aufmerksamkeit gefunden hatte.

»Warum sollte sie?« sagte Wemyss laut und hob den Kopf. »Ich könnte sie ja vielleicht brauchen. Gefällt dir die Diele, Schätzchen?«

»*Sehr* gut«, sagte sie und ließ ihn los.

»Findest du nicht, daß es ein sehr schönes Treppenhaus ist?«

»*Sehr* schön«, sagte sie.

Voller Stolz ließ er den Blick umherschweifen, während er in der Mitte des Perserteppichs stand und sie an sich drückte.

»Nun schau dir mal das Fenster an«, sagte er und drehte sie herum, nachdem sie Zeit gehabt hatte, das Treppenhaus in sich aufzunehmen. »Schau – ist es nicht ein hübsches Fenster? Ohne jeden Firlefanz. Du kannst richtig durchschauen, und es läßt wirklich Licht herein. Vera«, – sie zuckte zusammen –, »versuchte, es ganz mit Vorhängen zuzuhängen. Sie sagte, sie brauche Farbe oder so. Da hatte sie einen wunderschönen Garten, auf den sie gucken konnte, und was machte sie? Sie versuchte, den größten Teil davon durch Vorhänge dem Blick zu entziehen.«

Der Versuch war offensichtlich nicht geglückt, denn das Fenster, so groß wie das im Warteraum eines Londoner Kopfbahnhofs, wurde, abgesehen von der herabhängenden Kordel einer hochgezogenen Jalousie aus ungebleichter Leinwand, durch nichts beeinträchtigt. Lucy konnte durch das Fenster die gesamte Gartenhälfte rechts von der Haustür mit der hin- und herschwankenden Weidenhecke, den Wiesen und den Kühen sehen.

Die kahlen Zweige irgendeines Klettergewächses schlugen dagegen und erzeugten einen lauten, unregelmäßigen Klopfton in den Pausen, die Wemyss zwischen seinen Bemerkungen einlegte.

»Spiegelglas«, sagte er.

»Ja«, sagte Lucy; und irgend etwas in seiner Stimme bewog sie, in einem Tonfall der Bewunderung hinzuzufügen: »Toll.«

Da sie auf das Fenster blickten, standen sie mit dem Rücken zur Treppe. Plötzlich hörte sie vom oberen Treppenabsatz Schritte herunterkommen.

»Wer ist das?« sagte sie hastig und rang etwas nach Luft, ehe sie nachdenken, ehe sie sich Einhalt gebieten konnte. Aber sie wandte den Kopf nicht und starrte unverwandt auf das Fenster.

»Wer ist was?« fragte Wemyss. »Findest du nicht, daß es ein hübsches Fenster ist, Schätzchen?«

Die Schritte auf der Treppe kamen zum Stehen, und ein Gong erklang, den sie im Winkel der Treppenkehrung bemerkt hatte. Ihr Körper, der zusammengezuckt war, entspannte sich. Was war sie doch für eine Närrin.

»Mittagessen«, sagte Wemyss. »Komm mit – aber ist es nicht ein hübsches Fenster, Schätzchen?«

»*Sehr* hübsch.«

Er drehte sie um und führte sie ins Speisezimmer, während das Hausmädchen, das vom oberen Treppenabsatz heruntergekommen war, weiter den Gong ertönen ließ, obwohl die beiden doch direkt vor ihrer Nase der Aufforderung nachkamen.

»Ist das nicht ein guter Platz für einen Gong?« fragte er, die Stimme erhebend wegen des Gongs, der leise begonnen hatte und nun schnell lauter wurde. »Außerdem wirst du ihn oben in deinem Zimmer ebenso deutlich hören, als ob du unten wärst. Vera –«

Aber das, was er von Vera erzählen wollte, ging in dem zunehmenden Ungestüm des Gongs unter.

»Warum hört sie denn nicht auf?« versuchte ihm Lucy zuzurufen, wobei sie ihre Stimme bis zum äußersten anstrengte, denn das Stubenmädchen verstand sich gut auf den Gong und entlockte ihm nun wahrhaft ohrenbetäubende Töne.

»Was?« schrie Wemyss.

Im Speisezimmer, in welches ihnen das Hausmädchen vorausging, das sich endlich aus seiner Erstarrung gelöst und ihnen die Tür geöffnet hatte, sagte Lucy, da sie immer noch hörte, daß der Gong geschlagen wurde, wenn auch mittlerweile durch Türen und die Entfernung gedämpft: »Warum hört sie denn nicht endlich auf?«

Wemyss zog seine Uhr heraus.

»Das wird sie in genau fünfzig Sekunden«, sagte er.

Lucys Mund und Augenbrauen bildeten nun ein einziges Fragezeichen.

»Er wird vor jeder Mahlzeit genau zweieinhalb Minuten lang geschlagen«, erläuterte er.

»Oh?« sagte Lucy. »Auch wenn wir uns sichtlich eingefunden haben?«

»Das weiß sie nicht.«

»Aber sie hat uns doch gesehen.«

»Aber offiziell weiß sie es nicht.«

»Oh«, sagte Lucy.

»Ich mußte diese Regelung einführen«, sagte Wemyss und legte seine Messer und Gabeln akkurater neben seinen Teller, »weil sie immer gleich wieder aufhörten, kaum daß sie begonnen hatten, den Gong zu schlagen, und dann kam Vera zu spät, und ihre Entschuldigung lautete, sie habe ihn nicht gehört. Eine Zeitlang ließ ich ihn dann sogar oben vor der Tür ihres Zimmers schlagen. Ist es nicht ein schöner Gong? Horch –« Und er hob die Hand.

»*Sehr* schön«, sagte Lucy, die felsenfest davon überzeugt war, daß es keinen schöneren, keinen kräftigeren geben könne.

»Da. Die Zeit ist um«, sagte er, als auf drei gewaltige Schläge eine wohltuende Stille eintrat.

Erneut zog er seine Uhr hervor. »Wir wollen mal nachsehen. Ja – auf die Sekunde genau. Du kannst dir nicht vorstellen, welche Mühe es mich gekostet hat, ihnen Pünktlichkeit beizubringen.«

»Es ist wundervoll«, sagte Lucy.

Das Speisezimmer war ein schmaler Raum, völlig eingenommen von einem einzigen Tisch. Es hatte ein Fenster nach Westen und eines nach Norden, und obwohl diese aus nicht unterteilten Fensterglasscheiben bestanden, war es ein trostloses, düsteres Zimmer. Aber andererseits war auch das Wetter trostlos und düster, und durch die beiden großen Fenster sah man so viel davon, wenn man an dem langen Tisch saß und die aus Nordwesten auf einen zutreibenden Wolken betrachtete; denn Lucys Platz war gegenüber dem nach Norden gehenden Fenster, zur Linken von Wemyss. Er saß an der Stirnseite des Tisches und schaute auf das nach Westen gehende Fenster. Der Tisch war so lang, daß eine Verständigung schwer gewesen wäre, wenn Lucy den für Ehefrauen üblichen Platz, nämlich gegenüber dem Hausherrn, eingenommen hätte – ja, sie wäre, wie sie bemerkte, unter dem Neigungswinkel des Horizontes verschwunden.

»Ich mag lange Tische«, sagte Wemyss hierauf. »Sie wirken so gastfreundlich.«

»Ja«, sagte Lucy etwas unschlüssig, gab aber bereitwillig zu, daß die Länge des Tisches zumindest auf eine Bereitschaft zur Gastlichkeit hindeute. »Jedenfalls wäre es so, wenn Leute um ihn herumsäßen.«

»Leute? Du willst doch damit nicht etwa sagen, daß du schon Leute um dich brauchst?«

»Großer Gott, nein«, entgegnete Lucy hastig. »Natürlich nicht. Das habe ich natürlich nicht gemeint«, fügte sie hinzu, legte ihre Hand auf die seine und lächelte ihn an, um die sich auf seinem Gesicht zusammenbrauende Düsternis zu zerstreuen; und abermals schlug sie alle Gedanken an das Hausmädchen in den Wind. »Du weißt doch, daß ich außer dir keine Menschenseele brauche.«

»Nun, das dachte ich auch«, sagte Wemyss, besänftigt. »Ich weiß, alles, was du brauchst, bin ich.«

(War zu Veras Zeit dasselbe Hausmädchen hier? Lucy fragte sich das insgeheim und unbewußt, so sehr konzentrierte sie ihre Aufmerksamkeit auf Wemyss.)

»Welch reizender Hahnenfuß!« sagte sie laut.

»O ja, da sind sie ja – ich habe sie gar nicht bemerkt. Ja, nicht wahr? Das sind meine Geburtstagsblumen.« Und er sagte wieder seinen Spruch auf: »Es ist mein Geburtstag und der Geburtstag des Frühlings.«

Aber sie kannte natürlich das richtige Ritual nicht, da es ihre erste Erfahrung mit einem Geburtstag von Wemyss war. Außerdem hatte sie ihm schon vor Stunden, als er die Augen aufschlug und die ihren liebevoll auf sich ruhen fühlte, alles Gute zum Geburtstag gewünscht; so machte sie lediglich die ganz natürliche, aber unglückselige Bemerkung, daß Frühlingsanfang doch wohl am 21. März – oder war es der 25.? – sei. Nein, das war der erste Weihnachtsfeiertag – nein, sie wollte damit nicht sagen –

»Ständig sagst du etwas und behauptest dann, du meintest es nicht so«, fiel ihr Wemyss verärgert ins Wort, denn er fand, daß gerade Lucy den allegorischen Charakter seines Sprüchleins hätte durchschauen müssen. Wenn es Vera gewesen wäre, nun ja – aber soviel hatte selbst Vera noch verstanden. »Ich wünschte, du würdest mit dem anfangen, was du wirklich sagen möchtest, es wäre viel einfacher so. Was willst du mir denn jetzt bitte wirklich sagen?«

»Ich weiß nicht«, sagte Lucy eingeschüchtert, denn sie hatte ihn erneut beleidigt, und diesmal hatte sie nicht die leiseste Ahnung, wodurch.

## XVII

Er kam jedoch darüber hinweg. Es gab ein ausnehmend gut zubereitetes Soufflé, und das half ihm dabei. Außerdem schmachtete ihn Lucy unentwegt an, und es war das erste Mal, daß sie an seinem Tisch in seinem geliebten Heim saß und damit seine monatelangen Träume wahr gemacht hatte, daß sie so neben ihm sitzen würde, sein Schätzchen mit dem Bubikopf, und daher erholte er sich allmählich und lächelte sie wieder an.

Aber welch eine Macht sie hatte, ihn zu kränken,

dachte Wemyss; die war deshalb so groß, weil seine Liebe zu ihr so groß war. Sie sollte in der Ausübung dieser Macht sehr vorsichtig sein. Ihr Everard war durch seine Liebe sehr empfindsam geworden.

Er schaute sie ernst an, während ihm diese Gedanken durch den Kopf gingen und die Teller gewechselt wurden.

»Was ist los, Everard?« fragte Lucy besorgt.

»Ich denke bloß gerade daran, daß ich dich liebe«, sagte er und legte seine Hand auf die ihre.

Sie errötete vor Freude, und ihr Gesicht nahm sogleich einen glücklichen Ausdruck an. »Mein Everard«, murmelte sie und erwiderte seinen Blick, wobei sie in ihrer Freude die Aufwärterin ganz vergaß. Wie lieb er war. Wie töricht sie war, es sich jedesmal so zu Herzen zu nehmen, wenn er beleidigt war. Im Grunde war er doch so berechenbar und unkompliziert. Im Grunde war er doch ihr über alles Geliebter. Alles übrige war bloßer Zufall, waren Kleinigkeiten, die überhaupt nichts zu bedeuten hatten.

»Den Kaffee nehmen wir in der Bibliothek«, sagte er zum Hausmädchen und stand auf, als er sein Mittagessen beendet hatte, und ging zur Tür. »Komm mit, Schätzchen«, rief er ihr über die Schulter hinweg zu.

Die Bibliothek . . .

»Können wir nicht – wollen wir nicht – den Kaffee in der Diele trinken?« fragte Lucy und stand langsam auf.

»Nein«, sagte Wemyss, der vor einer Photographie in Lebensgröße stehengeblieben war, die an der Wand zwischen den beiden Fenstern hing.

»Schauen Sie mal«, sagte er zum Hausmädchen und deutete mit dem Finger darauf.

Das Mädchen schaute.

»Ich stelle fest, Sie sagen gar nichts«, bemerkte er zu ihr, nachdem sie eine Weile schweigend geschaut hatte, und Lucy, wieder völlig überrascht, blieb unsicher neben dem Stuhl stehen, von dem sie aufgestanden war. »Das wundert mich nicht. Es gibt nichts, was Sie als Entschuldigung für solche Nachlässigkeit vorbringen könnten.«

»Lizzie –«, fing die Aufwärterin an.

»Schieben Sie es nicht auf Lizzie.«

Die Aufwärterin hörte auf, es auf Lizzie zu schieben, und verstummte.

»Komm mit, Schätzchen«, sagte Wemyss, indem er sich zu Lucy wandte und ihr seine Hand hinstreckte. »Es macht einen doch richtig krank, wenn man sieht, daß nicht einmal der eigene Vater abgestaubt wird.«

»Ist das dort dein Vater?« fragte Lucy, eilte an seine Seite und enthielt sich jeglichen Kommentars bezüglich des Abstaubens.

Es hätte niemandes anderer sein können. Es war Wemyss, ungeheuer dick geworden, ungeheuer alt geworden und mißmutig dreinschauend. Die Photographie war so angebracht worden, daß, wohin man sich auch im Zimmer bewegen mochte, dies unter den Augen von Wemyss' Vater geschah. Von seinem Platz zwischen den beiden Fenstern aus hatte er Lucy während ihres ersten Mittagessens andauernd beobachtet, und so, durchzuckte es Lucy, muß er auch Vera während ihres letzten beobachtet haben.

»Wie lange hängt er schon hier?« fragte sie und blickte zu den mißmutigen Augen von Wemyss' Vater hoch, die ihren Blick zu erwidern schienen.

»Wie lange?« wiederholte Wemyss, indem er sie wegzog, denn es verlangte ihn nun nach seinem Kaffee. »Wie soll ich das wissen? Solange ich hierherkomme, würde ich meinen. Er starb vor fünf Jahren. Er war ein wundervoller alter Mann, fast neunzig. Er hielt sich oft hier auf.«

Diesem Bild gegenüber, direkt neben der Tür, die in die Diele führte, hing noch eines – ebenfalls eine Photographie in Lebensgröße. Beim Betreten des Zimmers hatte Lucy keines der beiden Bilder bemerkt, weil sie das Licht aus den Fenstern blendete. Nun, da sie durch die Tür hinausgehen wollte, geführt von Wemyss, sah sie sich diesem gegenüber.

Es war Vera. Sie wußte es sofort; andernfalls hätte sie es gleich darauf erfahren, weil er es ihr sagte.

»Vera«, sagte er ganz sachlich, so als ob er die beiden Damen einander vorstellen wollte.

»Vera«, wiederholte Lucy kaum hörbar; und sie und Vera – denn auch diese Photographie ließ einen gewissermaßen nicht aus den Augen – starrten einander an.

Nach der Kleidung zu urteilen mußte das Photo vor etwa zwölf Jahren aufgenommen worden sein. Vera stand da, und zwar in einem Tageskleid, das noch eine Schleppe hatte, die sich auf dem Teppich bauschte, einem Kleid mit weiten, locker herabfallenden Ärmeln und einem hohen Kragen. Sie wirkte sehr groß und hatte lange, schlanke Finger. Ihr dunkles Haar war von den Ohren ab hochgekämmt und türmte sich auf dem Oberkopf. Ihr Gesicht war schmal und schien hauptsächlich aus Augen zu bestehen – sehr großen dunklen Augen, die mit einem Ausdruck des Erstaunens aus diesem absurden Bild starrten, und ihr Mund kräuselte sich etwas, als verkneife sie sich ein Lachen.

Lucy sah sie bewegungslos an. Das also war Vera. Natürlich. Obwohl sie sich nie ein Bild von ihr gemacht hatte, ja es sorgsam vermieden hatte, sie sich vorzustellen, hatte sie immer gewußt, daß sie so aussehen würde. Nur älter; die Vera, die sie mit vierzig gewesen sein mußte, als sie starb – nicht attraktiv wie diese da, keine junge Frau mehr. Mit ihren zweiundzwanzig Jahren erschien Lucy vierzig sehr alt, zumindest für eine Frau. Da sie sich in einen Fünfundvierzigjährigen verliebt hatte – etwas Jugendlicheres als er war ihr wirklich noch nicht untergekommen –, hatte sie in bezug auf Männer ihre Vorstellungen von Alter gründlich revidiert, aber vierzig erschien ihr bei einer Frau noch immer sehr alt. In ihrer Phantasie war Vera schlank und groß und dunkelhaarig gewesen, so wie diese Vera hier schlank und groß und dunkelhaarig war; aber schlank im Sinne von knochig, groß im Sinne von vornübergebeugt, und ihr dunkles Haar leicht ergraut. Außerdem hatte sie sich Vera geistesabwesend und nicht sehr intelligent vorgestellt; ja, sie war auf ziemlich ärgerliche Weise unintelligent, eigensinnig, närrisch gewesen und beging schließlich jene fatale, eigensinnige, närrische Handlung, die ihr ein so schreckliches Ende bereitete. Diese Vera hier war zweifellos intelligent. Mit solchen Augen konnte man nicht dumm sein. Und der Ausdruck ihres Mundes – worüber hatte sie sich wohl damals ein Lachen verkniffen? Wußte sie, daß sie vergrößert werden und jahrelang in dem öden Speisezimmer hängen würde, Aug in Aug mit ihrem Schwiegervater, der an der Wand gegenüber hing, während die Originale dreimal täglich unter ihren eigenen Konterfeis an dem langen Tisch sitzen und essen würden? Vielleicht lachte sie, dachte Lucy, weil sie sonst geweint hätte; nur wäre das einfältig gewesen, und einfältig kann sie nicht gewesen sein – nicht mit diesen Augen, nicht mit diesen geraden, feinen Augenbrauen. Aber würde denn auch sie selbst bald photographiert und vergrößert und dann hierhergehängt werden? Neben Vera war noch Platz, gerade Platz genug für eine weitere vor der Kredenz. Wie aberwitzig wäre es, wenn sie neben Vera aufgehängt würde und dreimal täglich beim Verlassen des Zimmers sich Everards Ehefrauen gegenübersähe. Und wie komisch, mitansehen zu müssen, wie die eigenen Klamotten mit den Jahren immer altmodischer und lächerlicher wirkten! Wahrlich, zu solchen Zwecken sollte man sich lieber nur in ein Leichentuch hüllen. Leichentücher kommen nicht aus der Mode; sie sind zeitlos. Zudem, wie passend, dachte Lucy und schaute ihrer toten Vorgängerin in die Augen, man würde die Gelegenheit nur beim Schopfe fassen . . .

»Komm mit«, sagte Wemyss und zog sie weg, »ich möchte jetzt meinen Kaffee. Hältst du es nicht auch für eine gute Idee«, fuhr er fort, als er sie durch die Diele zur Bibliothek führte, »lebensgroße Photographien statt jener idiotischen Porträts machen zu lassen, die den Leuten nie auch nur im mindesten ähnlich sehen?«

»Oh, eine *sehr* gute Idee«, sagte Lucy ganz automatisch und nahm all ihren Mut für die Bibliothek zusammen. Nur einen Raum gab es in diesem Haus, vor dem sie noch mehr zurückscheute als vor der Bibliothek, und das war das Zimmer im Dachgeschoß – ihr Zimmer, das auch Veras gewesen war.

»Nächste Woche gehen wir zu einem Photographen in London und lassen mein kleines Mädchen aufnehmen«, sagte Wemyss, indem er die Tür zur Bibliothek aufstieß, »und dann habe ich es genau so, wie es der liebe Gott schuf, ohne daß sich irgend so ein Idiot von Künstler mit seiner Vorstellung einmischt. Gottes Vorstellung von ihm ist für mich gut genug. Sie werden dich nicht viel vergrößern müssen«, lachte er, »um *dich* in Lebensgröße abzubilden, du Mücklein. Vera war fünf Fuß und zehn Zoll groß. Na, ist das nicht ein schönes Zimmer? Schau – dort ist der Fluß. Ist es nicht fabelhaft, so nahe beim Fluß zu sein? Komm hier herum – stoß ja nicht an meinen Schreibtisch. Schau – zwischen dem Fluß und dem Garten ist nur der Treidelpfad. Herrgott, was für ein scheußliches Wetter. Es hätte genausogut ein wunderschöner Frühlingstag sein und wir unseren Kaffee draußen auf der Terrasse trinken können. Findest du nicht, daß die Aussicht wunderschön ist – so typisch englisch mit dem schönen grünen Rasen und dem saftigen Gras entlang des Treidelpfads, und dem Fluß. Auf der ganzen Welt gibt es keinen Fluß wie diesen, nicht wahr, Schätzchen. Sag, daß du ihn für den schönsten Fluß der Welt hältst«, – er drückte sie an sich –, »sag, daß er dir hundertmal besser gefällt als jener gräßliche in Frankreich, der uns mit all seinen Schlössern so auf die Nerven ging.«

»O ja, *hundertmal* besser«, sagte Lucy.

Sie standen am Fenster, sein Arm lag um ihre Schulter. Es war gerade Platz genug für sie zwischen Fenster und Schreibtisch. Draußen war die geflieste Terrasse und dahinter ein außerordentlich grüner Rasen mit Würmern und Amseln darauf und ein gepflasterter Weg, der mittendurch zu einem kleinen eisernen Tor hinabführte. Zum Flußufer hin wurde der quadratische Garten durch keine Weidenhecke begrenzt, um die Aussicht nicht zu beeinträchtigen – nur durch den Eisenzaun und das Drahtgitter. Terrakottavasen, in denen später flammende Geranien prangen würden, standen in Abständen beiderseits des Weges. Der Fluß, angeschwollen und braun, floß hinter Wemyss' Grundstück an diesem Tag sehr schnell dahin, denn es war viel Regen gefallen. Die Wolken, die der Wind über den Himmel trieb, hatten es nicht so eilig, daß sie nicht ab und zu einen heftigen Regenschauer niedergehen hätten lassen, der dann die Fliesen der Terrasse wieder naß machte, kaum daß der Wind sie zu trocknen begonnen hatte. Wie konnte er hier nur so stehen, dachte sie, und sie festhalten, damit sie nicht wegkonnte, und ihren Blick auf eben die Stelle auf jenen Fliesen lenken, keine zwei Meter entfernt von...

Aber im nächsten Moment dachte sie, wie recht er doch im Grunde habe, daß es überhaupt die einzige Methode sei, mit der Sache fertig zu werden. Völlige Unkompliziertheit war die einzige Methode, diese Situation zu meistern; und sie war so weit davon entfernt, unkompliziert zu sein, daß sie zusammenzuckte, nicht hinsehen konnte, nur den einzigen Wunsch hatte, ihr Gesicht zu verbergen – oh, er war wunderbar, und sie war die lächerlichste Närrin.

Sie schmiegte sich an ihn und hob das Gesicht dem seinen entgegen, schloß die Augen, denn auf diese Weise konnte sie dem Anblick des unseligen Gartens mit den mörderischen Fliesen im Vordergrund entgehen.

»Was ist los, Schätzchen?« fragte Wemyss.

»Küß mich«, sagte sie; und er lachte und gab ihr einen

Kuß, aber nur ganz hastig, weil er wollte, daß sie weiter die Aussicht bewundere.

Sie hielt ihm jedoch immer noch ihr Gesicht hin. »Küß meine Augen«, flüsterte sie und hielt sie geschlossen. »Sie sind müde –«

Er lachte wieder, aber mit leichter Ungeduld, und küßte sie auf die Augen, und dann, plötzlich hingerissen von ihrem kleinen blinden Gesicht, das dem seinen so nahe war und dessen zarte Linien und köstliche Rundungen sich in dem hellen Licht aus dem großen Fenster so deutlich abzeichneten, dem Gesicht seiner Lucy, seines geliebten Frauchens, küßte er sie richtig, so, wie sie von ihm geküßt werden wollte, und ging ganz in seiner Liebe auf.

»Oh, ich liebe dich, liebe dich –«, murmelte Lucy, klammerte sich an ihn und gelobte sich hoch und heilig, in Zukunft vernünftig, normal und unkompliziert zu sein.

»Sind wir nicht glücklich«, sagte er und hielt mit seinen Küssen kurz inne, um auf das hinabzublicken, was nun sein Gesicht war, denn gehörte es nicht ihm viel mehr als ihr? Natürlich. Sie sah es ja nie, außer wenn sie eigens dazu in den Spiegel schaute, aber er hatte es dauernd vor Augen; ihr bescherte es nur Pflichten, aber er schwebte in der höheren Sphäre der bloßen Freuden. Sie wusch es, aber er küßte es. Und zwar sooft er wollte. »Ist es nicht herrlich, verheiratet zu sein?« sagte er und blickte auf das entzückende Geschöpf hinab, das nun für immer sein war.

»O ja – herrlich!« murmelte Lucy, schlug die Augen auf und erwiderte seinen Blick.

Ihr Gesicht erstrahlte in einem bezaubernden Lächeln. »Du hast die gütigsten Augen«, sagte sie, hob ihren Zeigefinger und zog damit sanft seine Augenbrauen nach.

Wemyss' Augen, in diesem Moment von Liebe und Stolz erfüllt, waren zweifellos gütige Augen, aber ein Geräusch am anderen Ende des Zimmers ließ Lucy in seinen Armen derart zusammenfahren, versetzte ihr anscheinend einen solchen Schrecken, daß seine Augen, als er den Kopf wandte, um zu sehen, wer sie zu stören wagte, wer sein kleines Mädchen so zu erschrecken wagte, und das Hausmädchen erblickte, überhaupt nicht mehr gütig, sondern sehr böse dreinschauten.

Das Hausmädchen war mit dem Kaffee hereingekommen; und da sie in dem aus dem großen Fenster einfallenden Gegenlicht die beiden engumschlungenen Gestalten sah, blieb sie ruckartig stehen, unschlüssig, was sie jetzt machen sollte. Als sie so ruckartig stehenblieb, löste sich ein Löffel von der Untertasse und fiel mit lautem Geklapper auf den Boden, weil auf dem Parkettboden kein Teppich lag, und dieses Geräusch war es, was Lucy so entsetzlich zusammenzucken ließ, daß ihr Zusammenzukken doch tatsächlich auch Wemyss zusammenzucken ließ.

Schon während des Mittagessens war viel gegurrt und geschnäbelt worden, wie es das Hausmädchen in seiner ungeschulten Ausdrucksweise nannte, und auch schon vor dem Mittagessen hatte es in der Halle Kostproben davon gegeben, aber das, was da in der Bibliothek vor sich ging, reichte wirklich, um jedem einen Heidenschrecken einzujagen und das Geschirr aus dem Gleichgewicht zu bringen – es war derart, erzählte sie hinterher in der Küche, daß, wenn sie nicht ganz sicher wüßte, daß sie tatsächlich verheiratet sind, sie es nicht glauben würde. Nach den Erfahrungen des Hausmädchens verhielten sich Eheleute nicht so. Was es an Zuneigung gab, wurde vor der Hochzeit zur Schau gestellt und nicht hinterher. Und sie schilderte hierauf weiter, wie Wemyss – so knapp und respektlos sprachen sie von ihrem Herrn in der Küche – sie angeherrscht habe, weil sie in die Bibliothek gekommen sei. »Nachdem er es mir befohlen hatte«, sagte sie, »nachdem er gesagt hatte: ›Den Kaffee nehmen wir in der Bibliothek.‹« Und wie schon so oft zuvor waren sich alle einig, daß sie an diesem Ort keine fünf Minuten bleiben würden, wenn Wemyss nicht die Hälfte seiner Zeit in London verbrächte.

Mittlerweile saßen Wemyss und Lucy Seite an Seite in zwei riesigen Sesseln, schauten auf den unbeheizten Kamin und tranken ihren Kaffee. Nach dem ersten April werde nur abends Feuer angezündet, erklärte Wemyss; bis zu diesem Zeitpunkt sollte das Wetter eigentlich so warm sein, daß man tagsüber ohne Kaminfeuer auskomme, und wenn nicht, so war das Wetter daran schuld.

»Warum bist du so zusammengezuckt?« fragte er. »Du hast mir einen solchen Schrecken versetzt. Ich wußte überhaupt nicht, was los war.«

»Ich weiß nicht«, sagte Lucy leicht errötend. »Vielleicht«, – über die Armlehne des riesigen Sessels hinweg, in dem sie fast völlig verschwand, lächelte sie ihn an –, »weil das Mädchen uns ertappte.«

»Uns ertappte?«

»Als wir so miteinander schmusten.«

»Das habe ich gern«, sagte Wemyss. »Dir Schuldgefühle einreden, weil du mit deinem eigenen Mann geschmust hast!«

»Nun ja«, lachte Lucy, »vergiß nicht, daß ich ihn noch nicht lange habe.«

»Was bist du für ein kompliziertes kleines Ding! Ich werde dich mir ernsthaft vornehmen und dir Natürlichkeit beibringen müssen. Ich dulde kein affektiertes Gehabe, daß du dies und das nicht in Gegenwart des Personals tun willst. Dienstboten zählen nicht. Ich nehme nie Rücksicht auf sie.«

»Ich wünschte, du hättest Rücksicht auf das arme Hausmädchen genommen«, sagte Lucy, da sie merkte, daß er gutgelaunt und ansprechbar war. »Warum hast du sie so fürchterlich ausgescholten?«

»Warum? Weil sie dich so erschreckt hat. Du hättest nicht mehr zusammenzucken können, wenn du sie für einen Geist gehalten hättest. Ich möchte nicht, daß du eine Gänsehaut bekommst.«

»Aber ich bekam eine viel schlimmere Gänsehaut, als ich hörte, was du zu ihr sagtest.«

»Unsinn. Diese Leute müssen zur Ordnung gerufen werden. Was dachte sich die Frau dabei, einfach so hereinzukommen?«

»Du hast ihr doch gesagt, sie solle uns den Kaffee bringen.«

»Aber ich habe ihr nicht gesagt, daß sie einen höllischen Lärm machen soll, indem sie überall Löffel fallen läßt.«

»Doch nur, weil sie einen ebenso großen Schreck bekam, als sie uns sah, wie ich, als ich sie hörte.«

»Es ist mir egal, was sie bekam. Ihre Aufgabe besteht

darin, keine Dinge fallen zu lassen. Dafür bezahle ich sie schließlich. Aber schau her – mach dir doch nicht so viele komplizierte Gedanken. Versuch doch mal, um Himmels willen, natürlich zu sein.«

»Ich finde, ich bin *sehr* natürlich«, sagte Lucy lächelnd und streckte ihm die Hand hin, denn sein Gesicht verdüsterte sich. »Weißt du, Everard, ich glaube, es liegt daran, daß ich *zu* natürlich bin.«

Wemyss brach in ein schallendes Gelächter aus und vergaß, wie nahe er daran war, sich gekränkt zu fühlen. »Du und natürlich! Du bist das komplizierteste –«

»Nein, bin ich nicht. Ich habe das unverbildete Gemüt und die ungezügelten Gefühle einer Wilden. Das ist der eigentliche Grund, weshalb ich zusammenzuckte.«

»Du lieber Himmel«, lachte Wemyss, »man höre, wie sie redet. Man könnte ja meinen, sie sei gescheit, da sie solche Reden schwingt, wüßte man nicht, daß sie bloß Everards geliebtes Frauchen ist. Komm her, meine kleine Wilde – komm und setz dich aufs Knie deines Mannes und erzähl ihm alles.«

Er streckte die Arme aus, und Lucy stand auf und ging zu ihm, und er wiegte sie und sagte: »So, so – es war also eine kleine unverbildete Wilde –«

Aber sie erzählte ihm nicht alles, erstens, weil sie mittlerweile wußte, daß ihm alles erzählen bedeutete, unbedingt Ärger haben zu wollen, und zweitens, weil er es im Grunde gar nicht wissen wollte. Everard, das wurde ihr nun mit großem Staunen allmählich klar, zog es vor, nichts zu wissen. Er war nicht nur desinteressiert, wenn es um die Ansichten und Meinungen anderer Leute ging, er zog es entschieden vor, überhaupt nichts davon zu wissen.

Dies war ein großer Unterschied gegenüber dem rastlosen Wissensdurst und Interesse ihres Vaters und seiner Freunde, ihrem unersättlichen Hunger nach Diskussionen, nach geistiger Auseinandersetzung; und dieser Unterschied frappierte Lucy. Diskussion war ihnen geradezu das Salz des Lebens – unermüdlich erforschten sie gegenseitig die Ideen des anderen, ließen sie aufeinanderprallen und schufen daraus neue. Für Everard, das begann Lucy nun zu begreifen, bedeutete Diskussion lediglich Widerspruch, und er verabscheute Widerspruch, er verabscheute allein schon eine andere Meinung. »Es gibt nur einen Gesichtspunkt und das ist der richtige«, wie er sagte, »was soll also dieses ganze Gerede?«

Der richtige Gesichtspunkt war sein eigener; und obwohl er mit seinen direkten, unbeirrbaren Methoden ein seelisch sehr ruhiges Leben führen zu können schien und obwohl das auf sie ungeheuer wohltuend wirkte nach den fieberhaften Debatten in der Clique ihres Vaters, war es wirklich erstrebenswert? Hinderte diese Haltung einen nicht am Wachsen? Führte sie einen nicht in die Isolation? War es nicht, offen gesagt, eher wie der Tod? Nebenbei bemerkt, hatte sie so ihre Zweifel, ob es wirklich nur eine Sicht der Dinge gebe, und konnte nicht ganz glauben, daß die seine immer auch die richtige sei. Aber was bedeutete das schon, dachte Lucy, kuschelte sich auf seinem Schoß zusammen und schmiegte sich in seinen Arm, verglichen mit ihrer phantastischen, überwältigenden Liebe? Diese zumindest war unbestreitbar und strahlend. Was das übrige betraf, so würde die Wahrheit weiter Wahrheit bleiben, ob Everard sie einsah oder nicht; und wenn sie schon nicht mit ihm über all diese

Dinge reden können würde, so konnte sie ihn doch jedenfalls küssen, und wie süß das war, dachte Lucy. Sie verstanden einander fabelhaft, wenn sie sich küßten. Wenn es ein so köstliches Mittel der Verständigung gab, wozu dann das viele Gerede?

»Ich glaube, du schläfst«, sagte Wemyss, auf das Gesicht auf seiner Brust hinabblickend.

»Fest«, sagte Lucy und lächelte mit geschlossenen Augen.

»Mein Schatz.«

»Mein Everard.«

## XVIII

Aber dieser Zustand hielt nur so lange an, wie seine Pfeife brannte. Als die ausgegangen war, hob er Lucy von seinen Knien und sagte, er sei nun bereit, ihre Ungeduld zu befriedigen und ihr alles zu zeigen; zuerst würden sie das Haus in Augenschein nehmen und danach den Garten und die Nebengebäude.

Nie war eine Frau weniger ungeduldig gewesen als Lucy. Sie rückte jedoch ihren Hut zurecht und versuchte, sich den Anschein zu geben, als platze sie vor Neugier und Tatendrang. Wenn doch bloß nicht der Wind so heulen würde! Welch trostloser Ort die Bibliothek war! Nun ja, an einem solchen Nachmittag um halb drei wäre wohl jedes Zimmer der Welt trostlos, in dem kein Feuer brannte, gegen dessen Fenster der Regen prasselte und vor dem sich draußen diese entsetzliche Terrasse hinzog.

Wemyss bückte sich, um auf den Stäben des leeren Kaminrosts die Asche aus seiner Pfeife zu klopfen, und Lucy hielt den Kopf sorgfältig abgewandt vom Fenster und der Terrasse und schaute zur gegenüberliegenden Wand des Zimmers. Diese war vom Fußboden bis zur Decke mit Bücherregalen ausgefüllt, und die Bücher, fein säuberlich aufgereiht und in einheitlichen Ausgaben, steckten so fest in den Regalen, daß nur ein ungemein entschlossener Leser die Energie aufbringen würde, eines herauszuziehen. Lesen wurde offensichtlich nicht gefördert, denn nicht nur waren die Bücher hinter Glastüren eingeschlossen, die Türen waren sogar abgesperrt, und der Schlüssel hing an Wemyss' Uhrkette. Lucy machte diese Entdeckung, als Wemyss, nachdem er seine Pfeife in die Jackentasche gesteckt hatte, sie am Arm nahm und durchs Zimmer führte, damit sie die Bücherregale bewundere. Einer der Bände stach ihr ins Auge, und sie versuchte, die Glastür zu öffnen, um ihn herauszunehmen und anzuschauen. »Aber«, sagte sie überrascht, »es ist ja abgesperrt.«

»Gewiß«, sagte Wemyss.

»Aber dann kommt doch niemand an die Bücher.«

»Ganz richtig.«

»Aber –«

»Die Leute sind so unzuverlässig, wenn es um Bücher geht. Ich habe mir Mühe gegeben, meine selbst zu ordnen, und alle sind sie erstklassig gebunden, und ich will nicht, daß Hinz und Kunz sie herausnehmen und irgendwo herumliegen lassen. Wenn jemand ein Buch lesen möchte, kann er zu mir kommen und mich darum bitten. Dann weiß ich genau, welches Buch herausgenommen wurde, und kann dafür sorgen, daß es wieder zurückgestellt wird.« Und bei diesen Worten hielt er den Schlüssel an seiner Uhrkette hoch.

»Aber entmutigt das die Leute nicht eher?« fragte Lucy, die es gewöhnt war, mit Büchern völlig sorglos und vertraut umzugehen: Bücher, die überall herumlagen, Bücher, von denen die Regale überquollen, Bücher in jedem Zimmer, Bücher, zu denen man jederzeit Zugang hatte, Bücher, die wie Freunde waren, Bücher, aus denen man laut vorzulesen pflegte, deren gastfreundliche Seiten bei der leisesten Berührung aufsprangen.

»Um so besser«, sagte Wemyss. »*Ich* möchte gar nicht, daß jemand meine Bücher liest.«

Lucy lachte, obwohl sie innerlich entsetzt war. »O Everard –«, sagte sie, »nicht einmal ich?«

»Du? Das ist etwas anderes. Du bist mein liebes kleines Mädchen. Wann immer du möchtest, brauchst du bloß zu mir zu kommen und zu sagen: ›Everard, deine Lucy möchte lesen‹, und ich will dir den Bücherschrank aufschließen.«

»Aber – ich werde Angst haben, dich zu stören.«

»Leute, die sich lieben, können einander niemals stören.«

»Das stimmt«, sagte Lucy.

»Und sie sollten nie Angst davor haben.«

»Vermutlich nicht«, sagte Lucy.

»Sei also ganz unbefangen und sag einfach, wenn du etwas möchtest.«

Lucy sagte, das werde sie, und versprach ihm unter vielen Küssen, unbefangen zu sein, aber insgeheim wurde sie den Gedanken nicht los, daß das ein mühsamer Weg sei, an ein Buch zu kommen.

»Macaulay, Dickens, Scott, Thackeray, englische Dichter, englische Schriftsteller, Encyclopaedia Britannica – ich glaube, es ist alles vertreten«, sagte Wemyss, indem er mit großer Genugtuung die vergoldeten Namen auf den Rücken der Bände überflog, wie er so vor ihnen stand und Lucy im Arm hielt. »Die Leute von Whiteley haben sie für mich zusammengestellt. Ich sagte ihnen, ich hätte Platz für soundsoviele und soundso große Bände der besten neueren Schriftsteller in guten Einbänden. Ich finde, sie haben ihre Sache sehr gut gemacht, findest du nicht, Schätzchen?«

»*Sehr* gut«, sagte Lucy, die Regale mit zweifelnder Miene beäugend.

Sie gehörte zu den Leuten, die nicht gern in Prachtbänden lesen, und sämtliche Bücher von Wemyss hätte man als Preise an Musterschüler verschenken können. Sie sahen hübsch aus; ihre Schnittseiten – Lucy konnte sie zwar nicht sehen, hatte aber keinen Zweifel daran – waren marmoriert. Sie würden sich nicht leicht öffnen lassen, und die Daumen würden eine Menge zu tun haben mit ermüdendem Halten, während die Augen die Worte zu erspähen versuchten, die zum Mittelfalz hin verschwanden. Mit diesen Büchern nahm man sich keine Freiheiten heraus. Lucy konnte sich nicht vorstellen, daß sie, bequem auf dem Rasen liegend, nachlässig darin herumblätterte. Zudem würden sich ihre Seiten nicht so ohne weiteres umblättern lassen; sie waren bestimmt eigensinnig vor lauter Kostspieligkeit, steif vom Leder und Gold ihrer Einbände.

In diese Gedanken versunken starrte Lucy auf die Bücher, um sich von anderen Dingen abzulenken, zum Beispiel vom Wind, der heulend über jene Terrasse hinter ihr fegte, und von den heftigen Regenschauern, die mit Unterbrechungen auf die Fliesen prasselten, und von der Gewißheit, daß oben ... Hatte denn Everard überhaupt kein Vorstellungsvermögen, schoß es ihr in einem plötzlichen Aufflackern von Rebellion durch den Kopf, daß er von ihr erwarten konnte, dasselbe Zimmer zu benutzen, und noch dazu gern zu benutzen, wo Vera –

Schaudernd haschte sie nach ihren Gedanken und kriegte sie gerade noch rechtzeitig zu fassen.

»Magst du Macaulay?« fragte sie und blieb vor dem Bücherschrank stehen, denn Wemyss versuchte nun, sie von dort weg und zur Tür zu zerren.

»Ich habe ihn nicht gelesen«, sagte Wemyss und zerrte weiter.

»Welches von all diesen Büchern gefällt dir am besten?« fragte sie hinhaltend.

»Oh, ich weiß nicht«, sagte Wemyss, und vor Freude über ihr offensichtliches Interesse an seinen Büchern hörte er für einen Augenblick auf, sie wegzuzerren. »Ich habe nicht viel Zeit zum Lesen, mußt du wissen. Ich bin ein fleißiger Mensch. Wenn ich mein Tagewerk beendet habe, ist außer Abendzeitung und einer Partie Bridge nicht mehr viel drin.«

»Aber was wirst du dann mit mir anfangen, die ich doch nicht Bridge spiele?«

»Du lieber Himmel, du meinst doch nicht etwa, daß mir der Sinn nach Bridge steht, jetzt, da ich dich habe?« sagte er. »Alles, was ich will, ist einfach nur dasitzen und dich anschauen.«

Sie errötete in einem plötzlichen Glücksgefühl und

lachte und drückte zärtlich den Arm, den er durch den ihren geschoben hatte, um sie zur Tür zu führen. Wie sie ihn anbetete! Oh, wie sie ihn anbetete, wenn er so liebe, alberne, einfältige Dinge zu ihr sagte!

»Komm nun mit nach oben und nimm deinen Hut ab«, sagte Wemyss. »Ich möchte sehen, wie sich mein Bubikopf in meinem Haus ausnimmt. Nebenbei, vergehst du nicht vor Ungeduld, unser Schlafzimmer in Augenschein zu nehmen?«

»Ich vergehe danach«, sagte Lucy und stieg beherzt und entschlossen die Eichentreppe hoch.

Das Schlafzimmer lag über der Bibliothek, hatte die gleichen Ausmaße und dieselbe Art von Fenster. Dort, wo im darunterliegenden Raum der Bücherschrank stand, machte sich hier das Bett breit: ein Doppelbett – oder besser gesagt: Dreierbett, so riesig war es – mit Blick auf das Fenster, vor dem Vera – es hatte keinen Zweck, sie kam von Vera einfach nicht los –, nachdem sie die ihr zugedachte Anzahl von Nächten geschlafen hatte, hinabstürzte und ihr Ende fand. Aber sie war immer noch da. Wenn sie nur in Vergessenheit geraten wäre, dachte Lucy . . . aber das war sie nicht, das war sie nicht – und dies hier war ihr Zimmer, und jenes schlanke Wesen mit den intelligenten Augen hatte darin Jahr um Jahr geschlafen, und Jahr um Jahr hatte der Spiegel hier ihr Bild zurückgeworfen, während sie sich davor an- und auszog, an- und auszog – regelmäßig, Tag um Tag, Jahr um Jahr – oh, welch eine Mühsal – und mit den schmalen, langen Händen hatte sie sich das Haar hochgesteckt – Lucy sah sie vor sich, wie sie es auf ihrem kleinen Kopf feststeckte – wobei sie an dem Toilettentisch in der Fensternische saß, vor der sie schließlich wie ein Stein hinabfallen sollte – entsetzlich – schändlich – jedenfalls hatte ihr alles in diesem Zimmer gehört, alles, jedes kleinste Detail hatte Vera gehört, einschließlich Ev –

Wie eine Besessene stürzte sich Lucy auf ihre Gedanken und würgte sie ab.

Währenddessen hatte Wemyss die Tür geschlossen, stand reglos da und sah sie an.

»Nun?« sagte er.

Nervös wandte sie sich ihm zu, und in ihren weitaufgerissenen Augen spiegelte sich noch immer das Entsetzen über die lächerlichen Dinge, die sie soeben gedacht hatte.

»Nun?« sagte er erneut.

Vermutlich wollte er, daß sie sich lobend über das Zimmer äußere, also fing sie hastig an, sagte, welch schöne Aussicht man an schönen Tagen von hier haben müsse, und wie behaglich es sei, welch hübscher großer Spiegel – sie liebe große Spiegel – und was für ein hübsches Sofa – sie liebe hübsche Sofas – und was für ein riesiges Bett – und welch entzückender Teppich –

»Nun?« war alles, was Wemyss sagte, als sie keine Worte mehr fand.

»Was ist denn, Everard?«

»Ich warte«, sagte er.

»Wartest?«

»Auf meinen Kuß.«

Sie rannte zu ihm.

»Ja«, sagte er, als sie ihm seinen Kuß gegeben hatte, und schaute feierlich auf sie hinab, »ich vergesse diese Dinge nicht. Ich vergesse nicht, daß dies das erste Mal ist, wo ich mit meiner kleinen Frau in unserem gemeinsamen Schlafzimmer stehe.«

»Aber Everard – ich habe es nicht vergessen – nur habe ich –«

Sie suchte nach Worten, die Arme noch immer um seinen Nacken gelegt, denn das, was sie eben gedacht hatte, war das letzte, was sie ihm hätte sagen können – oh, wie würde er sie gescholten haben, weil sie krankhaft sei, und ach, wie recht er gehabt hätte! –, und sie beendete ihren Satz, genauso schief und unglückselig wie im Schloß von Amboise – »Ich habe nur nicht daran gedacht.«

Zum Glück hatte sich diesmal seine Aufmerksamkeit bereits von ihr abgewandt. »Ist es nicht ein hübsches Zimmer?« sagte er. »Wer hat weit und breit das beste Schlafzimmer in Strorley? Und wer hat ein eigenes Zimmer, das ebenso hübsch ist? Und wer verwöhnt seine kleine Frau?«

Bevor sie darauf antworten konnte, löste er ihre Hände von seinem Hals und sagte: »Komm und schau dich im Spiegel an. Komm und schau, wie klein du bist, verglichen mit den anderen Gegenständen im Zimmer.« Und seine Arme um ihre Schultern gelegt, führte er sie zum Toilettentisch.

»Die anderen Gegenstände?« lachte Lucy; aber wie ein Blitz durchzuckte sie der Gedanke: »Was mache ich nun, wenn ich in diesen Spiegel schaue und nicht mich, sondern Vera darin erblickte? Er ist ja an Vera *gewöhnt*...«

»Sie macht doch wahrhaftig die Augen zu. Mach sie auf, Schätzchen«, sagte Wemyss, der mit ihr vor dem Spiegel stehenblieb und sah, daß sie, obwohl er sie vor sich hinhielt, nicht auf das Bild ehelicher Liebe blickte, das er und sie abgaben, sondern ihre Augen fest zudrückte.

Mit seiner freien Hand nahm er ihr den Hut ab und warf ihn aufs Sofa; dann stützte er seinen Kopf auf den ihren und sagte: »Nun schau mal.«

Lucy gehorchte; und als sie das holde Bild im Spiegel sah, machte sich auf dem Gesicht des Mädchens, das ihr darin entgegenblickte, ein fröhliches, bezauberndes Lächeln breit, denn Everard zeigte sich in diesem Moment von seiner liebenswertesten Seite, Everard, der sie so jungenhaft liebte, mit seinem gutaussehenden, faltenlosen Gesicht so dicht über dem ihren und seinen Augen, die voller Stolz auf ihr ruhten. Er und sie schienen einander hervorragend zu ergänzen, ja, sie waren ein hübsches Paar.

Während sie ihn im Spiegel anlächelte, zitternd vor Zärtlichkeit, hob sie die Hand und streichelte sein Gesicht. »Weißt du überhaupt, wen du da geheiratet hast?« fragte sie den Mann im Spiegel.

»Ja«, sagte Wemyss zu dem Mädchen im Spiegel.

»Nein, weißt du nicht«, entgegnete sie. »Aber ich werde es dir sagen. Du hast die größte Närrin geheiratet, die es auf Erden gibt.«

»Was hat sich das kleine Ding denn diesmal in den Kopf gesetzt?« sagte er, küßte sie aufs Haar und sah sich selbst dabei zu.

»Everard, du mußt mir helfen«, murmelte sie, und zärtlich drückte sie sein Gesicht an das ihre. »Bitte, mein Geliebter, hilf mir, lehre mich –«

»Das, Mrs. Wemyss, ist eine Einstellung, die einer Ehefrau sehr gut ansteht«, sagte er. Und die vier Leute lachten einander an, die beiden Lucys ein bißchen zaghaft.

»Nun komm, ich werde dich jetzt deinem Zimmer vorstellen«, sagte er. »Wir werden dort den Tee trinken. Die Aussicht von dort oben ist wirklich herrlich.«

## XIX

Im Dachgeschoß des Hauses machte der Wind noch mehr Lärm, und als Wemyss die Tür zu Veras Wohnzimmer öffnen wollte, schlug sie ihm sofort wieder vor der Nase zu.

»Verflucht nochmal«, sagte er und stieß heftig dagegen.

»Warum?« fragte Lucy nervös.

»Komm rein, komm schon«, sagte er ungeduldig, drückte die Tür auf und zog Lucy ins Zimmer.

Fensterläden klapperten und Jalousienkordeln schlugen wie wild gegen die Fenster, Briefpapier wirbelte umher, der Wind heulte noch wüster auf, und dann schloß Wemyss die Tür, indem er sich dagegen drückte, und Ruhe kehrte im Zimmer ein.

»Lizzie, diese Schlampe!« rief er aus, schritt zum Kamin, legte seinen Finger auf den Klingelknopf und ließ ihn dort.

»Was hat sie denn getan?« fragte Lucy, die immer noch dort stand, wo er sie gelassen hatte, direkt neben der Tür.

»Getan? Siehst du das denn nicht?«

»Du meinst«, – sie konnte sich kaum überwinden, das fatale Ding beim Namen zu nennen –, »du meinst – das Fenster?«

»Bei solchem Wetter!«

Er drückte immer noch auf die Klingel. Es war eine sehr laute Klingel, denn sie ertönte sowohl oben als auch unten, damit sie Lizzies Ohr auch ganz sicher erreiche, egal in welchen Teil des Hauses sich das Mädchen flüchten mochte, und Lucy, dem schrillen, hartnäckigen Ruf nach einer Lizzie, die nicht erschien, angespannt lauschend, wurde immer nervöser und empfand es schließlich als unerträglich, sich das noch länger anhören und warten zu müssen.

»Wirst du sie nicht kaputtmachen?« fragte sie, nachdem sich ein paar Minuten lang überhaupt nichts getan hatte und Wemyss immer noch die Klingel drückte.

Er gab ihr keine Antwort. Er sah sie nicht an. Sein Finger verharrte unerschütterlich auf dem Klingelknopf. Sein Gesicht hatte nun eine verblüffende Ähnlichkeit mit dem des alten Mannes auf der lebensgroßen Photographie im Erdgeschoß. Lucy bewegten in diesem Augenblick nur zwei Wünsche: zum einen, daß Lizzie nicht komme, und zum andern, daß, wenn sie denn käme, sie selbst sich irgendwohin verziehen dürfe.

»Sollte – sollte man das Fenster nicht besser schließen?« schlug sie sodann schüchtern vor, während er immer noch die Klingel drückte und kein Wort sagte –, »wird sonst nicht wieder alles durcheinanderwirbeln, wenn Lizzie die Tür öffnet?«

Er antwortete nicht und drückte weiter den Klingelknopf.

Lucy konnte sich keinen Gegenstand auf der Welt vorstellen, der ihr eine so entsetzliche Angst eingejagt hätte wie dieses Fenster dort; doch da nun Everard mit der

Klingel beschäftigt war und sie anscheinend nicht loslassen wollte, machte sich in ihr schließlich dennoch die Überzeugung breit, daß es nun an ihr sei, ihren Entschluß, keine Närrin, sondern unbefangen und vernünftig zu sein, in die Tat umzusetzen und das Fenster selbst zu schließen. Da war es also, das fatale Fenster, riesig wie das im Schlafzimmer darunter und wie das in der Bibliothek unter dem Schlafzimmer, weit aufgerissen über seiner mörderisch niedrigen Fensterbank; der Regen, der bei jedem neuen Windstoß hereingetrieben wurde, benetzte den Fußboden und die Kissen auf dem Sofa und sogar, wie sie sehen konnte, jene Blätter Briefpapier vom Schreibtisch, die ihr ins Gesicht geflogen waren, als sie eintrat, und die nun zu ihren Füßen verstreut lagen. War es da nicht angezeigt, das Fenster zu schließen, ehe Lizzie die Tür öffnete und ein neuerliches Chaos anrichtete? Everard konnte nicht, weil er die Klingel drückte. Sie konnte und wollte; ja sie würde das einzig richtige tun und sich gleichzeitig als unkompliziert und mutig erweisen.

»Ich mache es zu«, sagte sie und tat einen Schritt vorwärts.

Wemyss' Stimme hielt sie zurück. »Verflucht!« schrie er. »Kannst du nicht die Finger davon lassen?«

Ruckartig blieb sie stehen. So hatte er noch nie zu ihr gesprochen. Diese Stimme hatte sie nie zuvor gehört. Es war ihr, als treffe er sie damit direkt ins Herz.

»Misch dich da nicht ein«, sagte er, sehr laut.

Sie stand wie versteinert da.

»Nervensäge«, sagte er, immer noch die Klingel drükkend.

Sie sah ihn an. Er sah sie an.

»Wer?« hauchte sie.

»Du.«

Ihr Herzschlag schien auszusetzen. Sie gab einen schwachen Laut des Erstaunens von sich und drehte den Kopf nach rechts und nach links, wie ein in die Falle gegangenes Tier, ein Tier, das nach einer Fluchtmöglichkeit sucht. Everard – wo war ihr Everard? Warum kam er nicht her und nahm sich ihrer an? Kam her und führte sie weg – weg aus diesem Zimmer – weg aus diesem Zimmer –

Da hörte man Schritte den Gang entlangeilen, und dann heulte der Wind kreischend auf, und das Briefpapier wirbelte wild umher, und ein gewaltiger Luftzug trieb ihr unablässig das kurze Haar aus der Stirn, und Lizzie stand keuchend auf der Schwelle.

»Es tut mir leid, Sir«, keuchte sie, die Hand auf ihrer Brust, »ich habe mich gerade umgezogen –«

»Schließen Sie gefälligst die Tür, ja?« rief Wemyss, dem ebenfalls Briefpapier um die Ohren flog. »Halten Sie sie fest – lassen Sie sie nicht los, zum Kuckuck mit Ihnen!«

»Oh – oh –«, rang Lucy nach Luft und streckte die Hände aus, als wolle sie irgend etwas von sich abhalten, »ich denke – ich denke, ich gehe nach unten –«

Und ehe Wemyss begriff, was sie tat, hatte sie sich umgedreht und war durch die Tür geschlüpft, mit der sich Lizzie abkämpfte, und war weg.

»Lucy!« schrie er, »Lucy! Komm sofort zurück!« Aber der Wind war zu stark für Lizzie, und die Tür entglitt ihrer Hand und fiel krachend ins Schloß.

Als wäre der Teufel hinter ihr her, rannte Lucy den

Gang entlang. Sie flog die Treppe hinab, vorbei am Schlafzimmerabsatz, vorbei am Absatz mit dem Gong, hinunter in die Diele und quer durch diese hindurch zur Haustür, versuchte sie aufzureißen und merkte, daß sie verriegelt war, und zerrte und zerrte an den Riegeln, zerrte wie wahnsinnig, kriegte sie schließlich auf und stürzte hinaus auf die Stufen.

Dort traf sie ein ungeheurer Wasserschwall voll ins Gesicht. Klatsch – päng – sie war ernüchtert. Der Regen klatschte auf sie herab, als werde ein Eimer über ihr ausgeleert, und die Tür war hinter ihr zugefallen und hatte sie ausgesperrt. Von plötzlichem Entsetzen über ihr eigenes Tun gepackt, fuhr sie herum und versuchte nun ebenso verzweifelt hineinzukommen, wie sie sich eben erst bemüht hatte, rauszukommen. Was tat sie da? Wohin rannte sie? Sie mußte hinein, hinein – bevor Everard sie einholte, bevor er sie vor seiner Haustür stehen sah wie eine gebadete Maus. Der Wind wehte ihr die nassen Haare in die Augen. Wo war die Türklinke? Sie konnte sie nicht finden. Die Haare fielen ihr unentwegt in die Augen; ihr dünner Sergerock blähte sich auf wie ein Ballon und war ihr im Weg, als sie mit zitternden Fingern die Tür abtastete. Sie mußte hinein – bevor er kam – was war nur in sie gefahren? Everard – er konnte es nicht so gemeint haben – er hatte es bestimmt nicht so gemeint – was würde er denken – was würde er wohl denken – oh, wo war denn nur die Türklinke?

Da hörte sie schwere Schritte auf der anderen Seite der Tür, und Wemyss' Stimme, immer noch sehr laut, die zu irgend jemandem sagte, den er bei sich hatte: »Habe ich nicht strikte Anweisungen erteilt, daß die Tür verriegelt zu sein hat?« – und dann das Geräusch von Riegeln, die vorgeschoben wurden.

»Everard! Everard!« rief Lucy und schlug mit beiden Händen gegen die Tür. »Ich bin hier – hier draußen – laß mich rein – Everard! Everard!«

Aber er hörte offenbar nichts, denn seine Schritte entfernten sich wieder.

Sich das Haar aus den Augen streichend, hielt sie Ausschau nach einer Klingel, griff mit der Hand danach und zog heftig daran. Was sie getan hatte, war schrecklich. Sie mußte sofort hinein, der erstaunten Miene des Hausmädchens gegenübertreten, zu Everard rennen. Sie konnte sich nicht vorstellen, was jetzt in seinem Kopf vor sich ging. Wo vermutete er sie wohl? Er suchte bestimmt im Haus nach ihr. Er würde furchtbar verstimmt sein. Warum kam denn das Hausmädchen nicht? Machte auch sie gerade Toilette? Nein – sie hatte ja schon beim Mittagessen in ihrem schwarzen Nachmittagskleid bedient. Warum also kam sie nicht?

Wieder und wieder zog Lucy die Klingel, zum Schluß zog sie ununterbrochen und vergeudete die Elektrizität genauso mutwillig, wie es Wemyss im Obergeschoß getan hatte. Sie war mittlerweile naß bis auf die Haut, und man hätte ihr hübsches Haar gar nicht wiedererkannt, das nun ganz dunkel war und in glatten Strähnen zusammenklebte.

Everard – aber natürlich – Everard hatte so etwas nur aus seiner Besorgtheit heraus gesagt – Besorgtheit und Liebe. Das Fenster – natürlich hatte er fürchterliche Angst, auch sie könnte beim Versuch, dieses fatale Fenster, dieses gewaltige, schwere, fatale Fenster zu öffnen, womöglich ausrut... Oh, natürlich, natürlich – wie konnte sie das mißverstehen – in Augenblicken der Gefahr, der schrecklichen Angst um sein Herzblatt, legte man seine Worte eben nicht auf die Goldwaage, stieß man eben Befehle aus. Es war, weil er sie so *sehr liebte*... Oh, wie idiotisch von ihr, das mißverstanden zu haben!

Endlich hörte sie doch jemanden kommen, und sie ließ die Klingel los und raffte sich auf, dem erstaunten Blick des Hausmädchens mit so viel Würde zu begegnen, wie jemand nur aufbringen konnte, der selbst wußte, daß er bestimmt wie eine ertrinkende Katze aussah, aber die Schritte wurden schwer, als sie sich näherten, und es war Wemyss, der, nachdem er die Riegel zurückgeschoben hatte, die Tür öffnete.

»O Everard!« stieß Lucy hervor und rannte hinein, bis zuletzt vom niederprasselnden Regen verfolgt, »ich bin ja so froh, daß du es bist – oh, es tut mir ja so leid –«

Es erstarb ihr die Stimme; Lucy hatte sein Gesicht gesehen.

Er beugte sich nieder, um den unteren Riegel zu verriegeln.

»Sei nicht böse, liebster Everard«, flüsterte sie und legte ihren Arm um seine Schulter, die sich niederbeugte.

Als er mit dem Riegel fertig war, richtete sich Wemyss wieder auf, und dann ergriff er den noch immer um seine Schulter gelegten Arm und entfernte ihn von sich. »Du machst meine Jacke naß«, sagte er; und dann ging er zur Bibliothek, trat ein und schloß die Tür hinter sich.

Einen Augenblick blieb sie stehen, wo er sie stehengelassen hatte, und ordnete ihre verwirrten Sinne; dann lief sie ihm nach. Naß oder nicht naß, durchnäßt und tropfend, wie sie nun mal war, eine lächerliche Vogelscheuche mit ihrem an ihr klebenden Kleid, ihrem klatschnassen Haar, sie mußte ihm nach, mußte sofort dieses entsetzliche Mißverständnis ausräumen, ihm sagen, daß sie nur mit jenem Fenster hatte helfen wollen, ihm sagen, daß sie gemeint habe, er sage schreckliche Dinge zu ihr, wo es ihm doch in Wirklichkeit nur um ihre Sicherheit gegangen war, ihm sagen, wie töricht, ach wie töricht sie gewesen sei, den Sinn seiner Worte nicht schneller begriffen zu haben, ihm sagen, daß er ihr verzeihen, Geduld mit ihr haben, ihr helfen müsse, weil sie ihn doch so sehr liebe und sie wisse – oh, sie wisse doch –, wie sehr er sie liebe . . .

Ein einziges Bündel aus Angst und Reue, Sehnsucht und Liebe, rannte Lucy quer durch die Diele, und als sie zur Tür kam und am Türgriff drehte, war diese abgeschlossen.

Er hatte sie ausgesperrt.

## XX

Langsam glitt ihre Hand vom Türknauf. Lucy stand ganz still da. Wie *konnte* er nur . . . Und sie wußte jetzt, daß er die Haustür verriegelt hatte, wohlwissend, daß sie im Regen draußen stand. Wie *konnte* er das tun? Reglos starrte sie auf die verschlossene Tür, aber in ihrem Kopf schossen die Gedanken wirr durcheinander. Warum? Warum? Dies konnte nicht Everard sein. Wer war dieser Mann – erbarmungslos, grausam? Nicht Everard. Nicht ihr Geliebter. Wo war er, ihr Geliebter, ihr Ehemann? Warum kam er nicht und nahm sich ihrer an, warum ließ er sie von diesem fremden Mann in Schrecken versetzen . . .

Sie hörte, wie im Zimmer drinnen ein Sessel gerückt wurde, und dann hörte sie das Quietschen von Leder, als Wemyss sich hineinsetzte, und dann raschelte etwas, wie wenn eine Zeitung aufgeschlagen wird. Er setzte sich doch tatsächlich hin, um Zeitung zu lesen, während ihr, seiner Frau, seinem Schatz – nannte er sie nicht immer »mein Schätzchen«? – draußen, hinter der verschlossenen Tür, schier das Herz brechen wollte! Ach, aber Everard – sie und Everard; sie verstanden einander doch so gut; sie hatten zusammen gelacht, zusammen gespielt, Unsinn geredet, waren Freunde gewesen . . .

Für einen kurzen Moment meinte sie, laut aufschreien und gegen die Tür schlagen zu müssen, egal, wer es hörte, egal, ob das ganze Haus zusammenliefe und sich um ihr heulendes Elend scharte; aber eine plötzliche Einsicht hielt sie zurück, eine Einsicht, die ihr Herz erbeben ließ, eine Einsicht, die ihr noch nie gekommen war, die sie aber auch noch nie gebraucht hatte und die ihr Zurückhaltung gebot. Um keinen Preis durfte sie ins selbe Fahrwasser geraten wie er, um keinen Preis durfte sie sich von seinem Verhalten anstecken lassen, ins selbe Horn stoßen. Wenn Everard schon so war, mußte er allein so sein. Sie mußte warten. Sie mußte still dasitzen, bis er wieder ansprechbar war. Sonst – aber ach, er *konnte* doch nicht so sein, es *war unmöglich*, daß er sie nicht liebte. Doch wenn er sie tatsächlich liebte, wie konnte er dann . . . wie konnte er . . .

Sie lehnte sich mit der Stirn gegen die Tür und begann

leise zu weinen. Dann, aus Angst, am Ende doch noch womöglich in lautes, schmachvolles Schluchzen auszubrechen, wandte sie sich um und ging nach oben.

Aber wohin sollte sie gehen? Wo gab es in diesem ganzen Haus Zuflucht, Trost für sie? Die einzige Person, die ihr alles hätte erzählen, die ihr alles hätte erklären können, die Bescheid *wußte*, war Vera. Ja – die hätte sie verstanden. Ja, ja – Vera. Sie würde in Veras Zimmer gehen, sich in Vera hineindenken, so gut sie konnte – herumstöbern, etwas finden, irgendeinen Anhaltspunkt...

Während sie nach oben eilte, schien es Lucy nun, als sei das Zimmer im Haus, vor dem sie am meisten zurückgeschreckt war, der einzige Ort, wo sie hoffen könne, Trost zu finden. Oh, sie hatte keine Angst mehr davor. Alles versuchte, ihr Angst einzujagen, aber sie würde sich keine Angst einjagen lassen. Aus irgendeinem Grund verschwor sich heute alles gegen sie, um zu sehen, ob sie sich fertigmachen, unterkriegen lassen würde. Aber es würde ihnen nicht gelingen...

Beim Treppensteigen strich sie sich das nasse Haar aus den Augen. Es fiel ihr immer wieder ins Gesicht, so daß sie stolperte. Vera würde ihr helfen. Vera hatte sich nie unterkriegen lassen. Fünfzehn Jahre lang hatte sich Vera nicht unterkriegen lassen, bevor sie – bevor sie jenen Unfall hatte. Und es gab während dieser Zeit bestimmt unzählige Tage wie diesen, wo der Wind heulte und Vera oben in ihrem Zimmer und Everard unten in seiner Bibliothek saß – hinter verschlossener Tür vielleicht –, und trotzdem hatte es Vera geschafft, hatte sich nicht unterkriegen lassen. Jahrelang, keuchte Lucy – selbst ihre Gedanken kamen stoßweise –, lebte Vera Winter für Winter hier oben, Jahre, Jahre, Jahre, und wäre jetzt hier, wenn sie nicht – ach, wäre Vera doch nicht tot! Wenn Vera doch *bloß* nicht tot wäre! Aber ihr Geist lebte fort – ihr Geist erfüllt das Zimmer dort oben, jeden kleinsten Gegenstand darin –

Völlig außer Atem stolperte Lucy die letzten paar Stufen hoch. Sie öffnete die Tür zum Wohnzimmer und blieb keuchend auf der Schwelle stehen, fast so wie Lizzie, die Hand auf ihrer Brust.

Diesmal war alles in Ordnung. Das Fenster war geschlossen, das verstreute Briefpapier aufgesammelt und lag fein säuberlich geordnet auf dem Schreibtisch. Das Regenwasser auf dem Fußboden war aufgewischt, im Kamin ein Feuer entzündet worden, und die nassen Kissen trockneten davor. Außerdem war da Lizzie, die sich, geplagt von Schuldgefühlen, mit allerlei Tätigkeiten nützlich zu machen versuchte, und als Lucy eintrat, kniete sie vor dem Kamin und schürte das Feuer. Sie schürte so hingebungsvoll, daß sie gar nicht hörte, wie die Tür geöffnet wurde, zumal das Fenster noch immer klapperte und schlug; und als sie sich erhob und die Gestalt dort erblickte, der Strähnen klatschnassen Haars in die Augen fielen und die so vernachlässigt und vom Wetter zerzaust wirkte, stieß sie einen lauten Schrei aus.

»Ojemine!« rief Lizzie aus, deren Herkunft und Kinderstube im dunkeln lagen.

Sie hatte am Vormittag mitgeholfen, das Gepäck zu tragen, und somit bereits die Bekanntschaft ihrer Herrin gemacht und wußte, wie sie im trockenen Zustand aussah. Da hatte sie so hübsch mollig ausgesehen, daß Lizzie es nie für möglich gehalten hätte, daß so wenig an ihr dran war. Lizzie wußte, wie langhaarige Hunde aussehen, wenn sie eingeseift werden, und auch der Anblick ertränkter Katzen war ihr keineswegs neu; und dennoch, wenn sie welche in diesem Zustand sah, stellte sie jedesmal aufs neue mit Verblüffung fest, wie wenig an diesen armen Geschöpfen dran ist. Genauso sah ihre Herrin aus – nur noch Haut und Knochen; und deshalb rief Lizzie, den Schürhaken, den sie in die Ecke hatte legen wollen, auf halbem Weg in der Luft haltend: »Ojemine.«

Dann, als ihr klar wurde, daß diese vom Wetter gebeutelte Gestalt sich vor lauter Unterkühlung mit Sicherheit den Tod holen werde, ließ sie den Schürhaken fallen und eilte durchs Zimmer. Sie befühlte Lucys Ärmel und, in der Hitze des Gefechts wie mit ihresgleichen redend, sagte sie zu ihr: »Sie sind ja naß bis auf die Knochen. Kommen Sie an den Kamin und ziehen Sie sofort diese triefenden Klamotten aus, sonst werden Sie das Bett hüten müssen, so sicher wie das Amen in der Kirche –«, und zerrte sie zum Kamin hin; und als sie sie dort hatte und Lucy überhaupt nichts sagte und keinen Widerstand leistete, zog Lizzie ihr Kleid, Schuhe und Strümpfe aus und wiederholte dabei in kurzen Abständen: »Du meine Güte, du meine Güte.« Am liebsten hätte sie Lucy gebeten, sich nicht zu grämen, aber aus Angst, es könnte ihrer Herrin vielleicht später unangenehm sein, daß ein Dienstmädchen sie hatte weinen sehen, verkniff sie sich diese Bitte. Sodann nahm sie eine am Fußende des Sofas zusammengefaltete Decke und wickelte Lucy darin ein, setzte sie in einen Sessel direkt vor den Kamin und sagte, immer noch so, als rede sie mit ihresgleichen: »Nun bleiben Sie mal hier sitzen, und rühren Sie sich nicht von der

Stelle. Ich hole in der Zwischenzeit trockene Sachen – ich brauche nicht länger als eine Minute – Sie müssen mir aber versprechen –«, und sie eilte zur Tür, und erst auf der Schwelle fielen ihr wieder ihre Manieren ein, woraufhin sie den Kopf noch einmal durch die Tür steckte und schnell ein »Madam« hinzufügte und verschwand.

Sie blieb jedoch länger weg als eine Minute. Fünf Minuten, zehn Minuten vergingen, und Lizzie, die im Schlafzimmer darunter fieberhaft Lucys Kleider auspackte und nach etwas Zusammenpassendem suchte und nicht wußte, welches Stück zu welchem gehörte, kam nicht zurück.

Eingewickelt in Veras Decke, saß Lucy ganz reglos da. Sie war gehorsam und bewegte sich nicht, sondern starrte geradeaus ins Kaminfeuer. Sie saß so dicht davor, daß das übrige Zimmer außerhalb ihres Blickfelds lag. Das Fenster oder den trostlosen Regen, der daran niederströmte, konnte sie nicht sehen. Sie sah nur das fröhlich flakkernde Feuer. Wie nett Lizzie war. Wie gut es doch tut, wenn jemand nett zu einem ist. Das war etwas, worauf sich Lucy verstand, etwas ganz Normales, Natürliches, und sie fühlte sich in der Gegenwart netter Leute normal und natürlich. Lizzie hatte sie so kräftig abgerieben, daß ihre Haut prickelte. Das Haar stand ihr zu Berge, denn auch das war von Lizzie kräftig trockengerieben worden. Sie hatte ihre Schürze dazu genommen, da sie fand, daß man in solchen Fällen schon mal das Decorum außer acht lassen und erfinderisch werden dürfe. Und wie Lucy so dasaß, die Wärme in sich hochkriechen spürte und mehr und mehr von einem Gefühl der Erleichterung und des Wohlbehagens durchdrungen wurde, das selbst der ärmste Tropf empfindet, wenn er alle Kleider ablegt, beruhigte sich ihr Kopf allmählich, hörte auf, verzweifelte Fragen zu stellen, und bald darauf sprach nur noch ihr Herz.

Sie war es gewohnt, das Leben von seiner freundlichen Seite zu erfahren, so daß sie beim ersten Augenblick der Ruhe und in der Gegenwart eines gutmütigen Menschen sofort wieder in ihre gewöhnliche Gemütsverfassung verfiel, in der sich Zuneigung und Vertrauen die Waage hielten. Lizzie war noch keine fünf Minuten weg, da ließ Lucy vom bloßen Trübsalblasen ab und begann Wemyss' Verhalten zu rechtfertigen; nach zehn Minuten entdeckte sie triftige Gründe für das, was er getan hatte; nach fünfzehn gab sie sich an fast allem, was geschehen war, selbst die Schuld. Es war furchtbar idiotisch von ihr gewesen, aus dem Zimmer zu rennen, und zweifellos völlig verrückt, aus dem Haus zu rennen. Natürlich hatte er nicht recht daran getan, sie auszusperren, aber er war verärgert, und wenn Leute verärgert sind, tun sie Dinge, die sie hinterher selbst entsetzen. Zweifellos benötigten Leute, die leicht in Zorn gerieten, alles nur erdenkliche Mitgefühl und Verständnis – die Person, die sie verletzt hatten, durfte ihnen nicht mit Verzweiflung und Vertrauensverlust begegnen. Das machte aus vorübergehender schlechter Laune nur endlosen Verdruß. Sie hatte nicht gewußt, daß er so reizbar sein konnte. Sie hatte bisher nur die Entdeckung gemacht, daß er außerordentlich leicht beleidigt sein konnte. Nun, wenn er reizbar war, was konnte er dafür? Er war eben so geboren, ganz genauso, als wenn er zum Beispiel lahm auf die Welt gekommen wäre. Hätte sie seine Lähmung nicht mit Zärtlichkeit erfüllt, wenn er zufälligerweise als Lahmer geboren worden wäre? Wäre es ihr je in den Sinn gekommen, sich darüber zu beklagen?

Je wärmer es Lucy wurde, desto verbissener versuchte sie, Wemyss zu rechtfertigen. Plötzlich jedoch fiel ihr auf, daß die Gründe, die sie zu seiner Rechtfertigung vorbrachte, ein bißchen überheblich anmuteten. All das mit den reizbaren Leuten, die Verständnis brauchten – wie kam sie mit ihren plötzlichen Anwandlungen und Unduldsamkeiten, mit ihren, wie sie es nun nannte, verheerenden Anwandlungen und Unduldsamkeiten –, wie kam gerade sie dazu, eine Haltung einzunehmen, die sehr nach Mitleid aussah. Mitleid! Überhebliches, hassenswertes Wort; überhebliches, hassenswertes Gefühl. Wäre es nicht auch ihr sehr unangenehm, wenn er sie wegen ihrer Schwächen bemitleidete? Er mochte sich ja über ihre Schwächen ärgern, aber sie deshalb bemitleiden, nein, das fände sie unerträglich. Sie und ihr Mann, sie brauchten kein gegenseitiges Mitleid; sie hatten ja ihre Liebe. Sie konnte sich einfach nicht vorstellen, daß irgend etwas, was einer von beiden tat oder war, diese Liebe *wirklich* antastete.

Ganz warm nun in Veras Decke, das Gesicht vom Feuer gerötet, fragte sich Lucy, was wohl diese großartige, herrliche, alles überstrahlende Flamme löschen könnte. Man brauchte nur etwas Geduld, wenn er... Sie schüttelte sich unwillig – da, sie war schon wieder dabei, überheblich zu denken. Sie würde überhaupt nicht mehr denken. Sie würde die Dinge einfach so nehmen, wie sie kamen, und lieben und lieben.

Als sie sich nun vorstellte, wie Everard so allein mit

seiner Zeitung dasaß und inzwischen wahrscheinlich ebenfalls nur noch an Liebe dachte und jedenfalls nicht glücklich war, wurde sie von einer jener Anwandlungen erfaßt, denen sie, wie sie sich eben noch geschworen hatte, nie wieder nachgeben wollte. Lucy war sich dessen durchaus bewußt, aber schließlich handelte es sich hier ja um eine gute Anwandlung – keine schlimme wie die, in den Regen hinauszurennen: sie würde hinuntergehen und einen weiteren Versuch an der Tür machen. Sie war nun wieder durch und durch warm und ganz vernünftig und meinte, das Zerwürfnis mit Everard keine Minute länger ertragen zu können. Wie töricht sie beide waren. Es war lächerlich, wie wenn sich zwei Kinder stritten. Lizzie brauchte so lange, bis sie die Kleider brachte; sie konnte nicht warten, sie mußte wieder auf Everards Knie sitzen, seine Arme um sich fühlen, seine Augen freundlich dreinschauen sehen. Sie würde in ihrer Decke hinuntergehen, die sie von Kopf bis Fuß einhüllte. Nur ihre Füße waren nackt; aber auf Füße kam es sowieso nicht an.

So tappte Lucy leise nach unten, wobei sie kaum ein Geräusch verursachte, und gewiß keines, das Lizzie, die im Schlafzimmer wie eine Wahnsinnige Kleidungsstücke durchwühlte, bei dem Lärm, den der Wind machte, hätte hören können.

Sie klopfte an die Tür zur Bibliothek.

Wemyss' Stimme sagte: »Herein.«

So hatte er die Tür also aufgeschlossen. So hatte er also gehofft, daß sie kommen würde.

Er drehte sich jedoch nicht um. Er saß mit dem Rükken zur Tür am Schreibtisch in der Fensternische und schrieb.

»Ich möchte meine Blumen hier haben«, sagte er, ohne den Kopf zu wenden.

Er hatte also geläutet. So dachte er also, es sei das Hausmädchen. So hatte er also die Tür nicht aufgeschlossen, weil er hoffte, Lucy würde kommen.

Aber seine Blumen – er wollte seine Geburtstagsblumen hier im Zimmer haben, weil sie alles waren, was ihm von seinem verpfuschten Geburtstag noch blieb.

Als Lucy seine Anweisung hörte, flog ihm ihr Herz entgegen. Behutsam schloß sie die Tür und trat mit ihren nackten Füßen lautlos hinter ihn.

Er meinte, das Hausmädchen habe die Tür geschlossen und sei gegangen, um seinen Befehl auszuführen. Als er spürte, daß sich ein Arm um seine Schulter legte, dachte er, das Stubenmädchen sei nicht etwa gegangen, um seinen Befehl auszuführen, sondern schlicht und einfach übergeschnappt.

»Großer Gott!« rief er aus und sprang auf.

Als er Lucy in ihrer Decke, mit ihren nackten Füßen und ihrem wirren Haar, erblickte, veränderte sich seine Miene. Er starrte sie wortlos an.

»Ich komme, um dir zu sagen – ich komme, um dir zu sagen –«, begann sie.

Dann zögerte sie, denn sein Mund war eine einzige harte Linie.

»Everard, Liebling«, sagte sie flehentlich, ihr Gesicht zu dem seinen hebend, »wir wollen uns wieder vertragen – bitte, laß uns wieder gut sein – es tut mir so leid – so leid –«

Er musterte sie von Kopf bis Fuß. Es war offensichtlich, daß sie außer der Decke nichts weiter anhatte. Ein merkwürdiger Zorn trat in sein Gesicht. Wemyss drehte sich um und marschierte mit schwerem Schritt zur Tür, einem Schritt, bei dem Lucy aus irgendeinem Grund, den sie zuerst nicht begriff, an Elgar denken mußte. Warum gerade Elgar? fragte etwas in ihr verblüfft, während sie einfach Wemyss beobachtete. Natürlich: der Marsch *Pomp and Circumstance*!

An der Tür drehte er sich um und sagte: »Da du dich in mein Zimmer drängst, wo ich dir doch zu verstehen gegeben habe, daß ich deine Gesellschaft nicht wünsche, zwingst du mich, es zu verlassen.«

Dann fügte er noch hinzu, wobei seine Stimme einen merkwürdig zischenden Laut von sich gab: »Du solltest dir lieber etwas anziehen. Ich versichere dir, gegen sexuelle Verlockungen bin ich immun.«

Dann ging er hinaus.

Lucy stand da und starrte auf die Tür. Sexuelle Verlokkungen? Was meinte er damit? Dachte er – meinte er –

Eine tiefe Röte ergoß sich über ihr Gesicht. Sie wikkelte die Decke fest um sich und schritt ebenfalls zur Tür, die Augen glänzend und starr.

Zieht man die Decke in Betracht, so stieg Lucy recht würdevoll die Treppe hoch und passierte die Schlafzimmertür, gerade als Lizzie, die Arme voll mit einer kompletten neuen Garnitur, aus dieser trat.

»Ojemine!« rief Lizzie erneut, die auf Schocks abonniert zu sein schien, und ließ eine Haarbürste und einen Schuh fallen.

Ohne ihr Beachtung zu schenken, stieg Lucy die nächste Treppe ebenso würdevoll hoch wie die erste, und als sie in Veras Zimmer angelangt war, ging sie zum Kamin hinüber, wo sie schweigend stehenblieb, während Lizzie, die ihr nachgerannt war und ihr Vorwürfe machte, in diesem Aufzug hinuntergegangen zu sein, sie anzog und ihr das Haar bürstete.

Lucy stand reglos da. Sie bewegte sich nicht. Sie war meilenweit weg von Lizzie, völlig vertieft in ganz neue befremdende, quälende Gedanken. Aber als Lizzie sie schließlich fragte, ob sie noch irgend etwas für sie tun könne, sah sie sie kurz an, und dann, nachdem sie das Mädchen richtig wahrgenommen hatte, streckte sie ihre Hand aus und legte sie auf Lizzies Arm.

»*Vielen* Dank für alles«, sagte sie ernst.

»Es tut mir schrecklich leid, das mit dem Fenster, Ma'am«, sagte Lizzie, die überzeugt war, daß sie allein an dem ganzen Ärger schuld sei. »Ich weiß nicht, was in mich gefahren ist, daß ich es vergaß.«

Lucy lächelte sie schwach an. »Schon gut«, sagte sie und dachte, daß, wenn nicht das Fenster gewesen wäre, sie und Everard – nun, es hatte keinen Zweck, so zu denken; doch vielleicht wäre dann etwas anderes gewesen.

Lizzie ging. Sie war eine Neuerwerbung und die einzige in der Dienerschaft, die die verstorbene Mrs. Wemyss nicht gekannt hatte; aber sie sagte sich, daß ihr diese hier sowieso lieber sei. Sie ging; und Lucy stand, wo sie sie verlassen hatte, starrte auf den Fußboden, versank wieder in neuartige qualvolle Gedanken.

Everard – es war eine Geschmacklosigkeit, das mit den sexuellen Verlockungen. Bei der bloßen Erinnerung daran wurde sie rot; ihr ganzer Körper schien zu glühen. Sie hatte das Gefühl, nie wieder mit ihm schlafen zu können. Das hatte er kaputt gemacht. Aber welch ein entsetzliches Gefühl, es bedeutet, der Ehe den Todesstoß zu versetzen! Nein, sie durfte ihm nicht nachgeben – sie mußte dieses Gefühl mit Stumpf und Stiel ausrotten; sie mußte vergessen, was er gesagt hatte. Es konnte nicht sein Ernst gewesen sein. Er war immer noch gereizt. Sie hätte nicht hinuntergehen sollen. Aber wie konnte sie das wissen? All dies war neu für sie, eine neue Seite an Everard. Vielleicht, dachte sie und beobachtete, wie sich die flackernden Flammen auf dem glänzenden Eichenparkett spiegelten, sollten reizbare Leute nur reizbare Leute heiraten. Sie würden einander verstehen, dieselben Dinge sagen, sie wie einen zischenden Feuerball zwischen sich hin- und herstoßen, genau wissen, wie lange es dauern würde, und durch ihre heftigen Emotionen von der tödlichen Verletztheit, der tödlichen Einsamkeit derjenigen bewahrt bleiben, die nicht in Wut geraten können.

Einsamkeit.

Sie hob den Kopf und sah sich im Zimmer um.

Nein, sie war nicht einsam. Es gab immer noch –

Plötzlich ging sie zum Bücherregal und zog hastig ein Buch nach dem anderen heraus, sog begierig die Titel in sich auf und blätterte wie eine Verhungernde darin herum, um Vera kennenzulernen, verstehen zu lernen ... Vera ...

## XXI

Unterdessen war Wemyss ins Wohnzimmer gegangen, bis seine Gattin geruhen würde, ihm wieder seine Bibliothek zu überlassen.

Eine ganze Weile lief er dort auf und ab, hing bitteren Gedanken nach, denn er war sehr verärgert. Das Wohnzimmer war ein großer, öder Raum, der in den letzten Jahren selten benutzt wurde. In der ersten Zeit, als die Leute den neueingezogenen Wemysses ihre Aufwartung machten, hatten dort Einladungen stattgefunden – Gegeneinladungen für den Pfarrer, den Arzt, den Gutsbesitzer, wobei ein paar Geschäftsfreunde von Wemyss samt Gattinnen hinzukamen, um den Raum zu füllen. Diese Festivitäten gingen jedoch an Auszehrung ein. Irgend etwas fehlte, irgend etwas, um sie am Leben zu erhalten. Er dachte daran, als er durch das widerhallende Zimmer schritt, aus dem sich der letzte Gast schon vor Jahren verabschiedet hatte. Vera natürlich. Ihre Schuld, daß die Parties eingestellt wurden. Sie war so lustlos gewesen, so gleichgültig. Man konnte schließlich nicht erwarten, daß einem die Leute das Haus einrannten, wenn man sich nicht bemühte, sie ins Haus zu bekommen. Und dabei eignete sich das Zimmer hervorragend zur Bewirtung von Gästen! Und dann noch der Flügel! Niemals gespielt. Und Vera, die so viel Aufhebens von Musik gemacht und behauptet hatte, eine Expertin zu sein!

Der Flügel war von oben bis unten mit einer schweren Hülle aus rotem Flanell umgeben, und selbst seine Beine waren in etwas eingeknöpft, das aussah wie Gamaschen für den Wintersport, und das längliche Flanelltuch, das die Tasten schützte, hatte vom einen Ende zum anderen eine Knopfleiste. Um auf dem Flügel spielen zu können, mußte man erst einmal diese Knöpfe aufknöpfen – Wemyss wollte nicht, daß mit dem teuren Flügel achtlos umgegangen würde. Es war sein Hochzeitsgeschenk an Vera gewesen – wie hatte er diese Frau geliebt! –, und er hatte die Flanellüberzüge eigens dafür anfertigen lassen und Vera Anweisungen erteilt, den Flügel, wenn er nicht benutzt wurde, richtig darin einzuknöpfen.

Was für einen Ärger er anfangs mit ihr deswegen gehabt hatte! Immer vergaß sie, den Flügel wieder zuzuknöpfen. Sie spielte und stand dann auf und ging weg zum Mittagessen oder zum Tee oder hinaus in den Garten und tat nie den Überzug drüber, wodurch Feuchtigkeit und Staub eindrangen; ja sie knöpfte ihn nicht nur nicht zu, sie ließ sogar den Deckel offenstehen. Dann, als sie merkte, daß er ins Zimmer kam und nachschaute, ob sie daran gedacht hatte, deckte sie die Tastatur eine Zeitlang tatsächlich zu, wenn sie nicht spielte, aber nie knöpfte sie alle Knöpfe zu; immer mußte er feststellen, daß einige vergessen worden waren. Der Flügel hatte 150 Pfund gekostet. Frauen fehlte eben jeglicher Sinn für Eigentum. Man konnte ihnen einfach keine Wertsachen anvertrauen. Zudem wurden sie ihrer überdrüssig. Vera war doch tatsächlich des Flügels recht schnell überdrüssig geworden. Sein Geschenk. Das war nicht sehr liebevoll von ihr. Und wenn er ein Wort darüber verlor, äußerte sie sich nicht dazu. Schmollte. Wie ihm dieses Schmollen verhaßt war! Und sie, die so viel Aufhebens um Musik gemacht hatte, als er sie kennenlernte, gab das Klavierspielen auf, und seit Jahren hatte kein Mensch mehr den Flügel angerührt. Nun, zumindest wurde er auf diese Weise geschont.

Aus Gewohnheit bückte er sich und ließ den Blick die Gamaschen hochgleiten.

Alle zugeknöpft.

Halt – nein; ein Knopfloch stand offen.

Er beugte sich näher ran und streckte die Hand aus, um es zuzuknöpfen, und merkte nun, daß der Knopf ab war. Nur ein Fadenende hing noch daran. Wie kam das?

Er richtete sich auf, trat zum Kamin und drückte auf die Klingel. Dann wartete er und sah dabei auf seine Uhr. Vor langer Zeit hatte er die Entfernungen zwischen den verschiedenen Zimmern und den Dienstbotenkammern mit der Stoppuhr gemessen, wobei er eine durchschnittliche Laufgeschwindigkeit und eine Minute für die Startvorbereitung in Anschlag brachte, so daß er auf die Sekunde genau sagen konnte, wann das Hausmädchen erscheinen mußte.

Sie erschien, als die Zeit gerade um war und sich sein Finger erneut auf die Klingel zubewegte.

»Schauen Sie sich dieses Bein des Flügels an«, sagte Wemyss.

Das Hausmädchen, das nicht wußte, welches Bein gemeint war, schaute sich, um sicherzugehen, alle drei an.

»Was sehen Sie?« fragte er.

Das Hausmädchen wollte nicht mit der Sprache heraus. Was sie sah, waren Flügelbeine, aber sie spürte, daß das nicht die richtige Antwort sein konnte.

»Was sehen Sie *nicht*?« fragte Wemyss, nunmehr lauter.

Dies war noch viel schwieriger, weil es so vieles gab, was sie nicht sah; ihre Eltern zum Beispiel.

»Sind Sie taub, Weib?« wollte er wissen.

Darauf wußte sie eine Antwort, und die gab sie flink:

»Nein, Sir«, sagte sie.

»Schauen Sie sich gefälligst dieses Bein des Flügels an«, sagte Wemyss und deutete mit seiner Pfeife drauf.

Es war sozusagen das rechte Vorderbein, auf das er deutete, und das Hausmädchen, erleichtert, einen Hinweis bekommen zu haben, heftete den Blick angelegentlich darauf.

»Was sehen Sie?« fragte er. »Oder besser gesagt, was sehen Sie *nicht*?«

Das Hausmädchen schaute angestrengt auf das, was sie sah, und ließ das, was sie nicht sah, auf sich beruhen. Es erschien ihr unsinnig, etwas anschauen zu müssen, was man nicht sah. Aber so angestrengt sie auch schaute, sie konnte einfach nichts entdecken, was eine Äußerung gerechtfertigt hätte. Daher schwieg sie.

»Sehen Sie nicht, daß dort ein Knopf ab ist?«

Bei genauerem Hingucken sah es nun auch das Hausmädchen und bestätigte es.

»Ist es nicht Ihre Aufgabe, sich um dieses Zimmer zu kümmern?«

Sie gab zu, daß es so war.

»Knöpfe gehen nicht von alleine ab«, klärte Wemyss sie auf.

Da dies keine Frage war, sagte das Hausmädchen nichts.

»Oder?« fragte er laut.

»Nein, Sir«, sagte das Hausmädchen, obwohl sie ihm

manche Geschichte hätte erzählen können von Dingen, die Knöpfe von alleine tun, daß sie zum Beispiel manchmal schon bei bloßer Berührung abgehen. Auch Tassen. Wie einem oft Tassen aus der Hand fallen –

Sie sagte jedoch bloß: »Nein, Sir.«

»Sie gehen nur bei natürlichem Verschleiß ab«, verkündete Wemyss. In richterlichem Ton fortfahrend und seine Worte mit einem erhobenen Zeigefinger unterstreichend, sagte er: »Nun passen Sie mal auf. Dieser Flügel ist seit Jahren nicht mehr benutzt worden. Haben Sie mich verstanden? Seit Jahren nicht mehr. Meiner sicheren Kenntnis nach seit Jahren nicht mehr. Daher muß der Überzug unbefugterweise aufgeknöpft worden sein, er kann nur von jemandem aufgeknöpft worden sein, der nicht befugt ist, ihn aufzuknöpfen. Daher –«

Er richtete seinen Finger direkt auf sie und legte eine Pause ein. »Können Sie mir folgen?« fragte er streng.

Hastig nahm das Hausmädchen ihre abschweifenden Gedanken zusammen. »Ja, Sir«, sagte sie.

»Es ist kaum zu glauben«, fuhr er fort, »aber nichtsdestoweniger kommt man nicht um die Schlußfolgerung herum, daß sich tatsächlich jemand meine Abwesenheit zunutze gemacht hat, um auf diesem Flügel zu spielen. Irgend jemand in diesem Haus hat es doch tatsächlich gewagt –«

»Der Klavierstimmer«, warf das Hausmädchen zaghaft ein, da sie nicht sicher war, ob das die Sache erklärte, denn Wemyss' klare Urteile, fast so klar wie im Gesetzbuch, stürzten sie stets in Verwirrung, aber sie äußerte die unmaßgebliche Bemerkung: »Ich habe gehört, daß der Klavierstimmer einmal im Vierteljahr reingelassen werden soll, Sir. Gestern war sein Tag. Er spielte eine Stunde lang. Und er machte den Überzug und alles ab, und der Deckel lehnte an der Wand.«

Richtig! Der Klavierstimmer. Wemyss hatte den Klavierstimmer vergessen. Der Klavierstimmer hatte feste Anweisungen, zum Stimmen zu kommen. Hätte ihn das dumme Frauenzimmer denn nicht gleich daran erinnern können? Aber daß der Klavierstimmer gestimmt hatte, war keine Entschuldigung dafür, daß das Hausmädchen den Knopf nicht angenäht hatte, den der Klavierstimmer abgerissen hatte.

Das sagte er ihr.

»Ja, Sir«, sagte sie.

»In fünf Minuten haben Sie den Knopf angenäht«, sagte er und zog seine Uhr heraus. »Genau in fünf Minuten, von jetzt an gerechnet, wird dieser Knopf dran sein. Ich bleibe hier, damit ich sehe, ob Sie meine Befehle ausführen.«

»Ja, Sir«, sagte das Hausmädchen.

Er ging zum Fenster und starrte auf den stürmischen Nachmittag. Sie rührte sich nicht von der Stelle.

Ein schöner Geburtstag, den er da erlebte! Und wie hatte er sich darauf gefreut. Er kam ihm fast so vor wie die früheren Geburtstage mit Vera, nur viel, viel schmerzlicher, weil er so große Erwartungen in ihn gesetzt hatte. Bei Vera hatte er sich ja daran gewöhnt, sehr wenig zu erwarten; aber es war Lucy, seine vergötterte Lucy, die ihm diese grausame Enttäuschung bereitete. Lucy! Unglaublich. Und daß sie in dieser Decke herunterkam, ihn verführen wollte und ihn auf diese Weise fast eher herumgekriegt hätte als auf die einzig angemessene und anständige Weise, aufrichtig Reue zu zeigen. Auf so etwas war ja selbst Vera nie gekommen, nicht ein einziges Mal in all den Jahren.

»Laß uns wieder gut sein«, sagte Lucy. Wieder gut sein! Ja, sie sagte etwas von wegen leid tun, aber was sollte diese Decke? Zerknirschung in unbekleidetem Zustand konnte unmöglich echt sein. Das vertrug sich nicht mit einer solchen Bitte. Das war nicht die Aufmachung, die man von einer Ehefrau erwartete. Warum konnte sie nicht herunterkommen und anständig gekleidet um Verzeihung bitten? Ach Gott, wie ihre niedliche Schulter herausgeguckt hatte – wie gern hätte er diese Schulter gepackt und geküßt... aber schließlich hätte er damit nachgegeben, es hätte ihren Triumph bedeutet. Ihren Triumph in der Tat – wo doch sie es war, sie allein, die mit der ganzen Sache angefangen hatte, indem sie aus dem Zimmer rannte und ihm nicht gehorchte, als er sie rief, und ihn somit vor dieser verfluchten Lizzie lächerlich machte...

Er schob die Hände in seine Jackentaschen und wandte sich ruckartig vom Fenster ab.

Das Hausmädchen stand immer noch reglos da.

»Was? Sie immer noch hier?« herrschte er sie an. »Warum zum Teufel holen Sie nicht endlich diesen Knopf?«

»Ich habe Ihre Befehle so verstanden, daß niemand von uns ohne Ihre Erlaubnis das Zimmer verlassen soll, Sir.«

»Sie sollten sich lieber beeilen«, sagte er und schaute auf seine Uhr. »Ich gab Ihnen fünf Minuten, und drei sind bereits um.«

Sie verschwand; und während sie hastig nach ihrem Nähzeug und einem halbwegs passenden Knopf suchte, erzählte sie im Dienstbotenzimmer den anderen, was diese schon längst wußten, aber immer wieder mit Genugtuung hörten, nämlich daß es sie keine weitere Minute mehr in diesem Hause hielte, wenn Wemyss nicht den größten Teil der Woche in London wäre.

»Da ist auch noch das Gehalt«, gab die Köchin zu bedenken.

Ja, das war gut; ihres Wissens höher als anderswo. Aber der eigentliche Reiz dieser Stellung bestand darin, daß sie die Woche über von Montagmorgen bis Freitagnachmittag völlig sich selbst überlassen waren. Mit fast allem konnte man sich von Freitagnachmittag bis Montagmorgen abfinden, wenn man bedachte, daß sie die übrige Woche tun und lassen konnten, was sie wollten, und sie das ganze Haus praktisch für sich hatten; und sie eilte davon und war dreißig Sekunden über der Zeit wieder im Wohnzimmer.

Wemyss jedoch stand nicht da mit seiner Uhr. Er war auf dem Weg nach oben ins Dachgeschoß und sagte sich dabei, wenn es Lucy beliebte, seine Bibliothek in Beschlag zu nehmen, würde er ihr Zimmer in Beschlag nehmen. Das war nur recht und billig. Er wußte, daß sie sich jetzt nicht mehr in der Bibliothek aufhielt. Er wußte, sie würde nicht die ganze Zeit dort bleiben. Er brauchte einen Vorwand, um zu ihr zu gehen. Sie mußte ihn anständig um Verzeihung bitten. Er konnte durchhalten – oh, er konnte ganz gut beliebig lange durchhalten, wie sie sehr bald merken würde, wenn sie es mit Schmollen versuchte –; aber dies war der erste Tag in seinem Heim; es war sein Geburtstag; und obwohl nichts ungeheuerlicher sein konnte als die Art, wie sie alles verdorben hatte, würde er ihr dennoch verzeihen, wenn sie sich anständig bei ihm entschuldigte; denn er war bereit, sie wieder aufzunehmen, sobald sie echte Reue zeigte. Nie wurde eine Frau mehr geliebt, als er Lucy liebte. Wenn sie nur reumütig wäre, wenn sie sich nur anständig und aufrichtig entschuldigen würde, so würde er sie wieder küssen. Er würde ihre niedliche Schulter küssen; er würde sie ihre Bluse so weit zurückschieben lassen, daß er diese Schulter sehen könnte, wie er sie drunten in der Bibliothek gesehen hatte, als sie aus der verfluchten Decke herausgeguckt hatte – Herrgott, wie er sie liebte ...

## XXII

Das erste, was er erblickte, als er die Tür des Zimmers im Dachgeschoß des Hauses öffnete, war das Kaminfeuer.

Ein Feuer. Er hatte kein Feuer angeordnet. Er mußte der Sache nachgehen. Lizzie, diese Schlampe mit ihrem übertriebenen Diensteifer –

Dann, noch ehe er sich von dieser unliebsamen Überraschung erholt hatte, traf ihn ein weiterer Schock: Lucy lag auf dem Kaminvorleger, den Kopf gegen das Sofa gelehnt, und schlief fest.

Das also hatte sie gemacht – sich seelenruhig schlafen gelegt, während er –

Er schloß die Tür, ging zum Kamin hinüber, blieb mit dem Rücken zum Feuer stehen und blickte auf sie hinab. Nicht einmal von seinem schweren Schritt war sie wach geworden. Er hatte die Tür ganz normal zugemacht und ging ganz normal durchs Zimmer, denn er verspürte keinerlei Neigung, in Gegenwart Schlafender auf Zehenspitzen zu gehen. Außerdem, warum mußte sie am hellichten Tag schlafen? Wemyss vertrat die Ansicht, daß dafür die Nacht da sei. Kein Wunder, daß sie nachts nicht schlafen konnte, wenn sie tagsüber schlief. Da lag sie nun im Tiefschlaf und kümmerte sich nicht im geringsten darum, was er jetzt machte. Würde eine wahrhaft liebende Frau dazu in der Lage sein? Eine wahrhaft hingebungsvolle Ehefrau?

Dann bemerkte er, daß ihr Gesicht auf der Seite, die er sehen konnte, sehr geschwollen und ihre Nase rot war. Zumindest, dachte er, hat sie etwas Reue empfunden über das, was sie angerichtet hatte, bevor sie sich schlafen legte. Es war zu hoffen, daß sie in einer entsprechenden Gemütsverfassung aufwachen würde, dann könnte vielleicht selbst jetzt noch etwas vom Geburtstag gerettet werden.

Er zog seine Pfeife heraus und stopfte sie bedächtig, wobei seine Blicke andauernd zu der Gestalt auf dem Boden wanderten. Sieh einer an, das Persönchen da besaß die Macht, ihn glücklich zu machen oder ins Verderben zu stürzen! Dabei konnte er es mit einer Hand hochheben. Es sah aus wie zwölf mit seinen entspannt daliegenden, bestrumpften Beinen und seinem runden Bubikopf und dem geschwollenen Gesicht eines Kindes, das in der Klemme sitzt. Glücklich machen oder ins Verderben stürzen. Er zündete seine Pfeife an und wiederholte sich den Satz, verblüfft davon, wie treffend derselbe seine Hörigkeit zum Ausdruck brachte.

Sein Leben lang war es ihm einzig und allein darum gegangen, eine Ehefrau mit Liebe überhäufen, sie glücklich machen zu dürfen. Wie hatte er Vera geliebt! Aufopferungsvoll! Bis Vera seiner Liebe den Todesstoß versetzte, und zum Dank dafür nichts als Ärger. Wie er das kleine Wesen auf dem Boden dort liebte! Leidenschaftlich! Und zum Dank dafür, daß sie als seine neuvermählte Frau in sein Haus gebracht wurde, brach sie als erstes gleich einen Streit vom Zaum und verdarb ihm seinen Geburtstag. Sie wußte doch, wie sehr er sich auf seinen Geburtstag gefreut hatte, sie wußte, daß die gesamten Flitterwochen, ja sogar der Hochzeitstermin selbst, auf diesen Tag hin geplant worden waren; dennoch hatte sie ihn vorsätzlich verpatzt. Und nachdem sie ihn verpatzt hatte, was kümmerte es sie? Kommt einfach hier rauf, nimmt sich ein Buch und schläft seelenruhig vor dem Kamin darüber ein.

Der harte Zug um seinen Mund wurde noch ausgeprägter. Er zog sich den Lehnstuhl heran und setzte sich geräuschvoll hinein, die Augen kalt vor Empörung.

Das Buch, in dem Lucy gelesen hatte, war ihr aus der Hand gefallen, als sie einschlief, und lag aufgeschlagen zu seinen Füßen. Wenn sie so mit Büchern umging, dachte Wemyss, würde er sich hüten, ihr den Schlüssel seines Bücherschrankes zu geben. Dieses da war eines von Veras Büchern – auch Vera war mit ihren Büchern völlig achtlos umgegangen; ständig hatte sie darin gelesen. Er neigte den Kopf zur Seite, um den Titel zu entziffern, um herauszufinden, womit sich Lucy glaubte intensiver beschäftigen zu müssen als mit ihrem Ehemann. *Wuthering Heights*. Er hatte es nicht gelesen, meinte aber gehört zu haben, daß es sich dabei um eine krankhafte Geschichte handele. Sie hätte diesen ersten gemeinsamen Tag zu

Hause wahrlich sinnvoller verbringen können, als sich von ihrem Mann abzukapseln und eine krankhafte Geschichte zu lesen!

Wie er so auf sie hinabblickte, die Augen starr von den Gedanken, über die er soeben nachgesonnen hatte, schlug Lucy, vom Geruch seiner Pfeife geweckt, die Augen auf. Sie sah Everard dicht neben sich sitzen und erlebte einen jener Augenblicke spontanen, ungetrübten Glücksgefühls, in denen alles wieder gut zu sein scheint und die manchmal dem Erwachen folgen, ehe man Zeit gehabt hat, sich zu erinnern. Einen wunderbaren Augenblick lang scheint dann die Welt völlig in Ordnung zu sein. Die Zweifel sind verschwunden. Der Schmerz ist weg. Und manchmal dauert dieses Gefühl sogar dann noch an, wenn die Erinnerung schon wieder eingesetzt hat.

So war es bei Lucy. Als sie die Augen öffnete und Everard erblickte, lächelte sie ihn vertrauensselig an. Sie hatte alles vergessen. Sie erwachte aus einem tiefen Schlaf und sah ihn, ihren geliebten Schatz, neben sich sitzen. Wie normal war es doch, glücklich zu sein! Dann, als ihr bei seinem Gesichtsausdruck alles wieder einfiel, schien es ihr in dieser ersten heiteren Gelassenheit, in diesem Augenblick tiefer Einsicht eines vom Körper losgelösten Geistes, daß sie außerordentlich töricht gewesen waren, all das, was der andere sagte und tat, derart tragisch zu nehmen . . .

Lucy war nach dem tiefen, erholsamen Schlaf ganz von Liebe erfüllt. »Liebster«, murmelte sie schlaftrunken und lächelte ihn an, ohne ihre Stellung zu verändern.

Er sagte überhaupt nichts; und gleich darauf, noch etwas wacher geworden, kniete sie sich auf, hangelte sich zu ihm hin und rollte sich zu seinen Füßen zusammen, den Kopf gegen sein Knie gelehnt.

Er sagte immer noch nichts. Er wartete ab. Er wollte ihr Zeit geben. Was sie da äußerte, war nicht neu, klang aber auch nicht nach Reue. Das war kaum der richtige Anfang gewesen, um Zerknirschung zum Ausdruck zu bringen; aber er wollte abwarten, was sie als nächstes sagte.

Als nächstes sagte sie: »Sind wir nicht töricht gewesen«, – und mit noch größerer Vertraulichkeit schlang sie einen Arm um seine Knie und drückte sie gegen ihr Gesicht.

»Wir?« fragte Wemyss. »Sagtest du ›wir‹?«

»Ja«, sagte Lucy, ihre Wange gegen sein Knie gedrückt. »Wir haben Zeit vergeudet.«

Wemyss legte eine Denkpause ein, ehe er sich dazu äußerte.

»Ich muß schon sagen«, erwiderte er dann, »die Art, wie du mich miteinbeziehst, läßt sehr wenig Einsicht in deine Handlungsweise erkennen.«

»Na schön, dann bin eben *ich* töricht gewesen«, sagte sie, hob den Kopf und lächelte zu ihm hoch.

Sie konnte diese Vorwürfe einfach nicht mehr ertragen. Vielleicht waren sie ja berechtigt. Es war egal. Wer wollte schon recht behalten in einem Streit mit dem Geliebten? Jeder, wirklich jeder, der liebt, würde sich doch immer sehnlichst wünschen, im Unrecht gewesen zu sein, nie, niemals, recht gehabt zu haben. Daß der, den man liebte, herzlos gewesen sein sollte – wer wollte schon, daß sich das herausstellte? Wem wäre es nicht lieber, sich in diesem Punkt geirrt zu haben? Deutlich sah sie Everard vor sich, wie er gewesen war, ehe sie heirateten; so lieb, so jungenhaft, so lustig, ihr Spielgefährte. Damals konnte sie ihm alles sagen. Sie war völlig unbefangen gewesen. Und ebenso deutlich sah sie ihn vor sich, wie er war, als sie sich zum erstenmal begegneten, beide vom Tod im Innersten erschüttert – wie hatte er sie da getröstet, wie liebevoll und wunderbar war er da gewesen. Alles, was seither geschehen war, besonders heute, an diesem unglückseligen Tag, konnte man nur als unerhört kindisches Verhalten bezeichnen: ein dummer Jungenstreich, ein Anfall von schlechter Laune, von ihr selbst provoziert! Daß er sie bei diesem Regen aussperrte – das hätte ein Schuljunge einem anderen antun können. Es hatte nichts zu bedeuten, außer daß er verärgert war. Das mit den sexuellen Verlockungen – nun ja.

»Ich bin sehr töricht gewesen«, sagte sie angelegentlich.

Schweigend blickte er auf sie hinab. Er wollte mehr als das. Das war nicht annähernd genug. Er wollte viel mehr Demut sehen, ehe er sich bereitfinden konnte, sie auf sein Knie zu heben, ihr zu verzeihen. Und wie gern hätte er sie auf seinem Knie gehabt!

»Ist dir klar, was du getan hast?« fragte er.

»Ja«, sagte Lucy. »Und es tut mir leid. Wollen wir uns keinen Kuß geben und wieder gut sein?«

»Noch nicht, danke. Ich muß zuerst sicher sein, daß du begreifst, wie mutwillig böse du gewesen bist.«

»Oh, aber ich war doch nicht mutwillig böse!« rief Lucy aus, und ihre Augen weiteten sich vor Verbluffung. »Everard, wie kannst du so etwas sagen?«

»Ah, ich verstehe. Du bist immer noch völlig verstockt, und ich bedaure, daß ich hochgekommen bin.«

Er löste ihren Arm von seinen Knien, schob sie zur Seite und erhob sich aus dem Sessel. Wieder überkam ihn die Wut.

»Hier habe ich gesessen und dich bewacht, wie ein Hund«, sagte er, hoch über ihr aufgerichtet, »wie ein treuer Hund, während du schliefst – habe geduldig gewartet, bis du aufgewacht bist, und dabei hatte ich nur den einzigen Wunsch, dir zu verzeihen. Und was machst du? Nicht genug damit, daß du völlig ungerührt schläfst, nachdem du dich auf empörende Weise benommen und vor dem ganzen Personal deine schlechte Laune zur Schau gestellt hast, und das an unserem ersten gemeinsamen Tag in meinem Haus – wobei du doch genau wußtest, welcher Tag das heute ist –, nein, als ich dich um ein Zeichen bat, irgendein Wort, irgendeine Beteuerung, daß du dich schämst und dein Verhalten nicht wiederholen wirst, da leugnest du bloß, etwas getan zu haben, was der Verzeihung bedarf.«

Mit vor Zorn zuckendem Gesicht klopfte er die Asche aus seiner Pfeife und wünschte bei Gott, er könne den Widerspruchsgeist aus Lucy ebenso leicht herausklopfen.

Sie saß auf dem Fußboden und sah mit offenem Mund zu ihm hoch. Was sollte sie bloß mit Everard machen? Sie wußte es nicht. Liebe verfing nicht; Bedauern zu bekunden ebensowenig.

Nervös schob sie sich mit beiden Händen das Haar hinter die Ohren. »Ich habe die Streitereien satt«, sagte sie.

»Ich auch«, sagte Wemyss und ging, die Pfeife in seine Jackentasche steckend, zur Tür. »Das hast du ganz allein dir selbst zuzuschreiben.«

Sie protestierte. Es schien sinnlos. Sie sagte: »Verzeih mir, Everard.«

»Nur, wenn du dich entschuldigst.«

»Ja.«

»Was ja?« Er blieb stehen, um auf ihre Antwort zu warten.

»Ich entschuldige mich ja.«

»Du gibst also zu, mutwillig böse gewesen zu sein?«

»O ja.«

Er setzte seinen Weg zur Tür fort.

Sie rappelte sich auf und rannte ihm nach. »Bitte geh nicht«, bat sie und hielt ihn am Arm fest. »Du weißt, ich ertrage es nicht, ich kann es nicht ertragen, wenn wir streiten –«

»Was meinst du also mit diesem unverschämten ›O ja‹?«

»War es unverschämt? Ich habe es nicht so gemeint – oh, ich bin das alles so leid –«

»Das glaube ich wohl. Du wirst es noch mehr leid werden. *Ich* werde es nicht leid, das sollst du wissen. Du kannst solange weitermachen, wie du willst – es wird mich nicht beeindrucken.«

»Oh, laß uns doch wieder gut sein. Ich möchte ja gar nicht weitermachen. Ich möchte nichts anderes auf der Welt, als daß wir uns wieder vertragen. Bitte, küß mich, Everard, und sag, daß du mir verzeihst –«

Er blieb zumindest stehen und sah sie an.

»Und glaube mir, es tut mir so, so leid –«

Er gab nach. Er wollte sie schrecklich gern küssen. »Ich will die Entschuldigung annehmen, wenn du mir versicherst, daß es so ist«, sagte er.

»Und laß uns doch glücklich sein. Es ist ja dein Geburtstag –«

»Als ob ich das vergessen hätte.«

Er blickte in ihr aufwärts gewandtes Gesicht; ihr Arm lag nun um seinem Hals. »Lucy, ich glaube nicht, daß du begreifst, wie ich dich liebe«, sagte er feierlich.

»Nein«, sagte Lucy wahrheitsgemäß, »ich glaube nicht.«

»Du wirst lernen müssen.«

»Ja«, sagte Lucy und seufzte schwach.

»Du darfst eine solche Liebe nicht verletzen.«

»Nein«, sagte Lucy. »Wir wollen einander nie mehr verletzen, liebster Everard.«

»Ich spreche nicht von uns. Ich spreche in diesem Augenblick von mir in Beziehung auf dich. Alles zu seiner Zeit, wenn ich bitten darf.«

»Ja«, sagte Lucy. »Küß mich doch, Everard! Damit ich auch weiß, daß wir uns wirklich wieder vertragen.«

Er nahm ihren Kopf in seine Hände und drückte ihr einen feierlichen Kuß der Vergebung auf die Stirn.

Sie versuchte, ihn mit Schmeicheleien wieder heiter zu stimmen. »Küß auch meine Augen«, sagte sie und lächelte ihn an, »sonst fühlen sie sich vernachlässigt.«

Er küßte ihre Augen.

»Und jetzt, bitte, meinen Mund, Everard.«

Er küßte ihren Mund und lächelte nun endlich auch.

»Und wollen wir nicht zum Kamin gehen und ein bißchen kuscheln?« fragte sie, ihren Arm in den seinen schiebend.

»Nebenbei bemerkt, wer hat das Feuer angeordnet?« fragte er in seiner normalen Stimme.

»Ich weiß es nicht. Es brannte schon, als ich heraufkam. Hätte es nicht angezündet werden sollen?«

»Nicht ohne Anweisungen. Es muß diese Lizzie gewesen sein. Ich werde läuten und es herauskriegen –«

»Oh, läute nicht!« stieß Lucy hervor und ergriff seine Hand – sie spürte, daß sie ein weiteres Läuten nicht ertragen würde. »Wenn du läutest, wird sie kommen, und ich möchte, daß wir allein sind.«

»Na, wessen Schuld ist es denn, daß wir nicht die ganze Zeit allein waren?« fragte er.

»Ah, aber jetzt ist wieder alles gut – du mußt nicht mehr damit anfangen«, sagte sie ängstlich lächelnd und zog seine Hand durch ihren Arm.

Er ließ sich von ihr zum Lehnstuhl führen, und als er hineinsank, fühlte er sich schließlich berechtigt, sie auf seine Knie zu nehmen.

»Wie mein geliebter Schatz alles verdirbt«, sagte er mit feierlichem Kopfschütteln, als sie es sich in dem Stuhl bequem gemacht hatten.

Und Lucy, inzwischen sehr vorsichtig geworden, sagte sanft: »Aber ich meine es doch nicht so.«

## XXIII

Danach saß sie auf seinem Knie, seine Arme um sich, ihren Kopf auf seiner Brust, und sagte nichts mehr.

Sie dachte nach.

Wie sehr sie sich auch bemühte, alles, was nichts mit Glaube oder Liebe zu tun hatte, aus ihrem Kopf zu verbannen, sie mußte feststellen, daß sie nur ihren Körper unter Kontrolle hatte. Der lag ganz teilnahmslos in Wemyss' Armen; aber ihr Kopf weigerte sich, passiv zu sein, er wollte denken. Merkwürdig, wie fest man sich halten lassen, wie dicht am Herz eines anderen man liegen konnte und doch von dem, der einen in den Armen hielt, so unendlich weit weg sein! So sperrte man Menschen in Gefängnisse, legte ihre Körper in Fesseln und dachte, man habe sie – und die ganze Zeit über waren ihre Gedanken – sie selbst – frei wie der Wind und der Sonnenschein. Sie konnte es nicht ändern. Krampfhaft bemühte sie sich, das zu empfinden, was sie empfunden hatte, als sie erwachte und ihn neben sich sitzen sah; aber die Art, wie er ihr eine Versöhnung verweigert hatte, das völlige Fehlen jeglicher Bereitschaft, ihr entgegenzukommen – es mußte ja nicht auf halbem Weg sein –, nicht einmal ein winziges Stückchen entgegenzukommen, das hatte ihr zum erstenmal bewußt Angst vor ihm eingejagt.

Sie hatte Angst vor ihm und sie hatte Angst vor sich selbst in bezug auf ihn. Er kam ihr wie ein Wesen aus einer ihr fremden Welt vor. Großzügig schien er nicht zu sein – jedenfalls hatte er sich an diesem Tag nicht als großzügig erwiesen. Es gab anscheinend nirgendwo einen Weg, auf dem sie ihn erreichen konnte. Wie war er eigentlich *wirklich*? Wie lange würde sie brauchen, um ihn wirklich kennenzulernen? Jahre? Und sie selbst – da sie nun erfahren hatte, was eine Szene ist, wußte sie, daß ihr Szenen unerträglich waren. Jede Art von Szenen. Sowohl solche unter vier Augen als auch solche in der Gegenwart anderer Leuten. Sie konnte sie nicht ertragen, wenn sie im Gange waren, und ebensowenig konnte sie die Erschöpfung ertragen, die der schleppenden Versöhnung schließlich folgte. Und sie sah nicht nur nicht, wie sie zu vermeiden waren – denn bei aller Sorgfalt, aller Vorsicht würde sie nie jedes ihrer Worte, jede ihrer Handlungen, jeden ihrer Blicke völlig unter Kontrolle haben können –, sie hatte auch Angst und eine düstere Vorahnung, daß ihr eines Tages nach einer dieser Szenen oder mittendrin die Nerven durchgehen und sie zusammenbrechen, kläglich zusammenbrechen und dann nur noch ein heulendes, wimmerndes Elend sein würde.

Diese Vorstellung indessen war entsetzlich. Sie durfte so nicht denken. Bis zu dem besagten Tag genügt es schon, dachte sie und versuchte sich ein Lächeln abzuringen, davon zu wimmern. Außerdem würde sie nicht wimmern, sie würde nicht zerbrechen, sie würde einen Ausweg finden. Bei einer so großen Liebe mußte es doch einen Ausweg geben.

Er hatte ihre Bluse zurückgeschoben und küßte nun ihre Schulter und fragte, wessen über alles geliebte Frau sie sei. Aber was hatten Zärtlichkeiten für einen Sinn, wenn es unmittelbar davor oder danach oder zwischendrin solchen Ärger gab? Sie hatte Angst vor Wemyss. Als er sie küßte, war sie gar nicht bei der Sache. Vielleicht hatte sie schon seit langem vor ihm Angst gehabt, ohne es zu wissen. Was war jene Niedergeschlagenheit während der Flitterwochen, jenes verzweifelte Bemühen, alle seine Wünsche zu erfüllen, ihn unter keinen Umständen zu beleidigen, denn anderes gewesen als Angst? Es war eine Liebe voller Angst; Angst, verletzt zu werden, Angst, nicht mehr aus vollem Herzen glauben, irgendwann einmal – dies war das schlimmste – nicht mehr stolz auf den Herzallerliebsten sein zu können. Aber nunmehr, nach den heutigen Erfahrungen, empfand sie eine Angst vor ihm, die sich von Liebe grundlegender, deutlicher unterschied ... Merkwürdig, ihn gleichzeitig zu fürchten und zu lieben! Vielleicht hätte sie keine Angst vor ihm, wenn sie ihn nicht liebte. Nein, dann hätte sie bestimmt keine Angst mehr vor ihm, weil ihr dann keines seiner Worte mehr zu Herzen ginge. Bloß konnte sie sich das nicht vorstellen. Er *war* ihr Herz.

»Woran denkst du?« fragte Wemyss, der nun, nachdem er ihre Schulter ausgiebig geküßt hatte, merkte, wie still sie war.

Sie konnte ihm eine ehrliche Auskunft geben; einen Augenblick früher hätte sie das nicht gekonnt. »Ich habe gerade gedacht«, sagte sie, »daß du mein Herz bist.«

»Dann gib acht auf dein Herz, ja«, sagte Wemyss.

»Wir beide«, sagte Lucy.

»Natürlich«, sagte Wemyss. »Das versteht sich von selbst. Warum es eigens betonen?«

Einen Moment lang schwieg sie. Dann sagte sie: »Ist es nicht gleich Zeit für den Tee?«

»Zum Donnerwetter, ja«, rief er aus und zog seine Uhr hervor. »Na, schon lange drüber. Ich frage mich, was diese dumme Gans – steh auf, Schätzchen –«, er schubste sie von seinem Schoß, »ich werde läuten und herausbekommen, was sie damit bezweckt.«

Lucy bedauerte, ein Wort über den Tee verloren zu haben. Immerhin ließ er diesmal nicht den Finger auf der Klingel liegen. Er läutete ganz normal. Dann stand er da und schaute auf seine Uhr.

Sie schob ihren Arm durch den seinen. Schrecklich gern hätte sie gesagt: »Bitte, schimpf sie nicht aus.«

»Paß auf«, sagte er, die Augen auf seine Uhr gerichtet. »Stoß mich nicht –«

Sie fragte ihn, was er da mache.

»Zählen, wie lange sie braucht«, sagte er. »Pst – pst – sei ruhig. Ich kann nicht zählen, wenn du redest.«

Sie hielt den Atem an und wartete. Ängstlich lauschte sie auf das Geräusch von Schritten. Sie hoffte so sehr, Lizzie würde pünktlich kommen. Lizzie war so nett – es wäre so fürchterlich, wenn sie eine Standpauke erhielte. Warum kam sie denn nicht? Da – was war das? Irgendwo ging eine Tür. Würde sie es schaffen?

Eilige Schritte kamen draußen den Gang herunter. Wemyss steckte seine Uhr weg. »Fünf Sekunden noch«, sagte er. »So bringt man ihnen bei, auf Läuten zu reagieren«, fügte er mit Genugtuung hinzu.

»Haben Sie geläutet, Sir?« fragte Lizzie, als sie die Tür öffnete.

»Warum kommt der Tee zu spät?«

»Er ist in der Bibliothek, Sir.«

»Achten Sie gefälligst auf meine Frage. Ich fragte, warum sich mein Tee verspätet.«

»Zunächst war er pünktlich, Sir«, sagte Lizzie.

»Drücken Sie sich gefälligst verständlich aus.«

Lizzie, die eigentlich gemeint hatte, sich ganz verständlich ausgedrückt zu haben, geriet hier durcheinander. Sie tat jedoch ihr möglichstes. »Er hat sich durch das Warten verspätet, Sir«, sagte sie.

»Ich fürchte, ich kann Ihnen nicht folgen. Du etwa?« fragte er, zu Lucy gewandt.

Sie erschrak. »Ja«, sagte sie.

»Tatsächlich. Dann bist du also klüger als ich«, sagte Wemyss.

Hierauf machte Lizzie – denn sie wollte der jungen Dame keine neuen Ungelegenheiten bereiten – einen weiteren Erklärungsversuch. »Er stand pünktlich in der Bibliothek, Sir, um halb fünf, wenn Sie nur dort gewesen wären, um ihn zu trinken. Der Tee war pünktlich, Sir, aber es war niemand dort, der ihn trank.«

»Und aufgrund von wessen Anordnungen, bitte schön, stand er in der Bibliothek?«

»Ich weiß nicht, Sir. Chesterton –«

»Schieben Sie es nicht auf Chesterton.«

»Ich dachte«, sagte Lizzie, die beherzter war als das Hausmädchen und nicht ganz so oft ihre Zuflucht im Schweigen suchte, »ich habe gedacht, vielleicht weiß es Chesterton. Ich bin nicht für den Tee zuständig, Sir.«

»Holen Sie Chesterton«, sagte Wemyss.

Lizzie verschwand mit dem Elan der Erleichterung. Lucy machte eine nervöse kleine Bewegung, bückte sich und hob *Wuthering Heights* auf, das immer noch mit dem Gesicht nach unten auf dem Boden lag.

»Ja«, sagte Wemyss. »Die Art und Weise, wie du mit Büchern umgehst, habe ich gern.«

Sie stellte es auf sein Regalbrett zurück. »Ich bin eingeschlafen, und da ist es zu Boden gefallen«, sagte sie. »Everard«, fügte sie dann schnell hinzu, »ich muß mir ein Taschentuch holen. Ich komme dann zu dir in die Bibliothek.«

»Ich gehe nicht in die Bibliothek. Ich werde hier Tee trinken. Warum sollte ich in der Bibliothek Tee trinken?«

»Ich dachte nur, da er nun schon mal dort ist –«

»Ich möchte doch meinen, daß ich in meinem Haus Tee trinken kann, wo es mir gefällt, oder?«

»Aber natürlich. Nun, dann hole ich mir also ein Taschentuch und komme wieder hierher.«

»Das kannst du zu anderer Zeit tun. Sei nicht so hektisch.«

»Aber ich – ich *brauche* ein Taschentuch – jetzt gleich«, sagte Lucy.

»Unsinn; hier, nimm meines«, sagte Wemyss; und es war sowieso zu spät, um zu entkommen, denn dort in der Tür stand Chesterton.

Sie war das Hausmädchen. Ihr Name war noch nicht gefallen; er lautete Chesterton.

»Warum steht der Tee in der Bibliothek?« fragte Wemyss.

»Ich nahm an, Sir, daß der Tee wie immer in der Bibliothek serviert werden soll«, sagte Chesterton.

»Das war der Fall, solange ich allein war. Es wäre Ihnen vermutlich nicht in den Sinn gekommen, zu fragen, ob ich ihn immer noch dort trinken will, jetzt, wo ich nicht mehr allein bin.«

Das brachte Chesterton zum Schweigen. Sie wußte jetzt überhaupt nicht mehr, was sie antworten sollte. Daher sagte sie gar nichts und stand bloß da.

Aber er ließ nicht von ihr ab. »Oder?« fragte er plötzlich.

»Nein, Sir«, sagte sie, da sie das dunkle Gefühl hatte, daß »Ja, Sir« sie in Schwierigkeiten bringen würde.

»Nein. Ganz richtig. Es wäre Ihnen nicht in den Sinn gekommen. Nun, Sie werden jetzt gehen und diesen Tee holen und ihn hier heraufbringen. Warten Sie einen Augenblick, warten Sie einen Augenblick – haben Sie es doch nicht so eilig, bitte schön. Wie lange ist er schon fertig?«

»Seit einer halben Stunde, Sir.«

»Dann werden Sie frischen machen, und Sie werden frischen Toast machen, und Sie werden frische Butterbrote machen.«

»Ja, Sir.«

»Und das nächste Mal werden Sie die Güte haben, sich meiner Wünsche zu vergewissern, ehe Sie sich berufen fühlen, den Tee in ein Zimmer nach Ihrem Gutdünken zu stellen.«

»Ja, Sir.«

Sie wartete.

Er winkte sie weg.

Sie ging.

»Das wird ihr den Kopf zurechtsetzen«, sagte Wemyss, der nach dem Wortwechsel richtig erfrischt aussah. »Wenn sie meint, sie kommt darum herum, den Tee hier heraufzubringen, indem sie ihn einfach irgendwo hinstellt, wird sie merken, daß sie sich geirrt hat. Ist das nicht ein Sauhaufen? Sind sie nicht ein Sauhaufen, Schätzchen?«

»Ich – ich weiß nicht«, sagte Lucy nervös.

»Du weißt nicht!«

»Ich meine, ich kenne sie noch nicht. Wie soll ich sie kennen, wo ich doch erst eben gekommen bin?«

»Dann wirst du sie bald kennenlernen. Einen fauleren Haufen nachlässiger, verlogener –«

»Sag mir doch bitte, was das dort für ein Bild ist, Everard«, fiel sie ihm ins Wort, ging schnell durchs Zimmer und blieb davor stehen. »Ich frage mich schon die ganze Zeit.«

»Du siehst doch, was es ist. Es ist ein Bild.«

»Ja. Aber welchen Ort stellt es dar?«

»Ich habe keine Ahnung. Es ist eines von Veras Bildern. Sie ließ sich nicht dazu herab, es mir zu erklären.«

»Du meinst, sie hat es gemalt?«

»Nehme ich wohl an. Sie hat immer gemalt.«

Wemyss, der seine Pfeife gestopft hatte, zündete sie an und blieb rauchend vor dem Kamin stehen, wobei er gelegentlich auf seine Uhr schaute, während Lucy auf das Bild starrte. Herrlich, herrlich, durch diese Tür dort hinausrennen zu können ins Freie, in die Wärme und den Sonnenschein, weg und immer weiter weg . . .

Es war das einzige Bild im Zimmer; ja, das Zimmer war merkwürdig kahl – ein karges Zimmer ohne Teppich auf dem glatten Boden, nur ein paar vereinzelte Vorleger und keine Vorhänge. Aber es hatte Vorhänge gegeben, denn die Vorhangstangen mit den Ringen waren noch da, so daß irgend jemand Veras Vorhänge abgenommen haben mußte. Lucy war seltsam beunruhigt gewesen, als sie das bemerkte. Es war Veras Zimmer. Man hätte ihre Vorhänge nicht antasten dürfen.

Die lange, sandfarbige Wand gegenüber dem Kamin wies von der Tür bis zum Fenster keinen weiteren Schmuck auf als einen hohen, schmalen Spiegel in einem merkwürdig geschnitzten schwarzen Rahmen und das Bild. Aber welch ein Glanz von diesem einen Bild ausging! Welch wundervolles Wetter darauf herrschte! Sie war überzeugt davon, daß es sich um keine englische Landschaft handelte. Es war ein strahlender, sonnenbeschienener Ort mit vielen Mandelbäumen in voller Blüte – ein richtiger Mandelbaumgarten, wie es schien, in einer Wiese voller kleiner Blumen, ganz bunten kleinen Blumen, deren Bezeichnung sie nicht kannte. Und durch die offene Tür in der Mauer sah man einen Streifen sonnendurchglühten, leuchtenden Landes. Es erstreckte sich weit hin, bis es mit dem Blau der Ferne verschmolz. Es entstand der Eindruck endloser Weite, ungeheurer Freiheit. Man fühlte sich förmlich hinausrennen in diese Weite, das Gesicht der Sonne zugewandt, die Arme ausbreiten im Taumel der Befreiung, der Erlösung . . .

»Es ist irgendwo im Ausland«, sagte sie nach längerem Schweigen.

»Das nehme ich wohl an«, sagte Wemyss.

»Seid ihr viel gereist?« fragte sie, immer noch ganz hingerissen das Bild betrachtend.

»Sie wollte nicht.«

»Sie wollte nicht?« wiederholte Lucy wie ein Echo und drehte sich um.

Sie sah ihn voll Erstaunen an. Das schien nicht nur herzlos von Vera, sondern außerordentlich – ja, energisch. Die Anstrengung, die es erforderte, Everard einen Wunsch abzuschlagen, war zweifellos enorm, war so gewaltig, daß sich nur eine sehr beherzte Ehefrau darauf einlassen konnte. In jenem Hin und Her wegen Weihnachten hatte sie nur eine kleine Kostprobe davon bekommen, was es hieß, ihn zu enttäuschen, und damals lebte sie noch nicht mit ihm zusammen und hatte noch all die Nächte, um sich davon zu erholen; und doch war die Folge dieser einen Erfahrung, daß sie sofort nachgab, als er das nächste Mal einen Wunsch äußerte, und eben wegen jenes letzten Weihnachtsfests stand sie nun als seine Frau in diesem Zimmer, anstatt, wie es sowohl sie als auch ihre Tante Dot beabsichtigt hatten, noch sechs Monate davon entfernt zu sein.

»Warum wollte sie nicht?« fragte sie erstaunt.

Wemyss antwortet nicht gleich. Dann erwiderte er: »Ich hätte fast gesagt, du solltest besser sie fragen, aber das geht ja wohl nicht.«

Lucy stand da und sah ihn an. »Ja«, sagte sie, »man hat das Gefühl, sie sei ganz nahe, nicht wahr? Dieses Zimmer ist erfüllt –«

»Davon will ich jetzt nichts hören, Lucy. Komm her.«

Er hielt ihr seine Hand hin. Gehorsam ging sie zu ihm hinüber und nahm sie.

Er zog sie an sich und verwurstelte ihr Haar. Er war wieder bestens gelaunt. Seine Zusammenstöße mit den Dienstboten hatten ihn aufgeheitert.

»Wer ist mein schlimmes kleines Luderchen?« fragte er. »Sag mir, wer mein kleines Lotter-Mädchen ist. Schnell. Sag es mir –«, und er faßte sie um die Hüfte und ließ sie auf und ab hopsen.

Chesterton, die den Tee brachte, platzte bei einem solchen Hopser herein.

## XXIV

Es schien keinen Teetisch zu geben. Chesterton, die mit gestreckten Armen das schwere Tablett hielt, schaute sich suchend um. Offensichtlich war es nicht üblich, hier oben Tee zu trinken.

»Stellen Sie es in die Fensternische«, sagte Wemyss und wies mit dem Kopf zum Schreibtisch hin.

»Oh –«, stieß Lucy hervor und verstummte sogleich.

»Was ist los?« fragte Wemyss.

»Wird es dort nicht – zugig sein?«

»Unsinn. Zugig. Meinst du, ich würde in meinem Hause Fenster dulden, durch die es zieht?«

Chesterton, die eine Ecke des Tabletts auf dem Tisch absetzend, schuf mit der Hand Platz. Nicht daß viel hätte beiseite gerückt werden müssen: der Schreibtisch war groß, und außer dem Briefpapier, das am frühen Nachmittag über den Fußboden verstreut worden war, lagen dort nur ein paar rostige Federn, einige Bleistifte, deren Enden angeknabbert waren, wie es Kinder während der Schulstunden zu tun pflegen, ein vernachlässigt aussehendes Tintenfaß und ein graues Buch, dessen Einband in dunklen Lettern die Aufschrift *Haushaltsbuch* trug.

Wemyss sah ihr zu, während sie das Teegeschirr hinstellte.

»Passen Sie auf, ja – passen Sie auf«, sagte er, als eine Tasse auf der zugehörigen Untertasse klirrte.

Chesterton, die aufgepaßt hatte, paßte nun noch mehr auf; und da, wie man weiß, *le trop est l'ennemi du bien*, ereilte sie das Mißgeschick, sich mit der Manschette ihres Ärmels im Teller mit den Butterbroten zu verfangen.

Der Teller geriet in eine Schieflage, die Butterbrote rutschten herunter, und nur durch eine flinke Handbewegung, die Übung verriet, konnte sie den Teller daran hindern, den Butterbroten zu folgen und auf dem Fußboden zu zerschellen.

»Na bitte«, sagte Wemyss. »Da sehen Sie, was Sie angerichtet haben. Sagte ich Ihnen nicht, Sie sollen aufpassen? Es ist geradeso«, wandte er sich an Lucy, »als hätte ich sie nicht ausdrücklich ermahnt, vorsichtig zu sein.«

Kniend klaubte Chesterton die Butterbrote auf, die – eine Angewohnheit, die sie bei Butterbroten in derartigen Fällen schon mal beobachtet hatte – mit der gebutterten Seite nach unten lagen.

»Sie werden ein Tuch holen«, sagte Wemyss.

»Ja, Sir.«

»Und sie werden neue Butterbrote machen.«

»Ja, Sir.«

»Das ergibt zwei Teller mit Butterbroten, die heute ausschließlich dank ihrer Unachtsamkeit vergeudet wurden. Die werden von Ihrem Gehalt abgezogen – Lucy, wo willst du denn hin?«

»Ein Taschentuch holen. Ich *muß* ein eigenes Taschentuch haben, Everard. Ich kann nicht dauernd deines benutzen.«

»Du wirst nichts dergleichen tun. Lizzie wird dir eines bringen. Komm sofort zurück. Ich mag nicht, wenn du die ganze Zeit rein- und rausrennst. Ich habe noch niemanden kennengelernt, der so hektisch ist. Drück die Klingel und sag Lizzie, sie soll dir eines holen. Wozu ist sie schließlich da, möchte ich gern wissen?«

Hierauf nahm er das wieder auf, was er Chesterton gegenüber bemerkt hatte, und beschloß seinen Satz: »Die werden Ihnen von Ihrem Gehalt abgezogen werden. Das«, sagte er, »wird Ihnen eine Lehre sein.«

Und Chesterton, die an derlei gewöhnt war und schon vor langem mit der Köchin vereinbart hatte, daß man solche Gehaltsabzüge auf die Metzger-Rechnungen aufschlage, sagte: »Jawohl, Sir.«

Als sie gegangen war – oder besser gesagt: sich zurückgezogen hatte, denn ein plumpes Wort wie »gegangen« beschreibt nur unzulänglich, wie geräuschlos und formvollendet Chesterton die Türen beim Rein- und Rausgehen handhabte – und auch Lizzie weg war, nachdem sie ein Taschentuch gebracht hatte, meinte Lucy, daß man nun Tee trinken würde; der Augenblick schien ihr nun endlich gekommen, wo sie sich in diese Fensternische begeben und dort Platz nehmen mußte.

Der Tisch stand im rechten Winkel davor, so daß man, wenn man daran saß, auf der einen Seite nichts zwischen sich und der großen Glasscheibe hatte, die fast bis zum Fußboden reichte. Man konnte senkrecht auf die Fliesen drunten schauen. Sie fand es entsetzlich, schauerlich, hier den Tee zu trinken, und das noch dazu am allerersten Tag, ehe sie auch nur ein bißchen Zeit gehabt hatte, sich an all das zu gewöhnen. Eine derartige Gleichgültigkeit von Seiten Wemyss' war entweder schlicht und ergreifend bewundernswert – sie hatte bereits ehrenwerte Erklärungen dafür gefunden – oder sie war so gefühllos, daß sie überhaupt keine Erklärungen dafür hatte; das heißt, keine, die sie zu denken wagte. Abermals kam sie zu dem Schluß, daß seine Methode, mit der Situation umzugehen, wirklich die beste und einfachste war. Man packte den Stier bei den Hörnern. Man sah der Gefahr ins Auge. Man machte reinen Tisch. Sie wußte zwar, daß ihre Vergleiche etwas hinkten, aber an diesem Tag war ja auch alles andere nicht so, wie es hätte sein sollen. Alles schien die Verwirrung widerzuspiegeln, die Wemyss mit seinen übertrieben deutlichen Äußerungen hervorgerufen hatte.

»Soll ich den Tee einschenken?« fragte sie sogleich und stellte sich also darauf ein, den Stier bei den Hörnern zu packen, denn Wemyss stand immer noch vor dem Kamin und rauchte schweigend. »Denk nur«, fuhr sie fort und versuchte, fröhlich zu sein, »dies ist das erste Mal, wo ich Tee einschenken werde in meinem –«

Sie wollte sagen »meinem Zuhause«, aber die Worte wollten ihr nicht über die Lippen gehen. Wiederholt hatte Wemyss während dieses Tages von »seinem« Zuhause gesprochen, aber kein einziges Mal hatte er gesagt »unser« oder »dein«; und wenn es jemals ein Haus gab, das nicht im geringsten das Gefühl vermittelte, auch ihr zu gehören, so war es dieses.

»Noch nicht«, sagte er kurz angebunden.

Sie wunderte sich. »Noch nicht?« wiederholte sie.

»Ich warte auf die Butterbrote.«

»Aber wird dann nicht der Tee kalt werden?«

»Zweifellos. Und daran wird ausschließlich diese dumme Gans schuld sein.«

»Aber –«, begann Lucy nach kurzem Schweigen.

»Schon wieder ›aber‹?«

»Ich dachte nur, er würde nicht kalt werden, wenn wir ihn jetzt tränken.«

»Sie muß ihre Lektion bekommen.«

Wieder wunderte sie sich. »Wird es nicht eher uns eine Lehre sein?« fragte sie.

»Um Himmels willen, keine Diskussion jetzt. In meinem Haus hat alles ordentlich zuzugehen. Du hast keine Erfahrung mit einem ordentlich geführten Haushalt. All jene Leute, unter denen du da aufgewachsen bist – na, man braucht sie sich ja bloß anzuschauen, um zu sehen, in welchem Kuddelmuddel sie wahrscheinlich leben. Es ist einzig und allein die Schuld dieser schludrigen dummen Gans, daß der Tee kalt sein wird. Ich habe sie doch schließlich nicht gebeten, die Butterbrote auf den Boden zu werfen, oder?«

Und als sie nichts darauf sagte, fragte er erneut. »Oder?« wollte er wissen.

»Nein«, antwortete Lucy.

»Na also«, sagte Wemyss.

Und sie warteten schweigend.

Chesterton kam. Sie stellte die frischen Butterbrote auf den Tisch und wischte dann den Fußboden mit einem Tuch, das sie mitgebracht hatte.

Wemyss sah ihr aufmerksam zu. Als sie fertig war – und da Chesterton ihre Arbeit gut machte, konnte er so eingehend prüfen, wie er mochte, er fand auf dem Boden nicht die geringste Spur von Butter, die übersehen worden wäre –, sagte er: »Sie werden nun die Teekanne mit nach unten nehmen und heißen Tee bringen.«

»Jawohl, Sir«, sagte Chesterton und nahm die Teekanne vom Tisch.

Als Lucy sah, wie die Teekanne entschwebte, fiel ihr die Zeile eines Liedes ein, das ihr Kindermädchen immer gesungen hatte. Sie lautete so:

Viel Hindernisse gilt's zu Überwinden

und sie meinte, die nächste Zeile, an die sie sich nicht erinnern konnte, mußte gelautet haben:

eh' zum Tee wir uns einfinden.

Nervös und leichtfertig wiederholte sie sich im Geiste diese Zeilen, dennoch erfüllten sie die zahlreichen Gänge, die das Mädchen treppauf treppab machen mußte, mit Besorgnis. Es war – ja, es war rücksichtslos von Everard, sie so oft hinauf- und hinunterzuschicken. Wahrscheinlich machte er sich gar nicht klar – natürlich nicht –, wie viele Treppen das waren. Wann und wie konnte sie wohl mit ihm über derlei Dinge sprechen? Wann würde er in der Stimmung sein, daß sie es wagen konnte, ohne alles nur noch zu verschlimmern? Und welche diplomatischen, behutsamen Worte würde sie wohl wählen müssen, um ihn nicht zu beleidigen? Sie mußte es irgendwie schaffen. Aber Diplomatie, Taktieren, kluges Vorgehen – all das hatte sie nie in ihrem Leben benötigt. Hatte sie überhaupt die geringste natürliche Begabung hierfür? Außerdem erschien ihr all das im Zusammenhang mit Liebe wie eine Beleidigung. Sie hatte gemeint, daß Liebe, wahre Liebe, keiner dieser Schutzmaßnahmen bedürfe. Sie hatte gedacht, Liebe sei eine schlichte, widerstandsfähige Pflanze, die alles aushalten könne ... Na, da war ja das Hausmädchen schon wieder samt Teekanne und allem. Wie ungeheuer flink sie war!

Chesterton jedoch war weniger flink als umsichtig, geschickt und schlau gewesen. Sie hatte sich in diesen Eigenschaften draußen vor der Tür geübt, wohin sie die Teekanne mitgenommen und mit ihr ein paar Minuten ausgeharrt und von wo sie sie wieder zurückgebracht hatte. Mit bewundernswerter Contenance stellte sie die Kanne auf den Tisch; und als Wemyss auf ihre höfliche Frage, ob er noch etwas brauche, sagte: »Ja. Nehmen Sie den Toast weg und bringen Sie frischen«, trug sie auch den Toast vor die Tür und wartete mit ihm dort ein Weilchen.

Lucy hoffte nun, sie würden Tee trinken. »Soll ich ihn einschenken?« fragte sie gleich darauf etwas ängstlich, denn er bewegte sich immer noch nicht von der Stelle, und sie fürchtete nun, der Toast könnte vielleicht das nächste Hindernis darstellen; in diesem Falle würden sie wohl den restlichen Tag so weitermachen und überhaupt nicht mehr zu ihrem Tee kommen.

Aber er begab sich tatsächlich herüber und setzte sich an den Tisch, gefolgt von ihr, die kaum mehr auf die Stellung des Tisches achtete, so sehr verblüfften und beschäftigten sie Wemyss' Methoden der Haushaltsführung.

»Ist es nicht ungeheuerlich«, sagte er, indem er sich schwerfällig hinsetzte, »wie man uns auf eine so simple Sache wie Tee hat warten lassen. Ich sage dir ja, sie sind die schlampigsten –«

Da war Chesterton wieder, den Toastständer auf der Spitze eines respektvollen Fingers balancierend.

Diesmal bemerkte selbst Lucy, daß es derselbe Toast war, und ihre Hand, die gerade den Tee einschenken wollte, zitterte aus Angst vor der Explosion, die nun erfolgen mußte.

Wie seltsam! Es gab keine Explosion. Everard hatte es – kaum zu glauben – nicht bemerkt. Er konzentrierte sich ganz auf das, was Lucy mit seiner Tasse machte; er beobachtete sie unverwandt, ob sie ihm auch nicht um Haaresbreite mehr einschenke, als er es mochte, so daß er zu Chesterton, als sie den Toast auf den Tisch stellte, lediglich sagte: »Lassen Sie sich das eine Lehre sein.« Aber es klang irgendwie lustlos, mechanisch.

»Jawohl, Sir«, sagte Chesterton.

Sie wartete.

Er winkte sie weg.

Sie ging.

Die Tür war kaum geschlossen, da ereiferte sich Wemyss auch schon: »Na, wenn dieses liederliche Frauenzimmer vergessen hat – « Und zu erzürnt, um den Satz zu Ende zu sprechen, starrte er auf das Teetablett.

»Was? Was?« fragte Lucy verdutzt und starrte ebenfalls auf das Teetablett.

»Nun ja, den Zucker.«

»Oh, ich rufe sie zurück – sie ist ja eben erst weg – «

»Setz dich, Lucy.«

»Aber sie ist ja noch draußen – «

»Setz dich *hin*, sage ich dir.«

Lucy setzte sich.

Dann fiel ihr ein, daß weder sie noch Everard je Zucker in ihren Tee nahmen, und so bestand selbstverständlich kein Grund, Chesterton zurückzurufen.

»Oh, natürlich«, sagte sie, nervös lächelnd, denn sie war von all dem Hin und Her schon ganz durcheinander. »Wie dumm von mir. Wir brauchen ja gar keinen Zucker.«

Wemyss sagte nichts. Er guckte angestrengt auf seine Uhr und zählte. Dann, als die entsprechende Anzahl von Sekunden, die man brauchte, um zur Küche zu gelangen, verstrichen war, erhob er sich und drückte auf den Klingelknopf.

Zur rechten Zeit erschien Lizzie. Es war offenbar Usus, daß Lizzie sich von dieser Klingel angesprochen fühlte.

»Chesterton«, sagte Wemyss.

Zur rechten Zeit erschien Chesterton. Sie war nicht so gefaßt wie eben, als sie die Teekanne und danach den Toast zurückgebracht hatte. Sie versuchte es zu verbergen, aber sie war außer Atem.

»Ja bitte, Sir?« sagte sie.

Wemyss nahm keine Notiz von ihr und trank weiter seinen Tee.

Chesterton stand da.

Nachdem eine Weile Schweigen geherrscht hatte, dachte Lucy, daß vielleicht von ihr als der Hausherrin erwartet werde, Chesterton das mit dem Zucker zu sagen; aber andererseits, da keiner von beiden welchen brauchte . . .

Nach einer weiteren Schweigepause, während der sie ängstlich überlegte, ob es dies sei, worauf alle warteten, dachte sie, daß Everard das Hausmädchen vielleicht nicht hatte hereinkommen hören; so sagte sie also – sie schämte sich, als sie hörte, wie zaghaft es klang – »Chesterton ist hier, Everard.«

Er nahm keine Notiz davon und aß weiter sein Butterbrot.

Nachdem sie noch eine Weile bang mit sich ins Gericht gegangen war, kam sie zu dem Schluß, daß schließlich doch von ihr als der Hausherrin erwartet wurde, die Rede auf den Zucker zu bringen; und die Rede kam auf den Zucker, nicht weil er benötigt wurde, sondern aus Prinzip. Aber was für ein Umweg; wie ermüdend und schwierig. Warum sagte Everard denn nicht, was er wollte, anstatt sie herumrätseln zu lassen?

»Ich glaube –«, stotterte sie errötend, denn sie war nun wirklich sehr verzagt, »Sie haben den Zucker vergessen, Chesterton.«

»Misch dich da nicht ein!« herrschte Wemyss sie lautstark an und setzte seine Tasse ab, daß es klirrte.

Die Röte auf Lucys Gesicht war wie weggeblasen. Sie saß ganz still da. Wenn sie sich bewegt oder anderswo hingeschaut hätte als auf ihren Teller, wäre sie mit Sicherheit in Tränen ausgebrochen. Unter den Szenen, vor denen sie sich gefürchtet hatte, war keine gewesen, die sich in Gegenwart von Dienstboten abgespielt hätte. Es war ihr gar nicht in den Sinn gekommen, daß es auch solche geben könnte. Sie mußte sich zusammenreißen, durfte sich nicht bewegen, keinen Blick riskieren. Sie saß da, ganz konzentriert auf diese Notwendigkeit. Chesterton mußte weggegangen und wiedergekommen sein, denn kurz darauf merkte sie, daß Zucker aufs Teetablett gestellt wurde; und dann merkte sie, daß ihr Everard seine Tasse hinhielt.

»Gib mir noch etwas Tee, bitte«, sagte er, »und laß um Himmels willen das Schmollen. Wenn die Dienstboten ihre Pflichten vergessen, ist es weder deine noch meine Aufgabe, ihnen zu sagen, was sie vergessen haben – sie müssen selbst draufkommen, und wenn sie es nicht merken, muß man sie einfach so lange stehen und schauen lassen, bis sie es merken. Es ist der einzige Weg, sie zu erziehen. Aber daß du dann obendrein noch anfängst zu schmollen –«

Sie hob die Teekanne mit beiden Händen, weil eine Hand allein unübersehbar zitterte. Sie schaffte es, den Tee einzuschenken, ohne ihn zu verschütten, und fast im selben Moment aufzuhören, als er sagte: »Vorsicht, Vorsicht – du machst sie zu voll.« Es gelang ihr sogar, nach ein paar Minuten zu beteuern, sorgfältig auf ihre Stimme achtend, damit sie ihr nicht plötzlich versage: »Ich – ich schmolle nicht. Ich habe Kopfschmerzen.«

Und sie dachte verzweifelt: »Die einzige Möglichkeit, mit der Ehe fertig zu werden, ist, sie wie eine Welle über sich ergehen zu lassen.«

## XXV

Während des restlichen Tages ließ sie die Ehe über sich ergehen; widerstandslos. Sie konnte nicht mehr denken. Sie empfand nichts mehr – jedenfalls heute. Sie hatte wirklich Kopfschmerzen; und als es dunkel wurde und Wemyss die Lichter einschaltete, konnte selbst er nicht mehr übersehen, daß sie welche hatte, denn alle Farbe war aus ihrem Gesicht gewichen und ihre Augen waren geschwollen und trüb.

Er hatte eine seiner plötzlichen Stimmungsumschwünge. »Komm her«, sagte er, griff nach ihr und zog sie auf sein Knie. Erfaßt von mütterlichen Gefühlen, drückte er ihr Gesicht an seine Brust und summte ihr ins Ohr. »War einmal ein armes kleines Baby«, sang er. »Das Köpfchen tat ihm weh –« Und er legte ihr seine große, kühle Hand auf die heiße Stirn und ließ sie dort liegen.

Lucy gab den Versuch auf, noch irgend etwas zu verstehen. Diese raschen Stimmungsumschwünge – sie konnte nicht mit ihnen Schritt halten; sie war müde, einfach müde ...

So saßen sie im Sessel vor dem Kamin, Wemyss hielt seine Hand auf ihre Stirn und war voller Muttergefühle, und sie ein widerstandsloses Etwas, bis ihm plötzlich einfiel, daß er ihr ja noch gar nicht das Wohnzimmer gezeigt hatte. Der Nachmittag war nicht so verlaufen, wie er es ursprünglich geplant hatte, aber wenn sie sich beeilten, blieb vor dem Abendessen immer noch genug Zeit für das Wohnzimmer.

Demgemäß wurde sie unvermittelt von seinem Knie hochgehoben. »Komm mit, Schätzchen«, sagte er munter. »Komm mit. Wach auf. Ich möchte dir etwas zeigen.«

Und das nächste, was ihr bewußt wurde, war, daß sie die Treppe hinunterging, und dann sah sie sich in einem großen, kalten Zimmer stehen und in das grelle Licht blinzeln, das er an der Tür eingeschaltet hatte.

»Dies hier«, sagte er, sie am Arm haltend, »ist das Wohnzimmer. Ist es nicht ein schöner Raum?« Und er erklärte ihr den Flügel und erzählte ihr, wie er entdeckt hatte, daß ein Knopf ab war, und deutete auf zusammengerollte Teppiche in einer entfernten Ecke, die, ausgerollt, den Parkettboden zierten, und er lenkte ihre Aufmerksamkeit auf die Vorhänge – gegen Vorhänge im Wohnzimmer habe er nichts einzuwenden, sagte er, weil man bei einem Wohnzimmer sowieso Zugeständnisse machen müsse; und er beendete seine Ausführungen mit derselben Frage, die sie eingeleitet hatten, ob sie nicht finde, daß es ein schönes Zimmer sei.

Lucy sagte, es sei ein sehr schönes Zimmer.

»Du wirst doch daran denken, die Schutzhülle ordentlich über den Flügel zu ziehen, wenn du mit dem Spielen fertig bist, nicht wahr?« sagte er.

»Ja, bestimmt«, sagte Lucy. »Nur spiele ich nicht«, fügte sie hinzu, als ihr einfiel, daß sie ja gar nicht Klavier spielen konnte.

»Dann ist ja alles in Ordnung«, sagte er erleichtert.

Sie standen immer noch da und bewunderten die Ausmaße des Zimmers, seinen marmornen Kamin und die Helligkeit seiner Beleuchtung – »Der Prüfstein einer guten Beleuchtung ist«, sagte Wemyss, »daß ein Achtzigjähriger selbst noch im hintersten Winkel eines Zimmers seine Zeitung lesen können muß« –, als der Gong ertönte.

»Großer Gott«, sagte er und schaute auf seine Uhr, »in zehn Minuten gibt es Abendessen. Und wir haben doch noch gar nichts vom Nachmittag gehabt, und ich hatte dir so vieles zeigen wollen. Ach«, sagte er, drehte sich um und schüttelte den Kopf, wobei seine Stimme plötzlich bekümmert klang, »und wessen Schuld ist das?«

»Meine«, sagte Lucy.

Er legte ihr seine Hand unters Kinn und hob ihr Gesicht, sah sie an und schüttelte langsam den Kopf. Das Licht, das in ihre geschwollenen Augen strömte, tat ihr weh, so daß sie blinzeln mußte.

»Ach, meine Lucy«, sagte er zärtlich, »du kleiner Störenfried – ist es nicht besser, deinen Everard schlicht und einfach zu lieben, als ihn unglücklich zu machen?«

»Viel besser«, sagte Lucy blinzelnd.

In *The Willows* zog man sich nicht fürs Abendessen um, denn Wemyss erklärte, die große Glückseligkeit eines eigenen Heims bestehe ja gerade darin, daß man in selbigem nichts tun müsse, was man nicht tun wolle, und daher, sagte er, reichten zehn Minuten Vorankündigung vollkommen aus, um sich die Hände zu waschen. Sie wuschen sich die Hände gemeinsam im großen Schlafzimmer, weil Wemyss Ankleidezimmer bei sich zu Hause noch entschiedener ablehnte als in Hotels während

Hochzeitsreisen. »Niemand wird mich von meiner geliebten Frau trennen«, sagte er, trocknete sich die Hände und beäugte Lucy voller Besitzerstolz, während sie sich die ihren trocknete; ihre Waschbecken standen Seite an Seite auf dem braungesprenkelten Marmor des Waschständers. »Oder?« sagte er, als sie sich die ihren schweigend trocknete.

»Nein«, sagte Lucy.

»Wie geht's dem Kopf?« sagte er.

»Besser«, sagte sie.

»Wer hat einen nachsichtigen Mann gekriegt?« sagte er.

»Ich«, sagte sie.

»Lächle mich an«, sagte er.

Sie lächelte ihn an.

Beim Abendessen war es Vera, die lächelte, ihr gleichbleibendes, schwaches, ersticktes Lächeln, die Augen auf Lucy gerichtet. Lucys Stuhl stand mit dem Rücken zu Vera, aber sie wußte, daß sie nur den Kopf zu wenden brauchte, um Veras Augen auf sich gerichtet zu sehen, lächelnd. Sonst lächelte niemand; nur Vera.

Lucy beugte den Kopf über ihren Teller, da sie versuchte, dem grellen Licht auszuweichen, das auf ihre Augen niederbrannte, die wund vom Weinen waren und schmerzten. Vor sich hatte sie die Schale mit Hahnenfuß, den Geburtstagsblumen. Direkt hinter Wemyss stand Chesterton in einer Haltung gespannter Aufmerksamkeit. Vage Gedanken schwirrten Lucy durch den Kopf: Da Everard seinen Geburtstag stets in *The Willows* verbrachte, saß letztes Jahr an diesem Tag zu dieser Stunde Vera hier, wo sie nun saß, und der Hahnenfuß glänzte vor ihren Augen, und Everard steckte sich seine Serviette in die Weste, und Chesterton wartete, bis er bereit war, um den Deckel von der Suppenterrine zu nehmen; genauso wie Lucy das alles jetzt sah, hatte es Vera vor einem Jahr gesehen; Vera hatte damals noch drei Monate zu leben – drei Monate mit Abendessen und Chesterton und Everard, der sich seine Serviette feststeckte. Wie eigenartig! Alles war wie ein Traum. An jenem letzten seiner Geburtstage, bei dem Vera jemals zugegen sein sollte, kam ihr da irgendein Gedanke an seinen nächsten Geburtstag? Wie merkwürdig es ihr wohl vorgekommen wäre, wenn sie hätte in die Zukunft blicken können und sie, Lucy, auf ihrem Stuhl hätte sitzen sehen! Derselbe Stuhl, alles genau wie damals, bis auf die Ehefrau. »*Souvent femme varie*«, ging es ihr durch ihr müdes Gehirn. Sie aß die Suppe, vor Müdigkeit ganz zusammengekrümmt ... das Leben war wirklich wie ein Traum ...

Wemyss, der völlig damit beschäftigt war, sein Essen und Chestertons Benehmen zu begutachten, hatte keine Zeit, auf Lucy zu achten. Es war feststehende Regel, daß Chesterton während der Mahlzeiten das Zimmer keinen Augenblick lang verlassen durfte. Sie durfte allenfalls bis zu einer Tür in der dunklen Ecke gegenüber dem Dielenzugang gehen, durch die Lizzies Arm ab und zu Schüsseln reichte. Eine weitere Regel besagte, daß Lizzie nicht ins Zimmer kommen durfte. Ihre Funktion bestand vielmehr darin, auf der anderen Seite der Tür zu stehen und Schüsseln durchzureichen, die von der zwischen Küche und Vorraum andauernd hin- und herrennenden Hausmagd gebracht wurden. Dies alles war schon vor Jahren von Wemyss sorgfältig ausgedacht und festgelegt worden und hätte reibungslos funktionieren sollen; aber manchmal kam der Ablauf ins Stocken, und Lizzies Arm reichte eine Minute zu spät die entsprechende Schüssel durch. In solchen Fällen steckte dann Chesterton, die warten mußte und wußte, daß Wemyss am Tischende noch ungeduldiger wartete, den Kopf durch die Tür und zischte Lizzie an, die hierauf in die Küche eilte und die Hausmagd anzischte, die ihrerseits die Köchin freilich nicht anzuzischen wagte.

An diesem Abend jedoch geschah nichts, was nicht perfekt gewesen wäre. Aus der Art und Weise, wie sich Chesterton mit dem Tee angestellt hatte, und der Art und Weise, wie Lizzie sich mit dem Fenster benommen hatte, konnte Wemyss erkennen, daß sein Haushalt während seiner vierwöchigen Abwesenheit außer Kontrolle geraten war, und er war deshalb wachsamer denn je, entschlossen, nichts durchgehen zu lassen. In diesem Falle lauerte er vergebens. Alles ging glatt vom Anfang bis zum Ende. Die Hausmagd rannte, Lizzie reichte, Chesterton setzte ab, alles lief wie am Schnürchen. Jedes Gericht war heiß und pünktlich oder kalt und pünktlich, je nachdem, wie es sein sollte; und als Wemyss, Lucy am Arm haltend, schließlich das Speisezimmer verließ, mußte er wohl oder übel zugeben, daß er gut gespeist hatte. Vielleicht jedoch war die Photographie seines Vaters nicht abgestaubt worden - es hätte ihnen ähnlich gesehen, seine Anweisungen mißachtet zu haben. Er ging zurück, um nachzuschauen, und Lucy, da er sie am Arm hielt, ging mit. Nein, selbst das hatten sie gemacht; und es blieb nichts weiter zu sagen als mit großer Strenge und drohendem Blick zu Chesterton: »Auf der Stelle den Kaffee.«

Der Abend wurde in der Bibliothek verbracht, indem man Wemyss' Schulzeugnisse las und Photographien von ihm in verschiedenen Altersstufen ansah – nackt und krähend, mit Locken, im Matrosenanzug, in Knickerbockers, einen Reifen haltend; als stämmiger Schuljunge, als großer, schlanker Jüngling; dicker werdend, noch dicker werdend, dick – und um zehn Uhr gingen sie zu Bett.

Irgendwann gegen Mitternacht stellte Lucy fest, daß die Entfernungen in dem Dreierbett schalldämpfend wirkten; entweder das, oder sie war zu müde, um noch irgend etwas zu hören, denn schwer wie ein Stein fiel sie in einen tiefen, traumlosen Schlaf.

Am nächsten Tag war das Wetter besser. Es gab ein paar Sonnenstrahlen; und wenn auch der Wind immer noch blies, so blieb doch, von gelegentlichen Schauern abgesehen, der Regen aus. Sie standen sehr spät auf – an Sonntagen wurde in *The Willows* das Frühstück nicht vor elf Uhr serviert – und inspizierten die Hühner. Als sie damit fertig waren und um den Garten herumgingen und am Ufer des Flusses stehenblieben und Zweiglein ins Wasser warfen und zuschauten, wie schnell sie auf seiner schmutzigen, aufgewühlten Oberfläche weggewirbelt wurden, war es Zeit zum Mittagessen. Nach dem Mittagessen liefen sie im Gänsemarsch den Treidelpfad entlang, weil er schmal und das Gras an den Seiten naß war. Wemyss ging langsam, und der Wind war kalt. Lucy hielt sich dicht an seinen Fersen und suchte gewissermaßen in seinem Windschatten Schutz. Wegen des engen Pfads und des brausenden Windes konnte man sich nicht unterhalten, aber ab und zu schaute Wemyss über seine

Schulter auf sie hinab. »Noch da?« fragte er; und Lucy bejahte.

Pünktlich um halb fünf nahmen sie den Tee in Veras Zimmer, aber diesmal ohne Kaminfeuer – Wemyss hatte Lizzies Hang zu Dienstbeflissenheit ein Ende bereitet –, und nach dem Tee führte er Lucy wieder nach draußen, um ihr zu zeigen, wie seine Elektrizität erzeugt wurde, während der Gärtner, der die Maschine bediente, und der Bursche, der den Gärtner bediente, in ›Habt-acht-Stellung‹ danebenstanden.

Es gab einen unfreundlichen Sonnenuntergang – ein schmaler goldener Streifen unter schweren Wolken, wie ein mürrisches, halbgeöffnetes Auge. Die schlauen Kühe, die die Wiesen übersäten, lagen reglos auf ihren trockenen Grasstücken. Der Wind blies von Westen her durch Lucys Mantel, so fest sie sich auch darin einzuhüllen versuchte, während sie zwischen den Nebengebäuden herumbummelten und die Haltbarkeit der Zaungitter prüften. Trotz der guten Nacht hatte Lucy immer noch Kopfschmerzen, und beim Abendessen spürte sie ein Kratzen im Hals. Sie sagte Wemyss nichts davon, weil sie überzeugt war, daß es ihr morgen wieder gutginge. Erkältungen dauerten nie lange bei ihr. Außerdem wußte sie – denn er hatte es ihr oft genug gesagt –, daß er Kranke nicht ausstehen konnte.

Beim Abendessen waren ihre Wangen sehr rot, und ihre Augen hatten einen unnatürlichen Glanz.

»Wer ist mein hübsches kleines Mädchen?« sagte Wemyss, ganz hingerissen von ihr.

In der Tat war er durchaus mit ihr zufrieden. Sie war den ganzen Tag über seine liebe Lucy gewesen, so sanft und süß, und hatte kein einziges Mal »aber« gesagt oder versucht, aus Zimmern zu laufen. Bedingungslos ergeben war sie gewesen und jetzt so hübsch, im vollen Licht, das ihren entzückenden frischen Teint so richtig zur Geltung brachte.

»Wer ist mein hübsches kleines Mädchen?« sagte er erneut und legte seine Hand auf die ihre, während Chesterton die Nase rümpfte.

Dann bemerkte er, daß sie einen gestrickten Schal um die Schultern hatte, und er sagte: »Warum zum Teufel hast du hier drinnen dieses Ding um?«

»Mir ist kalt«, sagte Lucy.

»Kalt! Unsinn. Du bist so warm wie ein Toast. Fühl mal dagegen meine Hand.«

Da sagte sie ihm, daß sie glaube, sich eine Erkältung geholt zu haben, und er sagte, wobei er seine Hand wegzog und ein langes Gesicht machte: »Nun, falls es so ist, hast du es verdient, wenn du daran denkst, was du gestern gemacht hast.«

»Vermutlich«, stimmte Lucy zu; und versicherte ihm, daß ihre Erkältungen immer in vierundzwanzig Stunden vorbei seien.

Hinterher in der Bibliothek, als sie alleine waren, fragte sie ihn, ob sie nicht besser allein schliefe, damit er sich nicht ansteckte, aber Wemyss wollte davon nichts hören. Nicht nur, sagte er, hole er sich nie Erkältungen und glaube auch nicht, daß ein vernünftiger Mensch das je tue, nein, es bedürfe schon mehr als einer Erkältung, um ihn von seiner Frau zu trennen. Nebenbei bemerkt, obwohl sie eine Erkältung natürlich vollauf verdiene nach gestern – »Wer ist ein schamloses kleines Flittchen«, sagte er und kniff sie ins Ohr, »kommt herunter mit nichts als einer Decke um –«, irgendwie gefiel ihm die Erinnerung daran, wenn er sich auch damals geärgert hatte –, könne er keinerlei Anzeichen dafür entdecken, daß sie eine habe. Sie nieße doch nicht, sie schneuze sich nicht –

Lucy stimmte zu und sagte, sie glaube, es sei nichts Ernstliches und sie werde bestimmt morgen wieder in Ordnung sein.

»Ja – und du weißt ja, wir nehmen den Frühzug«, sagte Wemyss. »Fahren hier um Punkt neun ab, denk daran.«

»Ja«, sagte Lucy. Und gleich darauf, denn sie fühlte sich ganz miserabel, schwitzte und fror abwechselnd und hatte ein großes Verlangen, sich zu verkriechen und ein Weilchen allein zu sein, sagte sie, daß sie vielleicht besser zu Bett gehe, obwohl sie wisse, daß es noch sehr früh sei.

»In Ordnung«, sagte Wemyss und erhob sich in voller Frische. »Ich komme mit.«

## XXVI

In dieser Nacht empfand er sie jedoch als sehr lästig, weil sie sich unentwegt von einer Seite auf die andere wälzte; und da sie seinen Bitten, doch endlich ruhig liegenzubleiben, immer weniger Beachtung schenkte, je weiter die Nacht fortschritt, wurde ihm das Schlafen neben ihr, oder besser gesagt: der Versuch, neben ihr zu schlafen, derart unangenehm, daß er gegen zwei Uhr schlaftrunken aufstand und, seine Decke hinter sich herziehend und seine Kissen mitnehmend, ins Gästezimmer ging und schließlich doch noch seine Nachtruhe fand.

Als er um sieben erwachte, seinen Arm ausstreckte und keine Frau vorfand, die er an sich ziehen konnte, wußte er zuerst weder, wo er war, noch, warum er dort war. Dann fiel ihm ein, daß man ihn aus seinem eigenen Bett geworfen hatte, und er fühlte sich sehr ungerecht behandelt. Wenn sich Lucy einbildete, sie könne nachts dieselbe Unrast entwickeln, die tagsüber für sie bezeichnend war, so irrte sie sich; und er stand auf, um ihr das zu sagen.

Er fand sie schlafend inmitten eines völlig zerwühlten Bettes. Alle Laken hatte sie zu sich hinüber und um sich hochgezogen. Er zog die Laken wieder zurück, worauf sie erwachte, und er schlüpfte ins Bett und sagte, seinen Arm ausstreckend: »Komm her«, und sie kam nicht.

Da betrachtete er sie genauer, und sie sah ihn mit müden Augen an und krächzte irgend etwas. Es war klar, daß sie eine sehr unangenehme Erkältung hatte.

»Welch eine Lüge hast du mir da aufgetischt«, rief er aus, »daß du morgen keine Erkältung hast!«

Wieder krächzte sie irgend etwas. Es war klar, daß sie eine sehr unangenehme Halsentzündung hatte.

»Es geht auf halb acht«, sagte Wemyss. »Wir müssen Punkt neun aus dem Haus, wohlgemerkt.«

Würde sie etwa das Haus nicht Punkt neun verlassen können? Dieser Gedanke war zu ärgerlich, um ihn ins Auge zu fassen. Sollte er allein nach London fahren? Bei diesem ersten Mal nach seiner Hochzeit? Er allein in Lancaster Gate, gerade so, als hätte er gar keine Ehefrau? Wozu war eine Ehefrau gut, wenn sie nicht mit einem nach London fuhr? Und das alles ihm, nur weil sie sich an seinem Geburtstag so unmöglich benommen hatte?

»Nun«, sagte er, sich im Bett aufsetzend und auf sie hinabblickend, »ich hoffe, du bist mit dem Ergebnis deines Benehmens zufrieden.«

Aber es hatte keinen Zweck, jemanden anzusprechen, der nur heisere Töne von sich gab.

Er sprang aus dem Bett und stieß die Fensterläden auf. »Und noch dazu ein so wunderschöner Tag«, sagte er ungehalten.

Als um Viertel vor neun das Taxi vom Bahnhof eintraf, ging er ins Schlafzimmer hoch und hoffte, sie schließlich doch noch angezogen und vernünftig und startbereit vorzufinden, aber sie lag noch genauso da, wie er sie verlassen hatte, als er zum Frühstücken gegangen war, dösend und träge im zerwühlten Bett.

»Du solltest lieber mit dem Abendzug nachkommen«, sagte er, nachdem er schweigend auf sie hinabgestarrt hatte. »Ich werde dem Taxi Bescheid sagen. Aber auf jeden Fall«, sagte er, »auf *jeden* Fall, Lucy, rechne ich morgen mit dir.«

Sie öffnete die Augen und schaute ihn matt an.

»Verstehst du mich?« sagte er.

Sie gab einen heiseren Ton von sich.

»Adieu«, sagte er knapp, beugte sich nieder und drückte ihr einen flüchtigen, angewiderten Kuß auf den Oberkopf. Daß die Folgen einer Dummheit doch immer ein anderer ausbaden muß!

Diesem Gedanken nachhängend, vermochte Wemyss im Zug seiner *Times* kaum die gebührende Aufmerksamkeit zu widmen.

Da Miss Entwhistle wußte, daß das junge Glück am Freitag von der Hochzeitsreise zurückgekehrt war, das

Wochenende in *The Willows* verbrachte und am Montag frühmorgens nach Lancaster Gate kommen und dort die Mitte der Woche bleiben würde, wartete sie an diesem Montag bis elf Uhr, um viel Zeit verstreichen zu lassen, damit Wemyss ganz sicher aus dem Haus wäre, und rief dann an. Lucy und sie wollten zusammen zu Mittag essen. Lucy hatte ihr das brieflich mitgeteilt, und Miss Entwhistle wollte wissen, ob sie nicht bald käme. Sie sehnte sich schrecklich danach, dieses geliebte kleine Kind wieder in die Arme zu schließen. Es schien eine Ewigkeit her, seit sie Lucy, strahlend vor Glück, im Taxi verschwinden sah; und die Briefe, die sie während der Flitterwochen zu bekommen gehofft hatte, waren ja keine richtigen Briefe gewesen, sondern bloß Ansichtskarten.

Die Stimme eines Mannes antwortete ihr – nicht Wemyss' Stimme. Es war, erinnerte sie sich, die Stimme des blassen Dieners, der mit seiner Frau das Haus in Lancaster Gate besorgte. Die beiden bewohnten das Kellergeschoß, und von dort kamen sie nur ans Tageslicht, wenn sie dazu gezwungen wurden. Das war der Fall, wenn es klingelte und wenn Wemyss ein Bad nehmen oder sein Frühstück haben wollte, und nachdem er aus dem Haus war, hatten sie sein Bett zu machen; aber dann versanken sie bis zum nächsten Morgen wieder in ihrem Schattenreich, weil der Hausherr seit langem die Gewohnheit angenommen hatte, erst wieder nach Hause zu kommen, wenn die beiden schon im Bett lagen. Sie fürchteten nun, daß durch seine Wiederverheiratung ihr friedliches Einerlei gestört würde, und die blasse Hausmeisterin hatte böse Vorahnungen bezüglich irgendwelcher Mahlzeiten, die sie würde zubereiten müssen; aber im schlimmsten Fall würde sich diese Störung auf die drei mittleren Tage der Woche beschränken, und alles war zu ertragen, wenn man von Freitag bis Montag für sich sein konnte; und als es auf Mittag zuging und niemand aus Strorley eintraf, begannen sie Mut zu fassen. Und sie hatten schon fast wieder Mut gefaßt, da läutete das Telefon.

Das tat es nicht sehr oft, denn Wemyss hatte seine anderen Adressen, im Büro, im Klub, so daß Twite, da es ihm an Übung gebrach, nicht besonders gut damit umzugehen vermochte. Außerdem versetzte das schrille Läuten, das so ausdauernd, so lebhaft durchs leere Haus tönte, beide Twites jedesmal unweigerlich in Aufregung. Es kam ihnen unheimlich vor; und Mrs. Twite, die Twite beobachtete, wenn er von dem Läuten aus seinen Schatten gerissen wurde, wie irgendein stummer Fisch unwiderstehlich an die Oberfläche gezogen wird, um nach Luft zu schnappen, schätzte sich jedesmal glücklich, nicht als Mann auf die Welt gekommen zu sein.

Sie ging stets mit und horchte am Fuß der Küchentreppe, denn man konnte ja schließlich nicht wissen, was Twite dort oben, allein gelassen mit jener Stimme, zustoßen würde, und diesmal hörte sie folgendes:

»Nein, Madam, noch nicht, Madam.«

»Ich weiß nicht, Madam.«

»Nein, keine Nachricht, Madam.«

»O ja, Madam, Samstag in aller Herrgottsfrühe.«

»Ja, das ist es, Madam – sehr merkwürdig, Madam.«

Und dann trat Stille ein. Sie wußte, er schrieb nun auf den Block, den Wemyss eigens dafür angeschafft hatte.

Dies war der anstrengendste Teil von Twites Pflichten.

Jede telefonische Mitteilung mußte mitsamt dem Zeitpunkt ihres Eingangs notiert und auf dem Tisch in der Diele hinterlegt werden, damit Wemyss sie lesen konnte, wenn er nachts heimkam. Twite war kein gewandter Schreiber. Wörter verwirrten ihn. Er war sich nie sicher, wie man sie schrieb. Auch fiel es ihm schwer, sich an das Gesagte zu erinnern, denn eine Stimme am Telefon hatte etwas Eiliges und Drängendes, das ihn derart in Erregung versetzte, daß er der Mitteilung nicht seine ungeteilte Aufmerksamkeit schenken konnte. Zudem, wann war eine Mitteilung keine Mitteilung? Wemyss' Anweisungen lauteten, Mitteilungen aufzuschreiben. Angenommen es handelte sich nicht um Mitteilungen, mußte er sie dennoch aufschreiben? War dies hier zum Beispiel eine Mitteilung?

Er hielt es für das beste, auf Nummer Sicher zu gehen, und schrieb sie mühsam auf:

MISS HENWISSEL RIF AN SIR WOLTE WISEN OB SIE GEKOMEN SIND, UND WAN WEN SIE GEKOMEN SIND UND WELCHE ANWEISUNGEN WIR HATEN UND SAGTE ES IST SEHR MERKWÜHRDIG. 12.15

Er hatte dies gerade auf den Tisch gelegt und wollte wieder in sein stilles Schattenreich hinabsteigen, da fing das Ding von neuem an.

Diesmal war es Wemyss.

»Abends spät zurück wie immer«, sagte er.

»Ja, Sir«, sagte Twite. »Da war eben ein –«

Aber er sprach ins Leere.

In der Zwischenzeit rief Miss Entwhistle nach kurzem Nachdenken in Strorley 19 an. Chestertons Stimme, gelassen und wortgewandt, antwortete; und die Folge ihrer

Auskünfte war, daß Miss Entwhistle das Mittagessen abbestellte, eine kleine Tasche packte und nach Paddington fuhr.

Um diese Tageszeit gingen nur wenige und nur Bummelzüge nach Strorley, und es wurde fast fünf, ehe sie im Bahnhofstaxi den schlickigen Weg hinabfuhr, in das weiße Tor einbog und *The Willows* erreichte. Daß sie früher oder später nach *The Willows* kommen würde, nun, da sie aufgrund der Eheschließung ihrer Nichte eine gewisse Beziehung zu diesem Haus hatte, war klar, und während der vier Wochen des Friedens, die seit der Hochzeit verstrichen waren, hatte sie beschlossen, daß sie sich alle dummen Vorurteile gegenüber diesem Ort aus dem Kopf schlagen und beherzt und mit heiterer Miene dort ankommen wolle, wenn es soweit sein würde. Schließlich hatte jenes *mot* ihres Neffen viel für sich, das da lautete: »Irgend jemand ist überall irgendwann mal gestorben.« Und doch, als das Taxi sie auf dem schlickigen Weg dem Haus näher und näher brachte, wünschte sie sich freilich, Lucy würde nicht ausgerechnet dort im Bett liegen. Zudem hatte sie die Befürchtung, dort ungebeten zu sein. Im Falle ernster Krankheit wären derartige Befürchtungen natürlich nichtig; aber die Stimme des Mädchens am Telefon hatte nur gesagt, daß Mrs. Wemyss eine Erkältung habe und im Bett liege und Mr. Wemyss mit dem üblichen Zug nach London gefahren sei. Es konnte nichts sehr Ernstes sein, sonst wäre er nicht gefahren. Ob sie nicht vielleicht ein wenig voreilig gewesen war, dachte sie mit einem gewissen Unbehagen, als sie nun auf Wemyss' Grund und Boden stand, ohne von irgend jemandem eingeladen worden zu sein. Doch die

Vorstellung, daß das Kind in dem unheimlichen Haus allein war –

Sie lugte aus dem Taxifenster. Überhaupt nicht unheimlich, korrigierte sie sich streng; alles ausgesprochen geschmackvoll. Perfekte Ordnung. Sträucher, wie sie sein sollten. Starke Zaungitter. Hübsche Kühe.

Das Taxi hielt an. Chesterton kam die Stufen herab und öffnete die Tür des Wagens. Nettes Hausmädchen. Ganz normal.

»Wie geht es Mrs. Wemyss?« fragte Miss Entwhistle.

»Ich glaube, unverändert, Madam«, sagte Chesterton und fragte, ob sie den Fahrer bezahlen solle.

Miss Entwhistle bezahlte den Fahrer und stieg dann die Stufen hoch, gefolgt von Chesterton, die ihre Tasche trug.

Schöne Stufen. Stattliches Haus.

»Weiß sie, daß ich komme?«

»Ich glaube, das Stubenmädchen hat es erwähnt, Madam.«

Hübsche, geräumige Diele. Mit einem Kaminfeuer mochte sie richtig behaglich sein. Schöne Fenster. Ordentliches Treppenhaus.

»Möchten Sie Tee, Madam?«

»Nein danke. Ich möchte gern sofort raufgehen, wenn ich darf.«

»Bitte sehr, Madam.«

An der Treppenbiegung, wo der Gong stand, trat Miss Entwhistle beiseite und ließ Chesterton vorangehen. »Vielleicht sollten Sie lieber vorausgehen und Mrs. Wemyss sagen, daß ich hier bin«, sagte sie.

»Bitte sehr, Madam.«

Miss Entwhistle wartete und bedachte den Gong mit

demselben wohlwollenden Blick, den sie auf alles gerichtet hatte. Schöner Gong. Staunend besah sie sich die Geweihe an der Wand, denn bis ganz unters Dach war die Wand mit Geweihen übersät. Herrliche Sammlung.

»Wenn es Ihnen recht ist, Madam«, sagte Chesterton, die wieder auftauchte und auf Zehenspitzen zum Treppenabsatz huschte.

Miss Entwhistle ging hinauf. Chesterton führte sie ins Schlafzimmer und schloß leise die Tür hinter ihr.

Daß Lucy ein zierliches Persönchen war, wußte Miss Entwhistle; aber erst, als sie sie in dem Dreierbett liegen sah, wußte sie, wie winzig sie war. Es hatte wirklich den Eindruck, als sei nur noch das runde Köpfchen da. »Na, du bist aber geschrumpft!« lautete ihr erster Kommentar.

Lucy, die von Lizzie bis zum Kinn eingepackt worden war und noch dazu eine nasse, in Flanell eingeschlagene Binde um den Hals hatte, konnte nur die Augen bewegen und lächeln. Sie lag auf der der Tür abgewandten Seite des Bettes, und Miss Entwhistle mußte um dieses Monstrum herumlaufen, um zu ihr gelangen. Lucy war immer noch heiser, aber nicht ganz so ohne Stimme wie am Morgen, als Wemyss fortging, denn Lizzie hatte ihr fleißig heißen Honig und ähnliches eingeflößt, und sie lächelte übers ganze Gesicht, als sie mit den Augen verfolgte, wie Miss Entwhistle zu ihr kam. Es schien ihr wirklich wie ein Wunder, wieder mit Tante Dot zusammenzusein; und Kranksein ging einher mit einem Frieden, einer Entspannung und Befreiung von jeglichem Druck, daß ihr der Ruhetag allein im Bett wie ein Geschenk des Himmels vorkam. Es war ganz klar: sie konnte sich nicht bewegen, nichts tun, nicht aufstehen, in keine

Züge steigen, so daß ihr Gewissen, was Everard betraf, zur Ruhe kam; und weil sie innerlich zu einer so köstlichen Ruhe gefunden hatte, lag sie da in glückseligem Frieden, nachdem er gegangen war, ohne darauf zu achten, wie sehr ihr die Glieder schmerzten. Das Fenster stand offen und im Garten zwitscherten fleißig die Vögel. Der Wind hatte sich gelegt. Von den Vögeln abgesehen, drang kein Laut zu ihr. Göttliche Stille. Göttlicher Frieden. Nach dem Wochenende, nach dem Geburtstag, nach der Hochzeitsreise war das ein regelrechter Luxus! Einfach so allein im Bett liegen zu können – sie empfand es als ungeheures Glück!

»Allerliebst von dir, zu kommen«, krächzte sie, breit lächelnd, und sah so unverkennbar zufrieden aus, daß Miss Entwhistle, als sie sich über sie beugte und sie auf die heiße Stirn küßte, dachte: »Es ist ein Erfolg. Er macht sie glücklich.«

»Du liebes kleines Ding«, sagte sie und strich ihr das Haar aus der Stirn. »Daß ich dich so wiedersehe!«

»Ja«, sagte Lucy mit schläfrigen Augen und lächelte. »So schön«, flüsterte sie, »dich zu sehen. Tee, Tante Dot?«

Das Sprechen bereitete ihr offensichtlich Mühe, und ihre Stirn glühte.

»Nein, ich will keinen Tee.«

»Bleibst du?«

»Ja«, sagte Miss Entwhistle, setzte sich neben das Kissen und strich ihr weiter das Haar aus der Stirn. »Natürlich bleibe ich. Wie hast du es nur fertiggebracht, eine solche Erkältung zu kriegen?«

Sie mußte sich allein wundern, denn von Lucys Seite

kam keine Erklärung. Tatsächlich schaffte es Lucy gerade noch, das Nötigste herauszubringen. Zufrieden lag sie da mit geschlossenen Augen, ließ sich ihr Haar zurückstreichen und sagte so wenig wie möglich.

»Everard –«, sagte Miss Entwhistle sanft streichelnd, »kommt er heute abend zurück?«

»Nein«, flüsterte Lucy zufrieden.

Tante Dot streichelte schweigend.

»Hat man deine Temperatur gemessen?« fragte sie dann.

»Nein«, flüsterte Lucy zufrieden.

»Solltest du nicht« – nach einer weiteren Pause – »einen Arzt kommen lassen?«

»Nein«, flüsterte Lucy zufrieden. Köstlich, einfach köstlich, so dazuliegen und sich das Haar zurückstreichen zu lassen von Tante Dot, der Lieben, der Gütigen, der Unbegreiflichen.

»So lieb von dir, zu kommen«, flüsterte sie erneut.

Nun, dachte Miss Entwhistle, wie sie so dasaß und sie sachte streichelte und Lucys vollkommen zufriedenes Gesicht betrachtete, während diese eindöste – selbst nachdem sie eingeschlafen war, kräuselte sich ihr Mund zu einem Lächeln –, es war klar, daß Everard das Kind glücklich machte. In diesem Fall mußte er gewiß all das sein, was ihr Lucy versichert hatte, und sie, Miss Entwhistle, würde ihn nun bestimmt sehr schnell liebgewinnen. Natürlich würde sie das. Kein Zweifel. Und welch ein Trost, welch eine Erleichterung, das Kind glücklich zu wissen. Der Hintergrund kümmerte nicht weiter, wo es Glück gab. Häuser, nun ja. Was machte es schon, wenn sie nicht so waren, wie man sie sich, wenn man die

Wahl hätte, aussuchen würde, solange in ihnen das Glück wohnte? Was kümmerte ihre Vergangenheit, solange ihre Gegenwart von Zufriedenheit verklärt wurde? Und was die Einrichtung betraf, nun, die gewann erst dann an Interesse, an Bedeutung, wenn das Leben sonst nichts zu bieten hatte. Leben ohne Liebe, leere Leben, füllten sich in ihrer Verzweiflung mit schönen Möbeln. Wenn man so richtig glücklich war, hatte man Geweihe.

In diesem Sinne ließ Miss Entwhistle, während sie streichelte und Lucy schlief, den Blick voller Wohlwollen durchs Zimmer schweifen. Nach ihrem eigenen kleinen Schlafzimmer in Eaton Terrace und seinem notwendigerweise zierlichen Mobiliar kamen ihr die Gegenstände in diesem hier geradezu riesig vor. Besonders das Bett. Sie hatte noch nie ein Bett von diesen Ausmaßen gesehen, obwohl sie gehört hatte, daß es solche Betten in der Geschichte gab. Besaß nicht Og, der König von Bashan, ein solches Bett? Aber welch fabelhafte Idee, denn so konnte man voneinander wegrücken. Höchst vernünftig. Höchst zuträglich. Und eine gewisse Kahlheit im Zimmer würde bald verschwinden, wenn Lucys Sächelchen überall verstreut sein würden – ihre Bücher und Photographien und hübsche Silbersachen für den Toilettentisch.

Miss Entwhistles Blick erfaßte den Toilettentisch und verweilte darauf. Auf diesem lagen zwei ovale Bürsten aus Holz ohne Griffe. Haarbürsten. Für Männer. Außerdem Rasierzeug. Und über der einen Seite des Spiegels hingen drei Krawatten.

Sie erholte sich schnell. Höchst freundschaftlich. Höchst kameradschaftlich. Aber es ergriff das Gefühl von ihr Besitz, daß sie sich überhaupt nicht in Lucys Zimmer befand, und sie begann etwas nervös zu werden. Ohne die geringste Aufgabe, hier zu sein, war sie im Schlafzimmer eines fremden Mannes. Sie wandte ihre Augen von Wemyss' Toilettensachen – das war das letzte, was sie sehen wollte; und indem sie sich abwandte, fiel ihr Blick auf den Waschständer mit den beiden Becken und auf einen ungeheuren rotbraunen Schwamm aus Gummi. Nie hatte Lucy einen solchen Schwamm besessen. Der Schluß drängte sich ihr auf, daß sich Lucy und Everard Seite an Seite wuschen.

Auch davon erholte sie sich gleich wieder. Schließlich war Ehe eben Ehe, und in der Ehe tat man Dinge, die einem als unverheirateter Frau nicht im Traum einfielen. Sie wandte den Blick vom Waschständer. Das letzte, wonach ihr der Sinn stand, war, mit Wemyss' Schwamm vertraut zu werden.

Ihr Blick, der immer entschiedener in seinem Wohlwollen wurde, heftete sich aufs Fenster. Wie die Tage länger wurden! Und es war wirklich eine schöne Aussicht bei dem späten Nachmittagslicht, das sich auf den Hügeln jenseits des Flusses brach. Außerdem zwitscherten Vögel im Garten – alles höchst angenehm und tadellos. Und ein so schönes großes Fenster. Unmengen Luft und Licht. Es reichte bis fast zum Fußboden herab. Mindestens zwei Hausmädchen, und zwar kräftige, würde man brauchen, um es auf- oder zuzumachen – ach nein, es gab ja Kordeln. Ein weiterer Gedanke versetzte ihr einen Schlag: dies konnte doch wohl nicht das Zimmer, dies konnte doch wohl nicht das Fenster sein, wo –

Sie wandte den Blick vom Fenster ab und richtete ihn

auf etwas, was der einzig geeignete Ruheplatz für ihn zu sein schien, das zufriedene Gesicht auf dem Kopfkissen. Das reizende, liebe Gesichtchen. Und das entzückende, hübsche Haar – wie hübsch doch junges Haar war, so weich und dick. Nein, es war natürlich nicht das bewußte Fenster; jenes unheilvolle Zimmer wurde jetzt wahrscheinlich gar nicht mehr benutzt. Wie um alles in der Welt hatte sich das Kind eine solche Erkältung geholt? Sie konnte es an ihrem Atmen hören, daß ihre Bronchien ganz entzündet waren, aber anscheinend bekümmerte es sie nicht, sonst würde sie im Schlaf nicht so fröhlich aussehen. Ja, jenes Zimmer war jetzt entweder abgeschlossen oder wurde nie benutzt, oder – ob sie wollte oder nicht, der Gedanke, der sich ihr nun aufdrängte, versetzte ihr einen Schock – es war ein Gästezimmer. Wenn dem so war, sagte sich Miss Entwhistle, würde sie zweifellos darin schlafen müssen. Du meine Güte, dachte sie bestürzt.

Aber auch diesen Schrecken verwand sie rasch; und da ihr gleich wieder einfiel, daß sie beschlossen hatte, alle Vorurteile über Bord zu werfen, sagte sie sich nur, »schön, schön«. Und nach einer Pause konnte sie wohlwollend hinzufügen: » . . . ein in vieler Hinsicht interessantes Haus.«

## XXVII

Später dann im Speisezimmer, als Miss Entwhistle widerstrebend die Mahlzeit verzehrte, die man für sie bereitet hatte – Lucy schlief immer noch, sonst hätte sie darum gebeten, an ihrem Bett ein Biscuit zu sich nehmen zu dürfen –, sagte sie zu Chesterton, die sie bediente, sie möge sie bitte wissen lassen, wenn Mr. Wemyss anriefe, da sie mit ihm sprechen wolle.

Von Stunde zu Stunde fühlte sie sich unbehaglicher bei dem Gedanken, was wohl Everard von ihrer durch keine Einladung gerechtfertigten Anwesenheit in seinem Haus halten werde. Daß sie hier war, empfand sie selbst als ganz normal; aber würde er das ebenso sehen? Nicht normal fand sie, daß sie sich unbehaglich fühlte, da doch das Haus auch Lucys Haus war und das Gesicht des Kindes so schmal geworden war, daß ihr breites Begrüßungslächeln kaum Platz darauf gefunden hatte. Doch da war es schon wieder, dieses mulmige Gefühl: Miss Entwhistle kam sich wie ein Eindringling vor. Man sollte ehrlich zu sich sein, fand sie. Sie fühlte sich nicht nur wie ein Eindringling, in Everards Augen war sie ein Eindringling. Die Lage stellte sich so dar: Seine Frau hatte eine Erkältung – eine schlimme Erkältung, aber nichts Ernstes; niemand hatte die Tante seiner Frau holen lassen; niemand hatte sie gebeten zu kommen; und hier war sie nun. Wenn das in Everards Augen nicht bedeutete, ein Eindringling zu sein, dann würde er nach Miss Entwhistles Überzeugung gar nicht wissen, was ein Eindringling ist.

Sie hatte in ihrem Leben viele Romane gelesen und kannte jene häufig darin vorkommenden ältlichen Verwandten, zumeist weiblichen Geschlechts, die sich zwischen einen frischverheirateten *ménage* drängen und sich bei einem der beiden Partner unbeliebt machen, weil sie für den anderen Partei ergreifen. Hier bestand kein Anlaß, Partei zu ergreifen, und sollte es jemals einen solchen geben, würde Miss Entwhistle allenfalls von einem neutralen Ort aus Partei ergreifen. Sie würde nicht in das Haus eines Mannes kommen und, noch während sie sich sein Essen schmecken ließ, für seine Frau Partei ergreifen; sie würde das von London aus tun. Ihre ehrliche Absicht, ihre Redlichkeit waren, wie sie wußte, über jeden Zweifel erhaben. Sie meinte nicht nur, sie wußte, daß sie nicht die geringste Ähnlichkeit mit diesen Verwandten in Büchern hatte, und doch, als sie auf Everards Stuhl saß – augenscheinlich war es seiner: auf dem gepolsterten Sitz hatte sich nämlich sein Allerwertester abgezeichnet –, fürchtete sie, ja, sie war überzeugt davon, daß er sie für eine jener Verwandten halten würde.

Da war sie also, dachte sie, unaufgefordert gekommen, saß auf seinem Platz und ließ sich sein Essen schmecken. Er hatte sie nie gemocht; würde sie deswegen irgendwie in seiner Achtung steigen? Weil sie sich nicht von ihm verköstigen lassen wollte, hatte sie den Tee umgangen, aber vor dem Abendessen konnte sie sich dann doch nicht drücken, und bei jedem Gericht, das man ihr vorsetzte – Gerichte, die, wie ihr nicht entgehen konnte, auf überraschende Weise am Ende eines auf die Minute pünktlich durch die Tür gestreckten Arms hervorgezaubert wurden –, empfand sie deutlicher, daß sie in seinen Augen, hätte er sie nur so sehen können, ein Eindringling war. Kein Zweifel, es war auch Lucys Haus, aber es machte nicht den Eindruck, als sei es das, und sie hätte viel darum gegeben, noch an diesem Abend nach London entkommen zu können.

Aber was immer auch Everard von ihrer Aufdringlichkeit halten mochte, sie würde Lucy nicht im Stich lassen.

Lucy sollte nicht allein sein in diesem Haus, nicht aufwachen und merken müssen, daß sie in diesem Haus allein war. Außerdem, wer wußte schon, was aus einer solchen Erkältung vielleicht noch werden würde? Man hätte natürlich einen Arzt holen sollen. Wenn Everard anriefe, wie er es mit absoluter Sicherheit vor dem Schlafengehen tun würde, um zu fragen, wie es Lucy gehe, würde sie sich zum Telefon begeben, ihn von ihrer Anwesenheit in Kenntnis setzen und fragen, ob es nicht besser wäre, morgen früh einen Arzt kommen zu lassen.

Daher bat sie Chesterton, sie wissen zu lassen, wenn Mr. Wemyss anrufe; und Chesterton verschlug es vor Überraschung einen Moment lang die Sprache, denn Wemyss pflegte nicht in *The Willows* anzurufen – alle seine Mitteilungen kamen auf Postkarten –, ehe sie erwiderte: »Wie Sie wünschen, Madam.«

Chesterton fragte sich, weswegen Wemyss eigentlich anrufen sollte. Sie wäre gar nicht auf die Idee gekommen, daß er anrufen könnte, weil es der neuen Mrs. Wemyss nicht gutgehe, denn er hatte ihrer Erinnerung nach nie angerufen, weil es einer Mrs. Wemyss nicht gutging. Der letzten Mrs. Wemyss war es manchmal so schlechtgegangen, daß sie im Bett blieb, aber das hatte keinen Anruf aus London zur Folge gehabt. Demnach wunderte sie sich, welche Mitteilung da wohl erwartet werde.

»Um welche Uhrzeit würde denn Mr. Wemyss wahrscheinlich anrufen?« fragte Miss Entwhistle alsdann, mehr um überhaupt etwas zu sagen als aus Wißbegierde. Sie würde zum Telefon gehen, aber nicht, weil sie ein Bedürfnis danach verspürt hätte; sie hatte es damit nicht eilig. Es war nicht Ungeduld, Wemyss' Stimme zu hören, was sie bewog, mit Chesterton zu reden; was sie dazu bewog, war das Speisezimmer.

Was sie an diesem Zimmer deprimierte, waren nicht nur die kahlen Wände und das gleißende Licht und der lange, leere Tisch und der Umstand, daß Chestertons Schritte auf dem nackten Boden so schauerlich widerhallten; dort an der Wand war auch noch dieses arme Ding und schaute sie an – Miss Entwhistle hatte nicht den geringsten Zweifel an der Identität derer, die sich da in diesem langen, engen Kleid erhob und sie anschaute, und war bestürzt. Obwohl sie sich fest vorgenommen hatte, alles im Hause gut zu finden, schien es ihr doch geschmacklos, das Bild hier aufzuhängen, insbesondere da die Dame darauf die dumme Angewohnheit hatte, einen so beharrlich anzuschauen; und wenn Miss Entwhistle ihre Augen von dem merkwürdigen, unterdrückten Lächeln abwandte, behagte ihr das, was sie an der anderen Wand sah, ebensowenig – dieser alte Mann in voller Lebensgröße, offensichtlich ein Vorfahr.

Nachdem sie diese beiden Bilder einmal gesehen hatte, die einem abends wegen der grellen Beleuchtung viel mehr ins Auge stachen als bei Tag, verspürte Miss Entwhistle kein Bedürfnis, einen weiteren Blick auf sie zu werfen, und schaute entweder sorgsam auf ihren Teller oder auf Chestertons Rücken, wie diese das Zimmer hinab zu dem Teller eilte, der ihr von dem bemerkenswerten Arm gereicht wurde; aber da sie die Anwesenheit der beiden Konterfeis dennoch sehr verwirrte – zumal sie wußte, daß die sie nicht aus den Augen ließen, wie sorgfältig sie selbst auch die ihren von ihnen wenden mochte –, fragte sie Chesterton, zu welcher Tageszeit

Wemyss wahrscheinlich anrufe, bloß um den Klang einer menschlichen Stimme zu hören.

Hierauf teilte ihr Chesterton mit, daß ihr Herr nie in *The Willows* anrufe und sie somit nicht sagen könne, zu welcher Tageszeit.

»Aber«, sagte Miss Entwhistle überrascht, »Sie haben doch ein Telefon.«

»Wenn es Ihnen recht ist, Madam«, sagte Chesterton.

Miss Entwhistle mochte nicht fragen, wozu dann das Telefon, weil sie sich auf kein Gespräch einlassen wollte, das auch nur im Entferntesten einer Erörterung von Everards Lebensgewohnheiten nahe gekommen wäre, und so wunderte sie sich schweigend.

Chesterton sorgte indessen sogleich für Aufklärung. Sie hüstelte erst ein bißchen, da sie wußte, daß es nicht ganz dem Idealbild von einem perfekten Hausmädchen entsprach, sich ungefragt eine Bemerkung zu erlauben, und dann sagte sie: »Aus Gründen der Bequemlichkeit. Bei der abgeschiedenen Lage des Hauses ist es für uns unverzichtbar. Wir geben dem Kaufmann unsere Bestellungen telefonisch durch. Mr. Wemyss ließ es zu diesem Zweck einrichten, sagt er, und er hat was gegen Ferngespräche, wegen der Gebühren, und weil am anderen Ende der Leitung Mr. Wemyss' Zeit vergeudet wird, Madam.«

»Oh«, sagte Miss Entwhistle.

»Wenn es Ihnen recht ist, Madam«, sagte Chesterton.

Miss Entwhistle sagte nichts mehr. Die Augen auf ihren Teller gerichtet, um jenen anderen Augen auszuweichen, überlegte sie, was sie nun tun sollte. Es war halb neun, und Everard hatte nicht angerufen. Wenn er sich so große Sorgen machen würde, daß ihm die Gebühren eines Ferngesprächs egal wären, hätte er sich schon vorher Sorgen gemacht. Daß er nicht angerufen hatte, bewies, daß er Lucys Unpäßlichkeit für eine Lappalie hielt. Was würde er dann erst dazu sagen, daß sie hier war, ohne eingeladen worden zu sein? Nichts besonders Gastfreundliches, fürchtete sie. Und dabei hatte sie gerade eben einen Pudding von ihm gegessen. Er schien ihr im Magen zu gerinnen.

»Nein, *keinen* Kaffee, vielen Dank«, sagte sie hastig, als Chesterton fragte, ob sie ihn in der Bibliothek serviert haben wolle. Sie hatte das Abendessen zu sich genommen, weil sie sich nicht zu helfen wußte. Die Mädchen hatten es ihr geradezu aufgedrängt. Aber sie mußte nicht auch noch mit Extragerichten weitermachen. Und die Bibliothek – war es nicht in der Bibliothek, wo Everard saß an jenem Tag, als das arme lächelnde Ding ... ja, sie erinnerte sich, daß Lucy ihr das erzählt hatte. Nein, sie würde nicht in der Bibliothek Kaffee trinken.

Aber nun die Sache mit dem Telefonieren. Wirklich, das einzige, was sie tun konnte, der einzige Weg, Würde zu bewahren, war, ihn anzurufen. Sinnlos, noch weiter darauf zu warten, daß er anriefe; offensichtlich wollte er nicht. Sie würde ihn anrufen, ihm sagen, daß sie hier sei, und ihn fragen – sie klammerte sich vor allem an die Idee mit dem Arzt, weil seine Gegenwart die ihre rechtfertigen würde –, ob morgen nicht besser der Arzt vorbeischauen solle.

So kam es, daß die Twites, die ruhig in ihrem Kellergeschoß saßen, gegen neun Uhr an diesem Abend vom Läuten des Telefons aufgeschreckt wurden. Es klang noch viel unheimlicher dort oben als sonst, da es ganz allein den Lärm in der Dunkelheit machte; und als Twite ängstlich hinaufeilte und sein Ohr dagegenhielt, hörte er nur eine äußerst reizbare Stimme, die ihm sagte, daß er dranbleiben solle.

Twite blieb dran, lauschte angespannt und hörte gar nichts.

»Sag ›Hallo, Twite‹«, riet ihm sodann Mrs. Twite aus der bangen Stille am Fuß der Küchentreppe.

»Hallo«, sagte Twite kleinlaut.

»Muß eine falsche Nummer sein«, sagte Mrs. Twite nach weiterem Schweigen. »Häng ein und iß dein Abendessen zu Ende.«

Eine sehr schwache Stimme sagte irgend etwas sehr weit weg. Twite lauschte unter Aufbietung all seiner Kräfte. Er hatte es bisher noch nicht mit einem Ferngespräch zu tun gehabt, und er meinte, das Telefon gebe nun seinen Geist auf.

»Hallo?« sagte er besorgt und bemühte sich, das Wort höflich klingen zu lassen.

»'ne falsche Nummer«, sagte Mrs. Twite nach weiterem Warten. »Häng auf.«

Die Stimme, unglaublich schwach, begann wieder zu sprechen, und Twite, der kein Wort verstand, sagte immer wieder mit wachsendem Bemühen, höflich zu klingen: »Hallo? Hallo?«

»Häng auf«, sagte Mrs. Twite, die vom Fuß der Treppe aus immer kühn war.

»Genau das ist's«, sagte Twite schließlich, ganz erschöpft. »Es ist eine falsche Nummer.« Und er ging zum Schreibblock und schrieb:

EINE FALSCHE NUMER RIF AN SIR GLAUBE ES WAR EINE DAME 9.10

So mußte sich Miss Entwhistle am anderen Ende der Leitung geschlagen geben, und da sie ihr möglichstes getan und keinen Erfolg damit gehabt hatte, beschloß sie, Ruhe zu bewahren, auf jeden Fall bis morgen früh. Ruhe zu bewahren und sich kritischer Gedanken zu enthalten. Sie wollte sich keine Sorgen machen; keine Kritik üben, sie wollte gegenüber Everard nur freundliche Gedanken hegen, wie es ihrem Wesen entsprach.

Aber während sie in der kalten Diele auf den Anruf wartete, hatte es einen Augenblick gegeben, wo ihr unbeirrbares Wohlwollen ein bißchen an Stärke verlor. Chesterton, die merkte, daß es sie fröstelte, hatte ihr vorgeschlagen, in der Bibliothek zu warten, wo geheizt sei, aber Miss Entwhistle fror lieber in der Diele, als in der Bibliothek im Warmen zu sitzen; und als sie in diesem öden Raum stand, sah sie einen Streifen Feuerschein unter einer Tür, die, wie sie hierauf erkannte, die zur Bibliothek sein mußte. Demgemäß wurde ihr nun auch klar, daß Lucys Schlafzimmer genau über der Bibliothek lag, denn wenn sie hochschaute, konnte sie von ihrem Standort aus die Tür desselben sehen; so war es also aus dem Fenster dort oben ... Ihr Wohlwollen wurde einen Moment lang wankend. Er ließ es zu, daß das Kind dort schlief, er zwang das Kind, dort zu schlafen ...

Sie hatte sich jedoch schnell wieder im Griff. Lucy machte es nichts aus, warum also sollte es ihr etwas ausmachen? Lucy schlief in diesem Augenblick dort oben mit einem seligen Ausdruck auf dem Gesicht. Aber eines nahm sich Miss Entwhistle fest vor: Lucy sollte nicht durch irgendeinen Zufall in der Nacht aufwachen und plötzlich merken, daß sie allein in diesem Zimmer war – Fenster hin oder her, sie würde dort bei ihr schlafen.

Das war ein wirklich heroischer Entschluß, und nur Liebe zu Lucy machte ihn möglich. Abgesehen von dem Fenster und dem, was, wie sie glaubte, an ihm geschehen war, abgesehen davon, daß ihr das Gesicht des armen Dings auf der Photographie nachging, war da noch etwas: sie hatte den Eindruck, daß es gar nicht Lucys Schlafzimmer war, sondern Everards. Miss Entwhistle empfand es als merkwürdig unangenehm, die Nacht in Gesellschaft von Everards Schwamm, zum Beispiel, zu verbringen. Während sie sich im Gästezimmer – einem kleinen Raum auf der anderen Seite des Hauses mit einem Fensterbrett in richtiger Höhe – auszuziehen begann, ging sie mit sich zu Rate, ob sie nicht lieber ihre Kleider anbehalten sollte. Zumindest würde sie sich dann dort fremder fühlen, zumindest würde sie sich weniger zu Hause fühlen. Aber wie lästig. Wenn sie in ihrem Alter die ganze Nacht aufrecht dasäße – und in ihren Kleidern war an eine bequeme Lage überhaupt nicht zu denken –, würde sie am nächsten Morgen wie gerädert sein und Everard am Telefon nicht Paroli bieten können. Und ihre Haarnadeln mußte sie unbedingt herausnehmen; sie konnte kein Auge zutun, wenn sie ihr alle auf den Kopf drückten. Doch die Intimität, in diesem Zimmer inmitten von Krawatten ohne Haarnadeln zu sein... Sie zögerte und überlegte hin und her und nahm dabei langsam die Haarnadeln aus dem Haar und zog sich aus.

Im letzten Moment, als sie bereits in ihrem Nachthemd dastand und ihr Haar sauber geflochten war und sie aussah wie das Bild des sanften Hausmütterchens, verließ sie der Mut. Nein, sie konnte nicht zu ihr gehen. Sie würde bleiben, wo sie war, und läuten und das Hausmädchen bitten, bei Mrs. Wemyss zu schlafen, für den Fall, daß diese nachts irgend etwas benötige.

Sie läutete tatsächlich; aber als dann Lizzie kam, hatte Miss Entwhistle, da sie an der Lauterkeit ihrer Motive zweifelte, diese genau unter die Lupe genommen. Lag es wirklich an den Krawatten? War es wirklich der Schwamm? War es im Grunde nicht tatsächlich das Fenster?

Sie schämte sich. Wo Lucy schlafen konnte, konnte auch sie schlafen. »Ich habe geläutet«, sagte sie, »um Sie zu bitten, so lieb zu sein und mir zu helfen, mein Kopfkissen und Laken in Mrs. Wemyss' Zimmer zu tragen. Ich werde dort auf dem Sofa schlafen.«

»Ja, Madam«, sagte Lizzie und nahm das Bettzeug. »Das Sofa ist sehr kurz und hart, Madam. Möchten Sie nicht doch lieber im Bett schlafen?«

»Nein«, sagte Miss Entwhistle.

»Dort ist eine Menge Platz, Madam. Mrs. Wemyss würde gar nicht merken, daß sie drin sind, es ist ja ein so großes Bett.«

»Ich möchte auf dem Sofa schlafen«, sagte Miss Entwhistle.

## XXVIII

In London verbrachte Wemyss einen ganz normalen Arbeitstag, abgesehen davon, daß er länger, als ihm lieb war, in seinem Büro festgehalten wurde, weil sich Arbeit angehäuft und er eine ausgedehnte, mit einer Entlassung endende Meinungsverschiedenheit mit der Stenotypistin hatte, die während seiner Abwesenheit derart außer Kontrolle geraten war, daß sie ihm zu widersprechen wagte. Es wurde fünf Uhr, ehe er sein Büro verlassen – und selbst da hatte er noch nicht einmal die Hälfte erledigt, lehnte es aber ab, sich noch weiter zu opfern – und sich, wie gewöhnlich, in seinen Klub begeben konnte, um Bridge zu spielen. Er hatte große Lust auf Bridge, weil er so lange nicht mehr gespielt hatte, und da er genau die gleichen Dinge tat wie sonst, hätte er fast vergessen, daß er verheiratet war. Tatsächlich hätte er es völlig vergessen, wenn er nicht so empört gewesen wäre; aber alles, was er an diesem Tag tat, sagte und dachte, stand im Zeichen der Entrüstung, und so wußte er, daß er verheiratet war.

Da er ein äußerst methodischer Mensch war, hatte er sein häusliches und außerhäusliches Leben seit langem in sozusagen einzelne Schubladen eingeteilt, deren jede strikt von den anderen getrennt und verschlossen blieb, bis sie an die Reihe kam; da schloß er sie dann auf und nahm den jeweiligen Inhalt heraus: Arbeit, Bridge, Dinner, Ehefrau, Schlaf, Paddington, *The Willows* oder was immer sie enthalten mochten. Wenn er mit dem Inhalt der einen Schublade fertig war, wurde diese verschlossen und aus seinen Gedanken verbannt, bis sie wieder an die Reihe kam. Eine Hochzeitsreise bedeutete einen großen

Umbruch, aber als sie dann heranrückte, legte er den Termin ihres Endes genauso exakt fest wie den ihres Anfangs. An dem und dem Tag, zu der und der Stunde würde sie enden, die Schubladen würden abermals aufgeschlossen und die alte Ordnung wiederhergestellt werden. Bridge war die einzige Aktivität, die zwar zum entsprechenden Zeitpunkt aus ihrer Schublade genommen, aber keineswegs pünktlich wieder darin verstaut wurde. Alles andere, inklusive Ehefrau, wurde auf die Minute genau weggeschlossen; aber Bridge durfte unbegrenzt draußen bleiben. An jedem der Tage, die er in London verbrachte, von Montag bis Freitag, begab er sich pünktlich in sein Büro und von dort aus pünktlich in seinen Klub und zum Bridge. Stets nahm er Mittag- und Abendessen in seinem Klub ein. Andere Männer, das wußte er wohl, aßen nicht selten daheim zu Abend, aber die Erklärung dafür lautete, daß ihre Frauen eben nicht Vera waren.

In dem Augenblick also, als Wemyss merkte, daß er erneut die üblichen Dinge in der üblichen Umgebung tat, fühlte er sich genauso wie immer, so daß er überhaupt nicht mehr an Lucy gedacht hätte, wenn da nicht in seinem tiefsten Innern jener Rest von Empörung gewesen wäre. Als er die Stufen zu seinem Klub hinaufschritt, war er sich bewußt, daß man ihm übel mitgespielt hatte, und auf der Suche nach der Ursache hierfür fiel ihm Lucy wieder ein. Seine Frau war jetzt nicht mehr Vera, und doch mußte er in seinem Klub zu Abend essen, genauso, als ob sie es gewesen wäre. Seine Frau war Lucy, die, anstatt dort zu sein, wo sie sein sollte und ungeduldig seiner Rückkehr in Lancaster Gate zu harren – einer seiner berechtigten Gründe zur Klage lautete, daß sie nicht ungeduldig seiner harrte –, hatte in Strorley eine Erkältung. Und warum hatte sie in Strorley eine Erkältung? Und warum war er, ein frischgebackener Ehemann, des Trostes seiner Ehefrau beraubt und im Begriff, den Abend genauso zu verbringen, wie er in den letzten Monaten alle Abende verbracht hatte?

Wemyss war sehr empört, aber er hatte auch sehr große Lust auf Bridge. Hätte Lucy auf ihn gewartet, so hätte er das Spiel beenden müssen, noch ehe seine Lust auch nur annähernd gestillt gewesen wäre – egal welche Ehefrau man hatte, sie legte einem doch irgendwie Fesseln an –, und unter den gegebenen Umständen konnte er so lange spielen, wie er wollte, und dennoch gleichzeitig empört sein. Dementsprechend war er nicht annähernd so unglücklich, wie er es sich eingebildet hatte; nicht jedenfalls, ehe der Augenblick kam, wo er allein zu Bett gehen mußte. Er haßte es, allein zu schlafen. Selbst Vera hatte immer bei ihm geschlafen.

Insgesamt fand Wemyss, daß er einen schlimmen Tag gehabt habe: die Enttäuschung, mit der er begonnen hatte, und die Überstunden im Büro, und kein anständiges Mittagessen – »Gerade mal eben Zeit, um ein süßes Brötchen und ein Glas Milch zu ergattern«, verkündete er, noch immer erstaunt, dem ersten Bekannten, der ihm im Klub über den Weg lief. »Man stelle sich mal vor, nur Zeit, um –«, aber der Bekannte verflüchtigte sich –, und dann noch ziemlich schwere Verluste beim Bridge und nach Lancaster Gate zurückzukehren, um eine von Twite hinterlassene Nachricht vorzufinden, daß jene lästige Tante von Lucy bereits aufgekreuzt war.

Ja, er hatte einen schlimmen Tag gehabt, und er würde

eine einsame Nacht haben. Tief beleidigt ging er nach oben und zog seine Uhr auf.

Aber nachdem er recht gut geschlafen hatte, fühlte er sich besser; und beim Frühstück sagte er zu Twite, der immer gleich sprang, wenn das Wort an ihn gerichtet wurde: »Mrs. Wemyss wird heute kommen.«

Twites Gehirn arbeitete nicht sehr schnell, weil er die meiste Zeit schlafend in einem Kellergeschoß verbrachte, und einen Moment lang meinte er – es bestürzte ihn –, sein Herr habe vergessen, daß die Dame doch tot war. Sollte er ihn daran erinnern? Welch peinliches Dilemma ... Allerdings fiel ihm die neue Mrs. Wemyss gerade noch rechtzeitig ein, um ihn nicht daran zu erinnern, so daß er ohne allzu merkliche Verzögerung sagen konnte: »Ja, Sir.« Sein Kopf hatte kein großes Fassungsvermögen und verarbeitete nur langsam, was er enthielt. Twite war erst drei Monate in Wemyss' Diensten, als die Mrs. Wemyss, die er da vorgefunden hatte, starb. Er begann gerade, sie geistig zu verarbeiten, da hörte sie schon auf, sich geistig verarbeiten zu lassen, und ihm und seiner Frau in ihrer ruhigen unterirdischen Existenz hatte es geschienen, als sei gerade eine Woche vergangen, da war schon wieder eine neue Mrs. Wemyss da. Es lag ihm fern, über rasche Heiraten von Gentlemen seine Meinung abzugeben, aber er konnte mit diesen Mrs. Wemysses nicht Schritt halten. Wie er merkte, hatte sein Kopf noch nicht einmal begriffen, daß es eine neue gab. Er wußte zwar, daß sie irgendwo war, denn er hatte sie am Samstagmorgen kurz gesehen, und er wußte, sie würde ihn nun stören, indem sie Mahlzeiten verlangte, aber er vergaß sie gleich wieder. Er vergaß sie jetzt, und infolgedessen kam ihm für einen Moment der schreckliche, oben beschriebene Gedanke.

»Ich werde zum Abendessen hier sein«, sagte Wemyss.

»Ja, Sir«, sagte Twite.

Abendessen. Abendessen hatte es hier nie gegeben. Sein Herr war kein einziges Mal zum Abendessen hier gewesen, seit Twite ihn kannte. Ein Tablett für die Dame, solange es eine Dame hier gab: das war alles. Ein Tablett kriegte Mrs. Twite gerade noch hin. Seit die Dame aufgrund ihres Unfalls nicht mehr in die Stadt kam, hatte es überhaupt nichts mehr gegeben. Nur Ruhe.

Er stand da und wartete, da man ihn nicht aus dem Zimmer gewunken hatte, und betrachtete Wemyss' Gesicht etwas besorgt, denn er war ein nervöser Mensch.

Dann läutete das Telefon.

Ohne aufzublicken, winkte Wemyss ihn hinaus und frühstückte weiter; und da er nach einer Minute merkte, daß er nicht zurückkam und nur ein schwaches, versöhnliches »Hallo« hörte, rief er ihn.

»Was ist los?« rief Wemyss.

»Ich kann nichts verstehen, Sir«, antwortete Twites verzweifelte Stimme aus der Diele.

»Dummkopf«, sagte Wemyss und erschien, die Serviette in der Hand.

»Ja, Sir«, sagte Twite.

Er nahm ihm den Hörer ab, und dann hörten die Twites – Mrs. Twite vom Fuß der Küchentreppe und Twite, der sich im Hintergrund herumdrückte, weil er noch nicht weggewunken worden war – folgendes:

»Ja – ja. Ja, am Apparat. Hallo. Wer spricht da?«

»Was? Ich kann nichts verstehen. Was?«

»Miss wer? Ent – oh, guten Morgen. Wie fern Ihre Stimme klingt.«

»Was? Wo? *Wo*?«

»Ach wirklich.«

An dieser Stelle redete die Person am anderen Ende der Leitung eine ganze Menge.

»Ja. Ganz recht. Aber da war sie es doch noch nicht.«

Wieder längere Ausführungen am anderen Ende der Leitung.

»Was? Sie kommt nicht? Aber natürlich. Sie wird erwartet. Ich habe angeordnet –«

»Was? Ich kann nicht verstehen. Der Arzt? Sie lassen den Arzt kommen?«

»Allerdings. Aber das glaube ich nicht, wissen Sie –«

»Allerdings, allerdings. Nein, natürlich kann ich nicht. Wie soll ich hier von meiner Arbeit weg –«

»Oh, sehr gut, sehr gut. Möchte ich meinen. Zweifellos. Sie soll herkommen, wie vereinbart, sagen Sie ihr das, und wenn sie Ärzte braucht, so gibt es hier jedenfalls mehr als – was? Kann unmöglich?«

»Ich nehme an, Sie wissen, daß Sie da eine ganze Menge auf sich nehmen, ohne darum gebeten worden zu sein –«

»Was? Was?«

Eine sehr schnelle, klare Stimme schaltete sich dazwischen. »Wollen Sie noch drei Minuten?« fragte sie.

Er warf den Hörer auf die Gabel. »Zum Teufel mit dem Weib, zum Teufel mit dem Weib«, sagte er, so laut, daß die Twites bei seinen Worten wie Espenlaub zitterten.

Am anderen Ende der Leitung wandte sich Miss Entwhistle gedankenversunken vom Telefon ab. Sie befand sich in einer vertrackten Lage. Es war ihr außerordentlich unangenehm, daß sie gerade ein Ei und etwas Kaffee von Wemyss im Magen hatte. Sie hätte sich gern mit einer Tasse Tee zum Frühstück begnügt, hätte Lucy an diesem Tag nicht jemanden gebraucht, der sich um sie kümmerte, was mit leerem Magen unmöglich war. Als sie mit einem schwachroten Fleck auf jeder Wange wieder nach oben ging, wurde sie das bange Gefühl nicht los, daß sie und Everard sich wohl noch in Geduld üben müßten, ehe sie von gegenseitiger Zuneigung erfaßt würden. Am Telefon zeigte er sich ja nicht gerade von seiner besten Seite.

Lucy hatte gar keine gute Nacht gehabt. Sie wachte plötzlich aus einer Art Angsttraum auf, gleich nachdem Miss Entwhistle auf dem Sofa Ruhe gefunden hatte, und war eine ganze Weile sehr nervös und erregt gewesen. Es schien vieles im Zimmer zu geben, was sie nicht mochte, darunter auch das Bett. Wahrscheinlich war das arme kleine Ding von ihrem Traum und dem Fieber verwirrt, dennoch tat sie verschiedene Äußerungen über das Bett, die zeigten, daß es ihr nicht aus dem Kopf ging. Über einer von Lizzie herbeigeschafften Spirituslampe hatte Miss Entwhistle etwas Milch warm gemacht und sie ihr unter gutem Zureden und Streicheln eingeflößt. Lucy verlor kein Wort über das Fenster, wofür ihr Miss Entwhistle dankbar war; aber als sie aus ihrem Angsttraum erwacht und ihre Tante zu ihr geeilt war, hatte Lucy sie angestarrt und doch tatsächlich Everard genannt – sie, mit ihren braven Zöpfen! Nach diesem Vorfall beschloß Miss Entwhistle, daß am nächsten Morgen in aller Frühe der Arzt geholt werden sollte. Gegen sechs Uhr verfiel

Lucy wieder in einen unruhigen Schlaf, und Miss Entwhistle schlich sich aus dem Zimmer und zog sich an. Natürlich würde sie einen Arzt kommen lassen und hören, was er zu sagen hatte; und sobald sie sich durch ein Frühstück gestärkt hatte, würde sie ihre Pflicht tun und Everard anrufen.

Dies tat sie denn auch, was zur Folge hatte, daß sie mit einem kleinen roten Fleck auf jeder Wange in Lucys Zimmer zurückkehrte; und als ihr Blick auf Lucy fiel, die immer noch unruhig schlief und atmete, als sei ihr ganzer Brustkorb entzündet, und sie sich vorstellte, jetzt aufbrechen und nach London fahren zu sollen, glühten die roten Flecken auf Miss Entwhistles Wangen wie Feuer. Sie beruhigte sich jedoch wieder, als ihr einfiel, daß Everard ja nicht sehen konnte, wie elend es dem Kind offensichtlich ging; und sie sagte sich, daß er vor lauter Besorgtheit nicht mehr aus noch ein wissen würde, wenn er das sehen könnte. So sagte sie sich, aber sie glaubte es nicht. Lucy liebte ihn. Lucy hatte durch und durch zufrieden und glücklich gewirkt, gestern, ehe sie so krank wurde. Man durfte einen Mann nicht danach beurteilen, wie er sich am Telefon benahm.

Um zehn Uhr kam der Arzt. Er lebte seit Jahren in Strorley und war der einzige Arzt am Ort. Er gehörte zu jenen Gästen, die in der ersten Zeit, nachdem Wemyss *The Willows* übernommen hatte, dort zum Dinner geladen zu werden pflegten. Gelegentlich hatte er die verstorbene Mrs. Wemyss behandelt; und das letzte Mal war er im Haus gewesen, als man ihn am Tag ihres Todes plötzlich holte. Wie ganz Strorley hatte er von Wemyss' zweiter Eheschließung gehört und teilte die allgemeine

Befremdung. Strorley, das wie ein verträumter Ort, wie ein träges, verschlafenes Nest am Fluß wirkte, reagierte nichtsdestoweniger ungeheuer empfindlich auf Schocks und hatte sich noch keineswegs von dem durch den Tod jener armen Mrs. Wemyss und dem von der ganz fürchterlichen gerichtlichen Untersuchung ausgelösten Schock erholt, als der neue Schock über eine weitere Wemyss, die nun auf den Plan trat, jenen ersten gewissermaßen wieder aufleben ließ und alles noch schlimmer machte. Eine Hochzeit so schnell nach jenem schrecklichen Todesfall? Die Wemysses kamen nur an den Wochenenden und in den Sommerferien, so daß es nicht ganz so skandalös war, sie in Strorley zu haben, als wenn sie immer hier gelebt hätten, doch es war schlimm genug. Jene gerichtliche Leichenschau hatte in allen Zeitungen gestanden. Ein Haus in seiner Mitte zu haben, das bedenkliche Urteile eines gerichtlichen Leichenbeschauers zeitigte, haftete jedem Ort als Makel an, und die neue Mrs. Wemyss mußte somit von Grund auf unerwünscht sein. Selbstverständlich würde ihr niemand einen Besuch abstatten. Undenkbar. Und als der Arzt angerufen und gebeten wurde, vorbeizuschauen, sagte er seiner Frau nicht, wohin er gehe, weil er keinen Ärger bekommen wollte.

Chesterton – wie gut er sich an Chesterton erinnerte, aber schließlich war es ja erst neulich gewesen, als er zum letzten Mal hierher kam – führte ihn in die Bibliothek, und er stand, in düstere Gedanken versunken, vor dem leeren Kaminrost, schaute weder rechts noch links, denn er haßte die Erinnerungen, die mit den Fliesen vor dem Fenster verbunden waren, und wünschte sich, einen Kompagnon zu haben, weil er dann ihn an seiner Stelle geschickt hätte, als eine zierliche kleine Dame, sanft und freundlich, eintrat und sagte, sie sei die Tante der Patientin. Eine gebildete kleine Dame; überhaupt nicht die Sorte von Verwandten, die er der neuen Mrs. Wemyss zugetraut hätte.

Es bestand in Strorley die einhellige Überzeugung, daß die neue Mrs. Wemyss eine Bardame, eine Stenotypistin oder ein Kinderfräulein gewesen sein mußte – das heißt: entweder sehr dreist, sehr arm oder sehr unterwürfig. Wie hätte sie Wemyss sonst heiraten können? Und diese Überzeugung war selbst bis zum Arzt vorgedrungen und hatte ihn angesteckt, einen fleißigen Mann, an dem normalerweise jeder Klatsch abglitt. Als er jedoch Miss Entwhistle sah, erkannte er sofort, daß an diesem Gerücht nichts Wahres dran sein konnte. Das war nicht die Tante einer dreisten oder armen oder unterwürfigen Person, sondern ganz einfach eine Dame. Er gab ihr die Hand, wirklich erfreut, sie kennenzulernen. Jeder war erfreut, Miss Entwhistle kennenzulernen, außer Wemyss.

»Nichts Ernstes, hoffe ich?« sagte der Arzt.

Miss Entwhistle erwiderte, sie glaube nicht, aber ihr Neffe wolle –

»Sie meinen Mr. Wemyss?«

Sie neigte den Kopf. Ja, natürlich meinte sie Wemyss. Ihr Neffe. Das heißt, ihr angeheirateter Neffe.

»Ganz recht«, sagte der Arzt.

Ihr Neffe wolle natürlich, daß seine Frau aufstehe und zu ihm nach London komme.

»Natürlich«, sagte der Arzt.

Und sie wolle wissen, wann ihre Nichte dazu in der Lage sei.

»Na, da wollen wir mal nach oben gehen, und dann werde ich es Ihnen sagen können«, meinte der Arzt.

Daß Wemyss so unmittelbar nach dieser ganzen Geschichte eine so liebenswürdige, kleine Dame als Verwandte bekommen hatte, dachte er, als er hinter ihr die ihm wohlvertraute Treppe hochstieg. Er selbst hätte ja gemeint, daß nach einer so gräßlichen Geschichte wie dieser die meisten Frauen –

Aber da standen sie schon im Schlafzimmer, und sein Satz blieb unvollendet, denn als er das Köpfchen auf dem Kissen des Dreierbetts erblickte, dachte er: »Er hat ja ein Kind geheiratet. Wie seltsam.«

»Wie alt ist sie?« fragte er Miss Entwhistle, denn Lucy schlief immer noch unruhig; und als sie es ihm sagte, war er überrascht.

»Das kommt, weil sie in keinem Verhältnis zum Bett steht«, erklärte Miss Entwhistle flüsternd. »Normalerweise macht sie schon etwas mehr her.«

Von dem Geflüster und Betrachtetwerden wachte Lucy auf, und der Arzt setzte sich neben sie und kam zur Sache. Das Ergebnis war, was Miss Entwhistle erwartet hatte: sie hatte eine sehr schwere fiebrige Erkältung, aus der alles mögliche werden konnte, wenn sie nicht im Bett blieb. Falls sie im Bett bleibe und entsprechend umsorgt werde, würde sie in ein paar Tagen wieder ganz in Ordnung sein. Bei der Vorstellung von London lachte er.

»Wie haben Sie sich bloß eine so schwere Erkältung geholt?« fragte er Lucy.

»Ich – ich weiß nicht«, antwortete sie.

»Schon gut, sprechen Sie jetzt nicht«, sagte er und legte ihre Hand auf die Decke – er hatte sie gehalten, während seine scharfen Augen sie betrachteten – und gab der Hand einen kleinen Klaps zum Abschied. »Bleiben Sie einfach liegen und werden Sie wieder gesund. Ich lasse Ihnen etwas für den Hals bringen, und morgen schaue ich wieder vorbei.«

Miss Entwhistle begleitete ihn nach unten, und ihr war, als habe sie sich ihn wie eine Art Schutzpanzer umgeschnallt und könne nun, angetan mit einer solchen Rüstung, allem trotzen, was Everard sagen mochte.

»Mag sie denn dieses Zimmer?« fragte er unvermittelt und blieb einen Augenblick in der Diele stehen.

»Ich werde aus ihr nicht klug«, sagte Miss Entwhistle. »Wir haben bisher überhaupt noch nicht miteinander geredet. Es war doch das Fenster im Schlafzimmer, aus dem –?«

»Nein. Aus dem Fenster darüber.«

»Aus dem darüber? O tatsächlich.«

»Ja. Dort ist das Zimmer. Aber ich dachte eben, ob der Umstand, daß sie im selben Bett – nun ja, auf Wiedersehen. Heitern Sie sie auf. Sie wird es brauchen, wenn es ihr besser geht. Sie wird sich schwach fühlen. Morgen schaue ich wieder vorbei.«

Er ging hinaus und zog seine Handschuhe an. Miss Entwhistle folgte ihm bis zur Treppe.

Auf der Treppe blieb er abermals stehen. »Wie gefällt es ihr denn hier?« fragte er.

»Ich weiß es nicht«, sagte Miss Entwhistle. »Wir haben überhaupt noch nicht miteinander geredet.«

Sie sah ihn kurz an und fügte dann hinzu: »Sie ist sehr verliebt.«

»Ah. Ja. Freilich. Ich verstehe. Nun denn, auf Wiedersehen.«

Er wandte sich zum Gehen.

»Es ist erstaunlich, erstaunlich«, sagte er und blieb noch einmal stehen.

»Was ist erstaunlich?«

»Was die Liebe alles bewirkt.«

»In der Tat«, stimmte Miss Entwhistle zu und dachte dabei an all das, was die Liebe bei Lucy schon bewirkt hatte.

Es schien fast, als wolle er noch ein wenig bleiben, aber dann besann er sich eines Besseren und kletterte in seinen Einspänner und fuhr davon.

## XXIX

Zwei Tage vergingen ohne die geringste Störung von seiten Wemyss'. Miss Entwhistle schrieb ihm an beiden Nachmittagen, setzte ihn über Lucys Fortschritte und das, was der Arzt zu ihr gesagt hatte, ins Bild, und an beiden Abenden legte sie sich auf das Sofa zum Schlafen nieder und hatte dabei ein höchst ungutes Gefühl, denn es war nur allzu wahrscheinlich, daß er mit einem späten Zug kommen und plötzlich im Schlafzimmer stehen würde, und dann wäre da sie. Dennoch wäre sie sehr froh gewesen, wenn er ins Zimmer getreten wäre – sie hätte es normaler gefunden; und sie fragte sich unwillkürlich, ob das kleine Ding dort im Bett das nicht auch fand. Aber nichts geschah. Er kam nicht, er schrieb nicht, er gab keinerlei Lebenszeichen von sich. »Merkwürdig«, dachte Miss Entwhistle und enthielt sich weiterer Kritik.

Es waren friedvolle Tage. Lucy ging es zusehends besser, obwohl ihr vom Arzt immer noch Bettruhe verordnet wurde, und Miss Entwhistle fühlte sich ebenso berechtigt, im Haus zu sein, wie Chesterton oder Lizzie, denn sie versah ihren Dienst nach den Anweisungen eines Arztes. Außerdem war das Wetter heiter und sonnig. Ja, es herrschte Frieden.

Am Donnerstag sagte der Arzt, Lucy dürfe für ein paar Stunden aufstehen und sich aufs Sofa setzen; und dort, in Kissen gebettet, damit sie die harte Polsterung nicht spüre, saß sie und trank Tee, und durchs offene Fenster drangen die süßen Aprildüfte. Der Gärtner mähte gerade den Rasen, und so mischte sich auch der Geruch frisch geschnittenen Grases darunter; Miss Entwhistle war draußen gewesen, um einen Spaziergang zu machen, und hatte ein paar Anemonen und herrliches leuchtendgrünes Moos gefunden und alles in eine Schale getan; der Arzt hatte einen kleinen Strauß Veilchen aus seinem Garten mitgebracht; die Nachmittagssonne lag wunderschön auf den Hügeln jenseits des Flusses; der Fluß glitt gemächlich hinter dem Gartenzaun dahin; und Miss Entwhistle, die Lucy Tee eingoß und ihren Toast mit Butter bestrich, meinte, in diesem Moment fast glücklich sein zu können, obwohl sie sich in *The Willows* befand, wenn da nicht im Hintergrund, Tag und Nacht, Everards sehr sonderbares und beunruhigendes Schweigen auf ihr gelastet hätte.

Als hätte Lucy Gedanken lesen können, sagte sie – es war das erste Mal, daß sie von ihm sprach –: »Du weißt ja, Tante Dot, Everard wird diese Woche furchtbar fleißig gewesen sein, weil er so lange weg war.«

»O ja, natürlich«, pflichtete ihr Miss Entwhistle so

recht von Herzen bei. »Der Ärmste hat sich bestimmt die Hacken abgelaufen.«

»Er rief nicht – er hat nicht –«

Lucy errötete und verstummte.

»Ich nehme an«, begann sie nach einer Minute von neuem, »es ist nichts von ihm gekommen? Keine Nachricht, meine ich? Telefonisch oder sonstwie?«

»Nein, ich glaube nicht – nicht seit unserem Gespräch am ersten Tag«, sagte Miss Entwhistle.

»Oh? Hat er am ersten Tag angerufen?« fragte Lucy schnell. »Du hast mir gar nichts davon erzählt.«

»Du hast ja fast den ganzen Tag geschlafen. Ja«, sagte Miss Entwhistle und räusperte sich, »wir hatten eine – wir hatten ein ganz kurzes Gespräch.«

»Was hat er gesagt?«

»Nun ja, er wollte natürlich, daß es dir so gutgehe, daß du nach London fahren kannst, und selbstverständlich tat es ihm sehr leid, daß du nicht kommen konntest.«

Lucy machte auf einmal einen viel glücklicheren Eindruck.

»Ja«, sagte Miss Entwhistle, gewissermaßen als Antwort hierauf.

»Er haßt Briefeschreiben, weißt du, Tante Dot«, sagte Lucy sodann.

»Das haben Männer so an sich«, sagte Miss Entwhistle. »Es ist merkwürdig«, fuhr sie munter fort, »aber Männer haben das so an sich.«

»Und er haßt telefonieren. Es ist erstaunlich, daß er überhaupt angerufen hat.«

»Männer«, sagte Miss Entwhistle, »sind in mancher Hinsicht sehr komisch.«

»Heute ist doch Donnerstag, nicht wahr?« sagte Lucy. »Er müßte eigentlich morgen um ein Uhr hier sein.«

Miss Entwhistle erschrak. »Morgen?« wiederholte sie. »Wirklich? Kommt er? Ich meine, müßte er? Irgendwie hatte ich gemeint, er käme am Samstag. Bei Wochenende denke ich irgendwie immer an Samstag.«

»Nein. Er – wir«, verbesserte sich Lucy, »kommen immer freitags hierher. Er ist bestimmt zum Mittagessen da.«

»Tatsächlich?« sagte Miss Entwhistle, und viele Gedanken jagten ihr durch den Kopf. »Nun, wenn es seine Gewohnheit ist«, fuhr sie fort. »Auch ich bin sicher, daß er kommen wird. Weißt du noch, wie wir immer unsere Uhren nach ihm stellten, wenn er zum Tee nach Eaton Terrace kam?«

Lucy lächelte, und die Erinnerung an jene Tage der Liebe und an all seine geliebten, ulkigen Eigenheiten durchströmte ihr Herz und wusch für einen Moment die Flitterwochen, den Geburtstag und alles, was seither geschehen war, hinweg.

Miss Entwhistle konnte der unmißverständlich verliebte Ausdruck in Lucys Gesicht nicht entgehen. »Ach, ich bin ja so froh, daß ihr einander so liebt«, sagte sie aus vollem Herzen. »Du weißt, Lucy, ich hatte Angst, daß vielleicht dieses Haus hier –«

Sie hielt inne, weil sie fand, daß für eine eingehende Erörterung dieses Themas beide Gesprächspartner vollkommen gesund sein müßten.

»Ja, aber ich glaube, ein Haus spielt keine Rolle, wenn sich Leute lieben«, sagte Lucy.

»Nicht die geringste. Nicht die geringste«, pflichtete

ihr Miss Entwhistle bei. Nicht einmal, dachte sie unverdrossen, wenn es sich um ein Haus handelt, in dem vor kurzem etwas Schreckliches passierte. Die Liebe – sie selbst hatte sie zwar nie erlebt, aber wozu gab es Phantasie, wenn man sie nicht gebrauchte –, die Liebe war ein derart starker Schutzpanzer, daß nichts durchdrang und verletzen konnte. Deshalb waren Verliebte so egoistisch. In ihrem Panzer saßen sie vollkommen sicher, gänzlich unberührbar, völlig desinteressiert an dem, was in der übrigen Welt vor sich ging. »Außerdem«, fuhr sie laut fort, »wirst du es ja verändern.«

Da lächelte Lucy etwas matt. Tante Dots Optimismus schien ihr übertrieben. Sie konnte sich nicht vorstellen, daß sie *The Willows* verändern würde.

»Du hast doch die Möbel und Bücher deines Vaters, die du überall verteilen kannst«, sagte Tante Dot mit ungebremstem Optimismus. »Damit kannst du doch das Haus hier wirklich ganz – ganz –«

Sie wollte eigentlich sagen, »bewohnbar« machen, aß aber statt dessen noch eine Scheibe Toast.

»Ja, ich gehe davon aus, daß ich jedenfalls die Bücher hier haben werde«, sagte Lucy. »Oben gibt es ein Zimmer, in dem Platz dafür ist.«

»So?« sagte Miss Entwhistle, plötzlich sehr hellhörig geworden.

»Eine Menge Platz. Es soll mein Zimmer werden, und die Bücher könnte man dort aufstellen. Außer daß – außer daß –«

»Außer was?« fragte Miss Entwhistle.

»Ich weiß nicht. Ich möchte dieses Zimmer nicht sehr verändern. Es war Veras Zimmer.«

»Ich würde es so sehr verändern, daß es nicht wiederzuerkennen wäre«, sagte Miss Entwhistle entschieden.

Lucy schwieg. Nach den drei Tagen, an denen sie erhöhte Temperatur gehabt hatte, fühlte sie sich zu schlapp, um sich mit einem entschiedenen Gesprächspartner auf eine Diskussion einzulassen.

»Das heißt«, sagte Miss Entwhistle, »wenn du das Zimmer überhaupt haben möchtest. Ich hätte gedacht – «

»O ja, ich möchte das Zimmer haben«, sagte Lucy errötend.

Da war es Miss Entwhistle, die schwieg; und sie schwieg, weil sie nicht glaubte, daß Lucy das Zimmer, aus dem die unglückselige Vera in den Tod stürzte, wirklich mögen konnte. Das war nicht normal. Das konnte nicht ihr Ernst sein. Das Kind mußte wieder aufgepäppelt werden. Vielleicht sollten sie lieber nicht von Zimmern sprechen; nicht, bevor Lucy wieder kräftiger geworden war. Vielleicht sollten sie am besten überhaupt nicht reden, weil sie unter den gegenwärtigen Umständen bei jedem Gespräch unweigerlich auf Everard oder Vera kamen.

»Möchtest du, daß ich dir ein bißchen vorlese, ehe du wieder ins Bett gehst?« fragte sie, als Lizzie hereinkam, um das Teegeschirr wegzuräumen.

Lucy hielt dies für eine blendende Idee. »O ja, Tante Dot«, sagte sie; denn auch sie fragte sich bang, wohin das Reden noch führen mochte. Tante Dot war phänomenal gewandt. Lucy meinte, es nicht ertragen zu können, es einfach nicht ertragen zu können, wenn Tante Dot auf die Idee kommen sollte, daß Everard vielleicht . . . Also sagte sie, ganz Feuer und Flamme: »Oh, ja, Tante Dot«, und erst hinterher fiel ihr ein, daß ja die Bücher weggesperrt waren und der Schlüssel an Everards Uhrkette hing. Da sah sie mit bestürzter, schuldbewußter Miene zu Tante Dot hoch.

»Was ist denn los, Lucy?« fragte Miss Entwhistle und wunderte sich, warum sie rot geworden war.

Gerade noch rechtzeitig fiel Lucy ein, daß es ja Veras Bücher gab. »Macht es dir sehr viel aus, in das Zimmer hochzugehen?« fragte sie. »Veras Bücher –«

Miss Entwhistle machte es in der Tat sehr viel aus, in das Zimmer hochzugehen, und sie sah keinen Grund, warum man ausgerechnet Veras Bücher wählte. Warum sollte sie Veras Bücher lesen müssen? Warum wollte Lucy ausgerechnet diese Bücher und machte deswegen ein so sonderbares und schuldbewußtes Gesicht? Wirklich, das Kind mußte wieder zu Kräften kommen! Diese merkwürdige Faszination, die Vera auf sie auszuüben schien, war nicht normal, war schädlich.

Von alldem ließ sie jedoch kein Wort verlauten, sondern bemerkte, daß es doch ein Zimmer im Haus gebe, das Bibliothek genannt werde, was ja auf Bücher schließen lasse; und sollte sie nicht lieber dort etwas aussuchen – hinuntergehen anstatt nach oben.

Mit hochrotem Kopf sah Lucy sie an. Nichts würde sie dazu bewegen, ihr von dem Schlüssel zu erzählen. Tante Dot würde es derart – lächerlich finden.

»Ja, aber Everard –«, stotterte sie. »Es sind ganz besondere Bücher – er mag nicht, wenn man sie aus dem Zimmer nimmt –«

»Oh«, sagte Miss Entwhistle und verkniff sich mit Mühe einen Kommentar.

»Aber ich sehe nicht ein, warum du all diese Treppen

hochlaufen solltest, liebste Tante Dot«, fuhr Lucy fort. »Lizzie wird gehen, nicht wahr, Lizzie? Bringen Sie ein paar von den Büchern runter – irgendwelche. Einen Armvoll.«

Da man ihr solcherart *carte blanche* gab, brachte Lizzie die ersten sechs Bücher vom obersten Regalbrett und legte sie auf den Tisch neben Lucy.

Den Einband des einen erkannte Lucy sofort wieder – es war *Wuthering Heights*.

Miss Entwhistle nahm es in die Hand, las schweigend den Titel und legte es wieder hin.

Beim nächsten handelte es sich um Emily Brontës gesammelte Gedichte.

Miss Entwhistle nahm es in die Hand, las schweigend den Titel und legte es wieder hin.

Das dritte war Thomas Hardys *Time's Laughing-Stocks*.

Miss Entwhistle nahm es in die Hand, las schweigend den Titel und legte es wieder hin.

Die anderen drei waren Baedeker.

»Nun, ich glaube, es ist nichts dabei, was ich momentan lesen möchte«, sagte sie.

Lizzie fragte, ob sie dann diese wegnehmen und andere bringen solle; und gleich darauf erschien sie erneut mit einem weiteren Armvoll Bücher.

Diese nun waren sämtlich Baedeker.

»Merkwürdig«, sagte Miss Entwhistle.

Da fiel Lucy ein, daß auch sie, bei all ihrem Kummer am letzten Samstag, über die vielen Baedeker überrascht gewesen war, als sie Veras Bücher eines nach dem anderen aus dem Regal gerissen hatte, um diese Frau zu verstehen, Trost bei ihr zu finden und – fast hoffte sie das – Rat von ihr zu bekommen. Die meisten Bücher in Veras Regal waren Reiseführer und Kalender. Aber es hatte auch andere dort gegeben – »Wenn Sie welche aus einem anderen Teil des Bücherregals bringen würden«, gab sie Lizzie zu verstehen, die daraufhin die Baedeker fortschaffte und wenig später mit anderen Büchern erschien.

Diesmal war alles bunt gemischt, und Miss Entwhistle blätterte mit einer Art ehrfürchtigen Scheu in den einzelnen Bänden herum. Das arme Ding; heute vor einem Jahr las sie wahrscheinlich selbst darin. Es kam ihr wie ein Sakrileg vor, daß zwei Fremde ... Welch ein Glück, daß man nicht in die Zukunft schauen konnte. Was hätte das arme Geschöpf wohl von dem Bild gehalten, das sich ihr in diesem Augenblick bot – die Gestalt im blauen Morgenmantel, wie sie da inmitten all der Dinge saß, die noch vor gar nicht langer Zeit ihr selbst gehört hatten? Na, vielleicht wäre Vera ja auch froh, daß sie ihr nicht mehr gehörten, froh, daß alles zu Ende war, daß sie es hinter sich hatte. Diese Bücher deuteten auf einen solchen Lebensüberdruß hin, einen solchen – ja, einen Wunsch, allem zu entfliehen ... Es gab noch mehr von Hardy – sämtliche Gedichte, diesmal in einem Band. Es gab Pater – *The Child in the House* und *Emerald Uthwart* –; Miss Entwhistle, die beide Romane kannte, schüttelte den Kopf: diese eigentümliche Todesseligkeit darin, diese merkwürdige, faszinierte Todesverfallenheit, diese schöne, aber kranke Sehnsucht – nein, in diesen Büchern wollte sie wirklich nicht lesen. Da lag ein Buch mit dem Titel *In the Strange South Seas* und ein anderes über eine Insel im Stillen Ozean und eines über das Leben in der Wüste; und noch ein paar weitere, eher von der Sorte farbenprächtiger Reiseführer, in denen ferne, die Phantasie entzündende Länder beschrieben werden ...

Plötzlich empfand Miss Entwhistle ein tiefes Unbehagen. Sie legte das Buch hin, das sie gerade in der Hand hielt, faltete die Hände im Schoß und schaute aus dem Fenster auf die Hügel jenseits des Flusses. Sie fühlte sich wie jemand, der in den Dingen anderer Leute herumschnüffelt, auf unverzeihliche Weise herumschnüffelt. Die Bücher, die Leute lasen – gab es überhaupt etwas Aufschlußreicheres? Nein, sie weigerte sich, weiter in Veras Büchern zu blättern. Und abgesehen von jenem entsetzlichen Gefühl, die Nase in die Angelegenheiten einer Person gesteckt zu haben, die sich nicht dagegen wehren konnte und die Mitleid verdiente, wollte sie dem Geist, der aus diesen Büchern sprach, keine Macht über sich einräumen. Es war lebenswichtig, absolut lebenswichtig, dies zu verhindern. Und wenn Lucy jemals –

Sie stand auf und ging zum Fenster. Lucy sah ihr verdutzt nach. Der Gärtner mähte immer noch den Rasen, plagte sich dabei, als arbeitete er gegen die Zeit an. Sie sah, wie er vor lauter Hast den Rücken nach vorn beugte, als er mit dem Jungen den Rasenmäher mühsam hin und her schob; und dann fiel ihr Blick auf die Terrasse direkt darunter und auf die Fliesen.

Es war ein fürchterliches Haus. Wohin man auch blickte, man verhedderte sich in eine Erinnerung. Sie wandte sich schnell ab, und da saß ja, auf Veras Kissen thronend, das liebe kleine Geschöpf in seinem blauen Morgenrock und beobachtete sie ganz verwirrt und besorgt. Nichts konnte dem Kind etwas anhaben; Lucy war sicher, solange sie Everard liebte und an ihn glaubte; aber angenommen, es beschliche sie eines Tages – ganz allmählich – ein Zweifel, ob vielleicht Veras Sturz am Ende doch . . . angenommen, es drängte sich ihr die Frage auf, ob vielleicht Veras Tod am Ende doch –?

Tante Dot kannte Lucys Gesicht so gut, daß sie sich lächerlich vorkam, als sie es jetzt musterte, in seinen Zügen und seinem Ausdruck nach Hinweisen suchte, ob sie die Charakterstärke, die Nerven, den Humor hätte – wenn sie genug Humor hätte, würde der ihr schon durchhelfen. Ja, Lucy hatte eine wunderschön gewölbte Stirn; dieser ganze Teil ihres Gesichts war hinreißend – so heiter und offen, mit den klugen, sanften Augen. Aber waren diese geliebten Augen denn auch klug genug? Sprach aus ihnen nicht weitaus mehr Sanftheit als Intelligenz? Nach unten hin verjüngte sich das Gesicht, und dann kam da ihr freundlicher, drolliger Mund, der in dem kleinen Gesichtchen viel größer wirkte, als er tatsächlich war. Großmütig; leicht verzeihend; schnell bereit, glücklich zu sein, schnell bereit, verzweifelt zu sein – Tante Dot sah sie besorgt an und meinte, all das in der Form von Lucys Mund zu lesen. Aber hatte das Kind innere Stärke? Hatte sie die Stärke, die sie brauchen würde – angenommen, jener Zweifel und jene Frage schlichen sich jemals bei ihr ein –, um zu bleiben, aber auch, um zu gehen; um auszuharren oder davonzurennen . . . o ja, zu rennen, um ihr *Leben* zu rennen . . .

Mit einer heftigen Anstrengung schüttelte Miss Entwhistle diese Gedanken von sich ab. Wohin um Himmels willen hatten sie sich da verirrt? Alles, was man hier sah, alles, was man hier anfaßte, war unerträglich bedeutungsschwanger. Und Lucy, die sie beobachtete und sich nicht vorstellen konnte, warum Tante Dot so unentwegt auf ihren Mund starrte, fragte natürlich: »Ist irgend etwas mit meinem Gesicht nicht in Ordnung?«

Da gelang Miss Entwhistle ein Lächeln. Sie kam zu Lucy und setzte sich wieder neben das Sofa. »Nein«, sagte sie und nahm ihre Hand. »Aber ich hab' doch keine Lust zum Vorlesen. Laß uns ein Schwätzchen halten.«

Und Hand in Hand mit Lucy, die erst etwas betroffen dreinschaute, sich aber schnell entspannte, als sie merkte, worüber man sich unterhalten würde, erörterte Miss Entwhistle das bevorstehende Abendessen und die Frage, ob ein pochiertes Ei oder eine Tasse Rinderbrühe nahrhafter sei.

## XXX

Kurz darauf gab Miss Entwhistle ihrer Nichte zu verstehen, daß sie es für besser halte, wenn sie morgen früh nach Eaton Terrace zurückfahre, da ja Everard im Lauf des Tages komme. Sie ging dabei sehr behutsam vor, weil sie sicher war, daß Lucy von diesem Entschluß nicht erbaut sein würde. »Ihr beiden Turteltauben werdet mich ja nicht brauchen«, sagte sie fröhlich, weil sie sich auf Widerspruch gefaßt machte; aber da sich das Kind so schnell erholte, war wirklich nicht einzusehen, warum sie und Everard gezwungen sein sollten, sich hier und jetzt plötzlich in Zuneigung zu üben. Außerdem befand sich in der kleinen Tasche, die sie mitgebracht hatte, nur ein Nachthemd und ihr Waschzeug, und damit kam sie auf Dauer nicht aus.

Zu ihrer Überraschung stimmte Lucy nicht nur zu, sondern wirkte erleichtert. Miss Entwhistle war höchst überrascht und vollauf zufrieden. »Sie betet ihn an«, dachte sie, »und will mit ihm allein sein. Wenn Everard sie so glücklich macht, wie es den Anschein hat, was kümmert es da schon, wie er sich mir oder anderen Leuten gegenüber benimmt?«

Und all die gräßlichen, lächerlichen Dinge, die noch vor einer halben Stunde ihre Gedanken beschäftigt hatten, waren nun weggeblasen wie Spinnweb.

Kurz vor halb acht, während sie sich in ihrem Zimmer zurechtmachte, ehe sie Chesterton und dem Abendessen gegenübertrat – sie hatte es auf das bloße Skelett einer Mahlzeit reduziert, aber Chesterton wollte unbedingt servieren, und so blieb alles beim alten –, wurde sie vom Knirschen von Reifen auf dem Kies unterhalb des Fensters aufgeschreckt. Das konnte nur Everard sein. Er war gekommen.

»Du meine Güte«, dachte Miss Entwhistle – ausgerechnet ihr mußte das passieren, die sie doch alles so sorgfältig geplant hatte, damit sie vor seiner Ankunft weg wäre!

Müßig zu behaupten, daß sie nicht ungeheuer verwirrt war – sie war es; und die Bürste, mit der sie ihr hübsches graues Haar frisierte, bebte in ihrer Hand. Ein Abendessen allein mit Everard – na, zumindest sollte sie dankbar sein, daß er nicht ein paar Minuten später eingetroffen war und sie dann in seinem Stuhl hätte sitzen sehen. Was wäre dann wohl geschehen? So verzweifelt sie auch im Augenblick war, sie mußte einfach lachen. Außerdem machte sie sich mit dem Gedanken an den Arzt Mut für die bevorstehende Unterredung. Hinter seiner Autorität konnte sie sich verschanzen. Seit Dienstag hatte sie sich von einem ungebetenen Gast zu einer unentbehrlichen Gehilfin gemausert, keiner Krankenschwester – Lucy war ja zu keinem Zeitpunkt so krank gewesen, daß sie eine Krankenschwester gebraucht hätte –, nein, zu einer Gehilfin.

Sie horchte und hielt die Haarbürste in der Luft. Kein Zweifel: es mußte Everard sein, denn sie hörte seine Stimme. Nach einem kurzen Halt, der notwendig war, um ihn rauszulassen, bog das Taxi wieder auf den Fahrweg ein, wobei die Reifen jetzt viel weniger auf dem Kies knirschten, und fuhr davon, und gleich darauf hörte man seinen wohlbekannten, gemessenen, schweren Tritt die nicht mit Teppichen belegte Treppe hochkommen. Gott sei Dank gibt es Schlafzimmer, dachte Miss Entwhistle und bürstete fieberhaft. Wo käme man hin, wenn es keine Schlafzimmer und Toiletten gäbe – Orte, die einem niemand verwehren konnte, Orte, die selbst der ungehaltenste Gastgeber respektieren mußte?

Sie sah sogleich ein, daß dies nicht die richtige Gemütsverfassung war, um nach unten zu gehen und sich für Everard zu begeistern und ihm Gelegenheit zu geben, sich für sie zu begeistern. Zudem lag wahrscheinlich in eben diesem Augenblick Lucy in seinen Armen, ganz außer sich vor freudiger Überraschung, und wenn er Lucy so glücklich zu machen vermochte, mußte doch wohl so viel Gutes in ihm stecken, daß er auch die sehr bescheidenen Ansprüche von Lucys Tante erfüllen konnte. Ganz normale Nettigkeit und mitteleuropäischen Anstand, mehr verlangte sie ja gar nicht. Wacker redete sie sich ein, daß sie ihn bestimmt liebgewinnen würde, wenn er sie nur ließe. Das heißt, einigermaßen liebgewinnen; sie konnte sich nicht vorstellen, daß irgendeine Zuneigung, die sie für ihn einmal verspüren würde, sie jemals um den Verstand bringen könnte.

Unmittelbar nach Wemyss' Ankunft brach das stille Haus in fieberhafte Geschäftigkeit aus. Türen wurden zugeschlagen, Füße rannten auf und ab; und nun kam Lizzie den Gang entlanggeeilt und klopfte an die Tür und teilte ihr atemlos mit, daß sich das Abendessen verzögern würde – mindestens um eine halbe Stunde, weil Mr. Wemyss ganz unvorhergesehen gekommen sei, und die Köchin müsse –

Sie beendete ihren Satz nicht einmal, so eilig hatte sie es, wieder wegzukommen.

Miss Entwhistle, die ihre anspruchslose Toilette beendet hatte, blieb nichts anderes übrig, als sich in einen jener schlecht gepolsterten, cretonnebezogenen Korbstühle zu setzen, die man zuweilen in ungastlichen Gästezimmern findet, und zu warten.

Sie merkte, daß dies schlecht für ihre *morale* war. In dem Zimmer gab es kein Buch, sonst hätte sie ihre Gedanken durch Lesen abgelenkt. Sie wollte kein Abendessen. Am liebsten hätte sie sich in das Bett gelegt, in dem sie bisher noch kein einziges Mal geschlafen hatte, und dort ausgeharrt, bis es Zeit war zu gehen, aber dieser feige Wunsch trieb ihr die Schamesröte ins Gesicht. Sie machte es sich daher in dem Stuhl bequem, und da sie nichts zu lesen hatte, versuchte sie sich irgend etwas ins Gedächtnis zu rufen, was sie sich vorsagen konnte – ein Gedicht oder einen Vers eines Gedichts, um sich von dem bevorstehenden Abendessen abzulenken; und als sie so dasaß mit geschlossenen Augen, um nicht in das grelle

Licht schauen zu müssen, das von der Mitte der Decke auf sie herabstrahlte, stellte sie mit Befremden fest, daß ihr außer ein paar Bruchstücken nichts einfiel: lose Teile trieben herrenlos in ihrem Kopf herum, Wrackteile gewissermaßen, die, wie sie befürchtete, nicht einmal zu einem wirklich prachtvollen Ganzen gehörten. Wie Jim sie getadelt hätte! Jim, der nichts Schönes vergaß.

Spröde von Natur und frommen Lehren treu
Betrachtete sie Gatten mit jungfräulicher Scheu

Wo kam das wohl her? Und warum kam es ihr überhaupt in den Sinn?

So waren Ton und Sitten stets bei ihnen allen
Nie zeigt' sich eine edle Gattin in diesen Hallen

Und das zum Beispiel? Sie konnte sich nicht erinnern, jemals ein Gedicht gelesen zu haben, das diese Zeilen enthielt, und doch mußte es so sein; sie hatte sie ja schließlich nicht erfunden.

Und das hier – ein alberner deutscher Knittelvers, den Jim gern zitierte und über den er immer lachen mußte:

Der Sultan winkt, Suleika schweigt
Und zeigt sich gänzlich abgeneigt . . .

Warum fand ausgerechnet so etwas aus den Tiefen ihres Unterbewußtseins an die Oberfläche und trieb dort herum, während all die großartigen Verse, die sie mit soviel Genuß gelesen hatte und die ihr in diesem Augenblick so nützlich und hilfreich gewesen wären, nirgendwo zu finden waren, keine Spur davon in irgendeinem versteckten Winkel?

Was für ein Gehirn, dachte Miss Entwhistle angewidert und richtete sich kerzengerade im Korbstuhl auf, die Hände im Schoß gefaltet, die Augen geschlossen; was für ein nichtswürdiges, anämisches Gehirn, das sie so im Stich ließ, das von all dem Vorrat herrlichen Zeugs, das sie Jahr um Jahr fleißig hineingestopft hatte, nichts anderes an die Oberfläche beförderte, wenn man in ihm herumstocherte, als alberne Knittelverse.

Ein Ton, den sie noch nie vernommen hatte, begann durchs Haus zu klingen und wurde, während sie sich noch fragte, was das wohl sein mochte, lauter und lauter, bis sie schließlich meinte, er müsse das ganze Universum erfüllen und noch in Eaton Terrace zu hören sein.

Es war jener Gong, der nun tätig geworden war. Himmel und wie! Sie lauschte verdattert. Wie lange das so weiterging! Er tönte fort und fort und dröhnte in ihren Ohren wie die Posaunen des Jüngsten Gerichts.

Als nach den drei letzten gewaltigen Schlägen wieder Stille einkehrte, erhob sie sich aus ihrem Sessel. Der Augenblick war gekommen. Ein letzter Paarreim fiel ihr ein – ihre Gedanken klammerten sich geradezu daran fest:

Zwischen Steigbügel und Strauch
suchte sie Gnade und fand sie auch

Wo kam das bloß her? fragte sie sich verstört, fuhr sich mit der einen Hand nervös über ihr bereits tadellos frisiertes Haar und öffnete mit der anderen die Tür.

»Oh, wie geht es dir, Everard?« sagte Miss Entwhistle und ging mit all der überstürzten und liebenswürdigen Höflichkeit dessen, der nicht nur einen Gastgeber, sondern einen Neffen begrüßt, auf Everard zu.

»Ganz gut, danke«, lautete Everards etwas unerwartete Antwort; aber logisch, vollkommen logisch.

Sie streckte ihm die Hand hin, und er schüttelte sie, dann tat er einen Schritt hinter sie zu ihrer Schlafzimmertür, die sie offengelassen hatte, und schaltete das Licht aus, das sie hatte brennen lassen.

»Oh, tut mir leid«, sagte Miss Entwhistle.

»Eins zu null«, dachte sie, »für Everard.«

Sie wartete, bis er wieder neben ihr stand, und ging dann die Treppe hinunter. Er folgte ihr schweigend.

»Wie finden Sie Lucy?« fragte sie, als sie unten angekommen waren. Everards Schweigen mochte sie gar nicht; sie erinnerte sich an einige Kostproben dieses Schweigens während der Meinungsverschiedenheit, die er und sie über die Frage gehabt hatten, wo man das Weihnachtsfest verbringen sollte. Es lastete auf ihr; und sie hatte das Gefühl, sich unter ihm zu winden wie ein Ohrwurm unter einem Stein, und es war demütigend, sich winden zu müssen.

»Wie ich es erwartet hatte«, sagte er. »Völlig gesund.«

»O nein – nicht völlig gesund«, rief Miss Entwhistle aus, die plötzlich wieder die kleine Gestalt im blauen Mantel vor sich sah, die sich am Nachmittag nur mühsam in ihren Kissen aufrechthalten konnte. »Es geht ihr heute besser, aber noch lange nicht gut.«

»Sie fragten mich nach meiner Meinung, und ich habe sie Ihnen mitgeteilt«, sagte Wemyss.

Nein, es würde keine impulsive Zuneigung werden, ihre und Everards; sie würde, wenn überhaupt, das Ergebnis langsamer und sorgfältiger Vorbereitung sein – Stück für Stück, hier ein bißchen, da ein bißchen.

»Möchten Sie nicht eintreten?« fragte er; und sie merkte erst jetzt, daß er die Tür zum Speisezimmer aufgestoßen hatte und sie mit dem Arm zurückhielt, während sie, in diese Gedanken versunken, herumstand.

»Zwei zu null«, dachte sie, »für Everard« – ihr zweiter Schnitzer; zuerst das Licht in ihrem Zimmer brennen und nun ihn warten lassen.

Sie eilte durch die Tür, aber sogleich ärgerte sie sich über ihre Eilfertigkeit und ging fast übertrieben langsam zu ihrem Stuhl.

»Der Arzt –«, begann sie, als sie an ihren Plätzen saßen und Chesterton im Hintergrund bereitstand, um den Deckel von der Suppenterrine zu nehmen, sobald sich Wemyss seine Serviette vorgesteckt hatte.

»Von dem Arzt möchte ich nichts hören«, fiel er ihr ins Wort.

Miss Entwhistle bemühte sich, eine unerschrockene Miene aufzusetzen, und sagte mit fast übertriebener Unbefangenheit: »Aber ich möchte von ihm erzählen.«

»Das geht mich nichts an«, sagte er.

»Aber Sie sind doch schließlich ihr Mann«, sagte Miss Entwhistle und versuchte, einen scherzhaften Ton anzuschlagen.

»Ich habe keine Anweisungen erteilt«, sagte Wemyss.

»Aber er mußte geholt werden. Das Kind –«

»Das sagen Sie. Das sagten Sie schon am Telefon. Und ich habe Ihnen damals gesagt, daß Sie da eine Menge Verantwortung übernehmen, ungebeten.«

Miss Entwhistle hätte es nie für möglich gehalten, daß jemand vor Dienstboten jemals so sprechen würde. Sie wußte nun, daß sie sich geirrt hatte.

»Es ist Ihr Arzt«, sagte Wemyss.

»Mein Arzt?«

»Ich betrachte ihn ausschließlich als Ihren Arzt.«

»Ich wünschte, Everard«, sagte Miss Entwhistle höflich, nachdem ein kurzes Schweigen eingetreten war, »ich könnte verstehen, was Sie damit meinen.«

»Sie haben ihn auf Ihre eigene Verantwortung hin holen lassen, ungebeten. Sie müssen die Folgen tragen.«

»Ich weiß nicht, was Sie mit Folgen meinen«, sagte Miss Entwhistle, die nun den Beginn ihrer Zuneigung für Everard, zu der sie sich aufgerafft hatte, in immer weitere Ferne entschwinden sah.

»Die Rechnung«, sagte Wemyss.

»Oh«, sagte Miss Entwhistle.

Sie war so verblüfft, daß sie nur noch eben das hervorstoßen konnte. Die Vorstellung, daß sie sich gerade an Wemyss' Suppe gütlich tat, war ihr nun derart unangenehm, daß sie ihren Löffel hinlegte.

»Gewiß, wenn Sie es wünschen«, sagte sie.

»Das tue ich«, sagte Wemyss.

Die Unterhaltung geriet ins Stocken.

Sie setzte sich gerade, weigerte sich, Notiz zu nehmen von den mannigfachen Gedanken, die ihr wie wild durch den Kopf jagten, entschlossen, sich so zu benehmen, als hätten sie überhaupt nichts zu bedeuten, und sagte sogleich mit einem sehr klaren Stimmchen, dem sie einen fröhlichen Klang zu verleihen versuchte: »Hatten Sie eine angenehme Fahrt?«

»Nein«, sagte Wemyss und winkte, daß man die Suppenteller wegnehme.

Diese Antwort, obzwar zweifellos der Wahrheit entsprechend, war zu dürftig, um damit etwas anfangen zu können. Daher wiederholte Miss Entwhistle lediglich »Nein?«, was ihr selbst albern vorkam.

Und Wemyss bekräftigte seine erste Antwort, indem er noch einmal »Nein« sagte.

Das Gespräch geriet ins Stocken.

»Ich vermute«, sagte sie dann, eine weitere Anstrengung unternehmend, »der Zug war sehr voll.«

Da dies keine Frage war, schwieg er und überließ sie ihren Vermutungen.

»Warum gibt es denn keinen Fisch?« fragte er Chesterton, die ihm Koteletts anbot.

»Es war keine Zeit, welchen zu bekommen«, sagte Chesterton.

»Das hätte er doch wissen können«, dachte Miss Entwhistle.

»Sie werden der Köchin ausrichten, daß ein Abendessen ohne Fisch für mich kein Abendessen ist.«

»Jawohl, Sir«, sagte Chesterton.

»Esel«, dachte Miss Entwhistle.

Es war leichter und weitaus weniger nervenaufreibend, ihn nachsichtig für einen Esel zu halten, als sich über ihn zu ärgern. Er saß da wie ein großer, mürrischer Schuljunge, der ungezogen ist; aber leider ein Schuljunge, der über Macht verfügte.

Schweigend aß er die Koteletts. Miss Entwhistle verzichtete darauf. Sie hatte wohl ihre Chance verpaßt, als das Taxi unter ihrem Fenster stand und sie sich nur hätte hinauslehnen und rufen müssen: »Warten Sie einen Moment.« Aber da war ja auch noch Lucy – ach ja, Lucy. Sobald sie an Lucy dachte, war ihr, als müsse sie sich unbedingt mit Everard vertragen. So unglaublich es ihr auch schien und von Anfang an immer geschienen hatte, daß Lucy ihn liebte, es war so – sie liebte ihn. Sie konnte ihn doch nicht grundlos lieben. Natürlich nicht. Das Kind war ja nicht dumm. Das Kind war klug und einfühlsam. Deshalb machte Miss Entwhistle einen weiteren Versuch, das Gespräch wiederzubeleben.

Sie wartete ab, bis sich Chesterton zu dem ausgestreckten Arm am Ende des Zimmers begab, denn Wemyss' Äußerungen machten ihr weniger aus, wenn Chesterton nicht zusah, und sagte dann so unbefangen wie möglich: »Ich bin sehr froh, daß Sie gekommen sind, wissen Sie. Lucy hat Sie sicher sehr vermißt.«

»Lucy kann für sich selbst sprechen«, sagte er.

Da gelangte Miss Entwhistle zu dem Schluß, daß ein Gespräch mit Everard doch schwierig sei. Sollte es ruhig ins Stocken geraten. Anders als er offenbar, sah sie sich außerstande, in Chestertons Gegenwart Grobheiten von sich zu geben. Fraglich, ob sie es gekonnt hätte, wenn Chesterton nicht da gewesen wäre; und dennoch erschien es ihr unmöglich, bei seinen Antworten Höflichkeit zu bewahren. Es war wohl das beste, wenn sie schwieg, dachte sie; obwohl ein Rückzug ins Schweigen an sich schon eine demütigende Niederlage war.

Als Kind war Miss Entwhistle oft ungezogen gewesen. Im Alter zwischen fünf und zehn schnitt sie den Leuten häufig Gesichter. Aber seither nicht mehr. Mit zehn zum letzten Mal. Danach wurde sie ein Opfer der guten Manieren, die sie seither nie mehr freigaben. Auch hatte es in ihrem späteren Leben keine Gelegenheit gegeben, wo sie sich versucht gefühlt hätte, die guten Manieren über

Bord zu werfen. Sie war ein höflicher Mensch und pflegte Umgang mit höflichen Menschen; selbst freundlich, begegnete sie überall freundlichen Gesichtern. Aber jetzt hatte sie tatsächlich das Gefühl, daß es ihr Erleichterung verschaffen könnte, ihm geradewegs ins Gesicht zu sagen »Wemyss«, wenn sie sich nur dazu hätte überwinden können. Nur dieses eine Wort. Sonst nichts. Aus irgendwelchen Gründen sehnte sie sich ganz unsäglich danach, ihn Wemyss zu nennen, ohne ein Mr. Sie war überzeugt, daß sie sich besser fühlen würde, wenn sie ihm nur dieses eine Wort ins Gesicht schleudern könnte; so befreit wie damals, als sie klein war und Gesichter schnitt.

Schrecklich, schrecklich. Sie schlug die Augen nieder, völlig verstört von solchen Überlegungen, und sagte »Nein, danke«, als man ihr Pudding anbot.

»Es ist klar«, dachte Wemyss, der beobachtete, wie sie schwieg und sich weigerte zu essen, »woher Lucy ihre Schmollerei hat.«

Es wurde kein Wort mehr gesprochen, bis Wemyss, als das Abendessen beendet war, Chesterton befahl, den Kaffee in der Bibliothek zu servieren.

»Ich will schnell mal zu Lucy gehen und ihr gute Nacht sagen«, bemerkte Miss Entwhistle, als sie aufstanden.

»Sie werden die Freundlichkeit haben, nichts dergleichen zu tun«, sagte Wemyss.

»Ich – wie bitte?« entfuhr es Miss Entwhistle, die sich nicht ganz sicher war, ob sie recht gehört hatte.

In diesem Augenblick waren sie auf dem Weg zur Tür vor Veras Porträt angelangt; Vera schaute beide an, und unparteiisch, wie sie war, erstickte sie ein Lächeln.

»Ich möchte Sie in der Bibliothek sprechen«, sagte Wemyss.

»Aber angenommen, ich möchte nicht, daß man mit mir in der Bibliothek spricht?« lag es Miss Entwhistle auf der Zunge.

Da stand jedoch Chesterton – Einhalt gebietend, beruhigend.

Also sagte sie statt dessen: »Bitte sehr.«

## XXXI

In der Bibliothek war sie noch nicht gewesen. Sie kannte das Speisezimmer, die Diele, das Treppenhaus, Lucys Schlafzimmer, das Gästezimmer, die Geweihe und den Gong; aber die Bibliothek kannte sie noch nicht. Sie hatte gehofft wegzukommen, ohne mit ihr Bekanntschaft gemacht zu haben. Es war ihr jedoch nicht vergönnt.

Das erst vor kurzem entzündete Holzfeuer flackerte lustig, als sie eintraten, aber sein anheimelnder Schein wurde sofort von dem elektrischen Licht überstrahlt, das Wemyss an der Tür einschaltete. Von der Mitte der Decke strömte es so grell herab, daß Miss Entwhistle sich insgeheim wünschte, ihren Sonnenschirm mitgebracht zu haben. Die Jalousien waren heruntergezogen, und dort vor dem Fenster stand der Tisch, an dem Wemyss gesessen und geschrieben hatte – sie erinnerte sich an jedes Wort aus Lucys Bericht über diesen Vorfall – an jenem Nachmittag im Juli, als Vera starb. Es war jetzt April; noch immer gut drei Monate bis zum ersten Jahrestag dieses schrecklichen Ereignisses, und hier war er nun wieder verheiratet, und unter allen möglichen Frauen dieser Welt ausgerechnet mit Lucy. Es gab auf der Welt so viele starke, robuste Frauen, so viele abgebrühte Witwen, so viele dickhäutige Frauen in reifen Jahren, die sich nach einem gemütlichen Zuhause sehnten und denen Everard nichts ausmachen würde, weil sie ihn nicht lieben und deshalb keine tieferen Gefühle haben würden – warum hatte das Schicksal gerade Lucy dazu ausersehen? Nein, sie mochte ihn nicht, sie konnte ihn nicht mögen. Vielleicht war er ja, und sie hoffte es, all das, was Lucy behauptete, wundervoll und stark und normal und natürlich und alles mögliche sonst, aber wenn sie selbst diese Eigenschaften nicht empfand, was hatte sie dann persönlich davon?

Tatsache ist, daß Miss Entwhistle zu dem Zeitpunkt, als sie in die Bibliothek kam, sehr verärgert war. Selbst der höflichste Wurm, sagte sie sich, der versöhnlichste, verständigste Wurm, dem vollauf bewußt ist, daß die Klugheit Geduld gebietet, wird sich nichtsdestoweniger gegen den Ehemann seiner Nichte aufbäumen, wenn er zu arg getreten wird. Die Art, wie Wemyss ihr verboten hatte, zu Lucy zu gehen ... Was Miss Entwhistle besonders in Rage brachte, war das Wissen, daß sie sich als ungebetener Gast in einer schwachen Position befand.

Wemyss stand auf dem Kaminvorleger vor dem Feuer und stopfte seine Pfeife. Wie gut sie diese Haltung und diese Gesten kannte! Wie oft sie ihn so in ihrem Wohnzimmer in London gesehen hatte! Und war sie etwa nicht nett zu ihm gewesen? War sie nicht immer, wenn sie Gastgeberin und er Gast war, gastfreundlich und zuvorkommend gewesen? Nein, sie mochte ihn nicht.

Sie setzte sich in einen der riesigen Sessel und hatte das unangenehme Gefühl, in einem zu sitzen, der von Wemyss durchgesessen worden war. Die beiden kleinen roten Flecken glühten auf ihren Wangen – eigentlich waren sie schon seit dem Abendessen da.

Wemyss stopfte seine Pfeife mit der ihm eigenen Gemächlichkeit und sagte kein Wort. »Ich glaube, er findet Gefallen daran«, schoß es ihr durch den Kopf, »findet Gefallen daran, seine schlechte Laune an mir auslassen zu können.«

»Nun?« fragte sie, auf einmal unsäglich erbost.

»Oh, es hat keinen Zweck, mir gegenüber diesen Ton anzuschlagen«, sagte er, unablässig seine Pfeife stopfend.

»Wirklich, Everard«, sagte sie und schämte sich über sich, aber auch seinetwegen. Sie hätte sich nicht gehenlassen und so merklich verärgert »Nun« sagen sollen.

Der Kaffee wurde gebracht.

»Nein, danke«, sagte Miss Entwhistle.

Er schenkte sich ein.

Der Kaffee wurde abgetragen.

»Vielleicht«, sagte Miss Entwhistle in sehr höflichem Ton, als die Tür von Chesterton geschlossen wurde, »sagen Sie mir nun, was Sie mir sagen möchten.«

»Gewiß. Das eine ist, daß ich dem Taxifahrer aufgetragen habe, rechtzeitig für den Frühzug zu kommen.«

»Oh, vielen Dank, Everard. Das ist sehr aufmerksam«, sagte Miss Entwhistle. »Ich hatte Lucy schon angekündigt, daß ich morgen früh nach London fahre, als sie mir erzählte, daß Sie kommen würden.«

»Das ist das eine«, sagte Wemyss, ohne von ihren Worten Notiz zu nehmen und weiter seine Pfeife stopfend. »Das andere ist, daß ich wünsche, daß Sie Lucy nicht wiedersehen, weder heute abend, noch bevor Sie gehen.«

Entsetzt starrte sie ihn an. »Aber warum denn nicht?«

»Ich möchte nicht, daß sie sich aufregt.«

»Aber mein lieber Everard, sehen Sie denn nicht ein, daß sie sich viel mehr aufregen wird, wenn ich mich nicht von ihr verabschiede? Wenn ich es täte, würde sie sich überhaupt nicht aufregen, weil sie ohnehin weiß, daß ich morgen fahre. Was soll denn das Kind denken?«

»Tun Sie mir den Gefallen, mir zuzugestehen, daß ich meine Angelegenheiten selbst am besten beurteilen kann.«

»Dann sollen Sie wissen, daß ich das zutiefst bezweifle«, sagte Miss Entwhistle ernst, denn es machte sie wirklich betroffen, wie unfähig er offenbar war, die Folgen seiner Entscheidung zu bedenken. Da hatte er nun doch alles bekommen, alles, was ihn für den Rest seines Lebens glücklich machen konnte – die Ehefrau, die er liebte und die ihn anbetete, die an ihn glaubte und die, weil sie mit ihm verheiratet war, jeden Zweifel an den Umständen von Veras Tod ausgelöscht hatte, und er brauchte nur nett und einfach nur anständig zu sein. Und der arme Everard – es war absurd von ihr, sich seinetwegen Gedanken zu machen, aber sie machte sich in diesem Moment tatsächlich Gedanken seinetwegen, er schien ihr ein derart bemitleidenswertes Geschöpf in seiner blinden Entschlossenheit, sein eigenes Glück zu zerstören –, er würde das alles verderben, alles unweigerlich früher oder später zerschlagen, falls er nicht zur Einsicht kam...

Wemyss fand ihre Bemerkung derart unverschämt, daß er sich mehr als berechtigt gefühlt hätte, sie aufzufordern, sein Haus auf der Stelle zu verlassen, egal ob es dunkel war oder nicht, ob ein Zug ging oder nicht.

Und das hätte er auch getan, wenn ihm nicht zufällig eine lange Szene lieber gewesen wäre als eine kurze.

»Ich habe Sie nicht in meine Bibliothek gebeten, um mir Ihre Meinung über meinen Charakter anzuhören«, sagte er und zündete sich seine Pfeife an.

»Nun«, sagte Miss Entwhistle, denn es stand für sie zu viel auf dem Spiel, um sich den Mund verbieten oder in Rage bringen zu lassen, »dann erlauben Sie mir, daß ich Ihnen ein paar Dinge sage, was Lucy betrifft.«

»Was Lucy betrifft?« echote Wemyss, verblüfft über eine solche Frechheit. »Was meine Frau betrifft?«

»Ja«, sagte Miss Entwhistle sehr ernst. »Sie gehört zu jenen Menschen, die sich alles zu Herzen nehmen, und sie wird sehr unglücklich sein – todunglücklich, Everard, und sich Sorgen über Sorgen machen, wenn ich einfach so wortlos verschwinde, wie Sie es von mir verlangen. Selbstverständlich werde ich gehen, und ich verspreche Ihnen, niemals wiederzukommen, es sei denn, man bittet mich darum. Aber bestehen Sie nicht, bloß weil sie verärgert sind, auf etwas, was Lucy außerordentlich unglücklich machen wird. Lassen Sie mich ihr nun gute Nacht sagen und morgen früh adieu. Ich versichere Ihnen, sie wird sich sonst schreckliche Sorgen machen. Sie wird denken«, – Miss Entwhistle versuchte zu lächeln –, »daß Sie mich hinausgeworfen haben. Und dann, wenn sie das dächte, könnte sie doch nicht –«, Miss Entwhistle zögerte. »Nun, sie könnte nicht mehr stolz auf Sie sein.

Und das, mein lieber Everard«, – sie sah ihn an mit einem schwachen Lächeln, das ihre Mißbilligung ebenso ausdrückte wie ihre Bitte, man möge ihr verzeihen, daß sie, eine alte Jungfer, die Sprache darauf brachte –, »schlägt der Liebe eine tiefe Wunde.«

Wemyss starrte sie an, viel zu verdattert, um ein Wort herauszubringen. In seinem Haus . . . in seinen eigenen vier Wänden!

»Es tut mir leid«, sagte sie, noch eindringlicher, »wenn Sie das stört, aber ich möchte wirklich – ich halte es wirklich für sehr wichtig.«

Hierauf trat Schweigen ein. Sie maßen sich mit Blikken, er sie voller Verblüffung, sie mit der Hoffnung, daß er das, was sie gesagt hatte, nicht übel aufnehme. Es war so lebenswichtig, daß er verstand, daß er eine Vorstellung davon bekäme, welche Wirkung gerade ein solch herzloses, ja geradezu grausames Verhalten auf Lucy haben würde. Sein eigenes Glück war davon ebenfalls betroffen. Tragisch, tragisch für alle Beteiligten, wenn er nicht zur Einsicht gebracht werden konnte, daß . . .

»Sind Sie sich bewußt«, sagte er, »daß dies hier mein Haus ist?«

»O Everard –«, sagte sie hierauf und hob verzweifelt die Arme.

»Sind Sie sich bewußt«, fuhr er fort, »daß Sie zu einem Ehemann über dessen Frau sprechen?«

Miss Entwhistle sagte gar nichts, sondern stützte das Gesicht auf die Hand und schaute ins Feuer.

»Sind Sie sich bewußt, daß Sie ungebeten in mein Haus eingedrungen sind, kaum daß ich ihm den Rücken gekehrt hatte, und darin gelebt haben und wohl so weiter gelebt hätten, ohne jede Genehmigung meinerseits, wenn ich nicht hergekommen wäre, um einem solch unerhörten Zustand ein Ende zu bereiten?«

»Natürlich«, sagte sie, »so kann man es auch beschreiben.«

»Es ist die Art, wie es jeder vernünftige und anständige Mensch beschreibt«, sagte Wemyss.

»O nein«, sagte Miss Entwhistle. »Genau das ist es nicht. Aber«, fügte sie hinzu, stand vom Stuhl auf und streckte ihm ihre Hand hin, »es ist Ihre Art, und so sage ich wohl besser gute Nacht, Everard. Und auch adieu, denn ich werde Sie morgen früh ja nicht mehr sehen.«

»Wenn man Sie so reden hört«, sagte er, ihre hingestreckte Hand ignorierend, denn er war noch lange nicht fertig, »könnte man meinen, das hier sei Ihr Haus und ich sei Ihr Dienstbote.«

»Ich versichere Ihnen, ich könnte mir niemals vorstellen, daß das hier mein Haus und Sie mein Dienstbote wären.«

»Sie haben einen großen Fehler begangen, das kann ich Ihnen versichern, als Sie anfingen, sich zwischen Mann und Frau zu drängen. Sie haben es einzig und allein sich selbst zuzuschreiben, wenn ich Ihnen nicht mehr erlaube, Lucy zu sehen.« Sie starrte ihn an.

»Soll das heißen«, sagte sie nach einem kurzen Schweigen, »daß Sie die Absicht haben, auch in Zukunft zu verhindern, daß ich sie sehe? In London?«

»Genau das ist meine Absicht.«

Miss Entwhistle starrte ihn an, in Gedanken versunken; aber er merkte wohl, daß er sie diesmal getroffen hatte, denn ihr Gesicht war sichtbar blaß geworden.

»In diesem Falle, Everard«, sagte sie alsdann, »halte ich es für meine Pflicht –«

»Fangen Sie nicht mit Ihren Pflichten an. Sie haben in bezug auf mich und meinen Haushalt keinerlei Pflichten.«

»Ich halte es für meine Pflicht, Ihnen zu sagen, daß ich, so wie ich Lucy kenne –«

»So wie Sie Lucy kennen! Wie gut können Sie denn Lucy kennen im Vergleich zu mir?«

»Bitte, hören Sie mich an. Es ist von größter Bedeutung. So wie ich sie kenne, hat sie bestimmt nicht das Durchhaltevermögen von Vera.«

Nun war es an ihm, sie erstaunt anzustarren. Sie trat vor ihn hin, sehr blaß, mit leuchtenden, unerschrockenen Augen. Er hatte sie offenbar an ihrer verwundbarsten Stelle getroffen, sonst wäre sie nicht so blaß geworden, aber sie wollte ihr möglichstes tun, um ihn zur Weißglut zu bringen.

»Das Durchhaltevermögen von – ?« wiederholte er.

»Ich bin davon überzeugt. Und Sie müssen klug sein, Sie müssen wirklich die Klugheit besitzen, auf Ihr Glück achtzugeben –«

»O Gott, Sie Missionarin!« platzte er heraus. »Wie können Sie es wagen, hier in meinem Haus zu stehen und mir mit Vera zu kommen?«

»Still!« sagte Miss Entwhistle, und ihre Augen strahlten immer heller in ihrem weißen Gesicht. »Hören Sie mir zu. Es ist gräßlich, daß gerade ich es tun muß, aber in Ihrem ganzen Leben hat anscheinend noch nie jemand mit Ihnen Tacheles geredet. Sie scheinen überhaupt keine Ahnung von Frauen zu haben, keine Ahnung von

Menschen. Wie konnten Sie ein junges Mädchen wie Lucy – oder eine junge Ehefrau überhaupt – in dieses Haus hier bringen? Aber nun ist sie einmal hier, und es mag ja immer noch alles in Ordnung sein, weil sie Sie so sehr liebt, wenn Sie sich in acht nehmen, wenn Sie einfühlsam und gütig sind. Sie können mir glauben, es macht mir nichts aus, wie wütend Sie auf mich sind oder wie vollständig Sie mich von Lucy trennen, wenn Sie nur zu ihr gütig sind. Kapieren Sie denn nicht, Everard, daß sie bald schwanger werden kann und daß sie dann –«

»Sie taktlose Person! Sie unglaublich schamlose, unverschämte –«

»Es macht mir nicht das geringste aus, was Sie mich heißen, aber ich sage Ihnen, wenn Sie sich nicht in acht nehmen, wenn Sie nicht gütiger sind als in diesem Augenblick, wird es diesmal keine fünfzehn Jahre dauern.«

Er wiederholte, verblüfft dreinschauend: »Diesmal keine fünfzehn Jahre?«

»Ja. Leben Sie wohl.«

Und sie war weg und hatte die Tür hinter sich geschlossen, ehe ihm die ungeheuerliche Bedeutung ihrer Worte dämmerte.

Dann, als sie ihm dämmerte, schoß er aus dem Zimmer und lief ihr nach.

Sie ging sehr langsam die Treppe hinauf.

»Kommen Sie herunter«, sagte er.

Sie ging weiter, als habe sie ihn nicht gehört.

»Kommen Sie herunter. Wenn Sie nicht herunterkommen, werde ich Sie auf der Stelle holen.«

So bekümmert, so entsetzt sie auch war – denn unentwegt hämmerten ihr zwei Worte im Ohr: *Lucy, Vera* –

*Lucy, Vera* –, erschien ihr die Vorstellung so lächerlich, wenn sie, von Natur aus viel behender als er, vor dem schwerfällig folgenden Wemyss davonrennen würde, die Treppe hoch bis unters Dach, wo er sie dann doch noch in einem Wasserbehälter aufstöbern würde, daß sie fast in ein albernes, hysterisches Gelächter ausgebrochen wäre.

»Na schön«, sagte sie, blieb stehen und senkte die Stimme, damit Lucy nicht durch ungewohnte Laute gestört würde, »ich komme runter.« Und dann stieg sie, strahlend, zitternd vor Unbeugsamkeit, die Treppe hinab.

Am Fuß der Treppe, wo er immer noch stand, trat sie ihm entgegen. Was würde er nun tun? Sie bei den Schultern packen und hinauswerfen? Er würde sie nicht dazu bringen, sich Kummer oder Angst anmerken zu lassen. Angst vor ihm zu zeigen war das letzte, wozu sie sich herabgelassen hätte, aber Angst um Lucy – um Lucy ... Lucys wegen hätte sie ohne weiteres losgeheult, ihn inständig gebeten, sie manchmal sehen zu dürfen, sich erniedrigt, wäre sie nicht fest davon überzeugt gewesen, daß er sich ja nur diebisch freuen würde, sie durch seine harte Haltung in die Knie gezwungen zu haben.

»Sie werden auf der Stelle mein Haus verlassen«, stieß Wemyss zwischen den Zähnen hervor.

»Ohne meinen Hut, Everard?« fragte sie sanft.

Er gab ihr keine Antwort. In diesem Moment hätte er sie am liebsten umgebracht, denn er bildete sich ein, sie lache ihn aus. Nicht offen. Ihr Gesicht war ernst und ihre Stimme höflich; aber er bildete sich ein, sie lache ihn aus, und nichts haßte er mehr, als Geringschätzung zu spüren. Er ging zur Haustür, streckte sich und schob den oberen Riegel zurück, bückte sich und schob den unteren Riegel zurück, drehte den Schlüssel um, nahm die Kette weg, riß die Tür auf und sagte: »Da, bitte. Gehen Sie. Und lassen Sie sich das eine Lehre sein.«

»Ich bin froh«, sagte Miss Entwhistle, als sie mit Würde auf die Stufen hinaustrat und gleichgültig die Sterne betrachtete, »daß die Nacht so schön ist.«

Er schloß und riegelte und sperrte sie aus, und sobald er das getan hatte und sie hörte, daß sich seine Schritte entfernten, und sich ihre Augen etwas an die Dunkelheit gewöhnt hatten, ging sie ums Haus herum zum Hintereingang, läutete und bat die erstaunte Hausmagd, die gleich darauf erschien, Lizzie zu ihr zu schicken; und als die nicht minder erstaunte Lizzie kam, bat sie diese, so freundlich zu sein, in ihr Zimmer hinaufzugehen und ihre Sachen in die Tasche zu tun und ihr Hut und Mantel und Tasche zu bringen.

»Ich werde hier im Garten warten«, sagte Miss Entwhistle, »und es wäre überaus nett, Lizzie, wenn Sie sich etwas beeilten.« Dann, als sie ihre Habseligkeiten bekommen und Lizzie ihr den Mantel um die Schultern gelegt hatte und durch Glätten und Bürsten desselben ihr Verständnis und Mitgefühl auszudrücken versuchte, denn es war Lizzie und dem gesamten Personal klar, daß man Miss Entwhistle vor die Tür gesetzt hatte, brach sie auf. Sie ging an dem stillen Haus vorbei, durch das weiße Tor, durch die Dunkelheit den ausgefahrenen, schlickigen Weg hinauf zur Straße, wo die Sterne etwas Licht gaben, von dort über die Brücke, ins Dorf und zum Bahnhof, um auf den nächstbesten Zug zu warten.

Sie ging immer langsamer.
Sie war ungeheuer müde.

## XXXII

Wemyss ging in die Bibliothek zurück, und da er seinen Kaffee immer noch auf dem Kaminsims stehen sah, trank er ihn, und dann setzte er sich in den Sessel, den Miss Entwhistle eben verlassen hatte, und rauchte.

Er wollte noch nicht zu Lucy hochgehen; nicht, ehe er sicher sein konnte, daß das Frauenzimmer nicht irgendeine Kriegslist anwenden und an die Haustür klopfen oder läuten würde. Ja, er dachte sogar – so aberwitzige Vorstellungen hatte er von Entwhistles Charakter und Verhaltensweisen –, er dachte tatsächlich, sie könnte vielleicht Steine gegen die Fenster werfen, und er beschloß, unten zu bleiben, um sein Grundstück zu bewachen, bis diese Möglichkeit mit der Zeit immer unwahrscheinlicher wurde.

Währenddessen hatte die tiefe Genugtuung, sie hinausgeworfen zu haben, seine Wut über ihre Äußerungen erheblich gemildert. So zeigte man den Leuten, wer Herr im Hause war und das auch zu bleiben gedachte! Sie hatte gemeint, nach Belieben mit ihm umspringen, sein Haus benutzen, sich von seiner Dienerschaft bedienen lassen, sein elektrisches Licht vergeuden, sich zwischen ihn und seine Frau drängen, frei von der Leber weg reden, ihn schulmeistern und beschimpfen zu können, und er hatte ihr schnell und unmißverständlich klargemacht, daß sie auf dem Holzweg war. Was ihre ungeheuerliche Behauptung am Schluß anging, so bewies diese nur, daß er sie voll erwischt hatte, daß er genau die Strafe gefunden hatte, die sie am meisten traf, sonst hätte sie nicht solch wirres Zeug dahergeredet. So redete man daher, wenn man hilflos war. Hilflosigkeit – genau das war es. Bis an sein Lebensende würden ihm vermutlich die Leute immer dann diese alte Geschichte wieder auftischen, wenn sie ihren Willen nicht gegen ihn durchsetzen konnten, über seine unverrückbaren Grundsätze staunten und infolgedessen rachsüchtig wurden. Sollten sie doch! Er würde sich dadurch nicht von der Stelle bewegen, nicht um Haaresbreite, wenn er nicht wollte. Herr im eigenen Hause – genau das war er.

Merkwürdig, daß Frauen stets auf den Gedanken verfielen, sie könnten mit ihm machen, was sie wollten. Vera hatte das gemeint und sich entsprechend verhalten; und sie war richtig verblüfft gewesen, ja sogar gekränkt, als sie feststellte, daß das nicht ging. Zweifellos war auch diese Frau hier sehr verblüfft; zweifellos hätte auch sie sich nicht träumen lassen, daß er sie hinauswerfen würde. Niemals glaubten Frauen, er würde das tun, was ganz normal ist, was auf der Hand liegt. Und selbst wenn er ihnen damit drohte, wie er seiner Erinnerung nach Vera bei verschiedenen Gelegenheiten gedroht hatte – ja, es stand sogar in seinem Tagebuch –, glaubten sie es dennoch nicht. Da sie an Konventionen klebten und sich von der Meinung der Leute einschüchtern ließen, bildeten sie sich ein, auch er ließe sich einschüchtern. Wenn dem dann nicht so war und er seine Drohungen wahrmachte, waren sie überrascht; und sie schienen niemals einzusehen, daß sie es einzig und allein sich selbst zuzuschreiben hatten. – Lange Zeit saß er so da, rauchte und grübelte und lauschte mit einem Ohr aufmerksam auf jedes Geräusch, das anzeigen mochte, daß sich Miss Entwhistle in feindlicher Absicht von außen näherte. In dieser Haltung traf ihn Chesterton an, als sie hereinkam, um die Kaffeetasse wegzuräumen, und in derselben Haltung traf sie ihn immer noch an, als sie eine Stunde später mit seinem Whisky hereinkam.

Es war fast elf, als er sich sagte, daß die Gefahr eines Angriffs von draußen wahrscheinlich vorüber sei; aber ehe er nach oben ging, hielt er es für angezeigt, das Fenster zu öffnen, über das Sims auf die Terrasse zu steigen und sich kurz mal draußen umzuschauen.

Grabesstille ringsumher. Es war so still, daß er ein leises Wasserrieseln hören konnte, das durch einen toten Ast verursacht wurde, der in den sanft dahingleitenden Fluß ragte. Sterne standen am Himmel, und so herrschte keine völlige Dunkelheit; und trotz der feuchten Aprilluft war der Boden trocken. Eine angenehme Nacht für einen Spaziergang. Nun, der sei ihr vergönnt!

Er ging die Terrasse entlang und um die Gruppe von Schneeballbüschen herum, die den Dienstboteneingang verdeckten, zur Vorderseite des Hauses.

Leer. Niemand da, der sich noch auf den Stufen herumdrückte.

Dann ging er weiter bis zum weißen Tor, da er ihr zutraute, es absichtlich offenstehen gelassen zu haben – um mich zu ärgern, wie er sich ausdrückte.

Es war zu.

Ein Weilchen blieb er stehen, stützte sich auf dieses Tor und horchte, ob sie nicht vielleicht auf dem Weg lauere.

Nichts zu hören.

Befriedigt, daß sie wirklich weg war, kehrte er zur Terrasse um, stieg wieder durchs Fenster in die Bibliothek, schloß es und zog die Jalousie herunter.

Welch eine Erleichterung, welch eine ungeheure Erleichterung, sie losgeworden zu sein; und nicht nur dieses eine Mal, sondern für immer. Außerdem war sie Lucys einzige Verwandte, also gab es keine mehr, die herkommen und sich zwischen Mann und Frau drängen konnte. Er war sehr froh, daß sie sich am Schluß so unerhört benommen hatte, als sie das über Vera sagte, denn das verschaffte ihm die Berechtigung, das zu tun, was er getan hatte. Ein bißchen weniger schlechtes Benehmen, und man hätte ihr erlauben müssen, die Nacht noch zu bleiben; bloß ein bißchen weniger, und man hätte sie wieder nach *The Willows* kommen lassen müssen, ganz zu schweigen davon, daß sie in London freie Hand gehabt hätte, Lucy zu beeinflussen, wenn er in seinem Klub Bridge spielte und nicht auf sie aufpassen konnte. Ja, es war ihm eine große Genugtuung, und es hatte sich wahrhaftig gelohnt, daß er einen Tag früher gekommen war.

Er zog seine Uhr auf, als er vor den letzten Glutresten des Feuers stand, und war wieder richtig gut gelaunt. Mehr als das – frisch und heiter, als habe er ein kaltes Bad genommen und sich anschließend gründlich frottiert. Nun ins Bett und zu seinem Schätzchen. Wie leicht doch ein Mann zufriedenzustellen war! Seine Frau und Frieden – mehr wollte er ja gar nicht.

Wemyss hatte nun seine Uhr aufgezogen. Er streckte sich, gähnte und ging dann langsam die Treppe hoch und schaltete dabei die Lichter aus.

Im Schlafzimmer brannte ein Nachtlicht, und Lucy war eingeschlafen, des Wartens müde, daß Tante Dot käme und ihr gute Nacht sagte, aber sie wachte auf, als er eintrat. »Bist du's, Tante Dot?« murmelte sie, selbst in ihrer Schläfrigkeit überzeugt, daß sie es sein mußte, denn Everard hätte Licht gemacht.

Wemyss jedoch wollte nicht, daß sie aufwache und anfinge, Fragen zu stellen, also verzichtete er darauf, das Licht einzuschalten.

»Nein, es ist dein Everard«, sagte er, auf Zehenspitzen umhergehend. »Still – still jetzt. Schlaf wieder ein wie ein liebes kleines Mädchen.«

So schläfrig sie auch war, sie wußte diesen Klang seiner Stimme sofort zu deuten: Everard war gut gelaunt. Wie lieb von ihm, sich so in acht zu nehmen, damit er sie nicht störe ... der liebe Everard ... er und Tante Dot sind nun also Freunde geworden ... wie froh sie war ... die wunderbare kleine Tante Dot ... vor dem Abendessen war er zornig, und sie hatte solche Angst gehabt ... solche Angst ... welch eine Erleichterung ... wie froh ...

Aber Lucy war schon wieder eingeschlafen, und dann merkte sie irgendwann, wie Everard seinen Arm unter ihre Schultern schob, sie auf seine Seite des Bettes zog und an seine Brust drückte.

»Wer ist mein über alles geliebtes Baby?« hörte sie ihn sagen; und sie wurde gerade wach genug, um schlaftrunken seinen Kuß zu erwidern.